Emily Bold

IN MY ENEMY´S EYES

AF176307

Bibliografische Information der Deutschen Nationalbibliothek:
Die Deutsche Nationalbibliothek verzeichnet diese Publikation in der
Deutschen Nationalbibliografie; detaillierte bibliografische Daten sind
im Internet über http://dnb.dnb.de abrufbar.

Lektorat: Kornelia Schwaben-Beicht
Korrektorat: Kornelia Schwaben-Beicht
Umschlaggestaltung: Aischgrundmedien unter Verwendung von
Bildern von iStockphoto.com

Verlag: BoD • Books on Demand GmbH, In de Tarpen 42,
22848 Norderstedt
Druck: Libri Plureos GmbH, Friedensallee 273, 22763 Hamburg

ISBN: 978-3-7534-6064-2

In my ENEMY'S Eyes

Emily Bold
Roman

Prolog

Los Angeles

Ihre Schritte federten schnell über den Teer, ihr Atem kam stoßweise, und die Schwüle dieser Augustnacht trieb Annie den Schweiß aus den Poren. Es war viel zu warm, um zu joggen. Das hatte sie schon gewusst, als sie losgelaufen war. Trotzdem rannte sie weiter. Der Beat in ihrem Ohr gab den Rhythmus ihrer Schritte vor, als sie den Park verließ und, ohne die Fußgängerampel zu drücken, über die Straße lief. Kaum Verkehr in dieser Ecke von Los Angeles. Im Laufen wischte sie sich den Schweiß aus dem Nacken und zog ihren hohen Pferdeschwanz fester. Das Tanktop klebte ihr feucht am Körper, als sie um die Ecke bog und etwas Tempo herausnahm. Sie wich einem Berg Müllsäcken aus, die vor einem Chinarestaurant auf Abholung warteten und einen unangenehm süßlichen Duft verströmten. Auf der gegenüberliegenden Straßenseite entlud ein Mann gerade stapelweise Zeitungen für den kommenden Tag, die er vor dem Laden einfach vor die Tür türmte. Er sah auf und hob zum Gruß die Hand. Annie kannte ihn nicht. Aber er kam regelmäßig und brachte die Zeitungen. Sie trafen fast jede Nacht hier aufeinander. Wie immer erwiderte Annie seinen Gruß und drehte sich im Laufen einmal um sich selbst, um ihm ebenfalls zuzuwinken. Während sie die Abkürzung über

5

den Parkplatz eines Elektroladens nahm, fragte sie sich, welche Schreckensnachrichten wohl diesmal in der Zeitung zu finden sein würden. Los Angeles war ein heißes Pflaster, und Verbrechen waren an der Tagesordnung. Doch daran wollte Annie jetzt nicht denken. Über den kaum beleuchteten Parkplatz zu joggen, kam ihr mit einem Mal wie eine schlechte Idee vor, und sie legte noch mal mehr Kraft in ihren Sprint. Nur noch um die Ecke, dann würde sie ein Viertel erreichen, in dem mehr los war. Wie zur Beruhigung kam ein Polizeiauto an ihr vorbei, und Annies Schritte verlangsamten sich. Der Schweiß tränkte ihr Top, und sie spürte die feuchten Löckchen in ihrem Nacken, als sie darüberwischte.

„Diese Hitze", keuchte sie atemlos, nahm einen ihrer Kopfhörer aus dem Ohr und atmete tief durch. Sie hopste noch ein paar Mal auf der Stelle, ehe sie an den Stufen eines Wohnhauses ihre Waden dehnte. Mit kreisenden Schultern ging sie weiter die Straße hinab und betrat den kleinen Lebensmittelladen an der Ecke, der vierundzwanzig Stunden an sieben Tagen die Woche geöffnet hatte.

Sie grüßte Mister Harold, der mit in die Hände gestütztem Kopf müde in einen von der Decke hängenden Fernseher starrte.

Außer Annie war nur noch ein weiterer Kunde im Laden. Er stand am hinteren Ende und blätterte durch die Zeitschriften, als Annie zielstrebig auf das Kühlregal zuging. Ihre Kehle war wie ausgedörrt.

Sie lehnte sich beinahe in die Kühltheke mit den Getränken hinein, so angenehm war die kurzzeitige Abkühlung auf ihrer Haut. Die Schwüle, die die ganze

Stadt seit Tagen wie eine Decke unter sich begrub, brachte selbst die Luft im Laden zum Dampfen. Auch jetzt, vier Minuten nach Mitternacht, stand die Luft. Die staubverklebten Deckenventilatoren brachten kaum Erfrischung. Sie verursachten nur das unangenehme Gefühl, ein Fremder würde ihr ins Gesicht atmen.

Und genau deshalb blieb Annie noch eine Sekunde länger mit dem Oberkörper über der Kühltheke hängen, ehe sie die eiskalte Sprite herausnahm. Sie drückte die Flasche kurz gegen ihre Halsbeuge und seufzte. Das tat so gut! Auch ihre Finger waren kalt, als sie sich ihre rötlichen Locken, die sich beim Lauf aus ihrem Pferdeschwanz gelöst hatten, aus der Stirn strich. Der schnelle Takt aus den Kopfhörern hielt ihren Puls auch jetzt noch oben. Sie klemmte sich die Sprite unter den Arm und zog sich auch den zweiten Stöpsel aus dem Ohr, ehe sie sich umwandte und zur Kasse schaute. Der Mann bei den Magazinen sah auf, und es schien, als überlegte er, sie anzusprechen, doch noch ehe er den Mund aufmachen konnte, brach direkt neben Annie die Hölle los. Die Tür wurde so plötzlich aufgestoßen, dass das kleine Glöckchen an der Decke heruntergerissen wurde und klimpernd über die Fliesen schlitterte. Dunkel gekleidete Männer stürmten herein, und Annie riss instinktiv die Arme nach oben, als ein Schuss den Deckenventilator über ihr in Fetzen riss und spitze Kunststoffteile auf sie herabregneten. Das laute Stimmengewirr vermischte sich mit dem Beat aus ihrem MP3-Player zu einem unverständlichen Brei an Geräuschen. Wieder knallte ein Schuss, und eines der Regale stürzte um. Annie duckte sich auf den Boden, die

Flasche war ihr aus der Hand gefallen und zerbrochen. Mit einem wilden Zischen spritzte die schäumende Limonade über die Fliesen, während die Welt ansonsten den Atem anzuhalten schien. So plötzlich das Chaos über sie hereingebrochen war, so plötzlich schien nun die Zeit stillzustehen. Alles geschah wie in Zeitlupe, und obwohl Annie noch immer nicht verstand, was eigentlich los war, nahm sie doch jedes Detail ganz genau wahr. Sie sah die Dosen mit Chili und Bohneneintopf über den Boden rollen, registrierte den scharfen Geruch von Schnaps, der aus den zerschossenen Flaschen des Spirituosenregals rann und hörte den schlagartig ersterbenden Angstschrei des Mannes aus Richtung der Zeitschriften. Wie von selbst glitt ihre Hand an ihre Hüfte, wo sich normalerweise ihre Dienstwaffe befand. Doch sie war nicht im Dienst. Sie war nur joggen.

Instinktiv wollte sie die Augen zusammenpressen, wollte nicht sehen, was passierte, doch ihre gerade erst absolvierte Ausbildung an der Polizeischule verhinderte das. Sie hatten Stresssituationen trainiert. Doch warum war sie dann dennoch wie erstarrt?

Die vier schwer bewaffneten Männer mit Sturmhaube verloren keine Zeit. Einer redete hektisch auf den Ladenbesitzer Mister Harold ein und dirigierte ihn mit dem Lauf seiner Waffe hinter die Kasse, während zwei weitere durch den Perlenvorhang verschwanden, der links vom Kassenbereich ins Lager führte. Der Vierte im Bunde durchstreifte den Laden, als wollte er sichergehen, dass sie nichts übersahen. Besonders keine weiteren Zeugen.

Gerade stieg er über den umgestürzten Zeitschriftenständer hinweg. Er kam immer näher. Emotionslos glitt sein Blick weiter. Er kam auf Annie zu, und nur das Regal mit Erdnussbutter und Ahornsirup verhinderte, dass er sie entdeckte.

Annie duckte sich noch weiter. Sie drückte sich so fest an die Kühltheke, als könnte sie regelrecht damit verschmelzen. Scherben der Limoflasche schnitten in ihre Beine, und sie presste sich panisch die Hand auf den Mund, um das Schluchzen zu verhindern, das aus ihr herauszubrechen drohte.

Von der Routine, die sie beim Training von Extremsituationen entwickelt hatte, war nicht mehr viel übrig. Sie wusste, sie musste sich so viel wie möglich einprägen, um es später zu Protokoll geben zu können. Doch dazu musste sie das Später erst mal erleben! Und das war nicht garantiert, denn der Maskierte hatte sie fast erreicht.

Er war groß, bewaffnet, und unter seinem grau melierten Shirt zeichnete sich eine sportliche Figur ab. Schweiß hatte sein Shirt im Rücken dunkel verfärbt, und seine Jeans war an den Knien lässig aufgerissen. Seine schwarzen Boots verursachten ein schmatzendes Geräusch, als er in die Sprite-Lache stieg. Er trat einen weiteren Schritt näher, dann bemerkte er sie. Ihre Blicke trafen sich, und Annie hielt den Atem an. Seine Iris war so dunkel, dass sie beinahe mit der Pupille verschmolz. Und die grauen Sprenkel darin sahen aus, als würden ihr Metallsplitter entgegengeschleudert. Dunkle Brauen wölbten sich dicht über diesen unvergleichlichen Augen, aus denen deutliche Überraschung sprach.

„Verflucht!", knurrte er, hob ruckartig seine Waffe und richtete sie direkt auf Annies Stirn. Sie zweifelte nicht eine Sekunde daran, dass er bereit war, abzudrücken.

„Nicht!", presste sie kaum hörbar heraus. Wie in Zeitlupe hob sie die Hände. Sie fragte sich, ob ihr Herz aufgehört hatte, zu schlagen, oder ob sie nur nichts anderes mehr registrierte als den Lauf der auf sie gerichteten Waffe.

Alles, was sie je auf der Polizeischule gelernt hatte, war vergessen, als das kalte Metall sich grob gegen ihren Schädel presste. Jede Art, einen Angreifer zu entwaffnen, jeder Trick, einen Täter zu überwältigen, so weit weg, als hätte sie nie davon gehört.

Sie spürte, wie er den Finger am Abzug spannte, ohne seinen Blick von ihr abzuwenden. Er musterte sie, als fragte er sich, was sie hier tat.

Trotz der Angst, die aus jeder Faser ihres Seins drang, entging ihr nicht, wie seine Augen über ihre langen Beine bis hinauf zu ihren knappen Trainingsshorts glitten. Ohne jede Emotion schien er das Blut zu registrieren, das aus einem tiefen Schnitt an ihrem Oberschenkel rann.

Sie benetzte ihre trockenen Lippen, wollte irgendetwas sagen, doch kein Wort drang aus ihrer zugeschnürten Kehle.

Beinahe bedauernd legte er den Kopf schief. Annie erkannte, sie war einfach zur falschen Zeit am falschen Ort. Er würde sie nicht verschonen.

„Bitte!", wisperte sie, und das Zittern ihrer Stimme passte so gar nicht zu der toughen Polizistin, für die sie sich hielt, seit sie vor sechs Wochen ihre Marke erhalten hatte.

Der Typ hob den Arm in seinen Nacken und wischte sich den Schweiß unter dem Kragen der Sturmhaube weg. Er wirkte sehr angespannt, was nicht besonders gut war, solange er den Lauf seiner Knarre an Annies Schädel presste.

„Bitte nicht!", wiederholte sie noch einmal. „Sie müssen das nicht tun!"

Ihr Flüstern schien ihn zu erschrecken, und er trat noch näher an sie heran. Seine Beine ragten stark und muskulös vor ihr auf.

„Sei still!", brummte er mit einer Stimme, die viel zu sanft für einen Gangster klang, und drückte mit der Pistole ihren Kopf nach hinten, sodass er ihr direkt in die Augen sehen konnte. Er musste den fliegenden Puls an ihrer Kehle bemerken, als er langsam die Waffe von der Stirn über die Schläfe ihren Hals hinunter bis zum Ansatz ihrer Brüste wandern ließ. Mit dem Lauf schob er ihren Pferdeschwanz über die Schulter, ehe er die Mündung fest auf ihrer linken Brust aufsetzte.

„Alles klar?", scholl der Ruf eines weiteren Gangsters durch den Raum. Der stand noch immer an der Kasse und hielt den Verkäufer mit seiner Waffe in Schach.

Annies Peiniger nickte und drückte den Lauf fester gegen ihr Herz. Er sah sie eindringlich an, dann legte er den Zeigefinger auf seine Lippen, um ihr zu bedeuten, besser keinen Mucks von sich zu geben.

„Was ist denn los bei dir da hinten?", fragte der Typ an der Kasse wieder und reckte den Hals in Annies Richtung.

„Nichts", gab ihr Angreifer zurück und beugte sich über Annie hinweg ins Kühlregal. „Auch ne Coke?", rief er über die Schulter und nahm zwei Flaschen heraus. Dann schloss er die Kühltheke, und sein dunkler Blick brannte sich in ihren. Seine Augen waren unvergleichlich eindringlich und von solcher Klarheit, dass sie glaubte, er könne jeden ihrer Gedanken lesen. „So schade es ist", raunte er leise, und seine rauchige Stimme drang ihr bis in die Seele. „Aber wir sollten uns besser nicht noch mal über den Weg laufen. Ich schlage vor, du vergisst das alles hier ganz schnell." Er zwinkerte ihr zu, ehe er sich umdrehte und seine Waffe ganz lässig in den Hosenbund steckte.

Erleichterung durchfuhr Annie mit einer Macht, dass sie all ihre Kraft aufbringen musste, um nicht laut aufzuschluchzen. Sie presste sich die Hände ganz fest auf den Mund und drückte sich möglichst flach an die Kühltheke. Das Gefühl, den Lauf der Waffe noch immer an ihrer Stirn zu spüren, ließ nicht nach, und bittere Galle sammelte sich in ihrem Mund. Sie wusste selbst, ihr Verhalten war alles andere als einer Polizistin des L. A. Police Departements würdig, doch das hier war kein Einsatz. Das hier war ihr ganz persönlicher Albtraum.

„Wie lange dauert das denn noch?", fragte Annies Angreifer und warf dem an der Kasse ganz cool die zweite Flasche Coke zu. Dann kam Bewegung in die Runde, denn die übrigen Kriminellen kamen mit einer ledernen Aktentasche unter dem Arm, die Waffen noch immer im Anschlag, aus dem hinteren Teil des Ladens zurück. Mister Harold hob die Hände, als wollte er sich die Tasche greifen. Annie hörte ihn protestieren, doch im nächsten Moment brachte ein Schuss den Ladenbesitzer zum Schweigen.

„Verdammt! War das nötig?", rief der Gangster, der Annie bedroht hatte, und stieß seinen Kumpanen hart gegen die Schulter.

Der steckte in aller Seelenruhe seine Waffe in den Hosenbund und ging zur Tür. „Das passiert, wenn man Phoenix abziehen will!", erklärte er kalt und schlenderte aus dem Laden, als hätte er nur ein Glas saure Gurken gekauft. Die anderen folgten ihm schweigend, aber offenbar zufrieden mit ihrer Beute. Nicht einmal der Typ mit den dunklen Augen drehte sich noch einmal zu ihr um. Es war, als hätte er längst vergessen, dass er ihr das Leben geschenkt hatte.

Annie wusste, sie sollte hinterher. Sollte nachsehen, wohin sie flüchteten, welchen Wagen sie fuhren, doch sie war wie gelähmt. Zwei Menschen waren tot. Und sie konnte an nichts anderes denken als an den Mann, der ihr gerade das Leben geschenkt hatte. An den Klang seiner Stimme, an die Drohung in diesen dunklen Augen. Sie wusste, keines von beidem würde sie je vergessen.

Kapitel 1

Fünf Jahre später

„Bist du sicher, dass du das willst?" Die Zweifel waren deutlich in Liams Gesicht zu erkennen, als er seine Stirn gegen Annies lehnte. Viele Fragen, die sie in den letzten Wochen immer wieder durchgegangen waren, standen auch jetzt unausgesprochen zwischen ihnen.

Annies Herz schlug schnell, beinahe, als wäre sie eine große Runde gejoggt. Sie durfte nicht zulassen, dass sich seine Zweifel auf sie übertrugen. Sie löste sich aus seiner Umarmung und bückte sich nach Summer. Sie kraulte das borstige Fell ihrer Hündin und schlang ihr die Arme um den Hals. Summer schleckte ihr die Wange und brachte sie so zum Lachen. Auf Summer war Verlass. Sie schaffte es immer, Annie aufzuheitern. Die kurzhaarige Promenadenmischung war keine wirkliche Schönheit, aber dafür die treueste Seele von allen Hunden, mit denen Annie je zu tun gehabt hatte.

„Ja, meine Kleine, du wirst mir auch fehlen", murmelte sie in Summers Fell. „Es ist zu spät, es sich anders zu überlegen", erinnerte sie Liam, ohne ihn anzusehen. Die Sorge in seinem Blick säten auch in ihr Zweifel. Doch die konnte sie sich jetzt nicht mehr leisten. Immerhin hatte sie ein monatelanges Training absolviert. Eine ganze Einheit war zusammengestellt worden, um ihre Mission zu überwachen. Sie war in besten Händen.

„Lass doch jetzt mal den Hund!", murrte Liam und zog sie zurück auf die Beine. „Ich … ich will wissen, ob du dir absolut sicher bist?"

Annie lächelte. „Mach dir keine Sorgen, okay?" Sie hob sich auf die Zehenspitzen und hauchte Liam einen Kuss auf die Lippen. „Alles wird gut gehen. Versprochen."

Er umfasste ihre Taille und strich sachte über den smaragdgrünen Satin ihres kurzen Kleides. Hier, direkt neben der Klimaanlage, fröstelte sie. Liam bemerkte ihre Gänsehaut und breitete wortlos seine blaue Jacke mit der gelben Aufschrift „FBI" über ihren Schultern aus. Er strich ihr über die Arme und sah ihr in die Augen. „Ich erkenne dich kaum wieder, Annie. Das macht mir Angst."

„Das bin immer noch ich, Liam. Ich … sehe nur schärfer aus." Sie strich sich die roten Locken über die Jacke auf den Rücken und wackelte neckend mit dem Po, der von dem fließenden Stoff umspielt wurde. Dann schmiegte sie sich eng an ihn.

„Ich finde es deutlich besser, deinen süßen Hintern an deinem Platz im Präsidium zu wissen als draußen undercover auf der Straße", flüsterte Liam, ließ aber seine Hände unter der Jacke dennoch besitzergreifend auf ihre Kehrseite wandern. „Keiner weiß, wann du Kontakt zu uns aufnehmen kannst", murmelte er besorgt. „Wer weiß, wann … wir uns wiedersehen …" Als würde Summer verstehen, was ihr Herrchen sagte, legte sie den Kopf flach auf ihre Pfoten und jaulte leise.

Annie wurde ganz flau. Natürlich hatte sie gewusst, worauf sie sich bei diesem Einsatz einlassen würde. Seit dem Überfall in *Harolds Market* hatte sie ihre gesamte

Laufbahn auf diesen Einsatz ausgerichtet. Es gab kein Zurück, auch wenn sie genau in diesem Moment am liebsten einen Rückzieher gemacht hätte. Sie grub ihre Hände in Liams blondes Haar, wie sie es in den Nächten so oft tat, in denen die Albträume sie überfielen.

„Ich werde jeden Tag an dich denken", versprach sie und küsste ihn sanft. „Und jede Nacht." Sie schmunzelte, und auch seine Lippen kräuselten sich zu einem Lächeln. „Und wenn ich zurück bin, dann gehöre ich nur noch dir."

Schon als sie es sagte, wusste sie, dass sie das lieber nicht getan hätte. Liams Züge verhärteten sich, und er rückte ein Stück von ihr ab. Seine Jacke glitt von ihren Schultern. Er fuhr sich durchs Haar und schnaubte hilflos. „Und bis dahin wirst du irgendeinem Kriminellen gehören, Annie", brachte er die Sache auf den Punkt, die seit Wochen zwischen ihnen stand. „Du weißt nicht, wie weit du gehen musst, um … um das Vertrauen dieses Kartells zu gewinnen!"

Annie schluckte hart. Dass dieser Einsatz mehr von ihr verlangte, als sie vielleicht zu geben bereit war, wusste sie. Liam konnte es sich sparen, sie mit der Nase darauf zu stoßen. „Ich werde meinen verfluchten Job machen, Liam!", antworte sie aufgebracht und knetete ihre plötzlich kalten Finger. „Ich werde tun, was ich tun muss, um diese Männer für lange Zeit hinter Schloss und Riegel zu schaffen. Das Ramírez-Kartell gehört schon viel zu lange aus dem Verkehr gezogen!"

Liam schüttelte unversöhnlich den Kopf. Er sah auf die Uhr, und Annie wusste, ihnen lief die Zeit davon. Sie würden auch heute in dieser Sache zu keiner Einigung kommen.

„Soll ich denn einfach zulassen, dass … diese Gesetzlosen …“ Ekel sprach aus seinen Augen. „… wer weiß was, mit dir machen?“

Annie ballte die Fäuste. „Wir hatten das geklärt!“, entgegnete sie ungeduldig. „Ich will jetzt nicht wieder mit dir darüber streiten, Liam. Du hast seit unserem ersten Tag in Quantico gewusst, dass dieser Einsatz kommen wird. Ich arbeite seit fünf Jahren an nichts anderem.“

Noch ehe Liam etwas erwidern konnte, ging die Tür auf und Chris kam herein. Summer bellte, und Annie bückte sich und kraulte sie beruhigend zwischen den Ohren.

„Das ist doch nur Chris“, flüsterte sie und lächelte dem Neuankömmling zu. Auch er war FBI-Agent in Annies Einheit. Er würde ihr Kontaktmann während der nächsten Monate sein. Ihr einziger Kontakt zu ihrem alten Leben.

Er hob entschuldigend die Hände, denn er wusste genau, dass er störte. „Es geht los!“, stellte er fest und trat an Annies Seite. Er streichelte Summer. „Gib mir deine Dienstwaffe und deine Marke“, bat er und hielt die Hände auf.

Annie tat es. Sie wusste, ihre wahre Identität würde sie hinter sich lassen, sobald sie das Haus verließ.

„Nimm auch den Ring ab“, verlangte Chris und deutete auf Liams Verlobungsring, der ihren linken Ringfinger zierte.

„Aber …“, sie suchte Liams Blick, doch der wandte sich schnaubend ab.

„Deine Backgroundstory sieht keinen Verlobten vor“, erklärte Chris nüchtern und wackelte mit den Fingern, um

Annie anzutreiben, während er mit der anderen Hand ihre neuen Papiere aus seinem Sakko zückte. „Darf ich vorstellen, wie besprochen: Annie Turner, achtundzwanzig, ledig und Escortdame bei *Grand Five*", zählte er alles noch mal auf. „Noch Fragen?"

Annie schüttelte den Kopf und streifte sich den Ring ab. Ihre Hand fühlte sich sofort nackt an ohne das goldene Schmuckstück. Mit Tränen in den Augen reichte sie ihn Chris, denn Liam starrte nur teilnahmslos aus dem Fenster. Zum Glück schmiegte sich Summer tröstend an ihre Beine. Sie hätte nicht gedacht, dass Liam es ihr so schwer machen würde. Mit einem tiefen Atemzug nahm sie die mit Swarovskikristallen besetzte Clutch von Chris entgegen, in die er ihren gefälschten Führerschein und ihre übrigen Papiere gepackt hatte. „Also los", flüsterte sie und checkte die Uhrzeit auf ihrem Handy. „Ich muss in die Agentur. Phoenix Ramírez' Männer werden heute Troys Haftentlassung feiern. Eine ganze Riege *Grand-Five*-Mädchen wurde gebucht."

Chris nickte. „Das ist deine Chance. Troys Sehnsucht nach einer weiblichen Umarmung wird nach drei Jahren Gefängnis größer sein als sein übliches Misstrauen."

„Ach, leckt mich doch!", rief Liam und hämmerte seine Faust gegen den Türstock. Zornig funkelte er Annie an. „Ist euch klar, wovon ihr da gerade redet? Ist es das denn wert?"

„Liam, ich …" Annie blinzelte die Tränen fort, die noch immer hinter ihren Lidern brannten.

„Keine Zeit für Debatten", erklärte Chris entschieden, packte Annie an den Schultern und drehte sie in Richtung

Haustür. „Du musst los. Pass auf dich auf. Du weißt, wie du uns erreichen kannst." Damit drückte er ihr die elegante Lederjacke in die Hand, schob sie zur Tür und drängte sie hinaus.

Annie hörte Liam fluchen, ehe Chris die Tür hinter ihr schloss. Summers Bellen folgte ihr bei jedem Schritt, und ihr Puls hämmerte hart in ihren Schläfen. Ihre Knie waren butterweich, als sie in die Jacke schlüpfte, den Helm aufsetzte und trotz des knappen Kleides auf das Motorrad stieg, um in das Apartment zu fahren, das das FBI für sie präpariert hatte. Sie hatte keine Ahnung, was auf sie zukommen würde, aber wenigstens konnte Liam dank der versteckten Kameras und der Mikrofone in der Wohnung regelmäßig sehen, wie es ihr ging. Liam war Teil des Überwachungsteams. Darauf hatte er bestanden, um zu sehen, ob es ihr gut ging.

Die Villa in den Hügeln nördlich des Sunset Strips war schillernd beleuchtet, als die Stretchlimousine mit den Damen von *Grand Five* ankam. Die Rauchschwaden der Zigarren waberten silbrig im Licht, das die schicken Lampen über dem Tresen der voll ausgestatteten Bar der Villa verströmten. Dabei waren alle Türen weit geöffnet, um den Zugang zur großzügigen Poolanlage zu gewähren.

Der silberne Tresen unter Joshs Arm reflektierte die zuckenden Lichter der Stroboskope, und die ekstatischen Beats aus der Box hinter ihm war zu laut, als dass er sich mit einem vom Phoenix' Jungs hätte unterhalten wollen. Er starrte in seinen Drink, als gäbe es darin etwas

Spannendes zu entdecken. Dabei wich er auf diese Weise nur Laylas fragendem Blick aus. Die schwarzhaarige Schönheit mit den Armen voll Tattoos zeigte seit Kurzem ein verstärktes Interesse an ihm. Doch Layla war ein heikles Thema innerhalb der Firma. Man ging ihr besser aus dem Weg, wenn einem sein Leben lieb war. Doch das war gar nicht so leicht, wenn sie, wie jetzt, mit wiegenden Hüften auf ihn zukam. Das schwarze Paillettenkleid umspielte ihre mexikanischen Rundungen und endete nur knapp unter ihrem Po.

„Was ist los, Josh?", säuselte sie und setzte sich auf seinen Schoß. Sie ließ ihre langen Fingernägel in seinen Nacken gleiten und saugte ihre Lippe verführerisch zwischen ihre Zähne. „Das hier ist eine Party. Schließlich ist Troy endlich wieder zurück." Sie grub ihre Nägel in seine Kopfhaut und presste sich an ihn. „Und du machst ein Gesicht wie bei einer Beerdigung."

Sie abzuweisen, war genauso riskant, wie ihren Annäherungen nachzugeben. Phoenix Ramírez verstand keinen Spaß, wenn es um seine Schwester ging. So manchem hatte ihre Aufmerksamkeit schon ein Grab auf dem Grund der Santa Monica Bay eingebracht. Er hatte nicht vor, der Nächste zu sein.

„Warum gehst du dann nicht und kümmerst dich ein bisschen um Troy?", fragte er und griff nach seinem Drink.

Layla lachte. „Troy kann sich schon um sich selbst kümmern." Sie zeigte in Richtung der Escortdame, die ihren tiefen Ausschnitt demonstrativ vor dem blonden Hünen geparkt hatte. Sie lachte über etwas, das er sagte, und goss ihm mit einem lasziven Zwinkern Tequila ein. Ihr rotes Haar schien unter dem Licht zu entflammen, und Josh konnte nicht umhin, zu bemerken, wie sexy sich ihr Hintern unter dem grün schillernden Kleid machte.

„Keine schlechte Wahl für die erste Nacht nach dem Knast, oder?", raunte Layla und ließ ihre Hand über Joshs Brust tiefer gleiten.

Er griff danach und hielt sie fest. Er konnte ihr kaum widersprechen, was die Hostess anging, doch irgendetwas verursachte ihm ein warnendes Kribbeln im Nacken. Es war schwer zu benennen, aber es war definitiv da.

Interessiert beobachtete er, wie Troys Flirt mit der Rothaarigen immer weiter ausuferte, bis sie schließlich breitbeinig auf seinem Schoß saß und ihm den Schnaps direkt aus der Flasche in den Mund goss.

Layla lachte heiser. „Die wissen, wie man sich amüsiert", wisperte sie verführerisch.

„Wo ist Phoenix?", wich Josh ihr aus und wandte sich suchend um. Eine Party wie diese entsprach eigentlich genau dessen Vorstellung. Phoenix war stolz darauf, dass die Firma es in den letzten Jahren aus den schmierigen Bars heraus von einer einfachen Straßengang zu einem internationalen Kartell in die nobelsten Viertel der Stadt geschafft hatte. Diese Villa hier in Bel Air war der Beweis seines Erfolgs. „Will er Troy gar nicht willkommen heißen?"

„Er kommt später", erklärte Layla. „Er trifft sich noch mit Takeo wegen nächstem Dienstag."

Josh nickte nachdenklich. Wie immer, wenn der Name Takeo fiel, überkam ihn ein ungutes Gefühl. „Dann bleibt es dabei? Wir übernehmen die Ladung der Chinesen?"

„Du solltest Phoenix vertrauen. Er hat alles unter Kontrolle." Sie schenkte ihm ein Lächeln und entwand seinen Fingern den Drink. „Und jetzt komm." Sie leerte das Glas und glitt von seinem Schoß. „Lass uns tanzen."

„Ich tanze nicht", widersprach er und winkte einer der sexy Kellnerinnen hinter der Theke, ihm noch einmal nachzuschenken.

„Mit mir schon."

„Warum ich?" Josh fuhr sich durch die halblangen Strähnen. „Hier wimmelts von Kerlen, die nur auf einen Tanz mit dir warten."

Layla lächelte. Sie nahm seine Hand und führte sie an ihre Taille, während sie sich sanft im Takt wiegte. „Du wirst deine Vorsicht wohl nie ablegen?", flüsterte sie und beugte sich an sein Ohr. Ihr Atem strich über seinen Hals, und sie knabberte an seinem Ohrläppchen. Er neigte den Kopf leicht, um die Berührung zu beenden. „Seit sechs Jahren dabei und noch immer so vorsichtig wie am ersten Tag."

„Hör schon auf, Layla", bat er, ohne seine Hände von ihren Hüften zu nehmen. Ihre Nähe ließ ihn nicht kalt, aber er war nicht lebensmüde.

Sie leckte sich die Lippen und sah ihm in die Augen. „Wann warst du zuletzt mit einer Frau zusammen?", fragte sie und schob seine Knie auseinander.

„Ich denke nicht, dass dich das was angeht." Ihre Finger wanderten seinen Oberschenkel hinauf.

„Du hattest länger keinen Sex als Troy. Und der war drei Jahre im Knast", überlegte sie und berührte durch den Stoff seiner Hose seinen Schwanz. „Männer, die unter

Druck stehen …" Sie zuckte mit den Schultern. „…
machen Dummheiten." Sie rieb über seine Härte und
lächelte wissend. „Phoenix braucht keine Männer, die …
Dummheiten machen."

Josh packte ihr Handgelenk und presste ihre Finger
noch fester gegen seinen Schritt. Dann stand er auf und
beugte sich über sie. Er schob ihr dunkles, schweres Haar
nach hinten, packte ihre Kehle und drängte sich gegen sie,
bis die Theke in ihrem Rücken sie nach hinten zwang. Er
wusste, er konnte sie haben, während seine Hand von ihrer
Kehle abwärts zwischen das Tal ihrer Brüste glitt. „Dein
Bruder braucht auch keine Männer, die seine Schwester
ficken!", raunte er, wohl wissend, dass sie seinen harten
Schwanz an ihrem Becken spürte.

„Mein Bruder braucht es nicht zu erfahren", antwortete
sie heiser, wölbte ihm ihre Brüste entgegen und schlang
ihm die Arme um den Hals, ohne ihn dabei aus den Augen
zu lassen. „Dein Bett ist nicht weit." Sie nickte mit dem
Kopf in Richtung der Gästehäuser gleich hinter dem Pool.
Einige von Troys Männern kamen dort unter. Besonders
die, die Phoenix lieber im Auge behielt.

Josh lachte und drängte sich noch fester an sie. Er
wusste, er tat ihr weh, doch das war ihm gerade recht.
Verdammt, er wollte mit ihr schlafen, und sei es nur, um
Phoenix eins auszuwischen. Doch wie sehr sein Schwanz
sich auch danach sehnte, sich tief in sie zu versenken, so
klar war auch, dass das nicht ohne Folgen bleiben würde.

„Dein Bruder erfährt alles, Layla." Er beugte sich über
sie und ließ seine Lippen über ihre gleiten, als ihm jemand
auf die Schulter klopfte.

Josh stöhnte. Allein die gedämpfte Wucht dieses warnenden Schlags machte klar, wer neben ihm stand.

„Nimm deine Zunge aus dem Hals meiner Schwester!", befahl Phoenix kühl und strich sich eine imaginäre Fluse vom Anzug. Sein schwarzes Haar war mit Gel nach hinten gekämmt, und er hätte gut als erfolgreicher Anwalt durchgehen können, wenn nicht die gezackte Narbe unter seinem linken Auge gewesen wäre.

„Oh, was mischst du dich schon wieder ein!", schimpfte Layla und funkelte ihren Bruder böse an, während sie sich noch immer an Joshs Schulter klammerte. „Wolltest du nicht später kommen?"

„Ich denke, ich komme gerade recht, *mi corazon*", antwortete er und trat ein Stück zurück, damit Josh Layla aufhelfen konnte.

„Du störst!", keifte sie und stemmte die Hände in die Hüften.

„Tut er nicht", grätschte Josh dazwischen und schob Phoenix den Scotch hin, den er für sich selbst geordert hatte. „Das hier war schon vorbei, ehe es angefangen hat."

Er wandte sich von Layla ab und setzte sich zurück auf den Barhocker, wo er sich einen neuen Drink bestellte. Dabei entging ihm nicht, wie Phoenix leicht amüsiert einen einzelnen Mundwinkel hob und seiner Schwester den Po tätschelte. „Na komm, *mi corazon*, such dir einen anderen zum Spielen. Ich muss etwas mit Josh besprechen."

Eine Kellnerin brachte ein neues Glas, und Josh ließ seinen Blick über den Tresen zum anderen Ende wandern, wo Troy noch immer mit der Escortdame knutschte. Die Art, wie sie ihr Becken über Troys Schoß kreiste, ließ ihn wünschen, an dessen Stelle zu sein. „Verdammt", murrte er, verfluchte die Härte in seiner Hose und kippte den Scotch hinunter. Layla hatte wohl recht. Er stand unter gewaltigem Druck.

„Worum geht es?", fragte er, ohne die Rothaarige aus den Augen zu lassen. Sie hatte ihm den Rücken zugewandt. Trotzdem wusste er, dass sie hübsch war. Troy war wählerisch.

Auch Phoenix' Blick ruhte auf den rötlichen Locken der Frau. „Sie ist neu bei *Grand Five*", stellte er fest.

Josh zuckte mit den Schultern. „Und sie scheint es Troy gleich besonders angetan zu haben."

Das schien Phoenix zu gefallen, denn nun hoben sich tatsächlich beide Mundwinkel. Das Oberhaupt der Firma lachte für gewöhnlich nie. Die Andeutung eines Lächelns war mehr, als man normalerweise von ihm zu sehen bekam. „Na dann, trinken wir auf Troy und sein Häschen."

Josh hob sein Glas wie geheißen in Troys Richtung, ehe er daran nippte. Eben hatte er sich noch betrinken wollen, doch wenn Ramírez übers Geschäft reden wollte, behielt man lieber einen klaren Kopf. Er wandte sich seinem Gegenüber zu und sah ihn abwartend an. Die stechenden Augen sprühten vor Intelligenz.

„Du hast Takeo getroffen?", fragte Josh schließlich und drehte das Glas zwischen seinen Händen.

Phoenix nickte. „Wir übernehmen die Lieferung am Dienstag. Dann brauche ich dich, um sie an Ort und Stelle zu prüfen, ehe wir sie weiterschicken."

„An wen?"

„Espinoza."

Josh schwenkte den Drink. Dann leerte er wortlos das Glas.

„Du sagst nichts dazu?", fragte Phoenix und sah ihn stirnrunzelnd an.

„Wer begleitet mich?", fragte er schließlich, denn dem Boss sagte man besser nicht ins Gesicht, dass einem ein Job nicht schmeckte.

„Troy. Er muss zeigen, dass er noch dazugehört."

Josh verkniff sich ein Stöhnen. „Hältst du es für vernünftig, gerade bei einer Gang wie der von Espinoza herauszufinden, ob er noch hinter dir steht?"

Phoenix schmunzelte. „Ich weiß doch auch nie, wo du stehst."

„Verdammt, Phoenix!", knurrte Josh, knallte sein leeres Glas auf die Bar und stand auf. „Du weißt sehr gut, wo ich stehe!" Er funkelte ihn an, und sein Blick glitt verächtlich über den teuren maßgeschneiderten Anzug des Kartellchefs. „Ich kann es mir wohl kaum leisten, mich gegen dich zu stellen!"

Phoenix nickte. „Ich wollte dich auch nur daran erinnern, das besser nicht zu vergessen."

Josh ballte die Fäuste und drehte sich um. Er musste hier weg, aber Phoenix hielt ihn am Arm fest. „Und noch was, Josh", warnte er diesmal ohne jede Spur von Amüsement. „Kommst du Layla noch mal zu nahe …"

Er brauchte den Satz nicht zu beenden. Josh verstand auch so.

Kapitel 2

Annie starrte blicklos zur Decke. Sie fühlte sich furchtbar. Sie zwang die Tränen zurück, die sie gerne vergossen hätte, und legte zaghaft die Hand auf ihren Bauch. Ihr war schlecht. Sie hatte deutlich mehr Tequila abbekommen als befürchtet, und das rächte sich nun. Sie rückte in Zeitlupe ein Stück von dem Mann ab, der schwer schnaufend neben ihr lag. Troy Castello war groß, und das Gewicht seines Schenkels über ihrer Taille verstärkte noch den Druck auf ihren ohnehin gereizten Magen. Dennoch wagte sie es nicht, sich zu bewegen.

Die Minuten verstrichen wie Stunden, und sie schaffte es doch nicht, ihre Panik niederzuringen. Was würde geschehen, wenn Castello erwachte? Würde er tun, wofür er sie nach der Party hierbehalten hatte?

Sie krallte die Bettdecke zwischen ihre Finger und zwang sich, ruhig zu atmen. Noch jetzt spürte sie seine Berührung auf ihrem Körper, fühlte seine Zunge in ihrem Mund und seinen Atem auf ihrer Haut. Sie war hier, um mit ihm zu schlafen. Das wusste sie. Trotzdem hätte sie am liebsten vor Erleichterung geheult, als klar geworden war, dass der zügellose Konsum von Alkohol Troys Plänen für die Nacht vorerst einen Strich durch die Rechnung machte.

Annie schluckte hart, als könnte sie so die letzten

Stunden hinter sich lassen. Sie wollte nach Hause. Nicht in dieses schicke Apartment, das zu ihrer falschen Identität gehörte. Sondern zu Liam. Sie wollte sich an seine Schulter schmiegen und nur noch seine Zuneigung spüren. Sie wollte sich an Summer kuscheln und den warmen Hundeduft in sich aufnehmen. Stattdessen fühlte sie pure Angst. Wie sollte sie die Rolle spielen, die sie sich selbst ausgesucht hatte? Mit einem Mal schien ihr das vollkommen unmöglich. Sie drehte den Kopf und musterte den schnarchenden Kriminellen neben sich. Sie ekelte sich. Dabei war Troy wirklich nicht hässlich. Im Gegenteil. Er war groß, blond und hatte Grübchen, wenn er lachte. Vielleicht hatte sie es sich deshalb leichter vorgestellt, sich auf ihn einzulassen, um dem Kartell näher zu kommen. Doch jetzt, wo seine Hände selbst im Schlaf besitzergreifend auf ihrem Körper lagen, fürchtete sie, der Sache nicht gewachsen zu sein.

Wieder krampfte sich ihr Magen zusammen, und auch wenn Castello zu wecken das Letzte war, was sie wollte, setzte sie sich auf.

„So eine Scheiße", flüsterte sie, strich sich die Haare über die Schulter und rückte an die Bettkante. Der kalte Marmor unter ihren nackten Füßen erdete sie, und sie zwang sich, ruhig und gleichmäßig durchzuatmen.

„Was ist denn los, Süße? Wo …" Der Mann hinter ihr kam in Bewegung. „… wo willst du hin?"

Eine Gänsehaut überzog Annies Körper, und sie schlang die Arme um sich, ehe sie sich mit erzwungenem Lächeln zu ihm umwandte. „Ich habe zu viel getrunken." Da das nicht gelogen war, würde er ihr wohl auch glauben.

„Ich muss mal an die frische Luft."

Troy lachte matt. „War ne wilde Party. Und wenn du zurückkommst, feiern wir weiter, okay?" Er streckte die Hände nach ihr aus und schlang die Arme um ihre Taille. Er rieb sein Gesicht in den Satin ihres Kleides und grinste. „Ich glaube, so langsam …" Seine Hände wanderten über ihre Seiten nach vorne zu ihren Brüsten. „… so langsam steht er wieder."

Das Grauen, das seine Worte in ihr auslösten, trieb sie aus dem Bett. Sie sprang regelrecht auf. „Bin gleich zurück", versicherte sie ihm und hastete zur großen gläsernen Schiebetür, die aus dem Schlafzimmer des Poolhauses direkt nach draußen führte.

Hektisch schluckte sie die bittere Galle hinunter, die sich in ihrem Mund sammelte. Sie spürte Troys Blick im Rücken, und so waren ihre Schritte gehetzt, als sie ein Stück in Richtung der türkis beleuchteten Wasseroberfläche lief, bis sie sicher war, seinem Blickfeld entkommen zu sein. Langsam zu gehen, fiel ihr schwer, denn alles in ihr schrie danach, wegzurennen, so schnell sie konnte.

„Also gut, Cody. Ich …" Josh ließ seinen Blick über die halbhohe Mauer des Anwesens wandern. Die erleuchteten Villen in den Hügeln vor ihm erweckten die letzten Augenblicke dieser Nacht zum Leben. Die Stadt erstreckte sich am Fuß des Berges wie ein glitzernder Topf Gold. „… ich melde mich wieder. Pass auf dich auf, okay?"

Er ließ das Handy sinken und steckte es hinten in seine

Jeans. Kurz erstarrte er, denn er spürte, er war nicht länger allein. Langsam drehte er sich um. Der Pool in Form einer liegenden Acht schimmerte wie flüssiger Lapislazuli, und die nächtliche Beleuchtung des mit Palmen gesäumten Sonnendecks spiegelte sich auf der glasklaren Wasserfläche. Die fünf Gästehäuser von Phoenix' Villa rahmten die luxuriöse Poolanlage ein und schützten zugleich vor neugierigen Blicken.

Vor einem dieser Gästehäuser bewegte sich ein Schatten.

Josh kniff die Augen zu Schlitzen, und seine Hand wanderte wie von selbst zur Pistole in seinem Hosenbund. Der Schatten trat näher an den Pool und nahm Kontur an. Eine schlanke Silhouette, wallendes, fast hüftlanges Haar und endlose Beine. Er entspannte sich, hielt die Hand aber noch an der Waffe, als er auf die Frau zuging.

Je näher er ihr kam, umso mehr Details von ihr nahm er auf. Die schwache Beleuchtung verlieh ihrem rötlichen Haar einen dunklen rostroten Schimmer. Ein dünner Träger ihres Kleides war ihr über die Schulter gerutscht, und es juckte ihn in den Fingern, ihn zu richten. Ihr Gesicht lag im Schatten, aber er wusste, sie hatte ihn bemerkt, denn sie machte ein paar Schritte rückwärts. Josh neigte den Kopf und spähte über ihre Schulter zur Schiebetür von Troys Schlafzimmer. Normalerweise hieß Phoenix Gäste von außerhalb der Firma nicht gut. Ihm würde nicht gefallen, dass diese Hostess hier allein herumspazierte.

„Wo ist Troy?", fragte er deshalb und sah zum ersten Mal überhaupt in ihr Gesicht.

Augen so dunkel wie die Nacht brannten sich in ihre, und die silbernen Sprenkel darin brachen wie Granatsplitter über sie herein. Annie schnappte nach Luft und taumelte rückwärts gegen den Stamm einer Palme. Alles begann, sich um sie zu drehen, und eine Angst, wie sie sie seit Jahren nicht mehr empfunden hatte, packte sie. Sie hob die Hand an ihr Herz, um die Erinnerung an einen kalten Pistolenlauf auf ihrer Haut zu vertreiben.

Wer war dieser Mann? War es möglich, dass …?

Sie schüttelte den Kopf, um die Bilder ihrer Vergangenheit zu vertreiben, aber diese unvergesslichen Augen wollten nicht verschwinden. Sie folgten jeder ihrer Bewegungen, wie eine Klapperschlange. Sein ganzer Körper schien angespannt. Jederzeit bereit, sich für den tödlichen Biss auf sie zu stürzen.

„Was machst du hier draußen?", fragte der Fremde erneut, und auch seine Stimme riss die vergangenen Jahre fort, als wären sie nichts weiter als Fantasien. Ihr rauer Klang beförderte sie regelrecht zurück in *Harolds Market*, zurück in die Hilflosigkeit jener unvergessenen Nacht.

„Ich …" Ihre Stimme versagte, und das Adrenalin peitschte durch ihre Blutbahn. Sie hatte gelernt, cool zu bleiben. War darauf trainiert, sich einer Situation anzupassen, und doch gelang es diesem Mann schon zum zweiten Mal in ihrem Leben, sie vollkommen aus der Fassung zu bringen.

„Troy schläft", presste sie heraus und strich sich das Haar auf den Rücken, in der schwachen Hoffnung, seine

Farbe möge sie nicht verraten.

Dieser Mann durfte sie nicht erkennen. Natürlich war unwahrscheinlich, dass er das tat, denn wenn er wirklich der Kerl aus *Harolds Market* war, für den sie ihn hielt, dann lag das fünf Jahre zurück. Fünf Jahre, in denen er wer weiß wie viele Verbrechen mit wer weiß wie vielen Beteiligten begangen hatte. Es gab keinen Grund, sich gerade an sie zu erinnern. Die verängstigte Joggerin am Boden eines kleinen Supermarktes hatte nicht viel mit der lasziven Escortdame zu tun, in deren Rolle sie geschlüpft war. Sie musste einfach nur ruhig bleiben, dann bestand kein Grund zur Sorge.

Es fühlte sich an wie ein Erdbeben, als Josh der Frau in die Augen sah. Dieses geheimnisvolle Grün, das ihm daraus entgegenleuchtete, hätte er überall wiedererkannt. Er wusste genau, dass er diese Augen schon gesehen hatte. Mit dem gleichen panischen Aufflackern darin, das er auch in diesem Moment wahrnahm. Er fasste die Pistole fester und trat auf sie zu.

„Wer bist du?", fragte er, um Lässigkeit bemüht, die er nicht empfand. Seine Gedanken rasten.

Was machte die Frau aus *Harolds Market* hier in Phoenix' Villa? Dass sie es war, daran gab es keinen Zweifel. Doch was bedeutete es? Das konnte doch kein Zufall sein, oder doch?

Sie wich vor ihm zurück, bis an den faserigen Stamm einer Palme. Getrieben von dem Verlangen nach einer Erklärung, trat er dicht an sie heran und steckte die Waffe weg. Stattdessen packte er ihre Kehle und bog ihren Kopf zurück, um ihr in die Augen sehen zu können. Dunkler Kajal und stark getuschte Wimpern betonten noch das grüne Strahlen.

Diese Augen. Sie zogen ihn an wie Magneten. „Sag schon!", wiederholte er drängend. „Wer bist du?" Sein Blick glitt über ihr Gesicht, ihr Haar, bis hinab zu ihren makellosen Brüsten. Der tiefe Ausschnitt verbarg nicht, wie schnell ihr Herz schlug, verbarg nicht, wie der Puls an ihrer Kehle raste.

„Ich bin Annie", murmelte sie und fasste nach seinen Händen, die noch immer um ihren Hals lagen. „Und du nimmst besser deine Finger von mir!" Sie versuchte, seinen Griff zu lockern, und stieß mit dem Körper gegen ihn. Die Angst in ihrem Blick war einer überraschenden Entschlossenheit gewichen.

„Annie." Er ließ sich den Namen auf der Zunge zergehen, während er sich fragte, ob ihm seine Erinnerung vielleicht doch einen Streich spielte. Es gab viele Frauen mit grünen Augen und rotem Haar. Es gab viele schöne Frauen mit langen Beinen und … und doch spürte er eine Verbindung zu ihr, die er sich sicher nicht einbildete. Er hatte so etwas wie Erkennen in ihrem Blick aufflackern sehen. Hatte sich die Angst doch nicht eingebildet …

„Annie … und weiter?", flüsterte er und beugte sich dicht über sie. Er roch Tequila und darunter den leichten Hauch ihres Parfums.

„Lass mich los, du Spinner!", fauchte sie und rammte ihm die Hände gegen Brust.

Josh lachte, ohne von ihr abzurücken. Sein Schenkel

drängte zwischen ihre Beine, und er hielt sie mit seinem Körper zwischen sich und dem Stamm gefangen. „Ganz langsam, Süße", murmelte er und nahm eine ihrer Strähnen in die Hand. Er warf einen erneuten Blick zu Troys Schiebetür, ehe er die seidige Locke zwischen seinen Fingern rieb. „Solltest du nicht dort drinnen sein?", fragte er und nickte in Richtung von Troys Schlafzimmer. Dabei gefiel ihm die Vorstellung von ihr mit Troy nicht besonders. Nicht nur, weil er nicht sicher war, wer sie war, sondern auch, weil sie sich in seinen Armen so gut anfühlte.

„Troy wird nicht gefallen, wie du mir auf die Pelle rückst!", fauchte sie und funkelte ihn warnend an.

„Ist er schon fertig mit dir?", überlegte Josh und gab der Versuchung nach, endlich ihren Träger zurück auf ihre Schulter zu schieben. Dabei genoss er das Gefühl ihrer samtweichen Haut unter seinen Fingerspitzen. „Weil du hier so allein herumspazierst ..." Er legte den Kopf schief und musterte sie misstrauisch.

„Fertig?" Sie lachte und versuchte, sich ihm zu entwinden, was aber nur ihr Kleid weit über ihren Schenkel nach oben rutschen ließ. „Wir sind nicht fertig. Wir haben noch nicht mal richtig angefangen. Also lass mich jetzt los, denn Troy wartet auf mich!"

Josh hob die Augenbrauen. Das wurde ja immer interessanter. Obwohl er ihr keinen Steinwurf weit traute, reagierte sein Körper auf ihre verführerische Nähe, und der Gedanke, dass Troy sie vielleicht noch gar nicht besessen hatte, trieb ihm das Blut in die Lenden. Seine Jeans wurde eng. Layla hatte offenbar recht. Er stand mächtig unter Druck, und diese rothaarige Sirene fühlte sich verdammt gut an.

„Dann lassen wir ihn doch einfach noch einen Moment länger warten", schlug er vor und beugte sich über sie.

Annie wusste, was nun kommen würde. Das gefährliche Funkeln in seine Augen ließ keinen Zweifel an seiner Absicht. Sie wollte nach ihm schlagen, doch er hielt sie unnachgiebig fest. Sie spürte seinen steinharten Penis an ihrem Becken, während seine Lippen sich ihren immer mehr näherten. Sein Drängen war so mächtig, dass es ihren Widerstand förmlich überrollte. In der vergangenen Nacht hatte sie Troy gefühlte hundert Mal geküsst, um dessen Vertrauen zu gewinnen und dem Kartell näher zu kommen, doch keinen einzigen Kuss hatte sie herbeigesehnt.

Selbst mit Liam hatte sie nie derart verzweifelt gewünscht, er möge endlich seine Lippen auf ihre pressen. Sie registrierte erschrocken, wie animalisch sie auf diesen Fremden reagierte. Wie die Gefahr, die er ausströmte, sie packte und in einen Strudel merkwürdigster Gefühle mitriss. Nie hatte ein Mann ihr derart den Atem geraubt wie dieser Unbekannte … dieser Kriminelle, verbesserte sie sich im Geiste, es gerade tat. Sein Blick sagte mehr als tausend Worte, und Annie verstand jedes einzelne davon. Er misstraute ihr. Er drohte ihr. Er war gefährlich. Und er wollte sie. Mit der gleichen Macht, mit der sie das Ramírez-Kartell zerstören wollte.

Nur Millimeter trennten noch ihre Lippen. Sie spürte

seinen Atem, als er ihr Kleid bis weit über ihre Hüften nach oben schob und ihren Po umfasste. Die faserige Rinde der Palme kratzte an ihrem Oberschenkel, als er sie hart dagegendrückte.

„Nicht!", flehte Annie und kämpfte gegen das überraschende Verlangen an, das dieser Mann in ihr weckte. Sie musste in der Rolle bleiben! Sie musste einen klaren Kopf bewahren! Und sie musste sich vor allem von dem Ganoven fernhalten, der einst *Harolds Market* überfallen hatte, um an die Männer zu gelangen, deretwegen sie wirklich undercover gegangen war.

„Bitte!"

Ihre geflüsterten Worte schnitten wie Messer durch Joshs vor Lust vernebelten Verstand. Genau diese Worte, genau diese Stimme … er täuschte sich nicht! Atemlos trat er zurück, noch immer nicht in der Lage, zu erkennen, was das bedeutete.

Er wusste nur, es konnte Ärger geben, wenn herauskam, dass er vor fünf Jahren eine Zeugin am Leben gelassen hatte. Eine Zeugin, die nun auf der Matte stand und …

„Verflucht!", murrte er und fuhr sich durch die Haare.

Sie stand auf der Matte, und was …? Was wollte sie hier? An Zufälle glaubte er nicht, doch sie zu fragen, schaffte er auch nicht, denn noch während er das Geräusch der sich öffnenden Schiebetür vernahm, verpasste Annie ihm eine schallende Ohrfeige. Sie zitterte, als sie sich das Kleid richtete und sich an ihm vorbei in Troys Richtung drängte.

„Was ist denn hier los, Josh?", fragte der und rieb sich den verkaterten Schädel.

Josh verkniff sich einen weiteren Fluch. Das war doch echt ein beschissenes Timing. Er sah Annie nach, die sich etwas unsicher an Troy schmiegte, ihm selbst dabei aber warnende Blicke zuwarf.

„Was treibt ihr zwei denn hier?", hakte Troy schroff nach und packte Annies Arm.

„Reg dich nicht auf Troy", brummte Josh und hob beschwichtigend die Hände. „Mein Fehler. Hab die Kleine gesehen und mir nicht viel gedacht …"

„Das ist mein Mädchen!", keifte Troy und legte seinen Arm besitzergreifend um Annies Taille. Die lächelte und verschränkte ihre Finger mit seinen.

„Das hab ich diesem Spinner auch gesagt", flötete sie und zog Troy sanft hinter sich her.

Josh biss die Zähne zusammen. Ohne die rothaarige Sirene aus den Augen zu lassen, nickte er. „Wie gesagt, Troy. Mein Fehler."

Er machte einen Schritt zurück, dann wandte er sich um und ging um den Pool herum, zurück zum Haupthaus, denn er wollte unter keinen Umständen zusehen, wie Troy mit der Frau mit den smaragdgrünen Augen im Schlafzimmer verschwand.

Kapitel 3

Das Wasser rann Annie so heiß über den Körper, dass es schmerzte. Trotzdem stellte sie es nicht kälter, sondern schrubbte sich hektisch ab. Die Tränen liefen ihr übers Gesicht, und sie wusch sie ab, als könnte sie damit auch das Gefühl abwaschen, fast mit einem Mann geschlafen zu haben, den sie nur aus Polizeiakten kannte. Einem Mann, der ihre Zielperson war.

Sie lehnte die Stirn gegen die Duschwand und ließ sich atemlos das heiße Nass über den Rücken laufen. Ihr Schluchzen schmerzte in der Kehle, und trotz der Hitze des Wassers schlugen ihr zitternd die Zähne aufeinander.

Erst eine halbe Stunde später schaffte sie es schließlich, das Wasser abzustellen und aus der Dusche zu steigen. Sie wickelte sich in ein dickes Handtuch, trocknete ihre Tränen und nahm eine Kopfschmerztablette aus dem Spiegelschrank über dem Waschbecken. Mit dem Zipfel des Handtuchs wischte sie den Wasserdampf vom Spiegel und sah in ihr verkatertes Gesicht. Die erste Nacht undercover, und schon war sie ein Wrack! Dunkle Schatten schillerten unter ihren geröteten Augen, und ihre Lippen waren geschwollen von Troys gierigen Küssen. Allein der Gedanke daran verursachte ihr Übelkeit, und sie beugte sich würgend übers Waschbecken. Dabei war sie noch einmal glimpflich davongekommen.

„Beruhig dich!", flüsterte sie sich selbst zu und atmete tief durch. „Das Schlimmste ist fast geschafft!", versuchte sie, sich Mut zu machen. Trotzdem fühlte sie sich furchtbar, als sie noch immer nur im Handtuch in ihr Schlafzimmer ging. Sie wusste, dass auch dieser Raum kameraüberwacht war. Liam hatte um ihrer Sicherheit willen darauf bestanden, und zuerst hatte Annie das auch für eine gute Idee gehalten, doch jetzt, wo sie sich so verletzlich fühlte wie ein neugeborenes Baby, hätte sie sich etwas mehr Privatsphäre gewünscht. Sie mied den Blick in Richtung der Grünlilie, in deren Topf die Kamera versteckt war, und warf sich direkt aufs Bett. Sie zog sich die Bettdecke über den Kopf, und es war ihr vollkommen egal, dass ihr nasses Haar das Kissen tränkte. Sie wusste, Liam, der dem Beschattungsteam zugeteilt war und vermutlich in diesem Moment vor einem Monitor im Safehaus saß und ihre Aufnahmen auswertete, würde sich fragen, was geschehen war. Er würde sich sicher Sorgen machen, wenn sie ihm nicht wenigstens einen nach oben gereckten Daumen zeigte, doch dazu fühlte sie sich nicht in der Lage.

Sie holte tief Luft, schloss die Augen und lauschte nur auf ihren immer gleichmäßiger werdenden Atem. Das Adrenalin in ihrem Blut baute sich langsam ab, und die Schmerztablette dämpfte den Ekel, den sie vor sich selbst empfand. Ihre Angst ließ allmählich nach, und nur die Erinnerung an diese grau gesprenkelten Augen blieb.

„Josh", flüsterte sie den Namen, mit dem Troy den Mann angesprochen hatte. Sie hob die Finger an ihre Lippen. Als könnte sie so den Kuss herbeizaubern, den er ihr fast gegeben hatte.

Das Klopfen an der Tür weckte Annie, und sie kämpfte sich ächzend unter der Bettdecke hervor. Das Handtuch war aus dem Bett gefallen, und sie bückte sich danach, ehe sie mit kleinen Augen zur Tür ging. Sie steckte sich die Enden fest und lugte durch den Spion. Dann öffnete sie.

„Hausmeisterservice", sagte der Mann laut genug für neugierige Ohren, ehe er mitsamt seinem Werkzeugkoffer eintrat. „Wo liegt denn das Problem?"

Annie fuhr sich mit den Fingern durch die Locken. Dann schloss sie die Tür hinter Chris und lächelte ihn an. „Hausmeisterservice?", fragte sie und lehnte sich mit dem Rücken gegen die Tür. „Ich dachte, dieser Service ist nur für den Notfall?"

Chris, ihr Kontaktmann beim FBI, nahm die blaue Baseballkappe vom Kopf, stellte das Werkzeug ab und trat auf sie zu. „Liam meint, es liegt ein Notfall vor", gab er besorgt zurück und musterte sie eindringlich. Er hob ihr Gesicht in Richtung des durchs Fenster einfallenden Lichts. „Du siehst fertig aus. Geht es dir gut?"

Annie schob seine Hände weg und winkte ab. Sie warf einen kurzen Blick in Richtung der Kamera, die hinter dem Fernseher befestigt war, als könnte sie Liam damit direkt in die Augen sehen. „Es geht mir gut!", versicherte sie Chris, auch wenn es genauso ihrem Verlobten galt. „Ich bin nur müde."

Chris nickte. „Wie ist es gestern gelaufen?"

Annie seufzte. Sie ging in die Küche und setzte Wasser auf. „Es ist alles nach Plan gelaufen", berichtete sie nach einer Weile, denn es fiel ihr gerade nicht leicht, zurück in ihre eigentliches Ich zu finden. „Troy hat … wie angenommen reagiert. Er hat tief ins Glas geschaut, und ich denke, ich konnte sein Vertrauen gewinnen."

Chris sachlicher Blick veränderte sich nicht. Dafür war sie ihm dankbar. „Kannst du sagen, wer alles auf der Party war? Hast du schon einen Eindruck bekommen, wie viele Mitglieder des Kartells sich dauerhaft in Phoenix' Nähe aufhalten?"

Annie schüttelte den Kopf. „Ich war gut damit beschäftigt, Troys Aufmerksamkeit zu fesseln. Es waren viele Männer in der Villa. Bestimmt dreißig. Dazu ein paar Frauen. Nicht nur die von *Grand Five*."

„Hast du Phoenix gesehen?"

„Nein. Aber das muss nicht heißen, dass er nicht da war."

Chris kratzte sich am Arm. Er wirkte nun doch etwas verlegen, als er sie wieder ansah. „Konntest du … konntest du Troy … von dir überzeugen?" Er wurde rot. „Ich meine … denkst du, er wird dich wieder buchen?"

Annie krallte die Finger in das Handtuch und regte sich nicht, obwohl ihr Wasserkessel pfiff.

„Annie?" Chris stand auf und nahm den Kessel von der Herdplatte. Er brühte ihren Tee auf, ehe er sie wieder ansah. „Vertraut er dir, Annie?"

Sie schluckte. Mit einem Mal fühlte es sich so an, als wären Troys Hände wieder auf ihrem Körper, als würde er wieder auf sie herabblicken, während sie ihn befriedigte. Sie wusste, damit würde sie ihn nicht ewig hinhalten können. Er würde irgendwann mit ihr schlafen wollen.

„Er hat gesagt … wir sehen uns", presste sie heraus. Sie wusste selbst, dass ihre Stimme zittrig klang.

Chris griff nach ihrer Hand und streichelte ihren Handrücken. „Wir sind alle sehr stolz auf dich. Der Kontakt zu Troy wird uns dem Kartell ein ganzes Stück näher bringen. Gibt es sonst noch etwas, das ich wissen sollte?"

Annie dachte an Josh. An seine gesprenkelten Augen. An den Moment, in dem sie geglaubt hatte, er könnte sie erkannt haben.

Sie sollte Chris davon berichten, denn wenn dieser Josh wirklich *Harolds Market* überfallen hatte, dann stellte sich die Frage, ob der einfache Raub von damals nicht etwas ganz anderes gewesen war. Etwas Großes …

„Annie? Hörst du mir überhaupt zu?" Chris sah sie ungeduldig an. „Ich kann nicht ewig bleiben. Also sag: Gibt es noch etwas, das für unsere Ermittlungen von Bedeutung ist? Irgendwas, das ich wissen sollte?"

Annie hob die Hand an ihre Lippen. Spürte noch immer Joshs Atem an ihrer Wange. Langsam schüttelte sie den Kopf.

„Nein. Es lief alles nach Plan."

Josh lehnte sich im Beifahrersitz zurück. Die tief stehende Abendsonne blendete ihn, und er rückte sich die Sonnenbrille zurecht. Asher neben ihm drückte das Gaspedal des schwarzen Porsches durch und bretterte auf dem Freeway in Richtung Downtown. Einen Sportwagen wie diesen konnte man hier kaum ausfahren, denn der Verkehr war zu jeder Tages- und Nachtzeit dicht. Trotzdem gab Asher sein Bestes und schlängelte sich rücksichtslos an den anderen Fahrzeugen vorbei, immer auf der Suche nach der nächsten Lücke, um ja nicht auf die Bremse treten zu müssen.

Der Wind riss an Ashers halblangem braunen Haar, das er für gewöhnlich offen trug, um sein hartes Profil abzumildern. Die gewaltige Hakennase und ein spitzes Kinn erinnerten Josh immer wieder an einen Geier, und wenn es nach ihm ging, unterstrichen die langen Haare diese Wirkung nur, anstatt sie zu mildern. Doch das würde er lieber für sich behalten, denn Ashers Finger zuckte nur zu leicht am Abzug seiner Waffe.

„Du bist heute so still", merkte Asher gerade an, als er hinter einem Lastwagen ruckartig ausscherte, um auf die äußerste linke Fahrspur zu wechseln.

Josh knetete seine Fäuste, bis die Knöchel knackten. „Was willst du denn hören?"

Asher grinste. Einer seiner Eckzähne war mit Kristallen besetzt, und kurz blitzte die Reflexion der Sonne in seinem Mund auf. „Phoenix meint, du hast ein Problem mit Espinozas Gang. Du wirst doch nicht den Schwanz einziehen?"

„Beim letzten Mal gabs Ärger. Ich denke, Troy ist nicht scharf drauf, dasselbe Spiel noch einmal zu spielen", sagte Josh vage.

„Troy will wieder einsteigen. Er wird tun, was Phoenix verlangt." Asher sah ihn an, ohne das Tempo zu drosseln. „Aber was ist mit dir?"

Josh verkniff sich eine Antwort. Zu seiner Loyalität war alles gesagt. Es war kein Geheimnis, dass er nicht freiwillig hier war.

„Wie geht es eigentlich deinem Bruder?", wechselte Asher unvermittelt das Thema, und ein berechnendes Lächeln ließ den Eckzahn aufblitzen. Ohne den Blinker zu setzen, nahm er die Ausfahrt vom Freeway.

Josh starrte ihn an. Er unterdrückte den Drang, ihm an die Kehle zu gehen. „Lass Cody aus dem Spiel!", warnte er den Fahrer. „Du kannst Phoenix sagen, dass ich weiß, was ich zu tun habe!" Er zog seine Waffe und legte sie demonstrativ auf seinen Schoß. „Aber wenn du noch mal mit Cody anfängst, dann jag ich dir eine Kugel in den Kopf."

Asher lachte kehlig und steuerte den Wagen in eine Seitenstraße. „Du bräuchtest viele Kugeln für viele Köpfe, um deinen Bruder im Knast vor unseren Leuten zu schützen." Er parkte und stieg aus. Kurz sah er die Straße entlang, dann schob er sich eine dunkel getönte Sonnenbrille auf die Hakennase, ehe er sich wieder an Josh wandte. „Ihr haltet besser beide die Füße still, dann passiert keinem was."

Josh folgte ihm durch das Viertel mit den unzähligen Textilfabriken, von denen eine heruntergekommener aussah als die andere. Er musste Asher nichts mehr entgegnen, denn egal, wie er es drehte oder wendete, dieser miese Bastard hatte recht.

„Wo übernehmen wir die Ladung?", fragte er deshalb, auch wenn er noch immer den Drang verspürte, dem Geier vor sich eiskalt eine Kugel zwischen die Schultern zu jagen.

Sie kamen an mit Graffiti besprühten Rolltoren vor den zum Teil verlassenen Geschäften vorbei. An manchen

Gebäuden waren die Scheiben hinter den metallenen Gittern eingeschlagen. Dazwischen Lastwagen, die Paletten mit Stoffballen entluden und in die fragwürdigen Geschäfte brachten. Ein paar Straßen weiter sah die Stadt ganz anders aus. Dort reihten sich Boutiquen aneinander, und aufstrebende Designer verkauften ihre überteuerten Stücke. So war das in L. A. Wie in Wellen starben plötzlich Geschäftsviertel aus, wurden aufgegeben und dem Verfall preisgegeben, bis eine Reihe neuer Investoren das ganze Areal aufkaufte, ein Großreinemachen veranstaltete und dann ein neues Einkaufszentrum aus dem Boden stampfte. Doch im Moment war hier nicht viel zu holen. Nichts, außer die Ladung der Chinesen.

Josh bemerkte die Überwachungskameras, die an manchen Fassaden unter den verblichenen Markisen die zum Teil mit Papier verklebten Schaufenster und den Gehweg im Blick hatten. Aber davon schien sich Asher nicht beunruhigen zu lassen. Er steuerte, ohne zu zögern, eines der Geschäfte an.

Im Inneren roch es muffig, und Josh atmete flacher. Eine Glocke an der Decke bimmelte, als die Tür hinter ihm zufiel. Asher legte den Kopf in den Nacken, denn über ihnen waren Schritte zu hören.

„Hier ist jemand", murmelte Josh und fasste die Pistole fester.

„Takeos Leute werden die Ladung nicht unbeaufsichtigt lassen", gab Asher zurück und nickte in Richtung der metallenen Wendeltreppe, die ins darüberliegende Stockwerk führte. Er bedeutet ihm, voranzugehen.

Josh rollte mit den Augen. Sollte das hier eine Falle sein,

würde Asher ihn jederzeit opfern, um seine eigene Haut zu retten. Das wusste er. Trotzdem hatte er keine Wahl. Er musste weitergehen. Er entsicherte die Waffe und fasste sie mit beiden Händen. Mit gestreckten Armen hielt er sie vor sich und lauschte auf jedes Geräusch, als er Stufe für Stufe höher stieg.

Noch bevor er die drei dunkel gekleideten Chinesen mit den vollautomatischen Waffen registrierte, die auf ihn zielten, erblickte er die messerscharfen Absätze roter Stilettos einer Frau. Sie trug ebenfalls Schwarz. Ein eleganter Seidenjumpsuit umspielte weich ihre schlanke Figur und war an der Taille mit einem goldenen Gürtel gerafft. Ihre mandelförmigen Augen zeugten von ihrer asiatischen Herkunft, ebenso wie ihr nachtschwarzes kinnlanges Haar.

Sie lächelte, als wäre ihr überhaupt nicht bewusst, dass er seine Waffe auf sie gerichtet hatte. „Sie kommen spät", stellte sie fest und winkte ihn mit einer dezenten Bewegung näher. Ihre Nägel waren im gleichen Rot lackiert wie die Farbe ihrer High Heels. „Ich hoffe, das ist kein Zeichen dafür, mit welcher Präzision das Ramírez-Kartell arbeitet."

Josh, der sich der Überzahl ihrer bewaffneten Begleiter nur zu deutlich bewusst war, hob die Hände kurz an und sicherte die Waffe, als Zeichen, dass er nicht vorhatte, sie zu benutzen. Dann nahm er die letzte Stufe und bedeutete Asher, ihm zu folgen.

„Keine Sorge, Miss …" Asher sah sie abwartend an, doch sie lächelte nur schwach.

„Mein Name tut nichts zur Sache, meine Herren." Sie drehte sich zur Seite und deutete auf einen großen

Schneidetisch, auf dem irgendwann einmal riesige Stoffbahnen zugeschnitten worden waren. Jetzt stand dort eine Alukiste mit Deckel, die groß genug war, um einen Menschen aufzunehmen.

„Die Ladung?", fragte Asher und trat näher.

Die verschlossenen Mienen der Chinesen verstärkten Joshs Unwohlsein. Darum blieb er an seinem Posten nahe der Treppe. Mit einem Ohr versuchte er, darauf zu achten, ob ihnen jemand von unten her folgte. Sein Puls ging schnell, aber kontrolliert. Dabei quälte ihn die Frage nach dem Inhalt der Kiste regelrecht. Er knackte mit den Fingern, um sich zu beruhigen. Was immer in der Kiste war, es war nicht seine Schuld. Das redete er sich seit sechs Jahren ein. Was immer das Kartell tat, er war nur ein kleines Rädchen im kriminellen Getriebe. Falls sich eine Leiche in der Kiste befand …

„Zeig ihnen die Ware!", bedeutete die Asiatin einem ihrer bewaffneten Begleiter, ehe sie mit verschränkten Armen einen Schritt zur Seite tat. Unter den wachsamen Augen der Chinesen klappte Asher den Deckel auf, und Josh hielt den Atem an. Er spürte das Misstrauen der Männer ihm gegenüber und wusste, er würde höchstens zwei von ihnen niederschießen können, ehe ihn selbst eine Kugel treffen würde. Darum hieß es jetzt, Nerven zu bewahren.

Asher fasste in die Kiste und hob ein schweres Sturmgewehr heraus. Mit einem Grinsen, das seinen Eckzahn zum Funkeln brachte, legte er die Knarre an und tat so, als ziele er auf einen der Chinesen. Die verzogen keine Miene.

Josh versuchte, sich seine Erleichterung über den Inhalt der Kiste nicht anmerken zu lassen. „Waffen", stellte er tonlos fest, als Asher damit zu ihm kam und sie ihm überreichen wollte.

„Liegt gut im Arm. Willst du mal?", fragte der und spähte selbst noch einmal durch das Zielfernrohr auf dem Lauf.

„Wofür sind die?", fragte Josh, ignorierte Asher und schlenderte an den Schneidetisch. Schon ein kurzer Blick in die Box zeigte ihm, dass sich darin ein gutes Dutzend weiterer Waffen befand.

„Nur zu, meine Herren. Prüfen Sie die Ware", gab sich die Chinesin großzügig und trat nahe an Josh heran. Sie legte ihm die Finger auf den Oberarm. „Ich habe gehört, Sie sind der Experte."

Darauf erwiderte Josh nichts. Er hatte nicht vor, vor diesen Leuten anzugeben. Er griff in die Kiste und nahm ein auseinandergebautes Scharfschützengewehr heraus. Geübt legte er die Einzelteile vor sich auf den Tisch, untersuchte die Teile, ehe er mit wenigen fließenden Handgriffen die Waffe zusammensetzte.

„Waren Sie beim Militär?", fragte die Chinesin, und der Blick aus ihren mandelförmigen Augen brannte sich in seinen. „Waren Sie im Auslandseinsatz?", fragte sie weiter, ohne sich daran zu stören, dass er nicht antwortete.

Ihr süßes Parfum stieg Josh unangenehm in die Nase, als er die Waffe zurück in die Kiste legte. Er bedeutete Asher, es mit dem Sturmgewehr genauso zu machen.

„Sie reden wohl nicht viel", stellte die Chinesin fest, und auf ihr Zeichen hin schloss ihr Gorilla die Box.

Asher lachte. „Das habe ich heute auch schon zu ihm gesagt."

Obwohl Asher breitbeinig wie eine Bulldogge und mit in die Hüften gestemmten Händen dastand, schien die Frau ihn kaum wahrzunehmen. Sie hielt den Blick auf Josh gerichtet. „Die Ladung?", fragte sie kühl. „Entspricht sie den Anforderungen?"

Josh nickte. „Packen wir zusammen", gab er an und verneigte sich leicht. „Wir waren ja eh schon spät dran."

Nun lachte die Chinesin. „Auch wenn wir in Eile sind, sollten wir das Wichtigste nicht vergessen, richtig?"

Ihre Gorillas legten erneut die Waffen auf sie an, und Josh rümpfte die Nase. „Die Bezahlung", stellte er fest.

„Richtig. So viel Zeit muss sein."

„Phoenix hat gesagt, er wickelt das Geld selbst mit euch ab", maulte Asher und legte die Hand an die Alubox. „Wir holen nur die Ladung."

Die Chinesin lächelte immer noch. „Und ich sage, wir bekommen das Geld jetzt." Sie ließ sich ein Smartphone reichen und hielt es Josh hin. „Transferieren Sie das Geld", befahl sie.

Asher kniff die Augen zusammen. „Verdammt noch mal, Weib! Wir sind für die Bezahlung nicht zuständig!", widersprach er, und seine Hand an der Waffe zuckte. „Ich sags noch mal, wir holen nur die Ladung."

Ihr Lächeln schien geduldig, auch wenn ihre Bewegungen etwas anderes sagten. „Die Lage hat sich geändert. Mister Takeo hat keinen Bierdeckel, auf dem man anschreiben kann. Ware gibt es nur gegen Bezahlung."

„Aber …" Asher blähte wütend seine Nasenflügel.

Josh wusste, Asher eskalierte leicht, wenn man ihn wütend machte. Darum trat er ihm entgegen und baute sich vor ihm auf. „Ash!", warnte er. „Lass gut sein. Das kostet nur Zeit. Ruf Phoenix an und sag ihm, er soll Geld schicken oder eine Zahlung autorisieren."

Kapitel 4

„Du schaffst das, du schaffst das, du schaffst das", murmelte Annie tonlos vor sich hin und starrte dabei blicklos aus dem verdunkelten Heck der Limousine, die *Grand Five Escort* geschickt hatte, um sie zu ihrem Job zu bringen. Sie wusste nicht, ob sie erleichtert war, dass Troy tatsächlich einen weiteren Abend mit ihr gebucht hatte, oder ob sie Panik verspürte.

In den Wochen der Vorbereitung auf diesen Einsatz hatte Chris ihr geraten, die Dinge, vor denen sie am meisten graute, möglichst schnell hinter sich zu bringen. Dann würde der Rest leichter werden. Gestern Nacht hatte sie einem Mann einen runtergeholt, den sie zum Wohle der Menschen in L. A. am liebsten direkt zurück in den Knast geschickt hätte. Diese Sache hatte sie hinter sich gebracht, doch das war wohl noch lange nicht das Schlimmste, was sie erwartete. Und darum fühlte es sich heute noch genauso furchtbar an wie am Vorabend, als sie mit wild klopfendem Herzen vor Phoenix Ramírez' Villa aus dem Auto stieg.

„Hey, Babe!" Troy kam mit ausgebreiteten Armen auf sie zu. Sein Haar war nass, als wäre er kürzlich im Pool gewesen. Er trug eine Designerjeans und dazu ein mit Palmen bedrucktes sonnengelbes Hawaiihemd, das offenstand. Ein Schulterholster samt Pistole war nicht zu übersehen. Wie von selbst glitt Annies Hand an ihre Hüfte, als könnte ihr ihre Dienstwaffe Sicherheit geben. Doch sie war unbewaffnet. Schnell, um die unbedachte Bewegung zu verbergen, steckte sie die Hände in die hinteren Hosentaschen ihrer knappen Shorts und schenkte dem Kriminellen ein strahlendes Lächeln.

„Hast du mich vermisst, Süßer?", flötete sie und hob die Augenbrauen. „Ich habe den ganzen Tag nur an dich gedacht", fügte sie verführerisch hinzu.

Aus dem Augenwinkel checkte sie die Lage. Zwei Türsteher in Schwarz an der doppelflügeligen Eingangstür der Villa. Kameras, die auf die Grundstücksgrenzen gerichtet waren, und Angestellte, die weiter hinten im Hof Autos wienerten. Jeder von ihnen bewaffnet. Zwei Dobermänner stromerten mit den Nasen dicht am Boden übers Grundstück, als wären ihnen die goldenen Halsbänder zu schwer.

Annie versuchte, sich alles möglichst genau einzuprägen. Eine Bewegung in einem der oberen Fenster erregte ihre Aufmerksamkeit, aber Troys Hände auf ihrem Hintern schoben sie ungeduldig weiter. Sie hätte ihn am liebsten von sich gestoßen. Stattdessen rang sie ihre Abneigung nieder und schlang ihm die Arme um den Hals.

„Also, Süßer, was haben wir heute vor?", fragte sie und hob ihre Hand an seine Brust.

Troy grinste und zog sie eng an sich. „Ich hab drei Jahre nachzuholen, Babe. Was denkst du, was ich vorhabe?"

Annie spürte seinen harten Penis durch die Kleidung, und ihr Magen krampfte sich zusammen. Beinahe erleichtert, Troy einen Moment zu entkommen, ließ sie sich von einem der Türsteher abtasten. Brav streckte sie die Arme von sich und hielt still, als er sie mit geübten Griffen nach Waffen oder Mikrofonen durchsuchte. Dabei verzog der Kerl keine Miene. Nur Troy grinste und trat dicht hinter sie.

„Der Glückspilz", flüsterte er ihr ins Ohr und tat so, als suche er sie selbst noch einmal ab. „Die hübschesten Mädels der Stadt lassen sich von dem unter den Rock fassen. Nicht zu glauben, oder?"

Annie kicherte und zog ihn weiter. Sie musste in die Villa gelangen. Es irgendwie dorthin schaffen, wo über die Geschäfte des Kartells geredet wurde. Zugang bekommen und Beweise für das illegale Treiben von Phoenix Ramírez besorgen, damit sie in ihr echtes Leben zurückkehren konnte.

Als sie auf die Eingangstür zusteuerte, hielt Troy sie zurück. „Wo willst du denn hin?", fragte er und deutete den palmengesäumten Gartenweg zu den Gästehäusern entlang. „Da gehts lang."

Annie machte einen Schmollmund. „Wie schade. Ich hab gedacht, du führst mich etwas herum. Diese Villa ist einfach der Wahnsinn!" Sie schmiegte sich an seinen Arm und fuhr sich durch die Haare.

„Sorry, Babe. Aber Phoenix mag keine Fremden im Haus", stellte Troy schulterzuckend klar.

„Verständlich. Hätte ich so eine Villa, dann würde ich auch keine Gaffer reinlassen", gab sie sich verständnisvoll, auch wenn ihre Gedanken rasten, um doch noch einen Weg ins Innere zu finden. „Ich würde den ganzen Tag nackt herumlaufen", flüsterte sie Troy ins Ohr und presste dabei ihre Brüste leicht an seinen Körper. Sie kamen an einer der weit geöffneten Terrassentüren der Villa vorbei, und Annie warf einen Blick hinein. Sie zupfte Troy am Hemd und deutete auf den Glastisch. „Dort, auf diesem Tisch, würdest du mich flachlegen, wenn das meine Villa wäre", säuselte sie und verachtete sich dabei für diese ekelhafte Lüge.

Troy nickte anerkennend. „Wäre das meine Villa, würde ich es dir überall besorgen, Babe. In jedem einzelnen Zimmer!"

Annie drängte sich an ihn und küsste ihn. Dabei versuchte sie, nichts zu fühlen. Einfach nur zu tun, so, wie sie es gelernt hatte.

„Wie schade, dass wir keine Villa haben", neckte sie ihn und biss ihn sanft in den Hals.

Troy keuchte und packte ihren Hintern. Er hob sie hoch, und als sie ihre Beine um seine Hüften schlang, grub er seine Hände in ihr Haar. „Vielleicht machen wir ja doch irgendwann einen Abstecher in Phoenix' Hütte", überlegte er, aber noch ehe er das weiter ausführen konnte, kam ein etwa achtjähriger Junge angelaufen. Seine dunklen Locken hingen ihm bis auf die gewitzt funkelnden Augen. Er hatte eine Zahnlücke und wirkte unbeschwert, obwohl überall auf dem Anwesen bewaffnete Männer herumstanden.

„Troy!", rief der Junge, ohne Annie zu beachten. „Paps braucht dich. Du sollst sofort zu ihm kommen."

„Jetzt?" Troy schien nicht begeistert. Er stellte Annie zurück auf die Füße und strich sich das Hemd glatt. „Warum?"

Der Junge lachte. „Ich glaube nicht, dass Paps gut

findet, wenn du seine Befehle hinterfragst", antwortete er frech und wandte sich schon wieder ab. Er rannte um den Pool herum und verschwand im Haus, noch ehe Troy etwas erwidern konnte. Annie gab sich unwissend.

„Was ist denn das für ein Rotzlöffel?", fragte sie. „Dass er meint, dich herumkommandieren zu können?" Dabei hatte sie Guillermo Ramírez natürlich sofort aus den Ermittlungsakten erkannt. Er war der Sohn des Kartellchefs.

Troy winkte ab. „Ach, der kleine Racker hat gar nichts zu melden." Er deutete auf eine der Sonnenliegen am Pool und tätschelte Annies Hintern. „Aber den Boss lässt man nicht warten." Er schob sie in Richtung Liegen. „Machs dir gemütlich. Ich bin gleich zurück, und dann …" Er machte eine eindeutige Bewegung mit dem Becken und zwinkerte ihr zu. „Dann feiern wir noch ein bisschen meine wiedergewonnene Freiheit."

Der Satz folgte ihr wie eine Drohung, und Annie war froh, als sie sich auf die weich gepolsterte Tropenholzliege sinken lassen konnte. Ihre Beine zitterten. Sie blickte zur Terrassentür, in der Troy verschwunden war, und wieder hatte sie das Gefühl, dass sie beobachtet wurde. Möglichst unauffällig spähte sie die Fenster in den oberen Stockwerken aus, aber die waren zur Südseite hin verspiegelt, sodass die tief stehende Sonne es aussehen ließ, als wäre die Villa versilbert.

„Verbrechen zahlt sich offenbar aus", murmelte Annie und betrachtete weiter das großzügige Anwesen. Ihr Blick wanderte über den Pool hinüber zu der Palme, an der sie gestern Abend vor Angst beinahe gestorben war. An der sie beinahe geküsst worden war, von einem Mann namens Josh. Von einem Mann, dessen Augen sie seit fünf Jahren verfolgten.

Annie rieb sich die Arme, um die plötzliche Gänsehaut zu vertreiben. Um sich zu beschäftigen, nahm sie ihren Lippenstift aus der Handtasche und zog ihre Lippen nach. War er hier? Beobachtete er sie womöglich? Sie checkte im Schminkspiegel den Bereich hinter sich. Sie war allein.

Wieder drifteten ihre Gedanken zu Josh. Dachte er auch über sie nach? Hatte er sie ebenfalls erkannt? Und wenn ja, hatte er sie vergessen gehabt? Wahrscheinlich, denn er hatte keinen Grund, sich an eine Frau zu erinnern, die er nur flüchtig bemerkt hatte. Er konnte sich sicher überhaupt nicht an sie erinnern.

Das hoffte sie natürlich. Denn, wenn sie eines nicht wollte, dann, dass diesem Mann aufging, wann und wo er ihr zum ersten Mal begegnet war. Natürlich konnte er selbst dann nicht ahnen, dass sie Polizistin war, doch er konnte misstrauisch werden. Und das würde ihre Mission erschweren. Wenn nicht gar gefährden.

Es dauerte nicht lange, dann kam Troy zurück. Er schien nicht gerade erfreut, als er sich das Hemd zuknöpfte und in den Bund seiner Hose steckte.

„Was ist los, Süßer?", rief Annie ihm entgegen.

„Wir machen eine kurze Spritztour", erklärte er knapp und griff nach ihrer Hand. „Du kannst allein nicht hierbleiben, also kommst du mit."

„Spritztour? Wo geht es denn hin?"

Troy zwinkerte. „Regel Nummer eins: Stell keine Fragen! Okay?" Er nahm seine Waffe aus dem Holster und prüfte das Magazin. Dann zog er Annie hinter sich her, den Weg zurück zur Straße, den sie gekommen war. „Ich hab was zu erledigen. Dauert auch nicht lange."

Annies Gedanken überschlugen sich. Sie beeilte sich, auf ihren hohen Absätzen dem Hünen hinterherzukommen, während sie fieberhaft überlegte, worum es sich bei dem handeln konnte, was er zu erledigen hatte. Seinem Verhalten nach zu urteilen, ging es definitiv um etwas Illegales.

Für einen Moment kam es ihr vor, als säße sie am Schreibtisch der Einsatzzentrale zu diesem Fall. Sie sah die Fotos der Mitglieder des Ramírez-Kartells am Memoboard, sah Bilder der Opfer diverser krimineller Handlungen, die das Kartell seit Jahren verübte. Bilder von sichergestelltem Diebesgut, von regelrechten Hinrichtungen, von ermordeten Bankiers, bei denen bis heute nicht klar war, wie sie das Kartell verärgert hatten, oder von Waffenladungen, die ihnen in die Hände gefallen waren. Sie hörte Chris' Stimme in ihrem Kopf, wie er sagte, dass es kein Verbrechen gäbe, dem sich dieses Kartell nicht schuldig gemacht habe. Jede Bewegung des Kartells führe zu neuen Leichen, hatte Chris gesagt, und als Troy sich nun von den Türstehern am Eingang eine schwarze Sporttasche aushändigen ließ, hämmerte ihr dies hinter den Schläfen.

Sie brauchte nicht zu fragen, was in der Tasche war. Troy würde ihr ohnehin nicht antworten. Also tat sie so, als interessiere ihn sein Auftrag nicht, beeilte sich, an seine Seite zu kommen, und legte ihn im Gehen den Kopf an den Oberarm. Er lächelte und streckte den Arm. Auf

Knopfdruck blinkten die Scheinwerfer eines roten Maseratis auf, und er öffnete ihr mit einer galanten Verbeugung die Beifahrertür. „Das ist der Wahnsinn, Troy", kicherte sie und himmelte ihn an. „Was für ein Wagen!"

Troy sprang über die Tür des Cabrios auf den mit zweifarbigem Leder bezogenen Fahrersitz, warf die Tasche achtlos auf den Sitz hinter sich und drehte den Schlüssel im Schloss. Der Motor röhrte auf.

„Besser als Sex", lachte Troy und drückte aufs Gaspedal. Der Wagen glitt wie eine Flunder die enge Hangstraße zwischen den Villen hinunter, und das Brüllen des Motors vibrierte in Annies Körper. Der Wind riss an ihrem Haar und blähte es in Troys Richtung.

Er packte die ungezügelten Strähnen und wickelte sie sich um die Faust. Dann zog er Annie näher an sich. „Nur zu toppen, wenn wir es hier drinnen treiben", rief er gegen den Fahrtwind und presste ihr hart einen Kuss auf die Lippen.

Er ließ sie los, so schnell, wie er sie geküsst hatte, schaltete einen Gang tiefer, und mit einem Satz wie eine Raubkatze preschte der Maserati auf den Freeway.

Annie strich sich die Haare aus dem Gesicht, als sie nach einer rasanten Fahrt am Staple Center vorbei die nächste Ausfahrt nahmen. Sie überlegte, was Troy oder vielmehr das Kartell in Downtown L. A. zu tun hatte. Die glänzenden Wolkenkratzer des Financial District waren nicht weit, doch sie schienen wie aus einer anderen Welt, als Troy den Maserati durch die schuhschachtelähnlichen Flachbauten von Downtown lenkte. Vom Glanz der verspiegelten Hochhausfronten war hier nichts zu sehen, und der Maserati kam ihr wie ein Fremdkörper zwischen all den Lastwagen, Müllbergen und rostigen, mit Graffiti besprühten Toren vor.

Und das Letzte, das sie erwartet hatte, war, einen weiteren teuren Sportwagen hier zu sehen, als sie um die nächste Ecke bogen. Troy stellte den Maserati auf der dem schwarzen Porsche gegenüberliegenden Straßenseite ab und schnappte sich die Sporttasche vom Rücksitz.

„Warte hier!", befahl er Annie und warf ihr eine Kusshand zu. Er zog sich die Hose an den Gürtelschnallen höher und tastete kontrollierend noch einmal das Holster mit der Waffe an seiner Seite ab. Dann schlenderte er über die Straße und verschwand in einem der hier ansässigen Textilgeschäfte.

Annie hörte das leise Bimmeln einer Glocke über der Ladentür und drehte sich etwas im Sitz, um unauffällig die Gegend auszuspähen. Ein dunkler Transporter, der ein Stück weiter parkte, passte ebenfalls nicht so ganz in die Gegend. Die polierten Felgen und getönten Seitenscheiben waren etwas zu viel für einen einfachen Textilhändler. Annie versuchte, sich die Kennzeichen des Transporters sowie des Porsches einzuprägen. Diese Daten musste Chris checken lassen, denn hier wurde gerade irgendein Deal gemacht, das war klar. Doch worum ging es?

Kurz überlegte sie, ob sie aussteigen und sich den Transporter näher ansehen sollte, doch sie verwarf den Gedanken schnell wieder. Ihre Tarnung für eine einzige, nicht einmal garantierte Information aufzugeben, wäre unsinnig.

Das Geräusch des Glöckchens lenkte ihre Aufmerksamkeit wieder auf die Ladentür. Sie hatte Troy erwartet, daher schnappte sie überrascht nach Luft, als anstelle des blonden Hünen ein anderer von Phoenix' Männern durch die Tür trat. Es war Josh. Der Name rieselte so vertraut durch ihre Gedanken, als würde sie ihn schon lange kennen. Dabei war er einer der wohl wenigen Kartellmitglieder, dessen Gesicht sie bisher noch nicht auf dem Memoboard der Ermittlungen zum Ramírez-Kartell gesehen hatte. Und das machte ihn umso interessanter für Annie. Vielleicht war dieser Josh eine tragende Figur. Oder einer der gut geschützten Hintermänner. Jemand aus Phoenix' innerem Kreis. Sie musste in jedem Fall mehr über ihn herausfinden!

Als hätte er ihren Blick gespürt, sah er geradewegs über die Straße. Er kniff die Lippen ärgerlich zusammen, und seine Miene verfinsterte sich. Dann wandte er sich nach Troy um, der in diesem Moment etwas gebückt ebenfalls aus dem Gebäude kam.

„Was macht sie hier?", hörte sie Josh schimpfen. „Hast du den Verstand verloren?"

Annie tat so, als bekäme sie von dem folgenden Streit nichts mit. Und im Grunde war das Gespräch auch nicht halb so interessant wie die große Alubox, die Troy zusammen mit einem geiergesichtigen und polizeibekannten Kriminellen namens Asher Alvarez über den Gehweg schleppte.

Beim Anblick des Verbrechers, den in ihrer Einheit alle nur den Geier nannten, überlief es Annie kalt. Mehrere

Male hatten sie Alvarez schon verhaftet, doch da die möglichen Zeugen kurz vor den Verhandlungen entweder spurlos verschwunden waren oder ihre Aussage zurückgezogen hatten, war dieser Kerl bisher immer ungestraft davongekommen. Dabei schätzte das FBI, dass mindestens ein Dutzend Morde auf dessen Rechnung gingen.

Als würde Asher ihre Gedanken lesen, sah er sie an und verzog die Lippen. Sein glänzender Zahn blitzte auf, und Annie hätte nicht sagen können, ob er grinste oder die Zähne wie ein Raubtier fletschte.

Eine Gänsehaut überzog ihre nackten Beine, und das Leder des Sportsitzes fühlte sich mit einem Mal so kalt an wie ein Leichensack in der Pathologie.

Wieder wurde Annie bewusst, worauf sie sich eingelassen hatte. Wollte sie nicht in so einem Sack landen, musste sie alles richtig machen. Darum senkte sie schnell den Blick. Auch aus dem Augenwinkel erkannte sie noch, was auf der anderen Straßenseite geschah. Troy und der Geier luden die Kiste in den Van.

Annie dankte Gott im Stillen, dass sie den Impuls niedergerungen hatte, das Fahrzeug zu untersuchen, denn als Troy an die Heckklappe klopfte, öffneten ihm zwei stämmige Mexikaner und nahmen die Kiste entgegen.

Sie reckte gerade den Hals etwas, um die Gesichter der beiden besser sehen zu können, als ein Schatten neben ihr aufragte.

Sie drehte sich um und sah in Joshs grau gesprenkelte Augen. Seine Miene war verschlossen.

„Schon das zweite Mal, dass du wo auftauchst, wo man

61

dich nicht erwartet", sagte er und spähte über ihren Kopf hinweg zu Troy, der noch immer mit der Alubox beschäftigt war.

Annie schluckte. In Joshs Nähe hämmerte ihr das Herz bis zum Hals. Und das nicht nur wegen der Waffe, die in seinem Hosenbund steckte. Im letzten Licht der untergehenden Sonne zeigte sich erst, wie teuflisch gut dieser Kerl aussah. Seinen dunklen Haaren fehlte ein Schnitt, und sie hingen ihm ungezähmt in die Stirn. Er strich sie sich beiläufig nach hinten, ehe er sie wieder ansah. Seine Lippen waren im Moment zu einer schmalen Linie zusammengepresst, aber Annie erinnerte sich nur zu gut, wie nahe sie diesen Lippen schon gekommen war. Der Dreitagebart über den markanten Wangen ließ ihn verwegen wirken, aber das eigentlich Besondere waren nach wie vor seine Augen. Sein Blick zog einem förmlich die Schuhe aus.

Doch davon durfte sie sich jetzt nicht ablenken lassen.

Annie zuckte mit den Schultern und schenkte ihm ein Lächeln. „Ist ja nicht so, als wäre ich auf eigene Faust hier", gab sie zurück und öffnete ihre Handtasche.

Sofort war seine Hand an der Waffe.

„Was wird das?", fragte er und deutete mit dem Lauf auf ihre Clutch.

Annie hielt den Atem an. Mach deinen Job, ermahnte sie sich im Geiste, dann zwinkerte sie ihm unter Aufbringung all ihrer Selbstbeherrschung kokett zu. „Ganz ruhig, Cowboy!", kicherte sie, um das Zittern in ihrer Stimme zu überspielen. „Ich zieh mir nur die Lippen nach." Sie griff in die Tasche und holte demonstrativ ihren roten Lippenstift heraus. Unter seinem misstrauischen Blick klappte sie die Sonnenblende herunter und malte in aller Seelenruhe ihre Lippen aus. Dabei registrierte sie, dass der Transporter den Blinker setzte und sich in den Verkehr einfädelte.

Mit einem Schnauben klappte Josh die Sonnenblende nach oben und stemmte sich auf die Tür. „Ich weiß nicht, was du hier treibst, aber …" Er neigte den Kopf erst nach links, dann nach rechts, sodass sein Nacken knackte. „… aber ich hab dich im Auge."

„Du musst meine Süße nicht im Auge haben!", protestierte Troy und sprang, wie schon vor der Villa, mit einem Satz hinters Lenkrad. Er legte seine Hand besitzergreifend auf Annies Oberschenkel und grinste Josh an. „Denn wir werden bis morgen früh nicht mehr aus dem Bett kommen!"

Josh musste sich an der Autotür festhalten, um die rothaarige Sirene nicht aus dem Wagen zu zerren. Sein Blick hing wie gebannt an der hellen Narbe an der Innenseite ihres Oberschenkels. Troys Finger strichen lasziv immer wieder über ihre Haut, als wollte er Joshs Blick gezielt dorthin lenken.

„Verdammt!" Josh fuhr sich durch die Haare, denn obwohl er ganz genau wusste, woher diese Narbe stammte, konnte er doch kein Wort darüber verlieren, ohne sich dabei selbst Ärger einzuhandeln, weil er die Frau in der Nacht des Überfalls verschont hatte. Er sah das Blut, das aus ihrem Schnitt am Bein gequollen war, noch ganz deutlich vor sich.

Damals hatte er den Wunsch verspürt, ihre Blutung irgendwie zu stillen. Jetzt drängte es ihn, Troys Finger wegzustoßen und selbst zärtlich über die Narbe zu streichen.

„Deine Pläne für den Abend haben sich eben geändert", informierte er den Exhäftling und trat zwei Schritte vom Maserati zurück. „Phoenix will, dass du dich mit mir um … um die Ladung kümmerst."

Troy hob überrascht die Augen. „Ich? Warum? Ich hab mir ja wohl ein paar Tage Auszeit verdient, ehe …"

„Du hattest drei Jahre Auszeit!", erinnerte ihn Josh. „Also fahr die Kleine nach Hause, und dann komm. Ich will das hinter mich bringen!"

„Ich will auch was hinter mich bringen, wenn du verstehst, was ich meine", widersprach Troy und nickte in Annies Richtung.

„Dein Sexleben interessiert mich nicht, Troy!", erklärte Josh und wandte sich ab. Er lief über die Straße zurück, zu Asher, der ihre Unterhaltung skeptisch verfolgt hatte. Der Motor des Maseratis brüllte, als Troy hinter ihm aufs Gas drückte.

„Gibts Probleme?", fragte Asher und kniff seine kleinen Augen eng zusammen.

„Keine Probleme." Josh stieg in den Porsche und deutete die Straße hinunter in die Richtung, in die Troy gefahren war. „Ich geh nur gern auf Nummer sicher."

Asher musterte ihn. „In welcher Hinsicht?"

„Wenn es um meinen Arsch geht", versuchte Josh, sich unbestimmt zu halten. „Troy und Espinoza. Das ist keine gute Kombi."

Asher folgte Troy in einigem Abstand, auch wenn er noch immer nicht recht überzeugt schien. „Troy war unvorsichtig. Das war nicht die Schuld der Gang. Er hat sich selbst in den Knast gebracht."

„Ich arbeite nicht gerne mit jemandem, der unvorsichtig ist", erklärte Josh knapp und blickte durch die Scheibe. Er versuchte, den Maserati nicht aus den Augen zu verlieren. Bei dieser Verfolgung ging es ihm nicht um Troy, sondern um die Frau. Doch das brauchte Asher auf keinen Fall zu erfahren. Als der Maserati nach einigen Kilometern Fahrt anhielt, stieg die Rothaarige aus und winkte Troy mit einem Schmollmund hinterher.

„Bieg ab", gab Josh knapp an, damit die Frau nicht bemerken würde, dass sie Troy gefolgt waren.

Asher tat wie geheißen, aber der Ausdruck, mit dem er Josh musterte, verhieß nichts Gutes.

„Was ist hier los, Josh?", fragte er.

„Hab ich doch schon gesagt. Ich fürchte, Troy ist noch nicht wieder in seiner alten Form."

„Und warum folgen wir ihm dann nicht weiter, kaum dass er die Schlampe abgeladen hat?"

Josh ballte die Fäuste. „Weil ich nicht will, dass sie sieht, wie wir ihrem … Stecher folgen. Das muss Troy ja nicht unbedingt wissen, oder?"

Asher lachte. „Ihrem Stecher!", krächzte er nasal. „Höre ich da einen Anflug von Eifersucht?" Er packte das Lenkrad fester und gab Gas.

Josh rollte mit den Augen. „Sie ist ein *Grand-Five*-Mädchen."

„Ein verdammt heißes", stimmte Asher ihm zu. „Zumindest hat Troy das heute Morgen behauptet."

Kapitel 5

Das Adrenalin rauschte noch immer durch Annies Körper, als sie die Tür ihres Apartments hinter sich schloss. Ohne das Licht anzuschalten, blieb sie einige Augenblicke gegen die Tür gelehnt stehen und atmete durch.

Sie war noch einmal davongekommen. Zumindest fühlte es sich so an. In dieser Nacht würde sie nicht mit Troy schlafen müssen. Vor Erleichterung stiegen ihr die Tränen in die Augen. Sie presste die Hand auf ihr Herz und wartete ab, bis sich sein wildes Hämmern zu einem gleichmäßigen Schlagen beruhigt hatte. Dann betätigte sie den Lichtschalter. Erst jetzt war sie bereit, sich der Überwachung durch die versteckten Kameras zu stellen.

Den Kameras, und damit auch Liam. Sie wollte nicht wissen, was er dachte. Nicht, nachdem Chris in seinem Bericht ganz sicher erwähnt hatte, dass sie die Nacht mit Troy in dessen Schlafzimmer verbracht hatte.

Kurz verursachte ihr das einen Stich im Herzen, denn wenn sie eines nicht wollte, dann Liam zu verletzen.

Sie lächelte in Richtung der Kamera hinter dem Fernseher und tippte sich kurz mit der Fingerspitze ans Herz. Ein kleines Zeichen, das sie verabredet hatten und mit dem sie ihm sagte, dass es ihr gut ging und sie ihn liebte.

Kurz verharrte sie in dieser Position. Es war irgendwie

merkwürdig, dass sie keine Antwort bekam. Keine Erwiderung auf ihre Gedanken, auf ihre Gefühle. Was, wenn Liam schon zu Hause war? Wenn ein Kollege die Nachtschicht übernommen hatte? Schließlich hatte niemand aus dem Überwachungsteam ahnen können, dass sie so bald schon wieder in ihre Wohnung zurückkehren würde. Sie selbst hatte schließlich damit gerechnet, die Nacht im Gästehaus der Ramírez-Villa zu verbringen.

Traurig schlang Annie sich die Arme um den Körper. Mit einem Mal war ihr kalt. Sie fühlte sich allein. Und fremd in dieser Wohnung, die keinerlei persönliche Gegenstände von ihr enthielt. An den Wänden hingen Bilder von Menschen, die sie überhaupt nicht kannte. Bilder einer Backgroundstory, die sie zwar monatelang auswendig gelernt hatte, die aber keinerlei wahren Kern besaß. Nachbearbeitete Bilder einer fiktiven Vergangenheit. Sie hatte Souvenirs von Reisen, die sie nie gemacht hatte, im Regal stehen, und doch wusste sie genau, in welchem Hotel sie in dieser erfundenen Vergangenheit übernachtet hatte. Es gab nachverfolgbare Buchungen, Flugtickets und Kreditkartenabrechnungen, die belegten, dass sie all diese Orte besucht hatte. Ihre Backgroundstory war lückenlos.

„Sie ist dein Netz, wenn du auf diesem Drahtseil tanzt", hatte Chris ihr versichert, und doch fühlte sie sich jetzt, als stürze sie ungesichert in die Tiefe.

Etwas verloren setzte Annie sich auf die Ledercouch und schaltete den Fernseher an. Falls das Kartell sie beobachten würde, wäre das eine normale Tätigkeit. Auch normal war es, sich einen Kaffee zu kochen und sich eine

Tiefkühlpizza in den Ofen zu schieben. Also tat sie das. Doch sie tat noch mehr. Sie schnappte sich die Flasche mit dem blauen isotonischen Fitnessdrink und einen Permanentmarker. Als sie die Autokennzeichen, die sie sich heute eingeprägt hatte, unter dem Etikett des Getränks notiert hatte, war die Pizza fertig. Und als sie eine Stunde später satt und schläfrig von der Krankenhausserie war, die sie so nebenbei geschaut hatte, hoffte sie wirklich, einfach einzuschlafen. Doch die grau gesprenkelten Augen verfolgten sie. Vertrieben jede Form von Behaglichkeit, die sich auch nur im Ansatz breitmachen wollte. Sie spürte Joshs Blick, als wäre es eine Berührung, und mit dem Gefühl seiner Hände auf ihrer Haut glitt sie schließlich in einen unruhigen Schlaf.

Das Klopfen an der Tür drang kaum in ihren müden Verstand, und sie fühlte sich wie ferngesteuert, als sie aufstand. Da nur Chris wusste, wo sie wohnte, konnte nur er es sein. Aber was wollte er denn schon wieder hier? Er gefährdete noch die Mission, wenn er ständig hier auftauchte.

Die Frage lag ihr schon auf der Zunge, als sie die Tür öffnete, doch zu ihrer Überraschung stand sie nicht Chris gegenüber. Eindringliche graue Augen ließen sie zurück in ihre Wohnung weichen. Ihre Kehle war wie zugeschnürt, als er eintrat und mit dem Fuß die Tür hinter sich zustieß. Er hielt sich nicht lange auf, sondern streifte seine Lederjacke ab und kam auf sie zu.

„Ich weiß, wer du bist", raunte er und riss sie an sich. Seine Hände gruben sich in ihr Haar, und er zwang sie, ihn anzusehen, ehe er seine Lippen heiß auf ihre senkte. „Ich habe dich gewarnt", flüsterte er gegen ihren Mund, und seine Hände wanderten tiefer. Er streifte ihre Brüste, ehe er mit gespreizten Fingern ihre Taille umfasste und sie rückwärts auf die Couch drängte. Seine Berührung entzündete ein Feuer in ihrer Mitte, und sie hob sich ihm unwillkürlich entgegen.

„Warum hast du nicht auf mich gehört?", murmelte er heiser, ehe er mit einem bedauernden Seufzen eine Waffe an ihre Brust drückte.

Ihr panischer Schrei ließ Annie aufschrecken. Mit weit aufgerissenen Augen suchte sie die Wohnung ab, strampelte sich aus der Fleecedecke und fuhr sich zitternd durch die Haare. Sie war allein. Die Sonne ging gerade auf, und im bläulichen Zwielicht fühlte sie sich verletzlich wie nie.

„Ich bin doch bescheuert!", murmelte sie leise und rieb sich mit den Händen übers Gesicht, doch das vertrieb nicht die Erinnerung an ihren Traum. An die Lippen, die ihre Kehle hinabgewandert waren und …

„Guter Gott!" Annie griff sich die Tasse mit dem eiskalten Kaffee und nahm einen kräftigen Schluck. „Ich verliere den Verstand!"

Anders als am Vorabend mied sie jetzt den direkten Blick in die Kamera und beeilte sich stattdessen, ins Badezimmer zu kommen. Sie spritzte sich kaltes Wasser ins Gesicht, aber das half nicht, die Erregung zu vertreiben, die der Traum geweckt hatte.

Mit einem Fluch auf den Lippen streifte sie ihre Shorts ab und tauschte sie gegen ihre Sport-Tights. Sie band sich die Haare zum Zopf, schlüpfte in die Laufschuhe und griff ihren Fitnessdrink. Dann gab sie dem Mann hinter der Kamera ein verabredetes Zeichen und verließ die Wohnung.

Sie musste ganz dringend den Kopf freibekommen.

Sie hielt sich nördlich, joggte durch die Straßen mit meist dreistöckigen Gebäuden und ausladenden Palmen in den Vorgärten. Es ging stetig bergauf, bis sie die Straße verließ und auf den Runyon Canyon abbog. Der staubige Weg führte steil den Hang hinauf, und mit jedem Höhenmeter, den Annie zurücklegte, verbesserte sich die Aussicht. Hinter ihr im Tal erstreckte sich Los Angeles in all seiner Schönheit, aber wie so oft, blickte sie nicht zurück. Sie fokussierte sich auf den Weg, der vor ihr lag, und kämpfte sich trotz ihrer brennenden Oberschenkelmuskeln weiter. Ihr Atem klang hart in ihren Ohren, und sie spürte mit jedem Schritt ihren Puls hämmern. Der Schweiß lief ihr den Rücken hinunter und nahm dabei etwas von der Last mit sich, die sie auf der Seele trug. Der Gedanke an Liam tat mit jedem Kilometer weniger weh, die Angst, die sie noch vor einer Stunde fast gelähmt hatte, wich zurück, und sie begann, ihre Mission wieder klarer vor sich zu sehen.

Alles lief nach Plan. Sie durfte sich nur von diesen grauen Augen nicht aus der Fassung bringen lassen. Dieser Kerl. Dieser Josh. Er wusste nicht, wer sie war, sonst hätte er sie längst darauf angesprochen. Und da das so war, war sie auch nicht in Gefahr. Sie kam bei Troy gut voran. Er war sehr verärgert gewesen, sie nahe ihrer Wohnung aussteigen lassen zu müssen, um einen Job zu erledigen, wie er wütend zugegeben hatte. Aber er hatte sie für heute in die Villa eingeladen. Und das war sogar noch besser als ein gebuchtes Date über *Grand Five*, weil es zeigte, dass er sich speziell nach ihr sehnte und nicht nach einer beliebigen Hostess.

Außerdem brachte sie die Einladung in die Villa auch wieder den Beweisen gegen Phoenix Ramírez näher, die es dort sicher zu finden geben würde.

Als sie die höchste Stelle des Parks erreicht hatte, wurden ihre Schritte langsamer. Hier waren nur einige Hundebesitzer mit ihren Vierbeinern oder andere Jogger unterwegs. Sehnsüchtig dachte sie an Summer und daran, wie oft sie mit ihr hier oben gewesen war. Es war ein Paradies für Hunde.

Annie trat an die Wegbegrenzung und blickte über die Stadt. Sie steckte sich den Saugverschluss des Drinks zwischen die Zähne und öffnete ihn so. Dann goss sie sich das nach Limone schmeckende Getränk in den Mund.

Sie ließ die Schultern kreisen und zog ihren Fuß bis zum Po hoch, um die Oberschenkelmuskulatur zu dehnen. Die sanfte Brise, die über den Hügel wehte, kühlte angenehm den Schweiß auf ihrer Stirn und in ihren Haaren. Sie leerte die Flasche und atmete zum ersten Mal seit zwei Tagen wieder frei durch. Sie drehte sich um und klopfte mit der leeren Flasche leicht gegen ihren Oberschenkel. Sie hoffte, der Mann im Kontrollzentrum, der Mann hinter der Kamera hatte ihren Hinweis verstanden. Es sah so aus, denn gerade, als es keinen Grund gab, länger auszuharren, tauchte ein Parkmitarbeiter auf, der in seiner orange-leuchtenden Kleidung den Abfall aus den Metallkörben am Wegesrand in eine Art Golfcart mit Müllbehälter hintendran leerte.

Annie wandte sich ab und genoss noch einen Augenblick die Sonne auf ihren Lidern, ehe sie die Flasche in den Mülleimer neben sich fallen ließ und sich mit anfangs langsamen Schritten an den Rückweg machte.

Josh nahm die Sonnenbrille ab und ließ seinen Blick über die unzähligen Autos wandern, die hier auf dem Parkplatz direkt hinter dem Santa Monica Pier parkten. Einige Beachballspieler warfen ihre in der Sonne glänzenden Körper enthusiastisch in den Sand, während von weiter vorne am eigentlichen Pier die Musik der Fahrgeschäfte bis zu ihnen herüberdrang. Troy neben ihm aß Meeresfrüchte aus einer Papiertüte des Lobster-Drive-Inns, und den Geräuschen nach zu urteilen, die er machte, wenn er sich den Saft von den Fingern schleckte, genoss er seine Mahlzeit.

„Das fehlt einem im Knast echt!", nuschelte er mit vollem Mund.

Josh kniff die Augen zusammen. Er wollte sich nicht vorstellen, was einem im Gefängnis noch so alles fehlte. Schließlich dachte er jeden Tag daran, wie es Cody gehen mochte. Was ihm wohl fehlte? Bestimmt nicht unbedingt Meeresfrüchte oder Hummerfleisch.

Gerade als Troy die Tüte zusammenknüllte und im Fußraum des SUV verschwinden ließ, bog auch der dunkle Transporter mit der Ladung auf den Parkplatz ein. Josh gab Troy ein Zeichen, und sie stiegen aus. Diesmal trugen sie ihre Waffen versteckt am Körper, denn hier am Pier waren viele Menschen unterwegs.

Auch einige zwielichtige Gestalten, wie Josh unschwer erkannte, als direkt hinter dem Transporter ein Pick-up mit offener Ladefläche zum Parkplatz abbog. Zwei dunkle Motorräder mit ebenso düster dreinblickenden Bikern darauf, flankierten den Pick-up.

„Wer von denen ist Manuel Espinoza?", fragte Troy, als sie auf den vorderen Biker zugingen.

„Der im Pick-up", erklärte Josh und nickte dem Fahrer zu, der sein Bike so geparkt hatte, dass sie nicht einfach so an den Pick-up herankamen.

„Phoenix schickt Grüße", begann Josh das Gespräch, und Troy nickte in Richtung des Transporters.

Der Biker kratzte sich den Vollbart. „Stimmt die Qualität?", fragte er, während der zweite Biker schon abgestiegen war.

„Zeigs ihm, Troy", befahl Josh und deutete auf den Transporter. „Ich hab die Qualität geprüft. Gute Ware. So, wie bestellt", erklärte er knapp. Der Biker nickte dem im Pick-up zu, und als der zweite Motorradfahrer an der Heckklappe des Vans den Daumen nach oben reckte, kam Bewegung in die Truppe.

„Dann laden wir mal um", erklärte Joshs Gegenüber und verschränkte die Hände vor der Brust. Troy und der andere hoben die Alubox aus dem Van und schoben sie auf die Ladefläche des Pick-ups.

„Wann können wir Nachschub haben?", fragte der Biker, als Espinoza bereits den Motor startete.

Josh zuckte mit den Schultern. „Sobald ihr diese Ladung bezahlt habt."

„Espinoza sagt, der Preis stimmt nicht mehr", brummte der Biker und rieb sich erneut den Bart.

„Die Nachfrage bestimmt den Preis. Sag das Espinoza."

Der Biker legte den Kopf schief. „Wer will noch solche Waffen?"

Josh lachte und hob zum Gruß die Hand, als das Oberhaupt der Motorradgang mit dem Pick-up an ihm vorbei vom Parkplatz fuhr. „Die Frage ist doch ...", wandte er sich an den Biker. „Wer solche Waffen *nicht* haben will." Er setzte die Sonnenbrille auf und schickte mit einem Fingerzeig den Van zurück auf die Straße. „Die Nachfrage ist riesig. Und wenn ihr weiterhin unser erster Abnehmer sein wollt, dann akzeptiert ihr den neuen Preis."

Er wandte sich um und ging zurück zum SUV, wo Troy schon an der Motorhaube lehnte.

Hinter ihm röhrte das Motorrad, als Espinozas Mann an ihm vorbeifuhr.

Troy grinste. „Ging ja schneller als gedacht."

Josh atmete erleichtert durch. „Ich hab trotzdem kein gutes Gefühl."

„Du hast nie ein gutes Gefühl!"

„Apropos Gefühl." Josh stieg in den SUV und wartete, bis Troy neben ihm saß. Hummerduft stieg ihm in die Nase. „Was läuft da mit der *Grand-Five*-Tussi?"

„Mit Annie? Was geht dich das an?"

„Sie kommt mir bekannt vor", gab er zu. „Kannst du deine neu gewonnene Freiheit nicht mit einer anderen feiern?"

Troy lachte laut. „Wohl kaum. Ich hab drei Jahre lang

auf Hummer und rothaarige Weiber verzichtet. Und beides werde ich jetzt ausgiebig nachholen."

Kapitel 6

Annie saß auf Troys Schoß und kraulte seinen Hals, während er einigen Freunden von seiner Zeit im Gefängnis erzählte. Sie fühlte sich beobachtet. Nicht nur die Kerle, die mit Troy und ihr auf Poolliegen nahe der Bar lungerten, musterten sie neugierig. Auch Phoenix Ramírez höchstpersönlich hatte sie im Visier. Er stolzierte gemeinsam mit seinem Sohn Guillermo über die großzügige Terrasse und plauderte mit den Gästen, ohne dabei auch nur einmal zu lachen. Und immer wieder streifte sie sein berechnender Blick.

Doch das Kribbeln in ihrem Nacken verursachte ein anderer Mann. Der Mann mit den grau gesprenkelten Augen. Josh lehnte an einem der Pfeiler, die die Balkone des Geschosses darüber trugen. Er hielt eine Bierflasche in der Hand, aber seit Annie ihn bemerkt hatte, hatte er kein einziges Mal davon getrunken. Er strich sich gelegentlich die Haare aus der Stirn, verhielt sich ansonsten aber fast so, als wollte er mit dem Pfeiler verschmelzen. Er schien die Party nicht wirklich zu genießen.

Troys Zunge, die über ihren Hals glitt, riss Annie aus ihren Überlegungen. Seine Hände waren unter ihrem luftigen Rock höher gewandert. Annie spürte eine Regung in seiner Jeans, und kaltes Grauen erfasste sie.

Sie war nicht bereit!

Mit einem Lachen, von dem sie hoffte, es möge über ihren Ekel hinwegtäuschen, schob sie sich etwas von Troys Schoß und entwand sich so seiner Berührung. „Soll ich uns noch etwas zu trinken holen?", fragte sie und stand auf. Sie strich ihren Rock glatt, aber ehe sie noch einen Schritt zurücktreten konnte, hatte Troy sie am Arm gepackt. Er zog sie an sich und presste sein Gesicht an ihren Bauch. Seine Finger gruben sich schmerzhaft in ihren Po, und sein heiseres Lachen drang warm durch den Stoff ihres Shirts.

„Diese Loser können sich selbst was holen", gab er an, reckte sich und biss ihr in die Brust. „Wir machen uns jetzt vom Acker."

Josh konnte den beiden beim besten Willen nicht länger zusehen. Aus einem unerfindlichen Grund hasste er es, Troys Hände an der knackigen Kehrseite der Frau zu sehen. Er hasste es, wie Troy sie berührte, als gehöre sie ihm.

Annie hatte Troy sie genannt.

Josh fuhr sich frustriert durch die Haare. Annie … Das war doch kein Name für eine Hure! Nicht, dass die Mädchen von *Grand Five Escort* Huren wären. Es waren erlesene Hostessen oder Begleiterinnen für eine Nacht, denen es freistand, wie nahe sie den zumeist gut betuchten Kunden kamen. Und wenn Josh Asher glaubte, dann war Troy ihr schon sehr nahe gekommen. Zu nahe, wenn es nach Josh ging.

Denn diese Annie … sie … sie ging ihm einfach nicht aus dem Kopf.

Er hob die Flasche an seine Lippen, aber das Bier war

längst warm, daher beließ er es bei einem kleinen Schluck. Er verzog angewidert das Gesicht. Diese Annie machte ihn ganz unruhig. Je länger er ihr zusah, umso überzeugter war er, dass sie etwas zu verbergen hatte.

Gerade erhob sich Troy von der Liege und schob Annie vor sich her, in Richtung des Gästehauses, als das Knattern von Motorrädern in der Auffahrt für Unruhe sorgte.

Auch Josh stieß sich vom Pfeiler ab, um herauszufinden, was vor sich ging.

Erleichtert, dass das Motorengeräusch Troy zumindest für den Moment davon abhielt, sie weiter in Richtung seines Schlafzimmers zu drängen, atmete Annie durch. Sie reckte den Hals und spähte über die Schulter ihres blonden Kunden.

„Was wollen die denn hier?", hörte sie Phoenix verärgert knurren.

„Hast du die Männer nicht eingeladen?", fragte sein Sohn und machte einen Schritt an Annies Seite.

Phoenix funkelte Troy neben ihr böse an. „Was soll das?", fuhr er ihn an und stieß ihn in Richtung der Biker, die inzwischen absaßen und mit MPs im Anschlag näherkamen.

Troy ließ Annie stehen und ging mit Phoenix den ungeladenen Gästen entgegen.

„Josh!", rief er und bedeutete diesem mit einer Geste, ihnen zu folgen.

Annies Gedanken überschlugen sich. Wer waren diese Männer? Offensichtlich hatten Troy und Josh mit ihnen im Namen des Kartells Geschäfte gemacht. Keine guten

Geschäfte, wie sie aufgrund der zornigen Mienen der Biker schloss.

Josh kniff die Augen zusammen. Auch ihm gefiel nicht, dass Espinozas Männer hier auftauchten. Noch dazu in so großer Zahl, dass Phoenix' Türsteher keine Chance hatten, sie aufzuhalten.

„Meine Freunde!", versuchte Phoenix, die Lage unter Kontrolle zu bekommen. „Wozu die Waffen? Das ist eine Party!"

Der Mann an der Spitze war derjenige, mit dem Josh schon auf dem Parkplatz gesprochen hatte. Er war offenbar der Anführer. Vielleicht Espinozas rechte Hand. Josh kannte seinen Namen nicht, aber das war nicht ungewöhnlich. Ungewöhnlich jedoch war, dass diese Kerle es sich herausnahmen, Phoenix Ramírez zu bedrohen, indem sie bewaffnet in dessen Haus kamen.

Ungewöhnlich und lebensmüde.

Die Sekunde der Überraschung war vorüber, und auch Phoenix' Männer hatten inzwischen ihre Waffen gezückt. Selbst Josh hatte die Hand hinter dem Rücken an der Pistole.

Ein paar der *Grand-Five*-Mädchen, die sich eben noch im Pool gerekelt hatten, drängten sich nun nervös an den Beckenrand.

„Wir wollen deine Party nicht sprengen, Phoenix!", rief der Anführer und schoss ein paarmal in die Luft. „Wir sind hier, um dich zu überzeugen, dass die Preise für unsere Geschäfte nicht verhandelbar sind."

Wieder gingen Schüsse los, und Josh machte

automatisch einen Schritt nach vorne.

Phoenix bedeutete seinen Männern mit einem Wink, die Biker einzukreisen. „Im Moment bin ich davon kein bisschen überzeugt", gab er kühl zurück und wandte den Eindringlingen geringschätzig den Rücken zu. „Aber wenn ihr meinen Männern eure Knarren überlasst, seid ihr herzlich eingeladen, einen Drink an der Bar zu nehmen."

„Du machst einen Fehler, Phoenix!", rief der Motorradfahrer und richtete die Waffe auf den Kartellchef.

„Idiot!", murrte Josh, denn noch ehe Phoenix als Reaktion auf diese Drohung die Augenbrauen hob, durchsiebten seine Männer den Biker mit Schüssen.

Von einer Sekunde auf die andere brach die Hölle los.

Annie zuckte zusammen. Panik drängte in ihr nach oben, doch schon im nächsten Moment übernahm ihr jahrelang antrainierter Instinkt die Kontrolle. Sie riss den Jungen mit sich, suchte Deckung hinter einem Pfeiler und griff an ihre Hüfte, um die Waffe zu ziehen, die sie überhaupt nicht trug.

„Shit!", fluchte sie und beugte sich schützend über das Kind. „Komm mit!", befahl sie Guillermo und schob ihn weiter hinter einen großen Pflanzbottich aus Beton. Sie zitterte, aber ihre Bewegungen waren routiniert, als sie geduckt versuchte, sich einen Überblick zu verschaffen.

Das war gar nicht so einfach, denn sie hatte keine Ahnung, welcher der Männer zu Ramirez oder zu Espinoza gehörte. Aber es war für ihre Ermittlungen sehr wichtig, nun sicher zu sein, dass das Ramírez-Kartell

Geschäfte mit Espinozas Gang machte, denn gegen die Biker hatte das FBI einiges in der Hand. Und wenn die Phoenix belasten würden, um sich selbst einen Deal zu verschaffen, dann ... dann wären sie bei der Zerschlagung des Kartells einen Schritt weiter.

Schüsse krachten in einen Pfeiler, hinter dem Phoenix in Deckung gegangen war, sodass der Beton absplitterte. Guillermo kreischte auf, und noch ehe Annie sichs versah, preschte er aus ihrer Deckung hervor und rannte in Richtung seines Vaters.

„Nicht!", rief sie ihm nach, als das Kind sich mitten in den Kugelhagel stürzte.

Ihr Schrei war so panisch, dass Josh sich nach ihr umdrehte, obwohl Schüsse in seine Richtung abgefeuert wurden. Ihr rotes Haar war alles, was er registrierte, als sie ihre Deckung verließ und mit einem sportlichen Satz über eine Poolliege sprang, um Guillermo zu folgen.

„Verflucht!", raunte Josh und setzte den beiden nach. Die zwei brachten sich noch selbst um!

Er rammte einen Biker aus dem Weg, dessen MG noch beim Sturz in den Pool Schüsse abfeuerte, und rollte sich über eine Mauer. Die Zeit schien stillzustehen, jede seiner Bewegungen fühlte sich so gedämpft an, als schwämme er durch Honig. Er realisierte jede einzelne Kugel, die an ihm vorbei durch die Luft schnitt.

Er sah, wie Annie zum Sprung ansetzte, wie sie die Arme nach Guillermo ausstreckte und ihn zur Seite stieß. Ihm entwich ein Keuchen, als die Kugel, in die der Junge gelaufen wäre, jetzt die Frau traf.

Es kam ihm vor, als führe er durch einen Tunnel. Er sah nur noch sie. Den überraschten Ausdruck in ihrem Gesicht, den Schmerz in ihren grünen Augen, als sie getroffen und mit einem Mal kraftlos auf den Marmor stürzte. Im nächsten Moment war er bei ihr.

„Guillermo!", schrie er und zog den heulenden Jungen und Annie hinter eine der Terrassentüren ins Innere der Villa, während von draußen das Aufbrüllen der Motorräder zu hören war. Noch immer hallten Schüsse durch die Nacht, doch das waren nur noch die Warnschüsse, die Phoenix hinter den Bikern herschickte.

„Bist du okay?", fragte er den Jungen, der zitternd wie ein Häufchen Elend neben der Frau am Boden kauerte. Sie war bleich wie die Wand, und Schweißperlen glänzten auf ihrer Stirn.

„Sie hat mir das Leben gerettet", heulte Guillermo und verbarg sein Gesicht in den Händen. „Und jetzt wird sie meinetwegen sterben!"

„Das wird sie nicht!", widersprach Josh und wandte sich an Annie. Sie presste die Hand an ihre Seite, und Blut quoll zwischen ihren Fingern hervor. Ihr rotes Haar hing ihr wirr ins Gesicht, und als sie es wegwischte, hinterließ sie einen blutigen Striemen auf ihrer Wange.

„Mir geht es gut!", presste sie zwischen blutleeren Lippen hervor. Sie sog scharf Luft durch die Zähne ein, als sie die Hand über ihrer Wunde lüpfte.

Josh schob ihr Shirt nach oben. Ihr Bauch hob und senkte sich schnell unter ihren gepressten Atemzügen, und das Blut aus der Wunde sickerte ihr bis in den Rocksaum.

„Ist ein Streifschuss", stellte er fest und sah ihr in die Augen. „Hörst du, das ist nicht schlimm. Das wird wieder."

Es war ihm unerklärlich wichtig, dass sie ihm vertraute. Er nahm ihre Hände in seine und presste sie zurück auf die Wunde. „Wir bekommen das hin, okay?"

Ihr Augen glänzten, als würde sie mit den Tränen kämpfen, doch anstatt zu weinen, biss die Kleine sich auf die Lippe und nickte.

Josh hob seine Hand an ihre Wange und streichelte sie. Er konnte den Blick einfach nicht von ihrem Gesicht abwenden. Er erkannte ihren Schmerz unter ihrer beeindruckenden Tapferkeit.

„Wir kümmern uns jetzt um dich, okay? Kannst du …" Er sah sich um, ob ihm irgendwer zu Hilfe kommen könnte. „Kannst du aufstehen?", fragte er etwas unsicher, als neben ihm Guillermo zu hyperventilieren anfing.

Erschrocken wandte er sich an den Jungen. „Hey, Guilly, was ist? Bist du verletzt?" Er riss den Jungen an sich und tastete den schlaksigen Körper ab. Er fühlte kein Blut, aber es schien ihm, als habe seine Berührung die mühsam aufrechterhaltenen Dämme des Jungen zum Einsturz gebracht. Er brach in Tränen aus, und sein Schluchzen hallte laut durch den Raum. Josh biss die Zähne zusammen.

„Guillermo, mein Großer, kannst du mir und der Frau hier vielleicht helfen?" Er rüttelte den Jungen an der Schulter, um ihn von dem Blutbad auf der Terrasse abzulenken. Aus dem Augenwinkel sah er, wie Asher und noch einige andere von Phoenix' Männern die Leichen der

Biker nebeneinander auf den Rasen legten.

„Guilly!" Er schob sich in dessen Blickfeld. „Komm schon, ich könnte deine Hilfe gebrauchen!" Erst, als der Junge ihn ansah, sprach er weiter. „Wir brauchen einen Arzt", erklärte er und deutete weiter in die Villa hinein. „Und sie muss vom Boden weg, okay?"

Guillermo nickte heftig, dann schniefte er laut den Rotz zurück in seine Nase und wischte sich mit den Händen übers Gesicht. „Wir …" Das Schluchzen hatte sich in einen Schluckauf verwandelt. „… können sie … auf die Couch …"

„Guilly!" Noch ehe der Junge den Satz vollenden konnte, stürmte Phoenix durch die Terrassentür. „Guillermo! Wo ist mein Sohn?", donnerte er, da er keinen der drei hinter ihrer Deckung ausmachen konnte.

„Paps!" Der Junge sprang auf.

„Guilly!" Phoenix stürzte sich regelrecht auf den Jungen und riss ihn vom Boden. „Geht es dir gut? Bist du verletzt?" Er stieß Josh mit der Pistole, die er noch immer in der Hand hielt, in die Seite. „Was ist mit ihm?", rief er. „Hat er was abbekommen? Gnade ihnen Gott, wenn sie meinem Jungen ein Haar gekrümmt haben!"

Guillermo schmiegte sich weinend an die Schulter seines Vaters, als wäre es das Normalste der Welt, sich von einem Mann trösten zu lassen, der eine Waffe in der Hand hatte und dessen Hemd blutbespritzt war.

„Er hat nichts abbekommen!", beschwichtigte Josh den Kartellchef und deutete auf Annie. „Sie hat sich in die Kugel geworfen, die für ihn gedacht war", erklärte er weiter und legte Annie den Arm um die Schultern. Dann schob er seinen anderen Arm unter ihre Knie und hob sie hoch. „Sie braucht einen Arzt!"

Phoenix rieb Guillermos Rücken, als hätte er Josh gar nicht zugehört.

„Du kannst sie so nicht zurück zu *Grand Five* schicken!" Josh wurde langsam unruhig. Die Frau in seinem Arm verhielt sich viel zu passiv. Sie hatte offenbar einen Schock. Ihre Augen waren vollkommen leer. „Phoenix!", rief er energisch und neigte das Kinn, um dem Oberhaupt das Blut auf Annies Bauch zu zeigen. „Was machen wir mit ihr?"

„Schaff sie nach oben ins Südzimmer. Ich lasse Doktor Gillen kommen." Damit wandte er sich ab, trug seinen Sohn die breite gewundene Treppe nach oben und ließ das Blutbad in seinem Garten und die zerschossenen Fenster einfach hinter sich.

Annie war schlecht. Sie hatte das Gefühl, sich übergeben zu müssen, so quälte sie der Schmerz in ihrer Seite. Immer wieder dröhnte es ihr in den Ohren, wie kurz vor einer Ohnmacht, dann presste sie ihre Hände noch fester auf die Wunde, damit der Schmerz sie wachhielt. Doch gegen das Zittern in ihren Gliedern war sie machtlos. Ihr Kopf lehnte schwach an Joshs Brust.

„Okay, Kleine. Verschwinden wir hier", flüsterte er, und obwohl sie nur wenig von dem mitbekam, was um sie herum geschah, registrierte sie, dass es ihn kaum anzustrengen schien, sie die Stufen hinaufzutragen.

Vielleicht hatte sie wirklich kurz das Bewusstsein verloren, denn das Nächste, das sie mitbekam, war, wie

Josh sie auf einem großen, weichen Bett absetzte.

Sie zuckte zusammen, denn schon die kleinste Bewegung fühlte sich an, als würde sich ein Messer in ihre Seite bohren.

„Bleib liegen!", erklärte er, bevor er im angrenzenden Badezimmer verschwand. Als er zurückkam, hatte er allerlei Verbandsmaterial unter dem Arm.

Annie stemmte die Fersen in die Matratze, um sich etwas aufrechter hinzusetzen. Sie biss die Zähne zusammen und löste zaghaft den Druck von ihrer Wunde.

„Ahhh!", keuchte sie und kniff schnell die Augen zusammen, denn der Anblick machte sie ganz schwindelig.

„Lass mich das machen", bat Josh und setzte sich an die Bettkante. Die Matratze sank unter seinem Gewicht ein, und Annie rutschte unwillkürlich näher an ihn heran.

Er legte all die Dinge aus dem Badezimmer zwischen sie und reichte ihr erst mal eine Wasserflasche vom Nachttisch.

„Nicht viele würden sich für einen fremden Jungen eine Kugel einfangen", stellte er tonlos fest, aber sein eindringlicher Blick passte nicht zu den so einfach dahingesagten Worten.

Annie hob die Flasche an ihre Lippen und spülte sich den Geschmack von Blut aus dem Mund, während Josh behutsam ihr Oberteil mit einer Schere auseinanderschnitt. Der Stoff war mit ihrem Blut verklebt, und es ziepte etwas, als er ihn auseinanderschob. Annie sog scharf die Luft ein.

„Das muss genäht werden!", stellte sie erschrocken fest. Josh nickte.

„Ich muss in ein Krankenhaus!" Sie wollte die beiden

Stoffteile ihres Shirts wieder vor ihrem Bauch zusammenraffen, doch Josh hielt sie fest.

„Du brauchst kein Krankenhaus. Doktor Gillen wird gleich hier sein."

Annie schüttelte den Kopf und versuchte, ihre Beine aus dem Bett zu schieben. Sie wollte aufstehen, aber wieder hielt Josh sie auf. Er beugte sich dicht über sie und sah ihr direkt in die Augen.

„Ganz ruhig, Kleine. Du bist hier in besten Händen. Vertrau mir."

„Ich kann einem wie dir nicht vertrauen!", entfuhr es Annie, und sie riss sich los. „Au! Scheiße!", keuchte sie, denn die ruckartige Bewegung riss ihre Wunde weiter auf.

„Verdammt, Annie!", fluchte Josh und hob ihre Hände über ihren Kopf. „Halt doch still!" Er sah sie aus zusammengekniffenen Augen streng an. Es schien, als analysiere er jede ihrer Mikrobewegungen. „Was genau meinst du, wenn du sagst *einem wie mir*?", flüsterte er viel zu nah an ihrem Gesicht.

Annie bekam kaum Luft, so schwer lag er auf ihr. Er hielt ihre Hände wie in einem Schraubstock, und sie hatte den Eindruck, nicht einmal seinem Blick ausweichen zu können.

„Gar nichts!", presste sie heraus.

„Meinst du einen, der sich während einer Schießerei um dich gekümmert hat?", raunte er.

Annie schnaubte. „Du hast dich nicht um mich gekümmert!", widersprach sie. „Ich bin sehr gut allein damit klargekommen, den Jungen zu schützen!"

Josh nickte. „Ist mir auch aufgefallen." Seine Stimme

war so rau und gefährlich wie vor fünf Jahren in dem Laden. „Vielleicht etwas zu gut für ein *Grand-Five*-Girl?"

Ihre Kehle war wie zugeschnürt. Eine Flut an Empfindungen schlug über Annie zusammen, intensiviert durch den Schmerz in ihrer Seite. „Es war ein Instinkt!", gab sie schroff zurück und riss an ihren Händen, doch Josh gab kein Stück nach.

„Müsste ich wetten, würde ich sagen, du bist mehr, als du zu sein vorgibst", murmelte er und ließ sie los, ohne jedoch von ihr abzurücken. Er streckte sich nach einem feuchten Lappen, den er aus dem Badezimmer mitgebracht hatte, und begann damit, das Blut von ihrem Bauch zu wischen.

Annie hoffte, ihm möge entgehen, wie sein Verdacht ihren Puls beschleunigte. „Du redest Scheiße!", fauchte sie und funkelte ihn zornig an. Angriff war die beste Verteidigung, zumindest hatten ihre Ausbilder in Quantico das behauptet.

Josh lachte leise. Die Sprenkel in seinen Augen glänzten gefährlich, als er den blutigen Lappen achtlos auf den Boden fallen ließ und seine Hand über ihren Oberschenkel bis unter ihren Rock schob. „Müsste ich wetten, würde ich sagen, du …" Er ertastete die Narbe. Langsam ließ er seinen Daumen über diese alte Verletzung streichen, und Annie wusste, dass er sie erkannt hatte. Sie musste aber so tun, als wüsste sie nicht genau, wovon er sprach.

„… ich würde sagen, du befindest dich heute Abend nicht zum ersten Mal in einer gefährlichen Situation."

Annies Atem strömte zitternd aus ihrer Lunge. Sie konnte seinem Blick kaum standhalten, konnte seine

Berührung, so wissend und doch forschend, nicht unterbinden.

„Die Schießerei ist vorbei. Ich befinde mich nicht länger in Gefahr", stellte sie sich dumm und presste ihre Schenkel zusammen, um ihn aufzuhalten. Doch anstatt seine Hand nun fortzunehmen, grinste er sie an.

„Ist das so?", raunte er, und es fühlte sich an, als wären seine Finger direkt an ihrem Höschen. „Sag mir, warum du hier bist", verlangte er.

Annie zwang sich zur Ruhe. Sie durfte keine Angst zeigen. „Ich denke, Troy will mich ficken", entgegnete sie kühl.

Joshs Fluch verschaffte ihr eine gewisse Befriedigung, auch wenn seine Hand an ihrem Schenkel ihr ihre Lage noch immer deutlich machte.

„Müsste ich wetten, dann würde ich sagen, dass das nicht alles ist."

Annie lachte, auch wenn dabei ihre Seite in Flammen aufzugehen schien. Sie schob ihn von sich, gerade in dem Moment, als die Tür aufging und eine junge Frau mit einer großen Arzttasche hereinkam.

„Du würdest jede dieser Wetten verlieren!", beschied sie Josh, als er aufstand, um Doktor Gillen Platz zu machen.

Kapitel 7

Die Frau war tough, das musste Josh zugeben. Sie hatte Schweißperlen auf der Stirn und die Augen fest zugekniffen, während die junge Ärztin den Streifschuss an ihrer Seite nähte.

Kein Laut kam über ihre blassen Lippen, obwohl sie die Hände vor Schmerz fest in die Decke krallte. Er wäre gerne zu ihr gegangen. Hätte gerne herausgefunden, wer sie wirklich war. Als die Biker das Feuer eröffnet hatten, hatte Annie vollkommen anders reagiert als all die anderen Escortdamen. Die waren kreischend auseinandergestoben und kauerten nun heulend unten an der Poolbar, obwohl sie keine Kugel abbekommen hatten.

Und Annie? Die heulte nicht. Die zitterte zwar unter der Behandlung, zeigte ansonsten aber keine Schwäche. Und auch ihr selbstloser Einsatz für Guillermo war mehr, als die *Grand-Five*-Girls üblicherweise taten.

Josh fuhr sich durch die Haare. Er konnte seinen Gedanken nicht in Worte fassen, aber etwas irritierte ihn an der Art, wie sie über die Liege gesprungen war, wie sie an ihre Hüfte gefasst hatte, als … als was? Es war eine vertraute Bewegung gewesen, die an der zierlichen Rothaarigen aber keinen Sinn machte. Beinahe hatte es ausgesehen, als tastete sie nach einer Waffe. Und dann … dann noch die Selbstverständlichkeit, mit der sie Guilly in

91

den Schutz des Pfeilers gezogen hatte. Wie sie sich auf ihn geworfen und ihm Deckung gegeben hatte. Das alles kam Josh doch recht ungewöhnlich vor – für ein einfaches Escortgirl.

Gerade beendete die Ärztin ihre Behandlung und verklebte die frische Naht mit einem großen Pflaster. Josh legte den Kopf schief. Annie sah fertig aus. Und doch war sie unleugbar schön, wie sie da so auf den seidenen Kissen in diesem luxuriös großen Bett lag.

So schön wie viele der *Grand-Five*-Mädchen. Aber zugleich so vollkommen anders. Also, wer war diese Annie? Und was zum Teufel trieb sie hier, im Vorhof der Hölle? In Phoenix Ramírez' Villa? Im Herzen des Kartells?

Als Annie die Augen öffnete und ihn mit zitternden Lippen schwach anlächelte, beschloss er, diesen Fragen schnellstmöglich auf den Grund zu gehen. Er hatte sie vor fünf Jahren in *Harolds Market* nicht verschont, damit sie ihm jetzt Ärger bereitete. Oder damit sie am Ende dennoch von einer Kugel aus einer Waffe des Ramírez-Kartells getötet wurde.

Der Teufel musste ihn reiten, aber bei allem, was ihm heilig war, diese grünen Augen strahlten zu feurig, als dass er es ertragen konnte, den Lebensfunken darin erlöschen zu sehen. Das hatte er damals nicht gekonnt, und er würde es auch jetzt nicht zulassen!

Die Ärztin schrak zusammen, als die Tür schwungvoll geöffnet wurde und Phoenix mit Troy im Schlepptau hereinkam.

„Die Frau des Abends!", rief Phoenix und trat ans Bett. Er musterte die Patientin, ohne dass man Mitgefühl hätte erkennen können. „Wie geht es ihr?", wandte er sich an Josh, obwohl er sie auch hätte direkt fragen können.

Josh stieß sich vom Fenster ab und schlenderte näher. „Sie hält sich wacker. Doc Gillen hat sie genäht."

Troy machte ein beleidigtes Gesicht. „Sieht nicht so aus, als könnten wir heute noch Party machen, was?", fragte er Annie und schnitt eine Grimasse.

Ihr Lachen klang angestrengt und erreichte nicht ihre Augen. Dennoch fasste sie nach Troys Hand. „Ich dachte, das war gerade eine Party", scherzte sie. „Zumindest fühle ich mich ordentlich verkatert."

Diesmal schmunzelte auch Phoenix. Er schlug Josh auf die Schulter und nickte zur Tür. „Sie bleibt ein paar Tage hier, bis das hier …" Er zeigte beiläufig auf das Pflaster. „… nicht, dass die Kleine meint, doch noch ins Krankenhaus zu müssen."

Troy reckte die Brust raus. „Unsinn, ich pass schon auf sie auf."

Phoenix nickte. „Wer meinem Sohn das Leben rettet, hat bei mir was gut. Was immer sie braucht, besorgt es ihr."

Damit wandte der Kartellchef sich ab und verließ den Raum. In der Tür blieb er noch einmal stehen. „Troy, Josh, ruft ein paar Männer, die unten für Ordnung sorgen. Wir schicken Espinoza seine Männer zurück, ehe die mir den gesamten Garten vollbluten. Ladet sie auf einen Truck und kippt sie ihm in die Einfahrt!"

Er nickte Annie noch einmal höflich zu, dann war er auch schon verschwunden.

Erst als der dunkle Mexikaner gegangen war, wagte Annie

es, wieder durchzuatmen. Die Worte des Mannes klangen ihr wie ein Echo in den Ohren nach, und sie konnte nicht glauben, dass er das wirklich ernst meinte. Er konnte doch unmöglich eine Handvoll Leichen einfach auf einem Truck durch L. A. fahren. Sie blickte unsicher zwischen Josh und Troy hin und her.

Was, wenn die Polizei die beiden anhalten würde?

„Du hast den Chef gehört!", murrte Josh, als Troy sich gerade über sie beugte, als wollte er sie küssen. „Machen wir uns an die Arbeit."

Troy zwinkerte ihm zu. „Geh schon mal vor. Meine Kleine hat sich noch eine Belohnung verdient. Schließlich hat sie den Pimpf gerettet."

Josh rollte mit den Augen. „Sie wurde angeschossen. Das Letzte, was sie jetzt braucht, sind deine Finger in ihrem Höschen!"

Es war verrückt, wie Joshs Blick auf ihrer Haut prickelte. Als würden die grauen Sprenkel wie Glassplitter auf sie herabregnen. Seine Stimme war fest und dabei so sinnlich, dass sie sich unwillkürlich *seine* Hände in ihrem Slip vorstellte. Atemlos registrierte sie, dass Troy lachte.

„Gott, Alter, kannst du Gedanken lesen, oder was?", fragte er, zuckte mit den Schultern und drückte Annie einen Kuss auf die Stirn, eher er schnaubend aufstand. „Sorry, Babe, aber Josh muss mal wieder den Spielverderber machen!"

Annie biss sich auf die Lippen, um ihre Erleichterung nicht zu zeigen. Sie zwang sich, ihre Augen von Josh loszureißen und Troy anzulächeln. Der stieß dem Dunkelhaarigen den Ellbogen in die Rippen und legte ihm dann kameradschaftlich den Arm um. „Du musst das verstehen, Annie, unser lieber Josh war vermutlich seit Jahren nicht mehr in der Nähe eines Höschens!", erklärte er.

Joshs Lächeln zeigte, dass ihm durchaus auffiel, wie ihr das Blut in die Wangen stieg.

Er schob Troy zur Tür und zwinkerte Annie hinter dessen Rücken verschmitzt zu.

„Ist gar nicht sooo lange her, wie du denkst", gab er zurück.

„Du kannst dich echt noch dran erinnern?", foppte Troy ihn weiter.

Joshs Blick hielt Annies gefangen. Das kurze Zucken seiner Augenbrauen war wie ein geheimes Zeichen, das nur sie beide verstanden. „Ich glaube nicht, dass ich das je vergessen werde", gab Josh mit heiserer Stimme zurück.

Die Stille im Raum war so laut wie ein Donnern. Es kam Annie vor, als schreie diese ungewohnte Stille sie regelrecht an. So plötzlich allein, in dem Haus, das dem berüchtigten Kartellchef von L. A. gehörte. Ohne Bewacher, ohne jemanden, der sie misstrauisch beäugte. Dies war die Gelegenheit, auf die man sie in Quantico vorbereitet hatte. Eine perfekte Gelegenheit, mehr über Phoenix Ramírez herauszufinden.

Die Stille kreischte ihr ins Ohr, sie solle aufstehen, sich zur Tür schleichen und ihren verdammten Job machen, doch Annie hob die Hände an ihre Ohren und drückte fest zu. Sie hörte ihren Puls rauschen und das Pochen hinter ihren Schläfen. Ihr aufgeregter Atem hallte durch ihren

Kopf, und sie lehnte sich matt gegen das gepolsterte Kopfteil des Bettes zurück. Sie konnte ihren Job nicht machen. Nicht jetzt. Nicht mit einer Schusswunde. Nicht mit diesen Schmerzen. Und nicht jetzt, wo sie fürchten musste, dass Josh sie erkannt hatte. Sein Blick hatte deutlich gezeigt, dass er mit ihr noch nicht fertig war. Er würde wiederkommen. Und bis dahin musste sie sich überlegen, was sie ihm sagen würde.

Er hatte sie einmal verschont, doch das hieß noch lange nicht, dass er es wieder tun würde.

Sie brauchte einen Plan. Und zwar einen guten.

Stöhnend legte sie ihre Hand auf das Pflaster an ihrer Seite und versuchte, eine bequeme Position zu finden. Sie war zu erschöpft, um einen guten Plan zu entwickeln. Sie musste sich etwas ausruhen. Die Schmerztabletten der Ärztin entfalteten so langsam ihre Wirkung, und Annie wurden die Glieder schwer.

Sie zog sich die saubere weiße Bettdecke über ihr blutiges und zerschnittenes Shirt. Dann streifte sie ihre Pumps ab und stieß sie aus dem Bett. Müde schloss sie die Augen. Mit einem letzten Gedanken an Liam, der sich garantiert fragen würde, was sie tat, wenn sie so lange nicht in ihre Wohnung zurückkehrte, schlief sie ein.

Liam … er war wie ein Anker für ihre durch einen Sturm treibende Seele. Ein Anker, der sie tief unter der Oberfläche festhielt, dessen Bild aber mit jeder neuen Welle an Klarheit verlor.

Es dämmerte bereits, als Josh in die Villa zurückkam. Die

Haare standen ihm zu Berge, weil er sie sich immer wieder erschöpft aus den Augen strich.

„Alles erledigt?", fragte Asher von der großen ledernen Sitzgruppe aus, die einen guten Blick durch die zerschossenen Fenster über die Stadt bot. Seine Waffe lag vor ihm auf dem Glastisch, auf dem er auch seine Beine ausgestreckt hatte.

Josh hatte ihn zuvor nicht bemerkt. Er blieb stehen und nickte knapp. Dann begutachtete er die kaputten Scheiben. Jemand hatte die Scherben zusammengefegt, und die Patronenhülsen, die wie tödliches Konfetti über den Boden verstreut gewesen waren, waren ebenfalls verschwunden. Das wunderte Josh nicht, denn Ramírez' oberste Regel war, immer hinter sich aufzuräumen. Joshs Blick glitt über den Garten, den Pool und die Terrasse. Alles sah ordentlich aus. Würde die Polizei hier auftauchen, weil ein Nachbar Schüsse gehört haben sollte, dann wäre schon jetzt kaum noch ein Beweis zu finden, dass Espinozas Männer überhaupt jemals hier gewesen waren. Wie von selbst sah Josh dorthin, wo Annies Blut auf die Fliesen gelangt war. Nicht ein Tropfen war mehr zu erkennen.

Er schüttelte kaum merklich den Kopf. Phoenix Ramírez lebte seine oberste Regel wirklich gewissenhaft. Er war gut darin, hinter sich aufzuräumen. Er zögerte nicht, zu tun, was auch immer nötig war, um die Ordnung wiederherzustellen.

„Espinoza hat die Botschaft verstanden, nehme ich an?", hakte das Geiergesicht, wie immer verärgert über Joshs mangelnde Auskunftsbereitschaft, nach.

„Er wird den neuen Preis akzeptieren", bestätigte Josh und fuhr mit der Hand die Bruchkante der Scheibe nach. Das aufflammende Licht der ersten Sonnenstrahlen brach sich darin, und es sah aus, als würde das Glas schmelzen. Er wusste schon jetzt, dass spätestens im Laufe des Tages auch dieses letzte Überbleibsel ersetzt werden würde.

„Und wo hast du Troy gelassen?"

„Sein Betthäschen hat eine Kugel abbekommen. Ich sollte ihn vor dem *Silver* absetzen. Er sucht sich vermutlich willigen Ersatz", berichtete Josh tonlos. Er wollte sich nicht anmerken lassen, dass er fast froh darüber war, dass Troy sich vorerst von Annie fernhielt.

Asher kniff die Augen zusammen. Er sah nicht gerade begeistert aus. „Er hat hoffentlich nicht vergessen, wie Phoenix zu Drogen steht", murrte er.

Josh neigte den Kopf. „Troy hat einiges nachzuholen."

Mit einem abfälligen Schnauben erhob sich Asher und steckte seine Waffe in das Holster unter seiner Achsel. „Jemand sollte ihn im Auge behalten. Er ist noch nicht wieder drinnen!", erklärte er streng.

Drinnen hieß, dass Phoenix ihn noch nicht wieder zum inneren Kreis seiner Männer zählte. Drinnen zu sein, bedeutete auch, nicht die Transporter mit den Waffen fahren zu müssen. Nicht persönlich die Leichen auf der Ladefläche herumfahren zu müssen. Nein, wer drinnen war, der gab nur die Befehle für die Schmutzarbeit und überwachte die Durchführung. Wer drinnen war, stand unter Phoenix' Schutz. Alle anderen waren austauschbar. Ersetzbare Handlanger.

Josh sah Asher nach, wie er in einen der bereitstehenden

Sportwagen stieg und die breite Einfahrt hinabdonnerte.

Vor drei Jahren hatte Troy zum inneren Kreis gehört, während Josh selbst …

Er rieb sich den Nacken und ließ müde die Schultern kreisen. Er selbst hatte sich hochgearbeitet, dabei hatte er doch nie auch nur in die Nähe der Firma kommen wollen.

In die Nähe von Männern, die Zeugen ihres Tuns mit einem einzigen Schuss aus dem Weg räumten. Die immer hinter sich aufräumten. So war er nicht. War es nie gewesen. Und das konnte ihm nun zum Verhängnis werden. Er durfte sich nicht von Gefühlen leiten lassen. Von Gefühlen und Mitleid für eine Frau.

„Verfluchte Scheiße!", murrte er und marschierte die gewundene Treppe hinauf, immer zwei Stufen auf einmal nehmend.

Seine Hand glitt an seine Waffe, während er den langen mit Marmor ausgelegten Flur entlang auf die Tür zu Annies Zimmer zuging.

Das Herz schlug ihm mit schmerzhafter Härte in der Brust, als er sich immer wieder vorsagte, dass man besser nicht gegen Phoenix Ramírez' oberste Regel verstieß.

Kapitel 8

Als Annie aufwachte, spürte sie es sofort. Sie war nicht allein. Sie zwang sich, ihren gleichmäßigen Atem beizubehalten, um zu verbergen, dass sie wach war.

„Wie geht es dir?" Joshs Frage zeigte, wie sinnlos das war. Sie hörte seine Schritte näherkommen, noch ehe sie die Augen aufschlug.

Das Licht, das durch die luftigen Vorhänge fiel, war gedämpft, und die sanfte morgendliche Brise, die vom Meer her über L. A. hinwegwehte, kühlte ihre vom Schlaf erhitzte Haut. Sie blinzelte zweimal, um ihren Blick zu klären, ehe sie sich stöhnend aufsetzte und Josh ansah.

Es wunderte sie, dass er statt Troy hier bei ihr war. Und es gefiel ihr nicht. Josh machte ihr Angst.

„Wo ist Troy?", fragte sie deshalb und raffte sich die Bettdecke bis unters Kinn. Ihr Shirt war ruiniert und hing ihr nur noch lose über die Schultern.

„Nicht hier."

„Das sehe ich! Aber … wo ist er? Und was … soll ich hier, wenn er …? Kann ich nicht einfach gehen? Ich kann ja ein andermal wiederkommen."

Josh lachte. Er umrundete das Bett und setzte sich direkt neben Annie auf die Matratze. Dabei zog er die Waffe aus seinem Gürtel und hielt sie wie beiläufig in der Hand. „Nicht so schnell, Süße", flüsterte er und kratzte sich mit dem Lauf der Waffe am Hals. „Ich finde es ganz gut, dass wir mal einen Moment ohne Troy haben."

Annie rückte ein Stück von ihm ab. Sie konnte nicht anders, als jeder Bewegung der Waffe mit den Augen zu folgen. „Sorry, aber du bist leider nicht mein Typ", versuchte sie, in ihrer Rolle zu bleiben. „Bei *Grand Five* gibt es sicher Mädchen, die für dich infrage kommen, aber ich bin keins davon."

Josh schmunzelte. „Weil du kein *Grand-Five*-Mädchen bist?", vermutete er.

„Ach nein? Was bin ich denn dann?" Annie ließ die Decke sinken und spielte an ihren roten Haaren herum. Sie sah ihm aufreizend in die Augen, auch wenn die Sprenkel darin sie zu verunsichern drohten.

Das Schmunzeln weitete sich zu einem heißen Lächeln aus, und sein Blick glitt genüsslich über ihr Gesicht, ihren Hals hinab bis zu den Hügeln ihrer Brüste, die sich nur kaum mehr unter dem Laken verbargen.

„Ich hab schon viele *Grand-Five*-Mädchen gesehen." Er hob den Lauf der Waffe an ihr Schlüsselbein und fuhr damit zwischen ihre Brüste, sodass das Laken bis unter ihren Nabel glitt und den Blick auf ihren schwarzen Spitzen-BH freigab. „Aber keins von ihnen hat je einen Hechtsprung über eine Poolliege gemacht, um ein Kind zu retten."

Annie schluckte. Sein Blick brannte sich in ihre Haut, und sie zwang sich, ruhig zu bleiben. „Erstaunlich, was Adrenalin so für Kräfte freisetzt." Ihre Stimme bebte leicht, denn die Waffe an ihrer Brust raubte ihr den Atem. Dazu kam noch, dass dieser Kerl sie so unverhohlen anstarrte. Und sein Lachen erst!

„Erzähl mir mehr davon", verlangte er und drückte den Lauf fester auf die Wölbung ihrer Brust.

„Wovon?"

Sein Lächeln war gefährlich. „Vom Adrenalin." Er neigte den Kopf und musterte sie eindringlich. „Vom Adrenalin, das durch deine Adern gerauscht ist."

„Ich …" Der kalte Stahl an Annies Brust weckte die Erinnerung an die Nacht des Überfalls. An die Nacht vor fünf Jahren. Und sie wusste, dass sein Handeln kein Zufall war. Sie packte den Lauf seiner Waffe, um sie wegzuschieben, doch er gab nicht nach. Schmerzhaft fest presste er die Mündung auf ihre Haut.

„Erzähl mir von dem Adrenalin, das durch deine Adern gerauscht ist, als wir uns zum ersten Mal begegnet sind, Annie", verlangte er leise.

Bei Gott, Josh wollte, dass sie über die Nacht in *Harolds Market* sprach. Er wollte, dass sie zugab, die Frau zu sein, für die er sie hielt. Doch er konnte nicht mehr Fragen stellen, ohne zuzugeben, dass er an dem Überfall beteiligt gewesen war. Und das würde das ganze Kartell gefährden. Aber sie alle hatten eine Maske getragen. Sie konnte ihn nicht wiedererkennen! Sie konnte nicht ahnen, wovon er sprach, und doch traf es sein Ego hart, dass sie nicht ebenso jeden Tag seit dem Überfall an ihn gedacht hatte wie er an sie.

Seine Hand an der Waffe zitterte, als er den Druck etwas lockerte und mit dem Lauf der hellen Linie zwischen ihren

Brüsten folgte. Ihre Haut war so glatt und seidig wie ein Pfirsich, Sommersprossen verloren sich unter der schwarzen Spitze, und es drängte ihn, nachzusehen, wie weit sie sich über ihren Körper erstreckten.

„Keine Ahnung, was du meinst!", antwortete sie stur, und Josh wusste, er würde nicht mehr aus ihr herausbekommen, es sei denn, er konfrontierte sie mit den Tatsachen. Doch das konnte er nicht. Es machte ihn verrückt, dass sie vor ihm saß, so schön und verführerisch, so … verlogen.

„Du hast dich nicht wie ein Escortgirl bewegt, als die Schüsse gefallen sind", setzte er noch einmal anders an. Diesmal ließ er zu, dass Annie seine Waffe beiseiteschob. Sie beugte sich etwas nach vorne, kam näher auf ihn zu und kniff die Lippen hart zusammen.

„Ich weiß nicht, was du von mir willst", erklärte sie knapp und schüttelte ihr Haar aus. Ein roter Vorhang ungebändigter Wellen ergoss sich über ihre Schulter und kam auf den Spitzen ihrer Brüste zum Liegen. Wie von selbst glitt Joshs Blick dorthin. „Der Junge wäre in die Kugeln gerannt."

„Die anderen *Grand-Five*-Mädchen hätte das nicht interessiert", gab Josh zurück.

„Ich bin nicht wie die anderen!"

Josh schmunzelte. Ihr Herz raste, und er registrierte jedes Zittern in ihrer Stimme. „Das sag ich doch die ganze Zeit." Er riss sich vom Anblick ihrer Brüste los und sah ihr in die grünen Augen. Langsam steckte er die Glock-Pistole hinten in seinen Hosenbund. „Was also willst du hier?"

Annies irritiertes Kopfschütteln kaufte er ihr nicht ab.

„Party machen." Auch das glaubte er nicht. Trotzdem lächelte er. Wenn sie ihm gegenüber nicht zugab, ihn zu erkennen, obwohl er sie mit der Waffe bedroht hatte, dann würde sie darüber vielleicht auch vor Phoenix Stillschweigen bewahren. Dann musste er sie womöglich nicht zum Schweigen bringen …

„Party …", wiederholte er leise. Dann beugte er sich über sie und schob die Bettdecke beiseite. Er musterte das Pflaster unter ihrem Rippenbogen. „Dann sollten wir vielleicht feiern, … dass wir noch am Leben sind, nicht wahr?"

Josh dachte an den Moment in *Harolds Market*, als er sich über sie gebeugt und nach der Coke gegriffen hatte. An den Moment, als sie vor ihm in ihrem Blut und den Trümmern saß und ihn mit leicht geöffneten Lippen angstvoll angesehen hatte. Und an das unsinnige Bedürfnis, seine Lippen auf ihre zu pressen und seine Zunge in ihren Mund gleiten zu lassen, um ihre Angst zu schmecken.

„Du bist nicht mein Typ." Ihr Widerstand kam zitternd und war so wenig überzeugend wie ihre ganze Geschichte.

Josh lachte. Dann umfasste er ihr Gesicht mit beiden Händen und sah ihr direkt in die Augen. „Du lügst. Um unter Phoenix Ramírez' Leuten zu überleben, habe ich gelernt, Lügen zu durchschauen. Und du lügst bei jedem Wort."

Annie entfuhr ein Keuchen, als er immer näher kam. Nicht

scheu oder unsicher, sondern hungrig und mit kalter Entschlossenheit, wie der Kriminelle, der er war. Der Schmerz in ihrer Seite war vergessen, als seine Hand von ihrer Wange tiefer in ihren Nacken wanderte. Sein Daumen presste hart gegen ihren Halswirbel, zwang sie, sich ihm entgegenzuheben, und war zugleich eine Warnung.

„Du lügst!", hämmerten seine Worte in ihrem Kopf, während sein warnender Blick jeden anderen Gedanken vertrieb.

Ja, sie log. Und sie sollte ihn genau aus diesem Grund fürchten. Doch als ihre Lippen sich fast berührten, als dieser unvergleichliche Funke zwischen ihnen aufglomm, da blieb kein Raum für Furcht. Da gab es nur den Mann mit den Augen, die sie niemals vergessen hatte. Er war nicht zärtlich, und doch schmolz sie unter seiner Berührung regelrecht dahin, bereit, sich ihm zu öffnen, wenn er sie doch nur endlich küssen würde. Seine Bartstoppeln kratzten über ihre Haut und sandten einen überraschend wohligen Schauer durch sie hindurch. Sein herber männlicher Duft stieg ihr wie eine Droge in den Kopf, und von einer unerklärlichen Leidenschaft gepackt, reckte sie sich ihm entgegen, was einen schmerzhaften Stich in ihrer Seite verursachte.

Erschrocken wurde ihr bewusst, was sie da tat. Hatte sie den Verstand verloren? So musste es sein, denn alles in ihr schrie danach, endlich Joshs Lippen auf ihren zu spüren. Dabei war der Mann, nach dessen Nähe sie sich sehnte, ein verfluchter Krimineller! Ein Krimineller, der ihr zur Gefahr werden konnte!

Wütend, weil er sie so verwirrte, ließ sie ihre Hände um seine Taille wandern, bis sie den Griff seiner Glock umschließen konnte. Dann riss sie die Waffe aus seinem Hosenbund und stieß ihn von sich. Sie stemmte sich unter Schmerzen im Bett nach hinten und zielte auf seine Brust.

„Du verpisst dich jetzt!", verlangte sie und deutete mit dem Lauf in Richtung Tür.

Die Überraschung in Joshs Gesicht hielt nur einen Moment an. Dann hoben sich seine Mundwinkel zu einem gefährlichen Grinsen.

„Hast du nicht gehört?", rief Annie. Sie schluckte, denn aus irgendeinem unerklärlichen Grund wurde ihr die Kehle eng und Tränen traten ihr in die Augen. „Du sollst verschwinden!"

Es war hart, dass er offenbar keine Angst vor ihr hatte, denn anstatt sich zu erheben, legte er nur den Kopf schief und musterte sie.

„Definitiv kein *Grand-Five*-Mädchen", murmelte er und knackte mit den Fingern. „Wer eine Waffe so geübt entsichert, ist nicht einfach nur eine …"

„Ich drücke ab, wenn du nicht sofort die Klappe hältst!", fauchte Annie. „Du bist nicht mein Typ, und solltest du mir noch mal zu nahe kommen, dann …"

Joshs Handy klingelte, und noch ehe Annie ihren Satz beenden konnte, war er auf den Beinen. Er trat ans Fenster, als interessiere es ihn gar nicht, dass noch immer eine Waffe auf ihn gerichtet war. Als hätte Annie nicht gerade gedroht, ihn zu erschießen.

„Was gibts?", nahm er das Gespräch schon nach dem zweiten Klingeln an. Er tigerte vor dem Fenster auf und ab und fuhr sich dabei immer wieder durch die Haare. Er schüttelte den Kopf, und wenn Annie das richtig beurteilte, dann wich ihm sogar das Blut aus dem Gesicht. Was er hörte, musste ihn sehr mitnehmen.

„Bist du sicher? Espinozas Männer?" Er unterbrach seine Wanderung durch das Zimmer so ruckartig, als wäre er erstarrt. „Verfluchte Scheiße!", stieß er hervor und rieb sich über den Nacken. „Geht es ihm gut? Kommt er durch?" Er horchte angespannt auf die Stimme des Anrufers. „Ich will wissen, ob es ihm gut geht!", schrie er. „Du sagst mir jetzt sofort, was mit Cody ist!"

Sein Schmerz füllte den ganzen Raum, und Annie ließ zögernd die Waffe sinken. Sie hatte keine Ahnung, worum es ging, aber dass etwas nicht stimmte, entging ihr nicht.

Als Josh wortlos das Gespräch beendete, nahm sie die Waffe wieder hoch. Hatte sie ihn vorher schon gefürchtet, so wollte sie ihm in seiner aktuellen Laune schon gar nicht ausgeliefert sein.

Sie japste nach Luft, als er, ihren Finger am Abzug ignorierend, zu ihr ans Bett hastete und ihr einfach die Glock aus der Hand riss. Trotz seiner Hast spürte sie sein Zittern. Er sah sie nicht mehr an, hatte sie offenbar vollkommen aus seinen Gedanken verbannt, als er im Stechschritt aus dem Zimmer eilte.

„Phoenix!", hallte sein Ruf durch die Villa. „Phoenix!!"

Annie kniff die Lippen zusammen. Dieser Moment, dieser Beinahekuss pulsierte noch in ihren Adern, und es kam ihr vor, als hielte sie noch immer die Waffe in Händen, so plötzlich hatte sich ihre Lage geändert. Sie starrte einen Moment dorthin, wo Josh eben noch telefoniert hatte, dann schlug sie die Decke zurück, schwang keuchend die Beine aus dem Bett und knotete die zwei Hälften ihres Shirts unter dem Bauchnabel zusammen. Sie presste sich die Hand auf das Pflaster, um ihre Seite zu stützen, als sie unsicher aufstand.

Irgendetwas stimmte nicht. In solchen Momenten machten Menschen Fehler. Und womöglich reichte schon ein Fehler, das ganze Kartell wie ein Kartenhaus zum Einsturz zu bringen.

Also folgte sie Joshs aufgebrachter Stimme durch den Flur, bis sie an der gläsernen Brüstung der Treppenempore ankam. Von dort hatte sie freie Sicht auf die Männer unten in der Halle.

Phoenix Ramírez saß mit seinem Sohn vor einem riesigen Fernseher und hielt einen Controller für ein Videospiel in der Hand. Der Junge schien sich vom Schrecken der letzten Nacht erholt zu haben. Er saß im Schneidersitz auf der großzügigen Couch und wartete darauf, dass sein Vater wieder ins Spiel einstieg. Doch der schenkte seine Aufmerksamkeit gerade dem sichtlich aufgebrachten Josh.

„Ich bin hier sofort weg, wenn du nicht in der Lage bist, deinen Teil der Abmachung einzuhalten, Phoenix!", drohte Josh und rieb sich verzweifelt übers Gesicht. „Wie konntest du zulassen, dass Espinozas Männer überhaupt in seine Nähe kommen?", rief er. „Er hätte sterben können, verdammt!"

Phoenix legte den Controller auf die Glasplatte des Tisches. Dann stand er auf und bedeutete Josh, ihm an die Bar zu folgen. „Du hast recht. Das hätte nicht passieren dürfen."

„Hol ihn raus!", verlangte Josh und starrte Phoenix wütend an. „Du hast gesagt, wenn ich euch helfe, geschieht ihm nichts."

Phoenix goss gemächlich zwei Gläser ein. Eines davon reichte er Josh, ehe er selbst am anderen nippte. Er runzelte die Stirn, als überlege er. „Ich sagte ja, das hätte nicht passieren dürfen." Er schwenkte das Glas und blickte in die goldene Flüssigkeit. Erst dann sah er Josh wieder an. „Wo stehst du, wenn ich Cody rausholte?", fragte er so leise, dass Annie die Luft anhalten musste, um etwas zu verstehen.

Sie sah, dass Josh den Kopf schüttelte. „Ich stehe da, wo du mich haben willst!", knurrte er. „Denkst du, ich weiß nicht, dass das hier eine Einbahnstraße ist? Denkst du, ich weiß nicht, was mit den Männern passiert, die rauswollen?"

Phoenix schmunzelte. Es war kein echtes Schmunzeln, sondern sah vielmehr so aus, als hätte der Mexikaner diese Bewegung einstudiert, um weniger Härte zu zeigen, als er es für gewöhnlich tat. „Ich habe nicht viele Männer, die auf eine Meile noch jedes Ziel treffen. Ich würde es also bedauern, … dich …" Er nippte wieder an seinem Drink, ehe das Schmunzeln zu einem Zähnefletschen wurde. „… dich den falschen Weg einschlagen zu sehen."

Josh schüttelte den Kopf. „Habe ich nicht jeden Punkt unserer Abmachung erfüllt?", fragte er zornig. „Ich bin doch hier, Phoenix! Seit sechs verdammten Jahren! Jetzt erfüll du deinen Scheißpart in diesem Deal und schaff Cody in Sicherheit, sonst …"

Diesmal wirkte Phoenix' Lächeln echt. „Sonst was?"

Josh leerte das Glas und knallte es hart auf den Tresen. Er funkelte den Kartellchef entschlossen an. „Du sagst ja selbst, ich treffe auch auf eine Meile noch jedes Ziel", gab er knapp zurück, ehe er sich abwandte.

Phoenix lachte. „Deine ehrliche Art mochte ich schon immer." Auch er trank sein Glas aus. „Darum werde ich sehen, was ich für Cody tun kann."

Annie presste sich an die Wand, als Josh in Richtung Garten davonging. Ihre Gedanken rasten, und sie versuchte, sich jedes einzelne Wort einzuprägen, um es in ihrem Bericht an Chris richtig wiederzugeben. Alles, was sie gehört hatte, machte sie stutzig.

Kapitel 9

Drei Tage hatte Annie unter ständiger Überwachung nun schon in Ramírez' Villa verbracht. Josh hatte sie seit seinem Gespräch mit Phoenix nicht mehr gesehen, und auch Troy tauchte nur gelegentlich in der Villa auf. Er schien sehr beschäftigt. Annie war das nur recht, denn so stahl er sich nur einen Kuss und das Versprechen, alles nachzuholen, was wegen der Schusswunde hatte aufgeschoben werden müssen.

Annie sandte ein Stoßgebet zum Himmel und verspürte beinahe Dankbarkeit für die Verletzung, die sie im Moment vor weiteren Annäherungen verschonte und ihr zugleich ermöglichte, in der Nähe des Kartells zu bleiben. Gerade saß sie in einem von Phoenix spendierten Designerbikini am Beckenrand des Pools und warf mit Guillermo Wasserbälle. Es gab sicher schlechtere Arten, den Tag zu verbringen. Wenn das so weiterging, würde sie eine nette Bräune bekommen. Nur nicht dort, wo das große Pflaster ihre Haut bedeckte.

Doch irgendetwas machte sie nervös. Es war ungewöhnlich ruhig an diesem Nachmittag. Die Hunde dösten in der Sonne, und die Sportwagen waren aus der Einfahrt verschwunden. Annie fragte sich, wo Phoenix' Männer alle steckten. Vermutlich wickelten sie gerade irgendein krummes Geschäft ab, verschoben Waffen oder wuschen Geld, während sie hier saß und Ball spielte. Sie seufzte und verfehlte den Ball, den Guilly ihr zuwarf. Der geiergesichtige Asher lachte von der Bar aus und applaudierte dem Jungen. Guilly jubelte und spritzte eine Wasserfontäne aus seinem Mund.

„Ich glaube, ich gebe auf", rief Annie ihm zu und zog die Beine aus dem Wasser. Noch immer schmerzte jede Bewegung, und sie sah sicher etwas unbeholfen aus, als sie aufstand. Sie hätte gerne mit Guillermo ein paar Worte gewechselt, da sie glaubte, durch ihn womöglich Informationen über die Geschäfte seines Vaters zu erhalten. Doch dieser verfluchte Asher wich ihr nicht von der Seite. Dabei ging ihre Taktik, sich an den Jungen heranzumachen, ziemlich auf. Er schien sie zu mögen, was kein Wunder war, wenn man bedachte, dass er ohne Mutter fast ausschließlich unter Männern aufwuchs und sie ihm das Leben gerettet hatte.

Annie wusste aus den Akten, dass die Mutter des Kleinen vor Jahren an einer Überdosis Heroin gestorben war. Deshalb handelte das Kartell ihres Wissens nach auch mit jeder Art von illegaler Ware – abgesehen von Drogen.

Dieses Geschäft überließ Phoenix lieber den Gangs auf den Straßen und seinen kriminellen Landsleuten südlich der Grenze.

Annie schob sich die Sonnenbrille vor die Augen und blickte in den wolkenlosen Himmel über L. A. Der Tag schien einfach nicht enden zu wollen. Es kam ihr vor, als sei diese Mission dazu verdammt, eine Ewigkeit anzudauern. Sie mochte sich nicht ausmalen, wie besorgt Liam sein musste. Sie war seit fast einer Woche nicht in ihrer Wohnung gewesen, hatte sich nicht mit ihrem Kontaktmann treffen oder auch nur ein Lebenszeichen absetzen können. Das alles war unmöglich, solange sie hier auf dem Anwesen bleiben musste. Und dies alles steigerte von Stunde zu Stunde ihre Nervosität.

Sie war kurz davor, sich bei Asher an der Bar einen Drink für ihre Nerven zu holen, als plötzlich Bewegung aufkam. Das Dröhnen von Motoren erklang von der Auffahrt, und die Hunde stoben wie von der Tarantel gestochen auf und spurteten in Richtung der Nobelkarossen.

Annie reckte den Hals, und Guillermo kletterte aus dem Pool. Als Asher ihm zunickte, rannte er den Hunden hinterher. „Paps!", rief er und wedelte mit dem Handtuch wie mit einer Flagge.

Annie schlenderte an Ashers Seite, denn sie hoffte, im Falle eines Gesprächs so nahe genug zu sein, um etwas zu verstehen.

Sie lächelte den Geier an und deutete auf den Pool. „Keine Lust auf eine kleine Abkühlung?", versuchte sie es mit Small Talk, aber Asher Alvarez schien ihr überhaupt nicht zuzuhören. Er blickte konzentriert dorthin, wo Phoenix seinen Sohn auf seine Schultern hob, ehe er in ihre Richtung kam. Hinter dem Kartellchef machte Annie Josh aus, und sofort beschleunigte sich ihr Puls. Er wirkte erschöpft. Seine Schultern hingen schwer herunter, sein Gang war mutlos. Im Näherkommen hörte sie ihn mit Phoenix reden.

„Ich will keine Zeit mehr verlieren", murrte Josh, und Phoenix nickte zustimmend.

„Informiere die Kleine. Dann macht euch reisefertig. Eine günstigere Gelegenheit bietet sich uns nicht. Und ehrlich gesagt, sehe ich auch keinen anderen Weg. Also scheitert ihr besser nicht, wenn du Cody raushauen willst."

Josh nickte, rieb sich matt übers Gesicht und blickte sich dann suchend um. Als er Annie neben Asher entdeckte, kam er zu ihnen. Er wirkte gehetzt, trotzdem nahm er sich die Zeit, ihre Wunde zu betrachten.

„Denkst du, du kannst fliegen?" Er klang besorgt.

Annie hob überrascht die Augenbrauen. „Fliegen? Ich? Wohin?"

„Nach Phoenix."

Annie lachte. „Phoenix' Männer fliegen nach Phoenix?"

Josh schien den Witz nicht zu verstehen, denn er verzog keine Miene. „*Wir* fliegen nach Phoenix. Nur wir beide." Er deutete auf ihr Pflaster. „Vorausgesetzt, du bist fit. Wenn nicht, muss ich ein anderes Mädchen buchen."

„Mir gehts gut!", versicherte Annie ihm, innerlich jubilierend. Solange sie in Phoenix war, würde sie nicht mit Troy das Bett teilen müssen. Der Gedanke ließ sie zögern. Sicher würde Josh nicht erwarten, dass sie stattdessen mit ihm ins Bett stieg, oder? Sie hatte ihm ja deutlich gesagt, dass er nicht ihr Typ war. „Was soll ich dort?", versuchte sie, Klarheit zu erlangen, auch wenn sie nicht wirklich glaubte, dass Josh sie in die Geschäfte des Kartells einweihen würde.

„Ich brauche eine Begleitung", gab Josh wie erwartet knapp zurück und fasste sie am Arm. „Komm, wir besorgen dir passende Klamotten." Er führte sie in die Villa und zielstrebig die Treppe nach oben. Doch statt in

Richtung ihres Krankenzimmers zu gehen, wandte er sich einem anderen Flügel zu. Dicke Teppiche dämpften hier jeden Schritt, und hüfthohe Vasen mit weiß blühenden Orchideen säumten den Flur. Der Teppich liebkoste Annies nackte Füße bei jedem Schritt – ein krasser Gegensatz zu Joshs stählernem Griff um ihren Oberarm.

„Du kannst mich loslassen!", wies sie ihn auf seine grobe Behandlung hin und sah ihn stirnrunzelnd an. „Und es wäre leichter, wenn du mir sagen würdest, was eigentlich los ist. Was soll ich in Phoenix – oder …", beeilte sie sich, zu sagen. „… oder genauer gesagt, … was machst *du* in Phoenix? Und wozu brauchst du eine Begleiterin?"

Josh warf ihr einen schrägen Blick zu, gab ihren Arm aber frei. „Wozu braucht man denn eine Begleiterin?", fragte er, als verstünde er ihre Frage nicht.

„Wir Mädchen von *Grand Five* sind keine …" Annie wurde rot. „Wir …"

„Ich würde kein Mädchen nur für Sex nach Arizona einfliegen, falls das deine Frage war."

Josh deutete auf eine doppelflügelige Tür und klopfte an. Das war gut, denn Annies Wangen glühten.

„Das … das ist gut zu hören, weil …"

„Weil ich nicht dein Typ bin." Josh nickte. „Das hatten wir schon geklärt. Ich wollte dich nicht dabeihaben, aber Phoenix will dich nicht unbeaufsichtigt in seiner Villa lassen, bis deine Verletzung verheilt ist."

„Was ist mit Troy? Wird er nicht erwarten, dass ich da bin?"

„Troy ist nicht in der Position, Forderungen zu stellen. Außerdem meint Phoenix, dass du der Typ Frau zu sein scheinst, die keine nervigen Fragen stellt." Er neigte den Kopf, als wäre er sich da nun nicht so sicher. „Zumindest schien es so nach deinem Körpereinsatz für Guilly."

Annie schmunzelte. „Du erwartest hoffentlich nicht, dass ich mich schon wieder in eine Kugel werfe?"

Josh sah sie ernst an. „Das wird nicht nötig sein. Ich brauche einfach nur eine Frau, die in einem kurzen Kleid eine gute Figur macht." Nun glitt sein Blick über ihren schlanken, nur vom Bikini bedeckten Körper, und seine Miene wurde sanfter. „Das bekommst du hin."

Die Tür wurde geöffnet, und eine dunkelhaarige Schönheit stand ihnen gegenüber. Sie lächelte Josh einladend an und trat zur Seite, um sie hereinzubitten. „Ich hatte immer gehofft, dass du mich hier irgendwann besuchst", flüsterte sie ihm ins Ohr und strich ihm dabei lasziv mit der Hand über die Brust. „Allerdings hatte ich nicht erwartet, dass du noch eine Frau mitbringst."

Josh entwand sich ihr und deutete auf Annie. „Annie, das ist Layla. Layla, Annie – sie hat sich die Kugel für Guilly eingefangen", stellte er die beiden einander vor.

Annie nickte höflich, während sie den Raum in sich aufnahm. Sie wusste genau, dass sie die Schwester des Kartellchefs vor sich hatte. Ihr Bild hing direkt neben Phoenix' an der großen Tafel der Einsatzzentrale.

Nur sah sie auf dem Foto dort nicht halb so beeindruckend aus wie in natura. Ihr dunkles Haar glänzte wie Seide, und ihre üppigen Brüste zeichneten sich deutlich unter dem hautengen Designerkleid ab, das sie trug. Die Tattoos an ihren Armen verliehen ihr eine gefährliche Aura. Goldene Ringe hingen schwer an ihren

Ohren. Es lebte sich gut, wenn man die Grenzen des Gesetzes einfach überging. Das stand fest. Die Einrichtung war erlesen geschmackvoll, und die roten Sohlen ihrer Pumps zeigten ebenfalls, dass sie nicht gerade auf den Preis schauen musste.

„Ich hatte gehofft, du kannst ihr etwas aus deinem Kleiderschrank borgen", erklärte Josh den Grund seines Besuchs. „Wir haben es eilig, und …" Er deutete auf den Bikini. „Annie hat nichts Passendes hier."

Layla kräuselte die Lippen. „Sie ist obenrum nicht so … gut ausgestattet wie ich", gab sie zu bedenken, bedeutete den beiden aber, ihr zum begehbaren Kleiderschrank zu folgen. Dieser entpuppte sich als ganzer Raum, reihum mit Regalen voll Kleidern, Schuhen, Mänteln und Jacken. In der Mitte halbhohe Schubladenschränke mit Glasplatte, durch die man die Auslage der obersten Schublade bewundern konnte. Ketten und Ringe, Uhren und Broschen befanden sich darin. Obendrauf Hutständer und Brillen.

Die Auswahl war größer als in einer Boutique in Beverly Hills.

Layla reckte die Brust raus, stolz, ihnen ihre Errungenschaften zu zeigen. „An was hattest du gedacht, Süßer?", wandte sie sich an Josh und legte den Arm um seine Taille.

Annie verkniff es sich, mit den Augen zu rollen. Diese Frau geizte nicht mit ihren Reizen. Sie zeigte ganz unverhohlenes Interesse an Josh, und die Art, wie sie sich an ihn drängte, war schon fast als aufdringlich zu bezeichnen. Allerdings sah es so aus, als pralle ihre

Anmache an Josh eiskalt ab. Er lächelte sie zwar an, aber seine Körpersprache zeigte keinerlei Anziehung.

„Annie muss alle Blicke auf sich lenken", erklärte er und trat näher an die Seite, wo an Stangen unzählige Kleider hingen. „Sie muss scharf aussehen."

Layla lachte. „Zaubern kann ich auch nicht!", scherzte sie, machte sich aber in ihren Schätzen auf die Suche nach etwas Passendem. „Ihr Haar ist ein Hingucker. Vielleicht können wir den Farbton unterstreichen", überlegte sie und zog mehrere Kleider hervor.

Dann wandte sie sich an Annie und musterte sie schief. „Ich tue mir vermutlich keinen Gefallen, wenn ich dich ausstaffiere", überlegte sie laut und zwinkerte Josh zu. „Denn einen Mann mit solchen Augen teile ich nicht gerne."

Josh schnaubte. „Teilen würde bedeuten, dass ein Stück von mir dir gehören würde."

„Dein bestes Stück würde mir schon reichen", lachte Layla und bedeutete Annie, in das erste Kleid zu schlüpfen.

„Das wird nicht passieren", erklärte Josh, trat aber an ihre Seite. „Ich hänge einfach zu sehr an meinem Leben."

Layla stöhnte und hob theatralisch den Arm an ihre Stirn. „Ein Mann mit Mut wäre zur Abwechslung mal ganz nett", beschwerte sie sich.

„Man muss nicht mutig sein, um sich mit dir einzulassen, Layla. Man muss dumm sein. Oder lebensmüde, denn dein Bruder …"

Sie warf frustriert die Arme in die Luft. „Hör mir mit Phoenix auf! Wenn es nach ihm ginge …"

„Es geht immer nach ihm. Und jetzt such ihr bitte ein

passendes Kleid und etwas für die Reise. Ich kümmere mich um den Rest."

Annie spürte seinen Blick, als sie das grüne Samtkleid an ihrer Taille glattstrich. Seine Augen folgten ihren Bewegungen, und kurz schien er vergessen zu haben, was er sagen wollte. Dann räusperte er sich und trat einen Schritt zurück. „Wir treffen uns in zwanzig Minuten im Hof."

Kapitel 10

„Ein Privatflugzeug?" Annie hastete Josh über die Rollbahn zum wartenden Learjet hinterher. Zwei von Phoenix' Männern folgten mit ihrem Gepäck. „Ist das dein Ernst?"

Josh zuckte die Schultern. „Würdest du lieber mit dem Bus fahren?"

„Nein, aber …"

„Wer für Phoenix Ramírez arbeitet, hat es meistens eilig", erklärte er etwas freundlicher, denn ihm war bewusst, dass seine erste Antwort recht schroff gewesen war. Aber seit er den Anruf bekommen hatte, war seine Laune auf dem Tiefpunkt.

Nur die Aussicht, endlich etwas zu unternehmen, beruhigte ihn ein wenig.

Annie kam an seine Seite und beeilte sich, mit ihm Schritt zu halten. Sie trug hochhackige Pumps und einen eng anliegenden kurzen Rock, dazu ein schillerndes Top und eine Jeansjacke. Ihr Haar wehte im Wind, und sie strich es sich beiläufig über die Schultern.

„Wir haben es also eilig", schlussfolgerte sie und lächelte ihn an.

Ihr Lächeln war so warm wie die Sonne, die den Asphalt unter ihnen zum Dampfen brachte, und für einen Moment vergaß Josh den traurigen Grund ihrer Reise. Eine

Sekunde lang war er sogar froh, dass Phoenix ihn gezwungen hatte, ausgerechnet Annie mitzunehmen. Dabei hatte er sich zuerst noch gegen die Order des Kartellchefs gewehrt, weil er bei seiner Aufgabe nun wirklich keine Frau gebrauchen konnte, der er nicht vertraute. Andererseits wusste er, dass er ihr nicht trauen konnte, und das machte die Sache auch wieder etwas einfacher. Zumindest würde es keine bösen Überraschungen geben, da er bei ihr von vornherein besondere Vorsicht würde walten lassen.

„Was machen wir denn nun in Phoenix?", hakte sie nach und stieg die ersten Stufen zum Flugzeug hinauf. „Oder willst du mir das noch immer nicht verraten?"

Ihr Po in dem engen Rock war eine regelrechte Versuchung, und wie von selbst folgte Josh ihr auf dem Fuße. Jede Stufe, die sie nahm, betonte noch ihre langen Beine. „Du musst das nicht wissen." Er duckte sich durch den Einstieg und konnte nicht widerstehen, seine Hand an Annies Hüfte zu legen, um sie zu ihrem Sitz zu geleiten. „Wir gehen ein bisschen aus …", erklärte er und setzte sich ihr gegenüber. Als er seine Beine ausstreckte, berührte er ihre. „… haben Spaß … und lernen neue Leute kennen."

„Neue Leute?"

Josh schmunzelte, als sie eifrig den Sicherheitsgurt anlegte, sobald ihr kleiner Hintern den Sitz berührt hatte. „Einen Mann."

„Einen Mann?" Sie sah ihn fragend an. Unsicherheit sprach aus ihrem Blick, und sie rückte, soweit es ihr möglich war, vom Fenster ab.

„Sag nicht, du hast Flugangst?"

„Welchen Mann?", überging sie seine Frage, aber ihre verkrampften Hände waren Antwort genug.

„Sein Name ist vorerst nicht wichtig. Wichtig ist nur, dass du mir hilfst, an ihn heranzukommen."

„Ah, so ist das!" Annie nickte. „Ich soll ihn für dich ansprechen, oder wie?"

Das Flugzeug rollte los, und Annie wich das Blut aus dem Gesicht. „Du meine Güte!", murmelte sie und stemmte die Füße fest in den Boden.

Josh konnte sich ein Lachen nicht verkneifen. „Du wirfst dich todesmutig in einen Kugelhagel, aber hierbei stirbst du fast vor Angst?"

Annie nickte hektisch. „Jep. Das … das ist so … ich hasse es, die Kontrolle abzugeben. Und in einem Flugzeug hat nur der Pilot die Kontrolle!"

Josh erinnerte sich an die Momente, in denen Annie nicht die Kontrolle innegehabt hatte. Wie beim Überfall vor fünf Jahren, oder als er sie nach der Schießerei blutend die Stufen hinaufgetragen hatte. In diesen Momenten hatte er sich ihr am nächsten gefühlt.

Nun tippte er mit dem Knie gegen ihres, um sie aufzumuntern. „Es gibt einen Fallschirm."

„Nur einen?" Annie machte ein erschrockenes Gesicht, und Josh musste lachen.

„Ich halte dich einfach ganz fest, dann geht das schon."

Annie knetete ihre Finger. „Das macht es nicht wirklich besser, denn dann hättest ja du die Kontrolle und wieder nicht ich."

Gegen dieses Argument konnte Josh nichts sagen. Er blickte aus dem Fenster. Los Angeles hatte ihm von oben noch nie gefallen. Es sah aus wie eine Aneinanderreihung von Schuhkartons, aus deren Mitte sich der Distrikt um das Financial Center mit seinen Hochhäusern erhob. Es zeigte sehr deutlich die zwei Welten von L. A. Das Gefüge aus Arm und Reich. Das Ungleichgewicht dieser scheinbaren Traumwelt rund um Hollywood.

Nachdenklich sah er Annie an. Als Escortgirl war sie ebenso Teil dieser Traumwelt aus Lügen und Geld.

„Hast du denn jemals in deinem Leben die Kontrolle?", fragte er zögernd. „Kann ich mir ja nicht vorstellen."

„Warum?"

Er zuckte mit den Schultern. „Du weißt nie, wer dich bucht, oder? Weißt nie, wer der Fremde ist, mit dem du den Abend oder den Tag … womöglich die Nacht verbringst. Wie kannst du da von Kontrolle sprechen?"

Annie befeuchtete ihre Lippen. Sie wich seinem Blick aus. „Es ist nicht so, als hätten wir keine Wahl", erklärte sie. „Wir werden gefragt, welchen Kunden wir übernehmen wollen."

„Ist das so? Warum bist du dann hier? Du bist nicht dumm. Sicher hat es nicht erst eine Kugel gebraucht, um zu wissen, wer Phoenix Ramírez ist. Hätte ich die Wahl, hätte ich einen Bogen um seine Gesellschaft gemacht."

Annie lachte, und etwas von ihrer Anspannung schien von ihr abzufallen. „Hattest du etwa keine Wahl? Für mich sieht es nicht gerade so aus, als hättest du diesen Bogen um ihn gemacht."

Josh musste neidlos zugeben, dass Annie es geschickt verstand, seinen Fragen auszuweichen. „Wir reden gerade aber nicht von mir. Sondern von dir."

Diesmal stieß Annie mit dem Knie gegen seines. Es lag ein Funkeln in ihren Augen, das ihm gefiel. „Du sprichst generell nicht von dir, oder?"

„Nein."

„Warum nicht?"

Ihr Interesse gefiel Josh nicht. Er hob den Arm, um bei der Flugbegleiterin einen Drink zu ordern. „Ich halte es für Zeitverschwendung, mein Leben vor Frauen auszubreiten, deren Typ ich nicht bin", gab er gespielt neckend zurück und zwinkerte ihr zu. „Aber da sind wir ja wieder beim Thema Kontrolle. Du willst nicht hier sein – und bist es trotzdem. Also, warum hast du dich von Phoenix buchen lassen?"

Annie zuckte mit den Schultern. „Er ist ein angesehener, wohlhabender Geschäftsmann."

„Richtig." Josh biss die Zähne zusammen. „Wie konnte ich das vergessen."

„Du bist nicht gerade gut auf ihn zu sprechen, oder?"

Josh war froh für die Unterbrechung, als sein Scotch serviert wurde. Er schwenkte das Glas und wartete, bis die Flugbegleiterin sich wieder entfernt hatte. „Vielleicht gebe auch ich nicht gerne die Kontrolle ab", antwortete er nachdenklich und kippte dann den Drink hinunter.

Die Landung schlug Annie gewaltig auf den Magen. Ihre Knie zitterten, als sie in Laylas etwas zu großen Pumps aus dem Flugzeug stieg.

„Alles okay?", fragte Josh und legte ihr stützend die Hand in den Rücken. Seine Berührung war sanft und sandte doch einen Stromstoß durch ihren Körper.

Während des Fluges hatte sie genug Zeit gehabt, ihre wechselhaften Gefühle für diesen Mann zu ergründen. Sie hatte Angst vor ihm, denn sie war sich sicher, dass er sie wiedererkannt hatte, auch wenn er sie noch nicht direkt darauf angesprochen hatte. Andererseits fühlte sie Dankbarkeit ihm gegenüber, denn er hatte ihr damals das Leben gerettet. Und auch jetzt schien er um sie besorgt, wenn er nicht gerade eine Waffe an ihre Brust drückte. Er wirkte zerrissen, und sie fragte sich nicht zum ersten Mal, was wohl in ihm vorging.

„Alles okay. Mir ist nur etwas flau im Magen", gestand sie und lächelte ihn über die Schulter an. Sein Anblick verstärkte das Zittern in ihren Knien. Er sah gut aus. Der Wind fuhr ihm durch die Haare, und in seinem grauen Shirt und der tief sitzenden Jeans hätte er genauso gut der süße Kerl von nebenan sein können. Der, der im Park ein paar Bälle warf oder sich im Supermarkt hinter einem anstellte. Der, dem man ein Lächeln schenkte, weil er niedlich war, auch wenn man nicht zu hoffen wagte, dass sich daraus mehr entwickeln würde. Jede Frau wartete auf so einen Kerl. Und wären sie beide in einer anderen Situation, in einem anderen Leben, hätte auch Annie sich dieses hoffnungsvolle Lächeln wohl nicht verkneifen können. Doch Josh war nicht der Mann von nebenan. Und es war besser, das nicht zu vergessen.

Wieder festen Boden unter den Füßen, hätte Josh eigentlich mit den Gedanken bei seiner Aufgabe sein sollen. Stattdessen ging ihm diese Frau nicht mehr aus dem

Kopf. Sie wusste gar nicht, wie heiß sie aussah. Wie verführerisch sie sich bewegte. Mit jeder Flugmeile, die sie L. A. hinter sich zurückließen, wurde ihm deutlicher bewusst, dass dieses Escortgirl sein Verlangen schürte. Ihre Beine hatten sich so sanft an seine gelehnt, ihre ängstlichen Augen ihn während der Landung regelrecht gefangen genommen und ihr rasender Puls seinen Blick unwillkürlich auf die Wölbung ihrer Brüste gelenkt. Und nun, da sie in Phoenix angekommen waren und in eine andere Rolle schlüpften, da schien es ihm plötzlich gar nicht so abwegig, ihr näherzukommen.

Der Gedanke berauschte ihn, und wann immer er sie ansah, stellte er sich vor, ihre Lippen auf seinen zu spüren. Herrgott, wie oft er sie schon hatte küssen wollen! Wie schwer es ihm gefallen war, es dennoch nicht zu tun.

Er öffnete die Tür des bereitstehenden Taxis und ließ ihr den Vortritt. Dann bedeutete er dem Fahrer, ihr Gepäck zu verladen, ehe er ebenfalls einstieg. Annies Haar streifte seinen Arm, und als er sich neben sie setzte, traf ihn der unsichere Blick aus ihren grünen Augen wie ein Schlag. Fragte sie sich auch, wie es wäre, wenn …

„Werden wir den Mann, den ich für dich ansprechen soll, sofort treffen?"

Josh seufzte. Natürlich gingen ihre Gedanken nicht in dieselbe Richtung wie seine. Er zog einen Zettel aus seiner Hosentasche und gab dem Fahrer die Adresse. Erst danach wagte er es, Annie anzusehen. Ihr Rock war beim Einsteigen noch weiter nach oben gerutscht, und die helle Narbe des Schnittes war deutlich zu erkennen.

„Nein. Wir checken ein und warten auf morgen. Im

Hotel findet ein Symposium statt. Unser Mann nimmt daran teil."

„Du machst es echt spannend, oder?" Ihr Lächeln war zu viel für ihn, und er schloss für einen Moment die Augen. Warum konnte er den Gedanken nicht ablegen, sie zu küssen? Warum spannte seine Hose, nur weil sie neben ihm saß? Sie hatte vermutlich das Bett mit Troy geteilt und mit wer weiß wie vielen Kerlen zuvor. Also warum …?

Himmel, der Gedanke, dass sie so leicht zu haben war, war wirklich nicht hilfreich.

Die Fahrt vom Airport zum Hotel dauerte nicht lange, und als Josh neben Annie an der Rezeption stand, hatte er seine Fantasien noch immer nicht unter Kontrolle. Er legte ihr besitzergreifend die Hand um die Taille und checkte sie beide als Mr. und Mrs. Miller ein.

Annie zuckte kurz, als die Empfangsdame ihnen einen angenehmen Aufenthalt wünschte und Josh eine Schlüsselkarte für das gemeinsame Zimmer übergab.

„Wir bringen Ihr Gepäck nach oben", erklärte sie und winkte einem Angestellten zu, sich um die Koffer zu kümmern.

Beinahe hatte Josh Widerworte erwartet, doch Annie schwieg und lächelte stattdessen ganz brav, wie man es vermutlich von einer Ehefrau erwartete.

Erst als sich die Fahrstuhltür hinter ihnen schloss, rückte sie von ihm ab und runzelte die Stirn. „Wir sind verheiratet?"

Josh grinste. „So schnell kanns gehen."

„Sehr witzig." Sie verschränkte die Arme vor der Brust. „Warum müssen wir uns ein Zimmer teilen?"

„Weil ich dir nicht vertraue. Ich will dich im Auge haben."

Annie schüttelte den Kopf. „Das ist doch Bullshit. Was hat unsere Zusammenarbeit denn mit Vertrauen zu tun?"

„Na schön. Dann eben, weil Phoenix für deine Gesellschaft bezahlt. Also leiste mir Gesellschaft."

„Du drehst dir die Wahrheit, wie sie dir gerade passt, oder?" Annie wirkte frustriert.

Josh zuckte mit den Schultern. „Du wirst es überleben."

„Und wenn nicht?" Annie funkelte ihn wütend an. „Du treibst hier irgendein krummes Ding, und ich hab keine Ahnung, was passieren wird."

Auch Josh hatte keine Ahnung, was passieren würde. Die Dinge, die er sich ausmalte, rückten angesichts ihrer schlechten Laune in weite Ferne, und er fürchtete, dass ihm eine lange schlaflose Nacht bevorstand.

„Du kannst mich nicht immer nur anschweigen, wenn ich dich etwas frage!", regte Annie sich auf.

Die Fahrstuhltür glitt auf, und Josh trat in den Flur. Das Zimmer lag am Ende des Gangs, und er bedeutete Annie, ihm zu folgen. „Hör einfach auf, mich auszufragen, wenn dir meine Antworten nicht gefallen."

„Ich weiß nicht, ob mir deine Antworten gefallen!", rief sie und kam ihm nur langsam hinterher. „Du weichst meinen Fragen ja aus."

„Ich weiche deinen Fragen nicht aus", erklärte er, zog die Schlüsselkarte durchs Schloss und öffnete die Tür. „Ich weiche *dir* aus."

„Ach ja?" Annie schlüpfte an ihm vorbei und warf achtlos die Jeansjacke auf das Doppelbett. Ihre Koffer standen schon ordentlich neben dem Schrank. Annie drehte sich um die eigene Achse, um das Zimmer zu begutachten. „Du wärst besser darin, hättest du mir ein eigenes Zimmer gebucht."

Josh lachte. Er schloss die Tür. „Aber dann wäre es nicht halb so reizvoll." Er verkniff sich ein Schmunzeln, als Annie mit den Augen rollte. Sie wirkte unsicher, wie sie da zwischen Tür und Bett stand und von einem Fuß auf den anderen wippte.

„Und jetzt?", fragte sie. „Was machen wir jetzt?"

Josh trat ans Fenster und blickte auf die nächtlichen Lichter der Stadt. „Wir sollten ins Bett gehen", schlug er vor und musterte sie in der Spiegelung der Scheibe. „Es ist spät, und wir haben morgen einiges vor."

„Uhhhh!" Annie zog eine Grimasse. „Pass nur auf, dass du mir nicht zu viel verrätst." Sie setzte sich aufs Bett und streifte die Pumps ab. Dann warf sie einen Blick auf die Koffer und runzelte die Stirn. „Also normalerweise reisen Männer doch mit leichtem Gepäck", wunderte sie sich darüber, dass Josh zwei Koffer dabeihatte, während sie mit einem auskam.

Josh rieb sich den Nacken. Dann nahm er einen der beiden Koffer und stellte ihn in den Schrank. „Der hier geht dich nichts an, okay?"

„Ist ja wohl hoffentlich keine Kofferbombe, oder?" Sie sagte es, als wollte sie einen Scherz machen, aber die Anspannung in ihrer Stimme war echt.

Josh setzte sich in den Sessel neben dem Fernseher und sah seine Begleiterin an. „Wofür hältst du mich?", fragte er ernst und kratzte sich am Kinn. „Ich meine ... du sagst, du bist freiwillig hier, weil Phoenix Ramírez ein wohlhabender

Geschäftsmann ist, aber mir traust du zu, eine Bombe in einem Koffer zu transportieren?"

Annie rutschte etwas unsicher auf dem Bettüberwurf herum. Joshs stechender Blick war unangenehm, aber andererseits konnte dies das erste wirklich informative Gespräch werden und sie hatte nicht vor, es zu vermasseln.

„Du arbeitest für das Kartell, das ist ja wohl klar", stellte sie ihn zur Rede.

„Für welches Kartell?" Sie sah an seinen Augen, dass er sich absichtlich dumm stellte.

„Es ist ein offenes Geheimnis, mit welchen Geschäften Phoenix sein Geld macht. Auch wenn niemand jemals offen darüber reden würde."

„Du redest gerade darüber."

Annie schnaubte. „Ja, aber nur mit dir!"

Sein Grinsen gefiel ihr überhaupt nicht. Er streckte lässig die Beine von sich und verschränkte die Arme hinter dem Kopf. „Mit dem, der die Bombe im Koffer hat?", neckte er sie, und Annie entwich ein Fluch.

„Du hast keine Bombe im Koffer, oder?", rief sie und sprang auf. Sie fasste ihr Haar zu einem losen Knoten und zwirbelte es im Nacken zusammen. Ihre Finger zitterten, da Josh jeder ihrer Bewegungen mit den Augen folgte. Sein Lächeln war gefährlich, und sie vermied es, ihm zu nahe zu kommen.

„Wenn du es sagst." Seine Mundwinkel hoben sich amüsiert.

„Ich meine es ernst, Josh! In was ziehst ihr mich da

hinein?" Sie knabberte an ihrer Lippe. „Auf mich wurde geschossen. Das … ist nicht Teil meines Jobs."

Josh erhob sich. „Ist es Teil deines Jobs, mit Troy zu schlafen?" Seine Stimme hatte sich verändert, und hätte Annie es nicht besser gewusst, hätte sie geglaubt, Eifersucht herauszuhören.

„Troy mag mich", stellte sie klar und verschränkte die Arme vor der Brust. „Wir hatten Spaß."

„Wir könnten auch Spaß haben."

„Nein." Annie machte einen Schritt zurück.

Josh grinste. „Liegt es an der Bombe?"

Annie holte aus und schlug nach ihm, doch noch während sie den Arm hob, wusste sie, dass das ein Fehler war. Josh fing ihren Hieb in der Luft ab und zog sie hart an seine Brust. Sie prallte gegen ihn, wie gegen eine Wand. „Es gibt keine Scheißbombe!", fauchte sie und versuchte, sich ihm zu entwinden. Seine Nähe war furchtbar, und ihr Puls raste nur so dahin.

„Nein, es gibt keine Bombe", bestätigte er lachend und schob seine Hand in ihren Nacken. Er packte den Haarknoten und zwang sie so, ihn anzusehen. „Und du tust besser daran, auch nicht mehr von einem Kartell zu reden." Seine andere Hand wanderte an ihre Taille und schob ihr Shirt nach oben, bis seine Finger über das Pflaster strichen. „Und das hier …" Er sah ihr geradewegs in die Seele. „… ist nichts. Es ist nie passiert. Du vergisst besser ganz schnell, woher du die kleine Schramme hast, weil alles andere dem angesehenen Geschäftsmann Phoenix Ramírez nicht gefallen würde."

„Drohst du mir?"

Josh neigte den Kopf, und seine Lippen kamen ihren immer näher. Sein Atem strich über ihre Wange, als er lachte. „Wenn es sich wie eine Drohung anhört, ist es meistens eine."

Annies Herz hämmerte gegen Joshs Brust, so nah war er ihr. Sein Duft umhüllte sie, und wie schon einmal fand sie, dass er gut roch. Trotzdem oder vielleicht auch gerade deshalb durfte sie diese Nähe nicht zulassen. Sie stemmte die Hände gegen seinen Körper und blickte ihm in die Augen. „Wenn das so ist, dann hör jetzt gut zu, Josh. Kommst du mir noch mal zu nahe, dann wirst du es bereuen!"

Seine Mundwinkel zuckten erheitert, aber er gab sie tatsächlich frei. „Ich glaube nicht, dass ich es bereuen würde", spottete er und zwinkerte ihr zu. „Du bist süß. Ich schätze, ich würde die Folgen in Kauf nehmen."

Er schlüpfte aus seinen Schuhen, schaltete den Fernseher an und warf sich mitten aufs Bett.

„Du würdest die Folgen nicht überleben!", drohte Annie. Sie hatte keine Ahnung, was sie jetzt tun sollte. Das Zimmer war nicht gerade geräumig, und es gab keine Möglichkeit, Josh aus dem Weg zu gehen. Und da er wie ein Pascha auf dem Bett saß, blieb ihr nur der Sessel. Oder die Erniedrigung, sich neben ihn zu setzen. Er zappte durch die Programme. Nichts schien ihn wirklich zu interessieren, bis er am Ende doch bei *Terminator* hängen blieb. Aber er sah nicht wirklich hin, sondern grinste sie noch immer an.

„Bist du also wirklich so gefährlich, wie ich glaube?", murmelte er und kratzte sich am Ohr. „Die *Grand-Five-*

Mädchen, die ich kenne, haben nicht so eine große Klappe."

„Wundert mich, dass du überhaupt Frauen kennst. Du führst dich nämlich auf wie ein hinterwäldlerischer Einsiedler."

Joshs herzhaftes Lachen überraschte sie, und kurz schien es ihr, als würde sich die abweisende Härte, die ihn umgab, für einen Moment lichten, doch schon im nächsten Augenblick war das vorbei. „Liegt vielleicht daran, dass mir andere Menschen immer nur Probleme bereiten", gab er zu und rückte ein Stück an die Seite des Bettes. Dann klopfte er auf den freien Platz neben sich. „Wie wäre es, wenn wir uns heute Nacht einfach gegenseitig keine Probleme bereiten?"

Annie runzelte die Stirn. Sie wusste nicht, ob sie ihm trauen konnte. Sich einfach neben ihn zu legen, erschien ihr verrückt in Anbetracht der Tatsache, dass er sie immer wieder bedrohte. Und dann schien er plötzlich selbst zu müde zu sein, diese schroffe Art länger aufrechtzuerhalten. In diesen Momenten hatte sie das Gefühl, den wahren Josh zu erkennen, aber sie brachte die beiden Versionen dieses Mannes einfach nicht unter einen Hut. Dabei hatte sie in Quantico wochenlang trainiert, Verhaltensweisen zu analysieren. Sie musterte Josh, der jetzt so aussah, als hätte er sie vollkommen ausgeblendet.

Zögernd setzte sie sich an die Bettkante, und ein leichter Schmerz stach ihr in die Seite. Sie hob ihr Top an und inspizierte das Pflaster. Die Ärztin hatte ihr gesagt, sie solle es täglich wechseln.

„Ich …" Sie stand wieder auf, weil neben Josh zu sitzen

ihre Nerven zum Vibrieren brachte. „Ich gehe duschen und … kümmere mich um …" Sie beendete den Satz nicht, denn Josh nickte, ohne sich vom Fernseher abzuwenden.

Wenn er sie ausblenden wollte, dann sollte er das ruhig tun. Sie war nicht scharf auf seine Aufmerksamkeit. Sie nahm ihren Koffer, und tatsächlich konnte sie zum ersten Mal seit Stunden wieder frei durchatmen, als sie die Badezimmertür hinter sich schloss. Es fiel ihr schwer, sich auf ihre Aufgabe zu konzentrieren, wenn sie schon so sehr damit beschäftigt war, ihre Rolle zu spielen. In den ersten Tagen auf der Party oder in der Villa war es leicht gewesen, ein Escortgirl zu sein. Doch hier, so abseits aller Normalität, hatte sie keine Ahnung, wie sich das Mädchen, das sie spielte, verhalten würde. Ihre eigenen Gefühle und Ängste standen ihr im Weg. Besonders in Joshs Nähe. Sie musste unbedingt mehr über ihn herausfinden, und auch wenn sie zuletzt noch gezögert hatte, seinen Namen oder seine Beschreibung an ihr Team weiterzugeben, würde das das Erste sein, was sie bei ihrer Rückkehr tun würde. Es war an der Zeit, dass sie verstand, worum es hier ging.

Nachdem Annie im Bad verschwunden war, ballte Josh die Fäuste. Er starrte auf die geschlossene Tür und verkniff sich einen Fluch. Diese Frau machte ihn wahnsinnig. Alles in ihm schrie danach, sie in seine Arme zu schließen, doch er wusste nicht, ob er sie dann küssen oder erwürgen wollte. Sie war eine Bedrohung für seine Stellung innerhalb des Kartells. Und dann wäre auch Cody in Gefahr. Damit wäre alles umsonst gewesen!

Und doch … ihre sinnlichen Lippen kosteten ihn seine ganze Selbstbeherrschung. Dabei war es egal, ob sie lächelte oder ob ihre Lippen vor Angst zitterten. Er verspürte permanent den Drang, sie zu küssen.

„Ich bin doch kein liebestrunkener Idiot!", ermahnte er sich selbst, als auf der anderen Seite der Tür das Wasser plätscherte. Er versuchte, sich darauf zu konzentrieren, dass der Terminator versprach, zurückzukommen, und dabei zu verdrängen, dass Annie nur wenige Meter entfernt nackt unter einem dampfenden Wasserstrahl stand.

Er stieg vom Bett und öffnete den Kleiderschrank. Er lauschte auf das laufende Wasser, ehe er den Koffer herausnahm. Er gab die Zahlenkombination ein, und der Koffer sprang auf. In die Schaumstoffverkleidung eingebettet, lag seine Waffe, die Technik für die Abhörvorrichtung und das Equipment für die Kameras. Zwei kleine Wanzen und ein GPS-Sender vervollständigten den Inhalt. Es war alles da, was er brauchte. Er hoffte nur, dass Phoenix recht hatte und sie damit Cody endlich aus dem Gefängnis holen würden.

Das Geräusch des fließenden Wassers verstummte.

Josh nahm die Waffe aus dem Koffer, prüfte das Magazin und steckte sie sich in den Hosenbund, ehe er das Gepäckstück wieder sorgfältig verschloss und zurück in den Schrank stellte. Gerade als er sich umdrehte, ging die Tür auf. Annie hatte sich in einen weißen, flauschigen Bademantel gewickelt, der die Stickerei des Hotels trug.

Ihr rotes Haar war nass und hatte die Farbe von Kupfer

angenommen. Es wellte sich sanft über ihren Rücken, und einzelne Tropfen perlten über Annies Hals, ehe sie vom Bademantel aufgesogen wurden.

„Ich fürchte …", murmelte sie, und eine leichte Röte überzog ihre Wangen. „… ich brauche Hilfe mit der Wunde."

Sie öffnete den Bademantel, und darunter zum Vorschein kam ein fast durchscheinendes Seidennegligé.

Josh hielt den Atem an. Das konnte doch nicht wahr sein!

„Schau nicht so!", brummte Annie und schloss schnell den Mantel wieder. „Das sind nicht meine Klamotten."

Josh hätte es wissen müssen. Dieses halb durchsichtige Kleidchen passte gut zu Layla, auch wenn er sich nicht vorstellen konnte, dass Layla auch nur im Ansatz so gut darin aussehen würde.

„Kannst du mir nun helfen, oder nicht?", keifte Annie ihn ungeduldig an.

Josh räusperte sich. Er fuhr sich durchs Haar und nickte. „Sicher. Was … was kann ich denn tun?"

Er zwang sich, nicht an ihr hinabzublicken, als sie den Mantel erneut öffnete.

„Das Scheißpflaster klebt total fest. Ich habe schon versucht, es mit Wasser abzulösen, aber sobald ich daran ziehe, fühlt es sich an, als zöge ich mir die Haut mit ab."

Josh rieb sich unsicher die Hände. Sie hob das Negligé an, und tatsächlich war ihre Haut rund um das Pflaster schon stark gerötet. Er wollte wirklich nur die Wunde betrachten, dennoch entging ihm der schwarze Spitzenslip nicht, der sich wie eine verführerische Geschenkverpackung um ihren schlanken Körper spannte.

„Was …" Joshs Mund war plötzlich trocken. „Was hättest du denn gerne?" Seine Gedanken gingen definitiv nicht in Richtung Wundversorgung. Er fuhr sich durchs Haar, unfähig, seinen Blick von ihrem flachen Bauch und dem perfekten Nabel zu nehmen.

Annie zuckte mit den Schultern. Sie legte die Hand auf das Pflaster und zupfte an den Enden. „Vielleicht …" Sie wirkte unsicher. „Vielleicht, wenn du es … ganz schnell machst."

Josh stöhnte. Er schüttelte den Kopf, und sein Lachen klang verzweifelt. „Gott, Annie, hörst du dir überhaupt zu?" Er knackte die Finger durch und ging auf sie zu. Er dirigierte sie rückwärts Richtung Bett und löste dabei den Gürtel des Bademantels vollends. Annies Augen wurden vor Überraschung groß, und sie wollte protestieren, als er sie schließlich auf die Matratze drängte und über sie kam. Er war ihr so nah, dass er ihren schnellen Atem spürte und ihre Wimpern zählen konnte. „Du willst, dass ich es schnell mache?", raunte er, und seine Hände schoben zielsicher das Negligé über ihre Hüften. Dabei streifte er den schwarzen Slip, und seine Erregung wuchs. Nie hatte sich etwas besser angefühlt. „Schnell ist nicht so mein Ding", flüsterte er und rieb seine Wange an ihrer. Ihr nasses Haar fühlte sich kühl an. Als wollte es das Fieber kühlen, das in ihm zu wüten schien. „Ich mache es lieber langsam und … mit viel Gefühl."

Sie öffnete die Lippen, als wollte sie widersprechen. Mit weit geöffneten Augen sah sie ihn an, und ihre Pupillen weiteten sich, als er sein Knie zwischen ihre Beine schob.

Ein Zittern ging durch ihren Körper, als Josh das Pflaster berührte. „Vielleicht würde dir das gefallen", schlug er vor und presste seine Lippen auf ihre. Im selben Moment riss er das Pflaster mit einem kräftigen Ruck herunter.

Sein Kuss erstickte Annies Schmerzensschrei, und sein Körper hielt sie fest auf dem Bett, als sie sich panisch aufbäumte. Sie grub ihre Fingernägel in seine Oberarme, und der Schmerz stachelte ihn an, seine Zunge tiefer in ihren Mund gleiten zu lassen.

Schmerz flutete Annies Gehirn, und sie suchte Halt, indem sie sich fest an Josh klammerte. Es war gut, ihn auf sich zu spüren, gut, dass er sie hielt, damit der Schmerz sie nicht mitreißen konnte. Als seine Zunge ihre Lippen teilte, war sie froh um die Nähe, und sie drängte sich ihm Schutz suchend entgegen. Ihre Zunge schmiegte sich an seine und lud ihn ein, sie vollkommen zu erforschen. Erst hungrig, dann zärtlicher erkundete er ihren Mund. Seine Lippen waren weich, und sie keuchte, als er ganz sanft in ihre Unterlippe biss, ehe er erneut seine Zunge in ihren Mund gleiten ließ. Es war verrückt, aber kein Mann hatte sie je so leidenschaftlich geküsst. Nicht mit diesem Hunger und dieser doch deutlich zu spürenden Zurückhaltung, die in seiner Zärtlichkeit lag. Eine Träne rann Annie über die Wange. Weinte sie vor Schmerzen? Oder aus Erleichterung, weil der Schmerz nun abebbte? Oder weinte sie, weil nie zuvor ein Kuss so intensiv gewesen war?

„Schhht", murmelte Josh sanft gegen ihre Lippen und wischte die Träne weg. Er rückte ein Stück von ihr ab.

Zärtlich umschloss er ihr Gesicht, und das Grau seiner Augen streichelte sie warm wie eine Decke. „Ist schon geschafft." Er küsste noch einmal ihren Mundwinkel und sah lächelnd auf sie herab. „Nächstes Mal machen wir es auf meine Art", raunte er. „Denn ich glaube so langsam, ich bin vielleicht doch dein Typ."

Kapitel 11

Annie saß Josh im Restaurant des Hotels gegenüber, aber anstatt den Teller mit dampfenden Spaghetti vor sich anzurühren, beobachtete er über ihre Schulter hinweg den Eingangsbereich des Hotels. Das gab ihr Gelegenheit, ihn etwas genauer zu betrachten. Anders als in L. A. war er sehr elegant gekleidet. Er trug einen Anzug mit dunkler Krawatte über einem strahlend weißen Hemd. Das Sakko mit hellgrauen Nadelstreifen betonte die dunkle Farbe seiner Iris. Er hatte Ringe unter den Augen, als hätte er zuletzt nicht gut geschlafen. Seine sinnlichen Lippen waren ernst verkniffen und die Haare zwar ordentlicher frisiert als in L. A., dennoch war zu erkennen, dass er sich mehrfach mit den Händen hindurchgefahren war. Die dichten Augenbrauen waren leicht zusammengezogen, weil er so starrte. Im Foyer herrschte reger Betrieb aufgrund eines Symposiums über die Entwicklung neuer Ansätze für mehr Effektivität in der Agrarwirtschaft.

Er war so konzentriert, dass sich eine steile Falte über seiner Nasenwurzel in die Haut grub.

„Wen beobachtest du denn?", fragte sie und nahm ein Stück Lasagne in den Mund. Genau wie er vermied sie es, den Kuss anzusprechen. Den Kuss, nach dem Josh das gemeinsame Hotelzimmer fluchtartig verlassen hatte und erst mitten in der Nacht zurückgekehrt war, ohne zu erklären, wo er gewesen war.

„Hm?" Josh sah sie nur kurz an.

„Nach wem du Ausschau hältst?", wiederholte sie und drehte sich etwas, um seinem Blick zu folgen.

„Setz dich gerade hin. Ich will nicht, dass jemand denkt, wir …"

„So auffällig, wie du dort hinüberstarrst, weiß jeder, dass du nach jemandem Ausschau hältst."

Josh räusperte sich und nahm seine Gabel auf. Er nickte schwach und versuchte dabei, etwas weniger fokussiert zu wirken. „Okay, aber ich darf nicht verpassen, wenn unser Mann ankommt."

„Dann sag mir doch einfach, wie er aussieht, dann kann ich doch …"

„Dort!" Josh ließ die Gabel in den Teller sinken und trommelte nervös auf die Tischplatte. Er nahm die Serviette von seinem Schoß und knüllte sie zwischen den Fingern, als wollte er direkt aufspringen. „Siehst du den Mann dort?", fragte er und nickte mit dem Kopf in eine Richtung, sodass sie erkannte, von wem er sprach.

„Das ist Erik Wheeler", stellte Annie überrascht fest, als sie den jungen Mann mit der auffällig roten Krawatte zwischen einigen anderen Herren ausmachte.

„Woher kennst du ihn?", fragte Josh und kniff misstrauisch die Augen zusammen.

Annie zuckte mit den Schultern und strich sich das Haar aus der Stirn. „Erik Wheeler? Na, den kennt man doch. Ist der Sohn des Gouverneurs."

Josh schien kein bisschen überzeugt. Seine Knöchel um die Serviette traten weiß hervor. „Kaum jemand kennt

Wheelers Sohn", widersprach er und schaute unschlüssig zwischen Annie und Wheeler hin und her.

„Unsinn. Der war doch schon zigmal in der Zeitung. Woher sollte ich ihn sonst kennen?"

Josh hob die Augenbrauen. „Sag du es mir?"

„Ich habe es dir gesagt! Und es ist doch auch egal, oder? Was willst du denn von ihm?"

„Das musst du nicht wissen."

„Was hast du vor?", fragte sie panisch und griff nach Joshs Hand, da er gerade die Serviette losließ und seinen Stuhl nach hinten schob. „Wirst du ihn töten?"

Josh atmete tief ein. Dann setzte er sich wieder und stellte sich ihrem Blick. Er sah müde aus, aber dennoch lag ein entschlossener Zug um seinen Mund. „Ich töte ihn nicht", stellte er klar. „Ich schneide ihm nicht die Zunge raus oder sprenge ihn mit der Bombe aus meinem Koffer in die Luft. Ganz im Gegenteil, ich beschere ihm einen unvergesslichen Abend." Er checkte kurz, ob Wheeler noch immer im Foyer stand. Dann lächelte er Annie kopfschüttelnd an. „Wir müssen dringend an deiner Meinung über mich arbeiten."

„Ich helfe dir nicht, jemanden zu töten!", warnte Annie ihn im Flüsterton und beugte sich über den Tisch in seine Richtung, damit niemand hörte, was sie sagte.

Josh nickte. „Okay. Wenn ich jemanden töte, dann mach ich es allein. Kannst du damit leben und jetzt bitte aufhören, so einen Unsinn zu reden?" Er richtete seine Krawatte und knöpfte das Sakko zu. Dann mischte er sich unter die Menge, die sich rund um Erik Wheeler gebildet hatte. Annie rückte ihren Stuhl etwas zur Seite, um ihn im

Auge behalten zu können. „Was treibt der Kerl?", flüsterte sie und stocherte dabei mit der Gabel in ihrer Pasta herum. Sie hatte keine Mühe, Josh unter all den Anzugträgern auszumachen, denn er hatte definitiv die breitesten Schultern von allen. Überhaupt wurde seine sportliche Figur durch das Sakko noch betont. Er griff sich eines der Programmhefte des Symposiums aus einem der Aufsteller neben der Tür zum Veranstaltungssaal und näherte sich damit Wheeler.

Annie hielt den Atem an. Verbarg Josh hinter dem Heftchen etwa eine Waffe? Sie spannte die Muskeln an, als wäre sie in einem aktiven Polizeieinsatz. Als müsste sie jeden Moment selbst ihre Pistole ziehen, um eine Situation zu klären, dabei konnte sie in Wahrheit überhaupt nichts ausrichten. Was immer Josh auch vorhatte, sie konnte nichts dagegen tun.

Oder doch?

Einem Impuls folgend, stieß sie ihren Stuhl zurück und sprang auf. „Schatz!", rief sie durch das Restaurant, so laut, dass sich auch die Köpfe in der Eingangshalle nach ihr umdrehten. „Ich bitte dich!", rief sie weiter und eilte hinter Josh her. „Es gibt keinen Grund für deine …"

Shit, sie hatte das echt nicht bis zum Ende durchdacht!

„… für deine Eifersucht!", stotterte sie und drängte sich mitten in die Menschentraube und auf Josh zu. Er stand bereits so dicht bei Wheeler, dass Annie beinahe den Lauf seiner Waffe an Wheelers Rücken zu spüren glaubte.

Himmel, was immer Josh vorhatte, sie musste es verhindern!

„Bitte, Liebster!", flehte sie lauthals und warf sich Josh

in die Arme, auch wenn der zornige Ausdruck in seinem Gesicht jeden vernünftigen Menschen davon abgehalten hätte. Eine Ader an seiner Schläfe pochte, als er sie unter den fragenden Blicken der Symposiumsbesucher von sich schob.

„*Schatz* …“, brummte er durch zusammengebissene Zähne und strich sich eine Strähne aus der Stirn.

Erik Wheeler schaute verwundert von ihm zu Annie.

„Entschuldigen Sie!“ Annie reckte ihr Kinn und legte Wheeler versöhnlich die Hand auf den Arm, ehe sie sich mit einem strahlenden Lächeln an Josh wandte. „Ich wollte nicht stören, oder …“, sie nickte kurz den übrigen Gaffern zu, „… oder unsere kleine Auseinandersetzung … hier vor allen …“

Sie lachte verlegen, und wie sie gehofft hatte, sprang Wheeler darauf an. Er neigte verständnisvoll den Kopf in Annies Richtung und nickte dann Josh kumpelhaft zu. „Bitte, bitte, kein Grund, sich zu entschuldigen.“ Er musterte sie von Kopf bis Fuß, ehe Josh sich neben sie drängte und ihr entschieden die Hand in den Rücken legte.

„Nun, wie meine Frau schon sagte …“, setzte auch er an. „… wir entschuldigen den Aufruhr.“

Wheeler lachte und winkte ab. „Unsinn. Bei einer Frau wie der Ihren ist Eifersucht absolut verständlich.“ Er wandte sich an Annie. „Sie müssen Nachsicht mit Ihrem Mann haben, Teuerste.“

Josh nickte und schlug Wheeler kumpelhaft auf die Schultern. „Das sage ich ihr auch immer, Mister Wheeler. Aber was macht sie? Flirtet dennoch ungeniert mit jedem Mann, der ihr über den Weg läuft.“

Annie spürte, wie ihr das Blut in die Wangen stieg. Sie schlug verlegen die Augen nieder und biss die Zähne zusammen. „Ich flirte nicht, … Schatz!", verteidigte sie sich und zwang sich zu einem Lächeln. „… Wenn es nach dir ginge, würdest du jeden Mann in meiner Nähe am liebsten …"

„… umbringen?", schlug er vor, und obwohl die Situation bei Weitem nicht zum Lachen war, funkelten seine Augen amüsiert. Er ließ seine Hand demonstrativ auf ihren Hintern wandern und zwinkerte Wheeler zu. Ein leises Lachen ging durch die Zuschauer, dabei hatten die doch keine Ahnung, wie ernst die Lage war. Und dass Mord in Joshs Umfeld an der Tagesordnung war. Dass er vermutlich den Sohn des Gouverneurs in diesem Moment direkt hier in der Halle niedergeschossen hätte, wenn sie nicht …

„Wir sollten unsere Auseinandersetzung vielleicht woanders fortsetzen", schlug sie vor und wollte sich seinen liebkosenden Fingern entziehen, aber Josh hielt sie fest. Er legte den Arm um ihre Taille, und obwohl sie seinen Plan, welcher Art der auch gewesen sein mochte, gestört hatte, schien ihm die Situation mit einem Mal gar nicht mehr so unangenehm.

„Meine Frau hat recht", stimmte er ihr zu und wandte sich dabei wieder an Wheeler. „Und bitte entschuldigen Sie noch mal die Störung. Vielleicht …" Er hob den Finger, als hätte er gerade eine Idee. „… vielleicht können wir Sie heute Abend direkt nach Ihrem Symposium als kleine Entschuldigung auf einen Drink an der Bar einladen?"

Wheeler nickte. „Unter einer Bedingung", stimmte der

Sohn des Gouverneurs zu. „Sie bringen mich nicht um, wenn ich bei dieser Gelegenheit etwas mit Ihrer Frau flirte", scherzte er, und die Umstehenden kicherten mit ihm.

Josh gab sich geschlagen. Er machte ein schuldbewusstes Gesicht und lachte, auch wenn sich seine Finger dabei schmerzhaft in Annies Oberarm gruben. „Keine Sorge, Mister Wheeler. Im Moment möchte ich nur meine Frau umbringen."

„Hast du den Verstand verloren?", fuhr er Annie an, kaum dass sich die Fahrstuhltüren hinter ihnen geschlossen hatten. „Was sollte denn das?!"

Annie riss sich los und rieb ihren schmerzenden Oberarm. Sie funkelte ihn böse an. „Ich konnte doch nicht zulassen, dass du diesem Mann etwas antust!", rechtfertigte sie sich und verschränkte schützend die Arme vor ihrer Brust.

Josh schüttelte den Kopf und schnaubte laut. „Fang nicht wieder damit an! Ich habe dir gesagt, dass ich diesem Kerl kein Haar krümmen werde!"

„Das hast du nicht gesagt!"

Josh lachte hart. „Nicht? Na, vielleicht weil dich das Ganze überhaupt nichts angeht!" Im Hotelzimmer angekommen, steuerte Josh zielstrebig auf den Schrank zu und nahm den geheimnisvollen Koffer heraus. Annie verstand überhaupt nicht, was das alles zu bedeuten hatte.

„Es geht mich sehr wohl etwas an!", beharrte sie und folgte ihm hastig, als er schon im nächsten Moment wieder

146

zurück zum Fahrstuhl ging.

Josh drückte auf den Knopf für den vierzehnten Stock, und Annie runzelte die Stirn. „Wohin gehen wir?"

„Auch das geht dich nichts an."

„Ach nein? Bin ich nicht deine Frau?", keifte sie und verstellte ihm den Weg, als sich die Fahrstuhltüren öffneten.

Josh schmunzelte und legte seine Hände an ihre Taille. Mit einem Satz hob er sie aus dem Weg und trat in den Flur. Er blickte nach links und rechts, ehe er eine Schlüsselkarte aus seiner Sakkotasche zog und die Nummer darauf betrachtete. Dann deutete er nach links. „Ich hätte nicht gedacht, dass es so anstrengend ist, verheiratet zu sein", murrte er, ohne zu warten, ob Annie ihm folgte.

„Was immer du vorhast, Josh", warnte sie ihn, während sie zu ihm aufschloss, „hier gibt es doch überall Kameras. Hast du das bedacht?" Es musste doch eine Möglichkeit geben, ihm sein kriminelles Handeln auszutreiben.

Doch anstatt beunruhigt zu sein, grinste er nur.

„Machst du dir Sorgen um mich?" Er blieb vor einer Tür stehen und zückte die Schlüsselkarte.

„Es geht nicht um dich, aber …"

„Meine Ehefrau sorgt sich um mich", überging er ihren Einspruch, und sein Grinsen wurde noch breiter. „Ist das nicht süß?"

Annie schlug nach ihm. „Ich meine es ernst, Josh. Was immer du vorhast, man wird herausfinden, dass du hier warst."

Joshs Blick wurde ernst. „Erik Wheeler *soll* wissen, dass

ich hier war!" Er öffnete die Tür und ging in das Zimmer. Schon beim Eintreten hängte er das „Bitte-nicht-stören"-Schild an die Tür und zog Annie hinter sich in die Suite. „Außerdem habe ich dafür bezahlt, dass die Kameras in diesem Stockwerk in den nächsten zwanzig Minuten nichts aufzeichnen werden."

„Ist das Wheelers Zimmer?"

„Eher eine Suite, würde ich sagen."

Annie ballte die Fäuste. „Was willst du hier? Und wie kommst du überhaupt an Wheelers Schlüsselkarte?"

Wieder stöhnte Josh. „Ich hätte Wheeler erschießen sollen, dann müsste ich mir jetzt nicht deine ganzen Fragen anhören!"

„Das ist nicht witzig!"

Annie sah sich nervös um, während Josh ganz entspannt den Koffer auf dem Bett abstellte und das Zahlenschloss öffnete. Er sah Annie nur kurz an. „Nein. Es war nicht witzig, als du angefangen hast, zu schreien, gerade als ich meine Hand in Wheelers Jackett schieben wollte, um sein Portemonnaie zu stehlen."

Annie schlug sich die Hand vor den Mund. „Ich fasse es nicht! Du hast seine Geldbörse geklaut?"

„Die Börse hat er wieder. Nur die Karte nicht. Außerdem ist es besser, als ihn umzubringen, meinst du nicht?"

„Warum? Und sag jetzt nicht, dass mich das nichts angeht!"

Josh lachte leise und entnahm dem Koffer ein kleines Elektronikteil, das Annie sofort als Abhörvorrichtung erkannte. Er ging damit zum Schreibtisch der Suite und brachte es an der Unterseite an. Dann stützte er sich auf die Tischplatte und blickte Annie in die Augen.

„Du willst nicht mit hineingezogen werden. Und ich will dich nicht mit hineinziehen. Also stell keine Fragen, deren Antworten du doch überhaupt nicht hören willst."

„Du sagst, du willst mich nicht mit hineinziehen, aber schau uns doch mal an. Wir stecken da doch längst beide drin. Und darum reg ich mich auch so auf! Ich … kann nichts Kriminelles unterstützen, hörst du?"

„Du hättest dich von der Firma fernhalten sollen, wenn du eine saubere Weste behalten willst", gab Josh unbeeindruckt zurück. „Die Schießerei in Phoenix' Villa, Troys Entlassung … du weißt doch längst, worauf du dich eingelassen hast." Er zuckte mit den Schultern. „Man kann nicht nur die Poolpartys und die schnellen Autos haben. Den gehobenen L.-A.-Lifestyle. Wer ein Steak auf Kosten der Firma essen will, muss auch ne Scheißkuh für Ramírez schlachten!"

„Ach so!" Annie nickte theatralisch. „Na, wenn das so ist … dann ist ja alles klar! Und du spielst jetzt den Metzger, oder wie?"

Josh setzte sich auf die Tischecke und faltete geduldig die Hände in seinem Schoß. „Hör zu, Annie. Ich kann dir nicht sagen, was wir hier tun, aber …"

„Du bringst ne Wanze an!", fiel sie ihm ins Wort. „Das musst du mir nicht groß erklären, ich bin ja nicht blöd!"

Er lächelte. „Offensichtlich nicht." Er stand auf und nahm das nächste Teil aus dem Koffer. Eine Mikrokamera, die er hinter einem Lampenschirm gegenüber vom Bett anbrachte. „Erik Wheeler ist kein verkehrter Kerl", setzte

Josh an und prüfte auf einem Tablet-PC, ob die Kamera arbeitete. Dann nickte er und wandte sich wieder der Ausrüstung im Koffer zu. „Ihm wird nichts passieren. Das schwöre ich."

„Warum das Ganze?"

Annie ließ die Schultern sinken und schaute zu, wie Josh noch eine Reihe weiterer Kameras und Wanzen installierte.

„Warum?", hakte sie noch einmal nach, da er ihr die Antwort schuldig blieb.

Erst als Josh den Deckel des Koffers schloss, sah er sie wieder an. Er kam zu ihr und strich ihr eine Strähne hinters Ohr. Er wirkte nachdenklich.

„Erik Wheeler ist nur ein kleines Rädchen im Getriebe. Er wird keinen Schaden nehmen, wenn er sich in die richtige Richtung dreht. Es ist sehr wichtig – auch für mich, dass diese Sache nach Plan läuft. Ich wäre dir also dankbar, wenn du diesmal einfach machst, was ich sage."

„Und du willst mir nicht sagen, worum es dabei geht?"

Josh schwieg. Er musterte sie beinahe zärtlich, ehe er sanft den Kopf schüttelte. „Du musst einfach lernen, deinem Mann zu vertrauen", flüsterte er. Dann griff er den Koffer und trat an die Tür.

„*Mein Mann*!", schnaubte sie. „Ich sag dir eines, *Liebster*, du schläfst auf der Couch, wenn du deine Frau weiterhin ärgerst!"

Josh, der schon die Klinke nach unten gedrückt hatte, hielt noch einmal inne und drehte sich zu Annie um. „Und wo schlafe ich, wenn ich dich nicht ärgere?" Sein Blick bohrte sich in ihren und hielt sie gefangen.

Annie kämpfte gegen die aufkeimende Erregung, die

seine Frage weckte. „Wenn du nicht willst, dass ich wegen des Spielzeugs, das du hier versteckt hast, zur Polizei gehe, dann forderst du besser keine ehelichen Rechte ein, kapiert?"

Josh legte schmunzelnd den Kopf schief, sodass die Wirbel in seinem Nacken knackten. Dann zwinkerte er ihr zu. „Meine Frau hat Temperament. Das gefällt mir."

Kapitel 12

Kurz vor sieben Uhr schritt Annie an Joshs Arm durch die Empfangshalle des Hotels in Richtung Bar. Die ersten Symposiumsbesucher verließen gerade den Saal, und er hätte eigentlich nach Erik Wheeler Ausschau halten müssen, aber er hatte nur Augen für die Frau an seiner Seite. Annie trug ein bodenlanges schwarzes Kleid, das er schon an Layla gesehen hatte. Doch an Annie entfaltete es eine vollkommen andere Wirkung. Auf den ersten Blick sehr elegant, doch bei genauerer Betrachtung – und genau darin war Josh vertieft – enthüllten hohe Beinschlitze und ein tiefer Wasserfallrücken mehr von ihrem Körper als gedacht. Sie sah atemberaubend aus, wie sie ihr Haar in weichen Wellen am Hinterkopf aufgesteckt hatte, und der dunkle Lippenstift betonte auf verführerische Weise ihre helle Haut.

Er brauchte seine Hand an ihrem Rücken nur etwas tiefer gleiten lassen, dann …

„*Liebling* …“, flüsterte sie zynisch. „… ich glaube, dort ist Erik.“ Sie lächelte ihn aus dunkel geschminkten Augen frech an, als wüsste sie genau, was er sich gerade ausmalte.

„Du hast recht, *Schatz*!“, spielte er mit und legte besitzergreifend seine Hand auf ihren Po. „Wir sollten ihm seine Schlüsselkarte zurückgeben.“

Josh hatte Annie instruiert, dass sie Erik Wheeler

abpassen müssten, ehe er sich auf den Weg zurück in sein Zimmer machen würde. Schließlich sollte er das Fehlen seiner Karte nicht bemerken.

Er gab Annie einen kleinen Stups in Wheelers Richtung und nahm dabei schon mal die Schlüsselkarte aus seiner Tasche. Unauffällig verbarg er sie in der Hand hinter seinem Rücken, als er der schönen Rothaarigen hinterherging. Mit einem Lächeln, das genauso gut hätte echt sein können, sprach sie den Sohn des Gouverneurs an. Genau, wie besprochen. Und wie geplant, ließ Wheeler seine Vorsicht bei Annies Anblick fallen und reichte ihr freudig die Hand. Ein Küsschen links, eines rechts, und Wheeler war ihrem Charme erlegen.

Josh biss die Zähne zusammen. Ihm gefiel nicht, wie leicht Annie in eine Rolle schlüpfte. Natürlich musste sie als Escortgirl mit Männern umgehen können, dennoch fragte er sich nun wieder, wer diese Frau wirklich war. Sie war so viel geheimnisvoller als eine einfache Hostess. Er spürte es mit jeder Faser seines Körpers, dass Annie etwas vor ihm verbarg.

„Da bist du ja", rief er und ging auf Annie und den Gouverneurssohn zu. Er reichte ihm die Hand und klopfte ihm mit der anderen, in der er die Karte hielt, auf die Schulter. „Mister Wheeler, wie schön. Da komme ich wohl gerade noch rechtzeitig, um zu verhindern, dass meine Frau etwas tut, das meine Eifersucht erneut weckt."

Wheeler lachte, und Josh nutzte die gelöste Stimmung, um die Karte unauffällig in dessen Jacketttasche zu stecken.

Annie tat so, als werfe sie Josh einen schmollenden

Blick zu. Dabei schob sie ihre Lippen nach vorne.

Himmel, hatte diese Frau Lippen!

„Keine Sorge, Liebling. Mister Wheeler sagte mir gerade, er wolle sich noch etwas frisch machen, ehe er sich uns in der Bar anschließt."

Josh antwortete etwas Nichtssagendes, denn seine Gedanken hingen bei jedem ihrer Worte nur an ihren dunkel gefärbten Lippen. Er registrierte ihre Zungenspitze, die am Ende des Satzes ihre Lippen befeuchtete, und ohne zu wissen, was er tat, war er schon bei ihr. Er spürte, wie Wheeler sich entfernte, registrierte, wie zwei von ihm bezahlte Männer Wheeler folgten, um dem Gouverneurssohn ein verruchtes Angebot zu unterbreiten, das genau dessen Neigungen entsprach. Und doch war Josh mit seiner Aufmerksamkeit ganz bei Annie.

„Wir sollten etwas trinken", erklärte er und führte sie an die Bar. Er brauchte dringend einen Drink, der das Feuer löschte, das diese rothaarige Hexe in ihm entfachte. Die Bar war gut besucht, und nur noch zwei Hocker am Tresen waren frei. Viele Geschäftsreisende waren für das Symposium angereist und nahmen nun noch einen abschließenden Drink. Weiter hinten im schummrigen Licht spielte ein Musiker auf einer Geige. Die fiedelnden Töne sättigten weich die ansonsten eher gedämpften Geräusche.

„Was geschieht nun?", wollte Annie mit einem Blick über die Schulter wissen. Auch sie hatte wohl die zwei Männer bemerkt.

„Wheeler wird etwas Spaß haben", erklärte Josh knapp und orderte mit einem Fingerzeig einen Scotch. Er wartete, bis sie sich auf einen Hocker gesetzt hatte, dann nahm er ebenfalls Platz. „Was trinkst du?", fragte er.

„Nichts. Ich bleibe lieber nüchtern." Sie sah sich unsicher um und ringelte dabei eine der Strähnen, die sich aus ihrer Frisur gelöst hatte, um ihren Finger. Sie hatte keine Ahnung, wie sinnlich sie dabei wirkte.

„Was meinst du, wenn du sagst, Erik wird Spaß haben?"

Josh kippte den Alkohol in seine Kehle und stellte das leere Glas zurück auf den Tresen. Das Grün in Annies Augen zog ihn magisch an, und obwohl er sonst auch einen klaren Verstand bevorzugte, orderte er einen zweiten Drink. In Annies Nähe war etwas Ablenkung nicht schlecht.

Sie schlug die Knie übereinander, und der Schlitz des Kleides glitt auseinander und offenbarte die seidige Haut ihrer langen Beine.

Josh rückte näher. Er hob die Hand an ihre und löste die Strähne von ihrem Finger. Dann strich er sie ihr hinters Ohr, ehe er sich weiter zu ihr beugte. „Sex", wisperte er kaum hörbar und ließ seine Fingerspitze von ihrem Ohr über ihren Hals gleiten. „Ein paar willige Jungs, etwas Gras oder weißes Pulver ... je nachdem ..."

„Was?"

Josh grinste. „Diese beiden werden Wheeler in sein Zimmer begleiten", flüsterte er nahe an ihrem Hals. Ihr Duft weckte sein Verlangen, und er betete, der zweite Drink möge schnell eingeschenkt werden.

„Ist Erik Wheeler schwul?" Annie sah ihn mit großen Augen an. „Das hätte ich jetzt nicht gedacht."

„Den Quellen der Firma zufolge lässt Erik Wheeler

nichts anbrennen", murmelte Josh, und obwohl er sie um seiner eigenen Selbstbeherrschung willen besser nicht berühren sollte, ließ er seinen Blick wie eine Liebkosung über ihren Körper wandern. „Erik wird einen weit … befriedigenderen Abend haben als ich, vermute ich. Und die Kameras werden es für uns festhalten."

Annie rückte empört näher. „Du meine Güte! Das … das …"

Ihre Haut sah seidenweich aus, und Josh glaubte, die Hitze zwischen ihren Beinen zu spüren. „Niemand muss davon erfahren", stellte er klar und griff etwas atemlos nach dem neu gefüllten Glas, sobald es vor ihm stand. „Das liegt ganz bei Erik."

„Was hat er euch getan, dass ihr so was mit ihm macht?"

Josh nippte an dem Drink. „Diese Männer werden nicht dafür bezahlt, Erik zu etwas zu zwingen, das er nicht will, Annie. Vergiss das nicht. Und niemand wird das Material je zu Gesicht bekommen, wenn Erik … seine Kontakte für uns … bemüht."

Annie sah ihm in die Augen. „Seine Kontakte? Wen meinst du?"

„Denk nach, Annie. So schwer ist das nicht zu erraten."

„Der Gouverneur." Ihre Augen wurden groß. „Scheiße, ihr wollt den Gouverneur erpressen?"

Josh lächelte, denn in ihrer Überraschung reckte sie sich und nahm ihm den Drink ab. Der Schlitz gab noch tiefere Einblicke preis.

Sie nippte am Scotch und verzog das Gesicht. „Warum sagst du mir das plötzlich alles?"

„Nennen wir es *Offenheit in der Ehe*", scherzte er, und

alles in ihm verlangte danach, ihr dieses Kleid über die Hüften zu schieben und … und diese gespielte Ehe zu vollziehen! Er wollte den Scotch auf ihren Lippen, die sich gerade zu einem Lächeln hoben, schmecken.

„Da wir gerade so schön offen miteinander sind: Ich find scheiße, was ihr da macht!", gestand Annie und leerte das Glas. Sie schüttelte sich, als der Alkohol ihre Kehle hinabbrann, und kräuselte die Nase.

Josh lachte und griff nach Annies Hand. „Ich weiß. Trotzdem bist du das schönste Alibi, das ich je hatte."

Er zog sie vom Barhocker in den hinteren Bereich, wo schon andere Paare zu den Klängen der Geige tanzten.

Annie wusste nicht, was sie erwartet hatte, aber sicher nicht das Prickeln auf ihrer Haut, als Josh seine Hand an ihre Taille legte und anfing, sich mit ihr im Takt der Musik zu wiegen. Es fühlte sich an, als würde sich die Berührung durch den Stoff ihres Kleides hindurchbrennen.

„Du duftest gut", stellte er fest und beugte sich dabei leicht über ihren Hals.

Sie wusste nicht, was sie darauf erwidern sollte. Er duftete ebenfalls gut, aber das würde sie ihm garantiert nicht auf die Nase binden. Es reichte schon, dass die Art, wie er sie ansah, sie vollkommen aus dem Konzept brachte.

Er war ihr nahe, aber anders als einige Male zuvor nahm er sich keine Freiheiten heraus. Er hielt sie einfach nur fest.

Seine Finger in ihrem Rücken vermittelten Sicherheit, als wüsste er ganz genau, was er tat. Er lächelte sie an, und in seinen Augen glomm ein Feuer, das so gar nicht zu seiner Zurückhaltung passte. Also, warum küsste er sie nicht? Nicht, dass sie das wollte, aber irgendwie hatte sie es erwartet. Die Atmosphäre, die Geige, das schummrige Licht … er sah gut aus in seinem Anzug, fühlte sich gut an, und sie erinnerte sich nur zu deutlich daran, wie seine Bartstoppeln an ihrer Wange gekratzt hatten. Welchen Schauer das durch ihren Körper gejagt hatte. Und sein Blick sagte unmissverständlich, dass auch er sich daran erinnerte.

„Wie lange müssen wir hier in der Bar bleiben?", fragte Annie leise, denn sie traute ihrer Stimme nicht.

Josh schmunzelte. „Möchtest du nach oben gehen?", raunte er, und nun glitt seine Hand doch von ihrem Schulterblatt ihren Rücken hinab. Sein Daumen streichelte die empfindliche Stelle an ihrer Wirbelsäule, dort, wo der tiefe Rückenausschnitt endete.

„Nein", presste sie heraus und merkte dabei selbst, wie sie ihr Becken näher an seines brachte. Es war so verdammt schwer, der Anziehung zu widerstehen, die dieser grauäugige Teufel auf sie ausübte.

„Dann willst du weitertanzen?" Es war eine Fangfrage, und Annie wusste, dass egal, was sie sagte, er es als Sieg verbuchen würde. Er spreizte seine Finger in ihrem Rücken, was ihr ein leises Seufzen entlockte.

„Was ich will, interessiert dich doch nicht wirklich", antwortete sie spitz. Sie musste Distanz zwischen ihnen aufbauen, denn sonst lief sie Gefahr, Dummheiten zu machen.

„Nein?" Seine Stimme klang so rau und zugleich

neckend, dass allein das ihren Puls beschleunigte.

„Nein!"

Sein Lachen vibrierte in ihrer Brust. „Lass es auf den Versuch ankommen, Annie. Verrat mir, was du willst. Jetzt, in diesem Moment." Er zog sie enger an sich, und sie spürte die Härte in seiner Hose. Seine Hand in ihrem Rücken glitt tiefer, und als er die Rundung ihrer Pobacken umfasste, ließ sein Blick keinen Zweifel, in welche Richtung seine Gedanken gingen. Und zu Annies Schande musste sie sich eingestehen, dass sein Verlangen sie anmachte. Er war nicht schüchtern oder höflich. Er zeigte, dass er sie wollte, mit einer Deutlichkeit, die ihr Verlobter Liam in all der gemeinsamen Zeit nicht einmal gezeigt hatte.

Verdammt, diese animalische Anziehung, die von Josh ausging, raubte ihr wirklich den Verstand.

„Also, Annie …?" Er hauchte ihren Namen wie ein Gebet.

„Ich … ich denke …"

„Nicht denken." Sein Atem strich heiß über ihre Haut, und beim nächsten Tanzschritt schob er seinen Schenkel zwischen ihre Beine. Sein Lächeln wurde sinnlicher, als er sich ihren Lippen näherte. „Nur fühlen …"

Was Annie fühlte, war nicht gerade gut für ihr Seelenheil. Sie hatte so schon genug Schuldgefühle Liam gegenüber. Dass sie jetzt regelrecht scharf auf einen der Männer war, die sie eigentlich ausspionieren sollte, war nicht gerade hilfreich. Doch leugnen konnte sie die Hitze nicht, die sich in ihrem Magen bildete. Die jeden Zentimeter ihrer Haut so empfindlich machte, dass selbst

Joshs kleinste Berührung ihr wohlige Schauer bereitete, und sie dazu trieb, sich willenlos in seinem verführerischen Blick zu verlieren.

Josh hatte Mühe, Annie nicht einfach zu küssen. Er wollte sie so sehr, dass es schmerzte, aber der Erfolg dieser Mission hing davon ab, dass er seine Sinne beisammenhielt. Der Abend war noch nicht vorbei. Sein Job noch nicht erledigt. Dieser Tanz diente nur seinem Alibi. Er schielte über Annies Schulter in die Kamera. Was immer gerade in Erik Wheelers Zimmer vor sich ging, man würde ihn damit nicht in Verbindung bringen können. Der Zeitstempel auf den Aufnahmen, die die Kameras in dessen Zimmer liefern würden, und sein Tanz mit Annie in der Bar würden ausreichen, seine Beteiligung an der Erpressung infrage zu stellen. Und mehr brauchte es nicht, um den Gouverneur zum Schweigen … und zum richtigen Handeln zu bringen.

Allerdings interessierte Josh der Gouverneur im Moment überhaupt nicht. Sein Schwanz war so hart wie ein Brecheisen und Annies dunkel geschminkte Lippen die reinste Verlockung. Er folgte seinem Verlangen und näherte sich ihrem Mund.

Zu seiner Überraschung öffnete sie leicht die Lippen. Lud sie ihn ein, sie zu küssen? Wollte sie geküsst werden?

Eine Bewegung aus dem Augenwinkel ließ ihn stöhnen, und er kniff frustriert die Lippen zusammen. „Verdammt!", murmelte er und richtete sich auf.

Die Zeit war viel schneller vergangen als gedacht. Die

zwei Männer, die er bezahlt hatte, nahmen gerade wieder an der Bar Platz.

Annie blinzelte, verdutzt darüber, dass er den Tanz so plötzlich beendet hatte. Sie schaute in die Richtung, in die er sah und fasste nach seinem Arm. „Sind das die beiden, die …?"

Josh nickte. Ihm entging nicht die Kühle in Annies Stimme.

„Und jetzt?" Sie trat einen Schritt zurück und schien nicht zu wissen, wohin mit ihren Händen, denn sie knetete nervös ihre Finger.

Josh bedauerte das abrupte Ende ihres kleinen Tänzchens. Am liebsten hätte er die Hände nach ihr ausgestreckt und sie noch einmal so nah an sich herangezogen, aber der Moment war verstrichen.

„Ich bring dich in unser Zimmer", wies er Annie an und richtete seine Krawatte. Er fuhr sich durchs Haar und nickte ihr zu. „Ich muss noch mal kurz weg."

„Was machst du?"

Josh sah auf seine Uhr. Alles lief nach Plan. Der Bote mit dem Geld musste jeden Moment vor dem Hotel eintreffen. Er fasste nach Annies Hand und zog sie mit sich in Richtung Aufzug.

„Ich kümmere mich ums Geschäft."

„Was bedeutet das?"

Die Fahrstuhltür schloss sich hinter ihnen, und Josh rieb sich nervös das Kinn. Die beiden Kerle wollten bezahlt werden. Und darum musste er sich kümmern.

„Ich brauche nicht lange", erklärte er knapp, öffnete ihr die Tür und bedauerte, ihr nicht folgen zu können.

Zurück im Hotelzimmer verschwendete Annie keine Zeit. Ihr hektischer Puls ließ ihre Finger zittern, als sie in ihrem Koffer nach dem Handy suchte. Sie musste eine Nachricht übermitteln. Musste endlich mehr über Josh erfahren. Und sie musste ihren Kollegen mitteilen, dass das Kartell vorhatte, den Gouverneur zu erpressen.

Sie entsperrte das Display und scrollte durch ihr Adressbuch. Die Nummer, die sie suchte, war eigentlich für Notfälle bestimmt. Sie sollte keinen direkten Kontakt zu ihrer Einheit aufnehmen. Das war eine Regel.

„Diese Regel ist scheiße!", flüsterte sie und tippte mit zitternden Fingern die kurze Nachricht an eine Nummer, die bis zu *Grand Five* zurückzuverfolgen wäre.

Hi Lisa, ich wollte mich nur kurz melden. Bin mit einem von Troys Freunden in Phoenix. Sein Name ist Josh. Er hat tolle grau gesprenkelte Augen und ist schön groß. Ich schätze mal, dass er so um die dreißig ist. Mich wundert echt, dass keine von den Mädels, die Phoenix Ramírez sonst so bucht, je von ihm erzählt haben. Er ist ziemlich heiß!, tippte sie in ihr Handy und versuchte, sich dabei krampfhaft an all die Codeworte zu erinnern, die sie für Nachrichten verwenden sollte, von denen sie annehmen musste, dass jemand sie entdecken würde.

Heiß war eine Umschreibung für kriminell oder für eine Person von Interesse. Deshalb war Josh definitiv heiß. Und mit *die Mädels* war immer ihre Einsatzgruppe gemeint.

Stell dir vor, wir haben hier sogar den Sohn des Gouverneurs getroffen! Jedenfalls versuche ich, mich zu melden, wenn wir zurück in L. A. sind, falls ein Kunde mich zur Begleitung buchen möchte, schrieb sie weiter, um eine nachvollziehbare Erklärung für diese Nachricht zu liefern.

Gerade drückte sie auf Senden, da kam Josh zurück. Als er sie mit dem Handy in der Hand am Bett stehen sah, stutzte er.

„Was machst du?" Er kam auf sie zu und nahm ihr das Smartphone ab.

„Ich hab Lisa geschrieben. Schließlich will ich meinen Job nicht verlieren, weil ich mich nicht melde", rechtfertigte Annie sich und versuchte, Josh ihr Handy wieder abzunehmen, aber er hielt es hoch über seinen Kopf.

„Lisa? Wer ist Lisa?" Er drückte auf die Anrufliste, doch da war zu sehen, dass Annie seit Tagen mit niemandem gesprochen hatte. Dann sah er nach dem SMS-Versand.

„Lisa ist meine Chefin. Bei *Grand Five*!", erklärte Annie und hielt ihm die offene Hand hin. Ihr Herz raste aus Angst, dabei konnte er nicht wissen, wem sie wirklich geschrieben hatte. „Phoenix Ramírez bucht mich für eine Party, und dann melde ich mich eine Woche nicht. Das kommt nicht gut. Die Kunden von *Grand Five* werden nicht gerne versetzt."

Josh öffnete ihre Textnachricht. Er schaute Annie kurz ins Gesicht. „Phoenix' Leute kümmern sich um solche Dinge", erklärte er knapp, ehe sich sein Blick aufs Display heftete. Seine Mundwinkel hoben sich, als er den Text überflog.

„Gib schon her!", rief Annie und fasste nach seinem Arm. „Das geht dich nichts an!"

„Ich bin also heiß?" Er hob die Augenbrauen spöttisch,

als ein knappes Vibrieren des Handys den Eingang einer Nachricht kundtat.

„Hey, Annie. Gut, dass du dich meldest, aber ich habe ohnehin deine Termine geblockt, denn Ramírez hat dich für unbestimmte Zeit gebucht. Du bist offenbar gefragt", las er vor. „Außerdem wollen die Mädels unbedingt wissen, wie heiß dieser Josh ist, von dem du schreibst. Schick doch mal ein Foto."

Obwohl Annie wusste, dass das alles nur eine codierte Nachricht war, glühten ihre Wangen. Es machte die Sache für sie nicht leichter, dass Josh nun annahm, sie fände ihn heiß. Er war ohnehin schon unerträglich selbstgefällig.

Auch jetzt war sein Lächeln so betörend, dass sie sich zusammenreißen musste, den echten Sinn hinter der Nachricht zu erfassen. Offenbar hatte sie es in Ramírez' Kreis hineingeschafft. Und ihre Einheit wollte ein Foto von Josh für die Ermittlungen.

„Hör schon auf!", schimpfte sie und riss ihm das Handy aus der Hand. „Das ist privat!"

„Du schickst jedenfalls kein Foto von mir herum." Er zwinkerte. „Reicht ja, wenn du mich heiß findest, oder?"

„Du bist doof!" Annie steckte das Handy zurück in ihren Koffer, um zu verhindern, dass Josh noch mehr Interesse daran entwickelte.

Doch der schien das Smartphone schon vergessen zu haben. Er schlüpfte aus seinen Schuhen und streifte das Sakko ab. „Das hast du aber nicht geschrieben", foppte er sie und warf ihr einen knappen Blick über die Schulter zu.

„Weiß auch nicht, wie mir das entfallen konnte", entgegnete sie.

Josh lachte leise. Dann zog er das Hemd aus und warf es über die Stuhllehne. Annie konnte nicht anders, als den straffen Rücken und die definierten Muskelstränge zu bewundern. Er hatte eine viel sportlichere Figur als Liam und ... und erstaunlich viele Narben.

Sie runzelte die Stirn und musterte ihn genauer. „Was ist denn mit dir passiert?", fragte sie und ging auf ihn zu. Ein feines Geflecht an Narben überzog seinen linken Rücken und verdichtete sich an einer hässlich gezackten Narbe oberhalb seines Hüftknochens.

Josh strich über die Stelle, als wollte er so weitere Blicke verhindern. „Das ist nicht besonders heiß, richtig?", murmelte er und drehte sich zu ihr um. Von vorne war seine Haut makellos. Das Sixpack definiert, aber nicht übertrieben, die Haut leicht gebräunt. Nicht von so dunklem Bronze wie bei vielen, die ständig am Pool lagen oder ihre Zeit am Strand verbrachten.

„Wo hast du denn diese Narben her?", fragte Annie und zwang sich, nicht seine Brust anzustarren.

Josh zuckte mit den Schultern. „Ich war 2007 im Irak stationiert. Ich war Teil einer Einheit der Großoffensive zur Wiederherstellung der Ordnung und Sicherheit." Es kam Annie vor, als zöge ein Schatten über Joshs Gesicht. „Der Einsatz verlief ... *suboptimal*."

„Was ist passiert?" Annie versuchte, sich das Gehörte einzuprägen. Es konnte helfen, mehr über seine Identität zu erfahren.

„Meine Einheit geriet in einen Hinterhalt. Zehn überlebten den Tag nicht. Ich hatte ... Glück." Er verzog das Gesicht, als hätte er auf etwas Bitteres gebissen.

Es fiel ihm ganz offenbar schwer, darüber zu sprechen. Annie hörte den Schmerz in seinen Worten, spürte, wie die Schrecken der Vergangenheit ihm zusetzten. „Ich hätte wirklich nie gedacht, dass du beim Militär warst", gab sie ehrlich zu. „Wie kommt es, dass …" Sie zuckte mit den Schultern, denn sie wusste nicht, wie sie sagen sollte, was sie meinte.

„Wie es kommt, dass ein Ex-Marine bei Ramírez landet?", verstand er sie auch so. Ein trauriges Lächeln umspielte seine Lippen. Er setzte sich auf die Lehne des Stuhls und rieb sein Kinn. „Ich fürchte, ich treffe immer die falschen Entscheidungen."

„Dann … bereust du es, bei … bei …"

„Nein. Ich bereue meine Entscheidungen nicht. Ich … wäre heute nur gerne … an einem anderen Punkt meines Lebens."

„Warum bist du dann zum Militär? Oder … zu Phoenix Ramírez?"

Joshs Züge verschlossen sich. „Das ist doch heute nicht mehr wichtig." Er deutete aufs Bett und griff nach den Knöpfen seiner Hose. „Heute bin ich hier, mit dir … und wenn du magst, genießen wir unsere … Hochzeitsnacht." Das Grinsen, das er ihr zuwarf, erreichte nicht seine Augen. Annie spürte, dass ihn ihr Gespräch noch immer verfolgte. Seine Einladung klang eher wie eine Ablenkung. Dabei überlegte Annie ernsthaft, sich ihm zu nähern, und sei es nur, um diesen Panzer, hinter dem er sich gerade wieder zurückzog, zu knacken. Sie war darauf vorbereitet worden, Dinge zu tun, die sie nicht wollte, um an Informationen zu kommen. Warum also widerstrebte es

166

ihr so, dieses Mittel bei Josh einzusetzen? Schließlich sah er super aus. Es wäre leichter mit ihm als mit Troy, oder nicht?

Sie trat ihm entgegen und fasste nach seiner Hand, ehe er seine Hose ausziehen konnte. „Warte." Sie legte den Kopf in den Nacken und suchte seinen Blick. Sie müsste ihn nur küssen, dann würde der Rest wie von selbst passieren.

Die zarte Berührung trieb ihren Puls in die Höhe. Sie fuhr mit der Zunge über ihre Lippen, und Joshs Mundwinkel zuckten.

„Jaaa…?" Seine Hände wanderten an ihre Taille, als könnte er jeden ihrer Gedanken lesen.

Annie räusperte sich. Sie strich über seine Narben, und das Bild, das sie bis dahin von ihm hatte, veränderte sich. Er war Soldat gewesen. Hatte für sein Land gekämpft und Verletzungen davongetragen. Das passte zu dem Gespräch, das sie belauscht hatte. Dass er auf eine Meile noch jedes Ziel traf. Er musste ein Scharfschütze gewesen sein. Ein Sniper, der nun für ein Kartell arbeitete. Sie kam auf die Zehenspitzen und sah ihm in die Augen. „Hast du je … jemanden getötet?", flüsterte sie. „Beim Militär, meine ich. Musstest du je …"

Joshs Blick verdunkelte sich. Er blinzelte. „Warum ist das wichtig?"

„Weil, ich … weil …"

Er umfasste ihr Gesicht. „Ich habe nie jemanden getötet. Aber ich werde immer tun, was nötig ist, um … die zu schützen, die mir wichtig sind." Er ließ sie los und trat an den Schrank, wo er sich ein Shirt nahm. Er wandte ihr den Rücken zu und zog es sich über. Erst, als die Narben bedeckt waren, sah er sie wieder an. „Ich hätte Erik Wheeler auch getötet, wenn ich dadurch …"

„Wenn was?"

Josh fuhr sich durchs Haar und schüttelte den Kopf. „Vergiss es."

Er floh regelrecht aus dem Zimmer, und Annie ahnte, dass sie ihn vor dem nächsten Morgen wohl nicht mehr zu Gesicht bekommen würde. Floh er vor ihr? Oder vor seiner Vergangenheit?

Kapitel 13

Der Fahrer, den Phoenix geschickt hatte, kämpfte sich durch den Nachmittagsverkehr von Los Angeles. Die Sonne brannte vom Himmel, und die Klimaanlage im Wagen blies unangenehm kalte Luft in den Innenraum.

Josh bemerkte auch auf Annies Beinen eine leichte Gänsehaut, doch er zwang sich, die schöne Hostess nicht weiter zu beachten. Sie ging ihm viel zu sehr unter die Haut. Der Fahrer hielt vor Annies Wohnung in zweiter Reihe an und half ihr beim Ausladen ihres Koffers.

„Darin sind fast nur Dinge, die mir nicht gehören", wandte sie sich unsicher an Josh, doch der zuckte nur mit den Schultern. „Jetzt gehören sie dir. Layla hat genug anderen Kram. Sie wird nichts davon vermissen."

„Bist du sicher? Ich kann das doch nicht einfach …"

„Ich bin sicher. Und wenn du das nächste Mal in die Villa kommst, kannst du sie ja selbst noch mal fragen."

Verlegene Hitze stieg in Annie auf. „Denkst du, Troy bucht mich noch mal, nachdem ich mit dir in Arizona war?"

Josh hob verwundert die Augenbrauen. „Zwischen uns ist nichts gelaufen."

„Das weiß er aber nicht."

Josh rieb sich den Nacken. „Ich werde es ihm nicht direkt auf die Nase binden, aber ich habe nicht gerade den

Ruf, ein Frauenheld zu sein", erklärte er kühl.

„Nicht?" Sie wirkte echt überrascht, und Josh musste lachen.

„Nein." Er zwinkerte ihr zu. „Für gewöhnlich … halte ich mich zurück."

„Den Eindruck hatte ich ja nun wirklich nicht", kicherte Annie und dankte dem Fahrer, der ihr nun die Tür vor der Nase zuschlug. Sie winkte kurz, dann fuhr der Wagen an und Josh atmete seufzend aus. Er ließ den Kopf in den Nacken sinken und knackte mit den Fingerknöcheln. Die Anspannung der letzten Tage musste endlich von ihm weichen! Sonst würde er noch verrückt werden.

Anders war es nicht mehr zu erklären, dass ihn Annies grüne Augen selbst jetzt verfolgten, wo sie doch gar nicht mehr hier war.

„Ob Troy sie noch mal bucht?" Josh rieb sich die Schläfen. „Das fragt sie mich!" Er starrte aus dem Fenster, bis sie die gewundene Straße nach Bel Air hinauffuhren. „*Ich* buche kein *Grand-Five*-Girl, das steht fest!", redete er sich ein, auch wenn er eine plötzliche Leere empfand. Er schloss den Verteiler der Kaltluft und rieb sich die Arme. Die Leere und Kälte in seinem Inneren hingen nicht mit Annie zusammen, ermahnte er sich selbst. Ursache dafür war, dass er zwar alles getan hatte, um Cody freizubekommen, er aber dennoch keine Garantie für die Entlassung seines Bruders in Händen hielt. Was, wenn Erik Wheeler nicht kooperierte? Oder der Gouverneur sich trotz des belastenden Materials nicht erpressen lassen würde?

Und was war, wenn Troy wirklich erneut Ansprüche auf

Annie erheben würde? Würde er sie mit ihm gehen lassen, wo ihm doch dieser dumme Kuss nicht mehr aus dem Kopf ging. Dieser einmalige, unvergleichliche Kuss, der definitiv ein Riesenfehler gewesen war …

Wütend auf sich selbst, ballte er die Fäuste. Er war ein furchtbarer Bruder. Hing dummen Gedanken an eine Frau nach, während Cody noch immer hinter Gittern saß! Zusammen mit Männern von Espinozas Gang.

Durch die dunkel getönten Scheiben sah Josh die Hunde bellend auf den Wagen zupreschen, als sie in die Auffahrt einbogen. Er wartete kaum, bis der Fahrer anhielt, ehe er mit dem Koffer in der Hand ausstieg. „Ab mit dir!", wies er einen der Hunde zurecht, die ihn nur erkannten und schwanzwedelnd umrundeten. „Verschwindet!"

Immer zwei Stufen auf einmal nehmend, eilte er die Treppe zum Haupteingang hinauf und nickte dem Sicherheitsmann nur knapp zu. Keiner erhob Einwände, schließlich gehörte Josh zum inneren Kreis. Auch wenn Phoenix ihm sicher nie blind vertrauen würde.

Seine Schritte hallten auf dem Marmor.

„Du bist zurück!", rief ihm Phoenix von der Bar aus entgegen. „Hast du, was wir brauchen?"

Josh nickte. „Erik Wheeler hatte einen sehr schönen Abend", erklärte er mit einem vielsagenden Blick und hob den Koffer auf den Tresen.

Phoenix lachte. „Wunderbar. Und da sag noch mal jemand, wir wären die Bösen!" Er deutete auf die Auswahl an alkoholischen Getränken, und Josh nickte beim Scotch.

Phoenix nahm zwei Gläser und goss ihnen ein.

„Schicken wir Wheeler die Datei und sehen, was er für uns tun kann", forderte Josh, aber Phoenix schüttelte den Kopf. Er runzelte nachdenklich die Stirn, was die Narbe unter seinem Auge weiß hervortreten ließ. „Wir lassen Erik außen vor. Seine Hilfe brauchen wir nicht, sondern die seines Vaters. Wir schicken das Material an ihn."

„Worüber sprecht ihr?" Layla kam in einem wallenden Sommerkleid die Treppen aus dem Obergeschoss herabgeschwebt. Sie trug ihr Haar offen, und ihre Lippen waren knallrot geschminkt.

„Wir überlegen, wie wir aus Cody wieder einen freien Mann machen", erklärte Phoenix und strich sich elegant die gegelten Haare zurück.

Layla lächelte. „Ein weiterer Caplan-Bruder?" Sie klang erfreut, als sie Josh wie eine Katze umkreiste. Sie setzte sich auf den Barhocker neben ihn und zwinkerte ihm verführerisch zu. „Sieht dieser Cody auch so gut aus?", flüsterte sie samtig und nahm Josh den Scotch aus der Hand. Ihr Lippenstift hinterließ Abdrücke auf dem Glasrand, als sie daran nippte.

„Wir haben Geschäftliches zu klären", wies Phoenix sie zurecht. Sein Blick war finster, doch Layla ließ sich davon nicht beirren. Sie legte Josh die Hand ungeniert auf den Oberschenkel und ignorierte ihren Bruder. „Sag, Josh, hat dein kleiner Bruder auch so … strenge Prinzipien wie du? Oder wird er sich eher … erweichen lassen?" Sie schob ihre Hand weiter nach oben, bis Josh sie grob aufhielt.

Er wusste, er tat ihr weh, als er ihre Finger fest zusammendrückte. „Mein Bruder", knurrte er, „wird dieses Anwesen nie betreten! Er war nie Teil der Firma –

und er wird es auch nie werden!"

Layla lachte. „Ich dachte, Cody war der Fahrradjunge. Und der …" Sie suchte bei ihrem Bruder nach Zustimmung. „… und der war doch ganz scharf auf die Firma. Oder täusche ich mich?"

Phoenix nickte. Er goss ein weiteres Glas ein und schob es Josh hin. Dann bedeutete er ihm mit einem strengen Nicken, Layla loszulassen. „Du täuschst dich nicht, *mi corazon*. Wir werden Cody fragen, wie es weitergehen soll, wenn er erst entlassen ist."

Josh zitterte innerlich. Er musste sich so beherrschen, nicht einfach seine Waffe zu ziehen und den Kartellchef zu töten.

„Wir hatten einen Deal, Phoenix. Ihr habt mich, dafür lasst ihr Cody in Ruhe."

Phoenix neigte abschätzend den Kopf. „Warum nicht die Familie vereinen, Josh? Denk darüber nach."

„Ich muss darüber nicht nachdenken! Entweder ihr lasst …"

„Schluss jetzt!" Phoenix war laut geworden. „Wir haben Wichtigeres zu tun." Mit einem Nicken bedeutete er Josh, seinen Drink zu leeren. „Ich kümmere mich darum, dass der Gouverneur Post von uns bekommt, damit er Cody bei seiner Haftprüfung nächste Woche begnadigt. Und du …" Er lächelte Josh auf diese künstliche Art an, die Phoenix Ramirez' einziges Lächeln war. „… du passt besser auf, dass du dich am Riemen reißt."

„Männer!" Layla warf theatralisch die Arme in die Luft. „Hört schon auf. Ich kann es nicht ertragen, dass zwei meiner Lieblingsmenschen sich so böse anfunkeln."

„Dann sollte ich besser gehen", schlug Josh vor und stellte das leere Glas vor sich auf den Tresen. Er stand auf und klopfte noch einmal auf den Koffer. „Mit besten Grüßen an den Gouverneur."

Er wandte sich in Richtung der offenen Terrassentüren, um in das Gästehaus zu gehen, das er bewohnte, seit er zum inneren Kreis des Kartells gehörte. Er war schon fast draußen, da hob Phoenix noch einmal die Stimme.

„Wo ist eigentlich das *Grand-Five*-Mädchen?"

„Ich habe sie auf dem Rückweg in ihrem Apartment abgesetzt", antwortete Josh misstrauisch. „Warum?"

Phoenix verzog den Mund. „Sie wird doch nicht zu einem Arzt oder gar der Polizei gehen?"

Josh schüttelte den Kopf. „Die Wunde heilt gut. Und Annie … ich glaube nicht, dass sie Ärger macht."

Phoenix schien wenig überzeugt. „Hol sie her! Ich habe sie lieber im Auge. Sie kann bei Troy unterkommen."

Josh biss die Zähne zusammen. „Dann ist Troy jetzt wieder drinnen?"

Layla schnitt eine Grimasse. „Nicht, wenn es nach mir geht. Er säuft zu viel. Das ist riskant und nicht gut fürs Geschäft."

Phoenix vernarbtes Auge zuckte. „Wie auch immer, bring die Kleine her. Sie weiß zu viel."

„Du wirst sie in Ruhe lassen, oder?" Josh fühlte eine Angst in sich aufsteigen wie lange nicht. „Phoenix?"

Der nickte genervt. „Sorg einfach dafür, dass sie uns keine Schwierigkeiten macht. Dann müssen wir dieses Gespräch nicht führen. Und jetzt bring sie wieder her, sonst schicke ich Troy, sie zu holen."

Noch immer innerlich aufgewühlt wegen der Auseinandersetzung mit Phoenix, machte sich Josh eine Stunde später auf den Weg zu Annie. Er hatte geduscht und sich umgezogen, aber der Magen hing ihm inzwischen bis in die Knie. Bevor er Annie in die Villa bringen würde, würde er unbedingt mit ihr etwas essen gehen. Während er den SUV unter einer Palme am Straßenrand gegenüber von Annies Apartment parkte, überlegte er, was ihr wohl schmecken würde. Er griff seine Sonnenbrille, als eine Gestalt vor Annies Haus seine Aufmerksamkeit erregte.

Er lehnte sich im Sitz etwas tiefer zurück und wartete.

Der Kerl hatte eine Pizza unter dem Arm und sah sich nervös um.

„Wer bist du denn?", murmelte Josh und ließ das Fenster herunter. Im Rückspiegel suchte er nach dem Lieferfahrzeug des Pizzaboten, doch er wurde nicht fündig. Der Türöffner surrte, und der Mann verschwand im Inneren des mehrstöckigen Apartmenthauses.

Hastig sprang Josh aus dem Auto und rannte über die Straße. Kurz bevor die Tür wieder ins Schloss fiel, schob er seinen Fuß dazwischen und folgte dem Duft der Pizza. Im Treppenhaus hörte er Stimmen.

„Bist du wahnsinnig? Was machst du hier?", hörte er Annie überrascht sagen. „Du musst sofort wieder gehen!"

„Ich bin gleich wieder weg", versprach der Mann, und Josh schlich näher heran. Er spähte um die Ecke.

„Ich bin umgekommen vor Sorge", sagte der Pizzabote und riss Annie in seine Arme. Er küsste sie stürmisch, bis sie ihn von sich schob.

„Spinnst du?" Sie beugte sich aus der Tür und checkte

den Flur. Ihr Haar war nass, als käme sie gerade aus der Dusche. Josh riss hastig seinen Kopf zurück, um nicht gesehen zu werden. „Komm rein, ehe dich noch jemand sieht!", zischte sie angespannt, und als Josh einen neuerlichen Blick um die Ecke riskierte, sah er nur noch, wie ihre Wohnungstür geschlossen wurde.

„Verdammt, Annie!", flüsterte er. „Was treibst du da für Spielchen?"

Kapitel 14

„Du kannst hier nicht einfach so auftauchen!", rief Annie, ließ sich aber von Liam fest in die Arme schließen. „Was, wenn dich jemand sieht?", murmelte sie in sein rotes Shirt mit dem Aufdruck von *Freddie's Pizza*.

„Ich liefere nur Essen", verteidigte er sich und küsste sie. „Gott, Annie! Es sind erst zwei Wochen, und ich halte es schon nicht mehr aus ohne dich."

Zwei Wochen …

Annie schluckte. Sie hatte die Tage nicht gezählt. Sie hatte sich verboten, Sehnsucht nach Liam zu verspüren und nach ihrem wahren Leben. Sie hatte sich so auf ihre Rolle konzentriert, dass sie in diesem Moment nicht einmal sagen konnte, was sie fühlte.

„Du … du fehlst mir doch auch", stammelte sie, überrumpelt von ihren wirren Emotionen. Jetzt, wo sie ihm gegenüberstand, fühlte sie sich schuldig, weil sie zu abgelenkt gewesen war, um ihn wirklich zu vermissen. Schuldig, weil sie Troy körperlich nahe gekommen war, und auch Joshs Kuss brannte sich wie Säure durch ihr Gewissen.

„Wie geht es dir? Was … was musst du tun? Wie kommst du mit den Ermittlungen voran?" Liams Stimme überschlug sich, während er Dutzende kleine Küsse auf Annies Gesicht regnen ließ und seine Hände in ihr feuchtes Haar grub.

Annie verzog das Gesicht und schob ihn ein Stück von sich weg, ohne den Körperkontakt komplett aufzugeben. „Ich kann dir nicht antworten, wenn du so stürmisch bist", erklärte sie und atmete tief durch. Dann schenkte sie ihm ein Lächeln und schmiegte ihre Wange in seine Handfläche. „Mir geht es so weit gut. Ich sollte Troys Vertrauen erschleichen, doch aktuell bin ich näher an einem Mann namens Josh dran", erklärte sie und versuchte, sich dabei keinerlei Gefühlsregung anmerken zu lassen. Sie rieb sich die schwitzenden Hände an der Jeans ab. „Wir hatten ihn bisher nicht auf dem Schirm, aber er ist auf jeden Fall in Ramírez' innerem Kreis. Er war Soldat und wurde während eines Einsatzes im Irak verletzt. Vermutlich hat er eine Scharfschützenausbildung. Er hat in Arizona belastendes Videomaterial über Erik Wheeler geschaffen, um den Gouverneur zu erpressen. Das alles hat etwas mit einem Mann namens Cody zu tun." Annie rieb sich die Stirn, um nichts zu vergessen. „Ach ja, Josh scheint schon vor fünf Jahren für das Kartell gearbeitet zu haben. In diesem Zusammenhang sollten wir uns unbedingt den Überfall noch einmal ansehen, bei dem …"

„Annie!" Liam unterbrach ihre Worte durch einen Kuss. „Hör doch mal auf." Er umfasste ihre Taille und schob seine Hände unter ihr Shirt. „Lass uns doch die wenige Zeit nutzen, um …" Er küsste ihr Schlüsselbein, saugte sanft an ihrer Halsbeuge.

„Hör auf, Liam!" Annie schob ihn entschieden von sich und rieb sich den Hals. „Hast du eine Ahnung, wie ich erklären soll, dass ich einen Knutschfleck habe?" Sie hob ihr Shirt, damit er die Schusswunde sehen konnte. „Die beobachten mich ganz genau, um sicherzugehen, dass ich das hier nicht irgendwo zur Anzeige bringe."

Liam wurde blass. „Was ist das? Was ist passiert?"

Annie winkte ab und verschränkte die Arme vor der Brust. „Nichts Schlimmes. Nur ein Streifschuss. Espinozas Gang bezieht wohl Waffen von Ramírez. Ich bin da zufällig …"

„Gott, Annie!" Liam stöhnte und fuhr sich hektisch durch die Haare. „Wie weit willst du das noch treiben? Steig aus, ehe sie dich in einem Leichensack …"

„Ich kann jetzt nicht aussteigen. Und ich werde nicht aussteigen, Liam. Das hatten wir geklärt."

„Wir hatten nicht geklärt, dass sie dich umbringen!"

„Sie bringen mich nur um, wenn sie dich bei mir finden. Also komm nicht mehr her!"

Liam erstarrte. „Wie bitte?"

Annie ließ die Schultern hängen und schüttelte den Kopf. Sie sah ihn nicht an. Konnte es nicht, denn es brach ihr das Herz. „Komm nicht mehr her", wiederholte sie leise. „Du bringst mich in Gefahr."

„Ich bringe dich in Gefahr? Habe *ich* auf dich geschossen?"

„Nein." Annie trat an die Tür, bereit, ihn hinauszulassen. „Es tut mir leid, Liam. Ich vermisse dich auch. Und jetzt geh und finde etwas über diesen Josh heraus. Ich muss wissen, mit wem ich es zu tun habe."

Liam funkelte sie zornig und verletzt an. „Du willst wissen, wer der Kerl ist, mit dem du es treibst, ja?"

Es war ein Reflex. Das Klatschen, mit dem Annie Liam

eine Ohrfeige verpasste, überraschte sie so sehr wie ihn. Zitternd krallte sie sich an den Türgriff und hielt ihm die Tür auf. „Ich habe mit niemandem geschlafen!", fauchte sie, und Tränen rannen ihr über die Wange, als sie ihrem Verlobten hinterhersah, der mit schnellen Schritten aus ihrem Apartment floh.

„Wers glaubt!", hörte sie ihn schimpfen, ehe er die Treppe hinunter aus ihrem Sichtfeld verschwand.

„Ich habe mit niemandem geschlafen!", flüsterte sie in die Stille, bevor sie niedergeschlagen die Tür wieder schloss.

Josh hörte die Schritte des vermeintlichen Pizzaboten hastig die Treppen hinuntereilen. Er hörte auch Annies Flüstern, und für einen kurzen Moment zögerte er, dem Mann zu folgen. Was meinte sie? Sprach sie von Troy? Er war hin- und hergerissen. Er wollte an ihre Tür klopfen und herausfinden, was dieser Männerbesuch zu bedeuten hatte. Wer war dieser Kerl, der Annie geküsst hatte?

Dieses warnende Kribbeln in Joshs Nacken war zurück, und obwohl es ihn magisch zu Annie hinzog, musste er erst herausfinden, wer der Mann war, ehe er sich ihre Version der Dinge anhören würde. Unten im Treppenhaus schlug die Tür mit einem Knall zu, und Josh kam in Bewegung. Er sprang den ersten Treppenabsatz einfach hinunter und rannte dann auf die Straße. Er sah gerade noch, wie Annies blonder Besucher in einen blauen Ford stieg und um die Ecke bog.

„Verdammt!", murrte Josh und beeilte sich, zu seinem

Wagen zu kommen, um ihm zu folgen. Es herrschte viel Verkehr, und er hatte Mühe, an ihm dranzubleiben. „Wo willst du hin?", fragte er, da der Mann einmal durch die halbe Stadt zu fahren schien. „Weiter Weg für ne Pizza", stellte er fest, als er ein Stück hinter dem Ford in die Valencia Ave in Pasadena einbog. Josh drosselte das Tempo, denn der Ford kam in einer betonierten Einfahrt, die zu einem sandgelben Bungalow gehörte, zum Stehen. Mülltonnen reihten sich am Gehweg und warteten auf Leerung. Ausgestellte Markisen vor den Fenstern hielten die Sonne ab und verliehen dem baulich recht einfach gehaltenen Häuschen einen freundlichen Look. Eine halbhoch getrimmte Hecke war alles an Bepflanzung rund ums Haus. Josh ließ das Auto noch an einigen Häuser vorbeirollen und parkte dann am Straßenrand. Er stieg aus und sah sich um. Eine einfache Siedlung. Weiter die Straße hinunter fuhren Jugendliche auf ihren Skateboards. Ansonsten war hier nicht viel los. Josh ging, um Unauffälligkeit bemüht, den Weg zurück bis zum Haus, vor dem der Ford parkte. Eine Pizzeria war das definitiv nicht.

Er hatte sich noch kein rechtes Bild von dem Haus gemacht, da kam der Blonde wieder heraus.

„Verflucht noch mal!", entfuhr es Josh, als ihm die drei gelben Buchstaben auf der Jacke des Mannes regelrecht ins Auge sprangen. FBI. „Das gibts doch nicht!", fluchte er und schlug sich auf den Schenkel. Er rieb sich den Nacken und bog schnell ins Nachbargrundstück ein, als der Ford an ihm vorbeifuhr. Kaum war der Wagen außer Sichtweite, zögerte Josh keine Sekunde mehr. Leicht geduckt hastete er an den Mülltonnen vorbei zur Hintertür des Bungalows. Dabei spähte er in jedes Fenster, ohne dahinter auch nur eine Bewegung wahrzunehmen. Ein Drehen am Türknauf zeigte ihm, dass die Hintertür verschlossen war, aber eines der Fenster daneben war einen Spalt geöffnet. Mit einem letzten Blick über die Schulter vergewisserte sich Josh, dass ihn niemand beobachtete. Dann drückte er die Scheibe nach oben und stieg ein. Sofort fiel ihm das Mobiliar ins Auge. Es stammte durchgehend aus den frühen achtziger Jahren. Josh wusste das, weil es bei seinen Eltern ähnlich ausgesehen hatte. Ein Blick in die Küche ließ vermuten, dass hier vor Kurzem noch gekocht worden war. Feuchtes Geschirr stand neben der Spüle zum Trocknen, es roch nach Fisch, und auf dem Boden stand ein Napf mit Hundefutter. Auf seinem Weg weiter durchs Haus sah er Porträts eines älteren Ehepaars und inzwischen verblichene Familienbilder. Den blonden Mann erkannte er darauf sogleich wieder. Er hatte ein offenes Lächeln.

„Wohnst du noch bei Mama, Blondschopf?", murmelte Josh und warf einen prüfenden Blick aus dem Fenster.

Alles ruhig.

Dann stieg er die Treppe hinauf. Die erste Tür führte in ein Schlafzimmer. Hier wohnte offenbar eine ältere Dame. Lockenwickler lagen auf einem Frisiertisch, und ein paar Plüschpantoffeln standen fein säuberlich vor dem Bett.

Josh öffnete die nächste Tür. Hier war er richtig. Die blau gestrichenen Wände versprühten deutlich mehr Männlichkeit, als ihm im Rest des Hauses begegnet war. Anstatt geblümter Vorhänge hielten metallene Jalousien die Sonne ab und warfen ein gestreiftes Lichtmuster über den Boden. Das Bett war breit und zerwühlt, auf einem Computertisch in der Ecke standen einige Bilderrahmen. Auf dem Weg dorthin bemerkte Josh mehrere Uniformjacken im geöffneten Wandschrank, und an der Wand über dem Bett hingen fein säuberlich gerahmt die Urkunde zum Abschluss der Polizeischule und die Ernennung zum Detective.

„Ein Cop küsst also Annie …", fasste Josh bitter das Offensichtliche zusammen. „Aber was …"

Er fuhr herum, als er aus dem Augenwinkel etwas bemerkte. Auf dem Fensterbrett, neben einem Stapel Autozeitschriften, stand ein gerahmtes Foto. Es zeigte den Blondschopf mit einer Frau im Arm. Die Frau war Annie, doch das war es nicht, was Josh den Atem nahm. Es war die Uniform, die beide trugen. Die Aufnahme war wohl während einer Veranstaltung des LAPD gemacht worden. Im Hintergrund waren weitere Uniformierte zu sehen.

„Ich bring sie um!", knurrte Josh und unterdrückte den Drang, hier etwas kaputt zu schlagen. Der Blondschopf durfte nicht wissen, dass jemand hier gewesen war. Er durfte nicht erfahren, dass …

Verflucht!

Josh fuhr sich durchs Haar. „Dieses Miststück!" Er rieb sich übers Kinn und den Mund, als könnte er so vergessen, dass er diese Frau vor nicht allzu langer Zeit noch leidenschaftlich geküsst hatte.

„Was jetzt?", überlegte er laut und sah sich weiter um, ob da noch andere Beweise waren. Dabei brauchte er die gar nicht. Annie war ein Cop. Ein verfluchter Cop! Natürlich! Es passte alles zusammen. Die Art, wie sie an ihre Hüfte gefasst hatte, als wollte sie eine Waffe ziehen. Die Entschlossenheit, mit der sie sich für Guilly in den Kugelhagel geworfen hatte …

„Sie ist ein Scheißcop!", wiederholte Josh laut und knackte die Finger durch. Er hatte einen Cop geküsst und zugelassen, dass sie von der Sache mit Wheeler wusste! Ganz abgesehen davon, dass sie ihm schon vor fünf Jahren begegnet war. Nun glaubte er nicht länger an einen Zufall. Er würde gehörig in der Scheiße stecken, falls Phoenix von dieser Sache erfahren sollte.

„Es wird echt Zeit, dass ich hinter mir aufräume!", knurrte er und beeilte sich, das Haus auf demselben Weg zu verlassen, den er hereingenommen hatte.

Er joggte zu seinem Wagen und fuhr mit quietschenden Reifen los. Viel zu schnell raste er zurück in die Stadt und schlug dabei immer wieder aufs Lenkrad ein. „Das ist die oberste Regel!", ermahnte er sich selbst und prüfte mehrfach, ob seine Waffe in seinem Hosenbund steckte. „Keine Zeugen zurücklassen! Und vor allem keine Cops knutschen!"

Seine Wut auf sich selbst war grenzenlos. Wie hatte er sich nur derart im Glanz ihre grünen Augen vergessen können? Wie hatte er übersehen können, was so … offensichtlich war? Er hatte immer gespürt, dass Annie etwas vor ihm verbarg, doch damit hatte er nicht gerechnet.

Wieder schlug Josh aufs Lenkrad. Er parkte den SUV unter denselben Palmen wie schon zuvor und spähte hinüber zu Annies Apartmenthaus. Er konnte doch keine Polizistin zurück in die Firma bringen! Was sollte er tun?

Kapitel 15

Liams Besuch hatte Annie ordentlich durcheinandergebracht. Selbst jetzt, gute zwei Stunden später, wollte das Zittern nicht aus ihren Knochen weichen. Sie schleppte die Einkaufstasche die Stufen hinauf und überlegte dabei, ob sie die in der Kürze der Zeit zusammengetragenen Infos von Chris richtig verstanden hatte. Ein Mann ihrer Einheit hatte sich im Supermarkt hinter ihr angestellt und sich mit seiner Begleitung unterhalten, ohne sie selbst weiter zu beachten.

„Hast du von Cody Caplan gehört?", hatte der Agent zu der Frau an seiner Seite gesagt, als redeten die beiden über einen alten Bekannten. Und Annie hatte mitgehört. „Ja, klar, er sitzt doch seit sechs Jahren wegen Geldwäsche im Gefängnis. Sein Bruder Josh war beim Militär. Er wurde verletzt und schied danach aus dem Dienst aus. Er hat mit seinem Bruder zusammengelebt, ehe der auf die schiefe Bahn geraten ist. Hat nach seiner Rückkehr aus dem Irak als Parkservice im Astoria gearbeitet. Er wird sicher froh sein, dass schon nächste Woche eine Haftprüfungsanhörung bei seinem Bruder ansteht."

Dann hatte Annie bezahlt und war gegangen. Sie war froh, dass Liam die Informationen so schnell weitergegeben hatte, auch wenn er furchtbar verletzt gewesen war. Annie hatte keine Ahnung, wie sie die

Situation für ihn leichter machen sollte. Aber er machte es ihr ja auch unnötig schwer. Mit einem Seufzen stellte sie die Tasche vor ihrer Wohnungstür ab und kramte in ihrer Hosentasche nach dem Schlüssel.

„Komm schon her, du schei…"

Ein Geräusch ließ sie herumfahren. Ihr erschrockener Schrei wurde von einer Hand gedämpft, die sich auf ihren Mund presste, und der Lauf einer Waffe drückte von unten gegen ihre Kehle.

„Wer bist du?", fragte Josh und stieß sie hart gegen die Tür, ohne sie dabei loszulassen. „Und fang jetzt nicht wieder mit deinen Lügen an, Annie", fauchte er, und seine Augen sprühten zornige Funken. „Ich habe den Cop gesehen! Ich war in seinem Haus, und sicher kannst du dir vorstellen, wie überrascht ich war, dort festzustellen, dass du ebenfalls …" Der Druck auf ihre Kehle wurde fester, und er kam so nahe, dass sie jedes einzelne Haar seines Wimpernkranzes zählen konnte. „… ein Bulle bist!"

Annie überlegte, ob sie einen der erlernten Befreiungsgriffe anwenden sollte. Ob sie damit gegen einen Mann von Joshs Körperbau überhaupt ankommen würde? Zumal die Waffe an ihrem Hals ihr kaum Spielraum gab.

Er rammte seinen Oberarm quer über ihren Oberkörper und hielt sie so an die Tür gedrückt fest. „Weißt du, was mit Bullen geschieht, die der Firma zu nahe kommen?" Er schüttelte den Kopf, sodass die Strähnen ihm wirr in die Augen fielen. „… Verflucht, Annie, was denkst du denn, was ich jetzt tun soll?"

Er blickte auf die Waffe in seiner Hand. „Ich muss hier

aufräumen", erklärte er leise. „Ich hab überhaupt keine Wahl!", murmelte er und packte ihren Oberarm. Er wirbelte sie einmal um ihre Achse, sodass sie nun mit dem Gesicht gegen die Tür gedrückt wurde. Annie schnappte nach Luft. Sie versuchte, ihm ihren Ellbogen in die Seite zu rammen, erwischte ihn aber nicht. „Hör auf!", knurrte er.

„Josh!", presste Annie panisch heraus. Seine Glock seitlich an ihrem Hals war mehr als nur beängstigend, und sein Zittern war kein besonders gutes Zeichen. „Lass mich erklären!", sagte sie schnell. „Hör mir zu, ich …"

Sein Atem in ihrem Nacken verursachte ihr eine Gänsehaut. „Halt die Klappe, Annie!", spie er. „Ich tue das nicht gerne, das musst du mir glauben."

„Nein, nicht!" Annie drängte sich gegen ihn, aber er war so massiv wie eine Felswand. „Josh, bitte! Lass mich dir alles erklären. Lass mich …"

„Du bist ein Cop!", schrie er und stieß sie grob gegen die Tür.

Schmerz fuhr Annie in die Seite, und ihre Schläfe schlug hart gegen das Holz. Seine Wut war mit jedem Atemzug zu spüren. Er war dabei, die Kontrolle über sich zu verlieren. Und noch nie hatte Annie ihn so gefürchtet.

„Ich bin nicht hinter dir her!" Annie hob die Arme, soweit er es zuließ. „Für dich ist es noch nicht zu spät, Josh." Die Worte sprudelten aus ihr heraus. „Du bist nur ein kleines Rädchen. Das FBI ist nicht hinter dir her, sondern hinter …"

Joshs Fluch hallte durchs Treppenhaus. „Das FBI?", wiederholte er ungläubig. „Du arbeitest fürs FBI?"

Annie nickte schwach. „Ich bin ein Agent. Agent Annie Turner, wenn du es genau wissen willst, aber …"

„Verflucht!" Josh ließ sie los und raufte sich die Haare. Die Waffe in seiner Hand zielte noch immer auf sie, und sie wusste, seine offensichtliche Verzweiflung machte ihn noch immer gefährlich.

„Ich kann dir helfen, Josh. Dir und deinem Bruder!" Annie hoffte, diese Karte jetzt auszuspielen, würde ihr etwas Zeit verschaffen. Im Moment war Josh außer sich. In einem emotionalen Ausnahmezustand und damit extrem gefährlich. Beim Militär hatte er das Töten gelernt. Und auch wenn er behauptet hatte, noch nie jemanden ermordet zu haben, so hatte er ihr doch versichert, für die, die ihm wichtig waren, über Leichen zu gehen. „Ich kann Cody helfen!"

„Du weißt von Cody?" Einen Moment flackerte Unsicherheit in seinem eiskalten Blick. Er legte den Kopf schief, sodass sein Nacken knackte.

„Lass uns in Ruhe darüber reden, Josh!", flehte Annie, die dieses Zögern nicht ungenutzt verstreichen lassen wollte. Diesen Riss in seiner Wut. „Wirklich, ich schwöre, ich werde dir alles sagen, aber …"

Das Klingeln von Joshs Handys unterbrach ihren Erklärungsversuch, und sofort verschwand jeder Anflug von Zweifel in Joshs Gesicht. Sein Kiefer zuckte vor Anspannung, und er richtete die Waffe wieder schonungslos auf ihr Herz. Dann nahm er das Gespräch an. Seine zu schmalen Schlitzen zusammengekniffenen Augen waren auf Annie geheftet, sodass sie es nicht wagte, auch nur einen Mucks zu machen.

„Was?", blaffte er den Anrufer an.

„Wo bist du?" Annie erkannte den Anrufer als Asher. Und soweit sie das mitbekam, klang der ziemlich ungeduldig.

„Wer will das wissen?"

„Phoenix. Er sagt, du holst die Kleine her. Ist das so, oder soll ich Troy schicken?"

Josh senkte das Handy und fluchte leise. Dann nahm er es wieder hoch. „Ich hab doch gesagt, ich kümmere mich um sie", maulte er Asher an.

„Dann mach etwas schneller. Phoenix hat einen Job für dich." Asher legte auf, und diesmal war der Fluch, den Josh ausstieß, alles andere als leise.

„Was ist los?", fragte Annie zitternd, obwohl sie Teile des Gesprächs durchaus mitbekommen hatte.

„Sei still!"

„Warum soll ich wieder zurück zu Phoenix?"

Josh raufte sich die Haare. „Du sollst die Klappe halten!"

Er starrte auf die Tür zu ihrer Wohnung, und Annie konnte seine Gedanken regelrecht lesen. Er konnte sie sich dort drinnen ganz einfach vom Hals schaffen …

Er *musste* sie sich vom Hals schaffen! Joshs Gedanken überschlugen sich. Er wollte nicht länger die Angst in ihren grünen Augen sehen. Wollte nicht länger warten, um sich dieses riesige Problem vom Hals zu schaffen! Und doch rebellierte alles in ihm, wenn er auch nur daran dachte, sie hinter diese Tür zu schaffen und … und das Problem zu lösen.

Sie hob die Arme und wandte sich langsam zu ihm um, ohne ihn aus den Augen zu lassen. „Wir können doch über alles reden", flüsterte sie und streckte langsam die Hand nach ihm aus. „Bitte, lass uns reden, ehe du … etwas Unüberlegtes tust."

Joshs Lachen war bitter. „Unüberlegt?", höhnte er. „Gott, Annie! Es war unüberlegt, dich vor fünf Jahren zu verschonen – und jetzt sieh, wohin es uns gebracht hat!"

Sein Blick glitt über ihr Gesicht. Blieb mit der schmerzlichen Erkenntnis an ihrer Wange hängen, dass sein Stoß gegen die Tür sie dort verletzt hatte.

„*Harolds Market*." Es war keine Frage. Beinahe wunderte sich Josh, dass sie nicht so tat, als wüsste sie nicht, wovon er sprach.

„Du hast mich also wirklich erkannt", stellte Josh mit einem komischen Gefühl im Magen fest. „Ich war mir nicht sicher …"

Annie schluckte. Sie legte ihre Hand auf seinen Arm und sah ihm ins Gesicht. „Deine Augen …", wisperte sie. „… hätte ich nie vergessen." Sie leckte sich die Lippen. „Warum … hast du mich damals nicht …"

Josh brummte. „Es war ein Fehler! Ich hätte es besser getan!", fluchte er und dirigierte sie mit dem Lauf der Waffe in Richtung Treppe. „Und jetzt komm!"

„Was hast du vor?" Annie folgte seinem Befehl, aber die Angst in ihrer Stimme war nicht zu überhören.

„Wie es scheint, mach ich gerade den nächsten Fehler, Agent Turner!"

Die Stimmung zwischen ihnen war eisig, und Annie wagte es kaum, zu atmen. Sie tat, was Josh verlangte, stieg in seinen Wagen und stellte keine Fragen mehr. Er fuhr los, ohne zu warten, ob sie den Gurt anlegte. Die Geschwindigkeitsbeschränkung auf dem Highway schien für ihn keine Bedeutung zu haben. Es drückte Annie regelrecht in den Sitz, und es fühlte sich an, als trete er das Gaspedal bis zum Anschlag durch. Unter gesenkten Lidern heraus musterte sie ihn, während er sie über den Highway auf den Santa Monica Boulevard brachte. Die anderen Fahrzeuge verwischten ihr wie bunte Flecken vor den Augen, vermengten sich zu einem bedeutungslosen Strom aus Blech. Sie kreuzten den Rodeo Drive, ohne dass Josh auch nur einmal zu ihr herübersah. Dennoch war sie nicht so dumm, anzunehmen, ihm irgendwie entkommen zu können.

„Was hast du jetzt vor?", fragte sie nach einer ganzen Weile.

„Ich bringe dich zu Phoenix."

„Was? Du willst ihm doch wohl nicht sagen, dass …"

„Genau das sollte ich tun."

„Und wirst du es auch tun?"

Joshs Mundwinkel zuckten, aber er gab keine Antwort.

„Er wird mich umbringen, wenn er erfährt …"

„Davon ist auszugehen."

Annie fuhr in ihrem Sitz auf. „Josh!", schrie sie. „Das ist nicht lustig! Ich bin tot, wenn du …"

Er sah kurz zu ihr herüber, keine Milde in seinen Zügen. „War dir das nicht klar, als du diesen Auftrag angenommen hast?"

Annie schluckte. Liam hatte sie immer wieder gewarnt. Er hatte es kommen sehen, ganz im Gegensatz zu ihr. Sie hatte gedacht … geglaubt, heil aus der Nummer herauszukommen, wie sie auch damals heil aus *Harolds Market* herausgekommen war. Dass ihr Überleben in beiden Fällen von ein und demselben Mann abhängen würde, hätte sie jedoch nicht gedacht.

„Mir war nicht klar, dir noch einmal zu begegnen", gestand sie.

„Ich hatte dich damals gewarnt", erinnerte er sie. „Warum hast du nicht einfach auf mich gehört?"

Annie sah ihn an. Das Herz schlug ihr bis zum Hals, denn die Antwort, so ehrlich und dumm zugleich sie auch war, drängte mit aller Macht aus ihr heraus. Zitternd berührte sie seine Hand auf dem Schalthebel. „Ich musste wissen, wer du bist", flüsterte sie. „Nicht ein Tag ist seitdem vergangen, an dem ich mich nicht gefragt habe … wer du bist. Und ob ich dich wiedersehe."

Wie ein Stromstoß durchfuhr ihn ihre Berührung. Ihre Stimme hatte einen ungewohnten Klang, der sich bis in sein Herz schlich, doch ihr zu glauben, wäre eine große Dummheit gewesen. Diese Frau war ausgebildet worden, Extremsituationen zu überstehen. Und dies war eine Extremsituation. Ihr Leben war in Gefahr. Da sagte man Dinge, die …

Verflucht, warum stolperte sein Herz dann mit einem Mal so nervös in seiner Brust? Er lenkte das Auto die Straße nach Bel Air hinauf, schaltete einen Gang runter und beschleunigte.

„Josh." Sie sah ihn eindringlich an. „Bis zu dem Moment am Abend von Troys Entlassung, als du mich unter der Palme gepackt hast, habe ich doch nicht einmal geahnt, dass das Kartell den Überfall auf *Harolds Market* begangen hat."

Josh hob ungläubig die Augenbrauen. „Dann ist das ein Zufall?"

„Der Überfall hat mein Leben verändert. Ich war zu der Zeit gerade mit der Polizeischule fertig. Und die Brutalität des Überfalls hat mich dazu gebracht …" Sie schüttelte den Kopf. „Ich wollte mehr tun, um gegen organisierte Kriminalität vorzugehen, als es die Polizei kann. Darum bin ich zum FBI. Jetzt weißt du es!"

Josh lenkte den Wagen in die Auffahrt von Phoenix' Villa. Die Unruhe, die ihn ergriffen hatte, als er erkannte, dass Annie bei der Polizei war, machte es beinahe unmöglich, auch nur einen klaren Gedanken zu fassen.

„Ich war nie hinter dir her!", beteuerte sie zum wiederholten Male, und auch wenn Josh noch viele Zweifel an ihrer Geschichte hatte, so glaubte er ihr zumindest das.

„Sag jetzt kein Wort mehr!", befahl er und stieg aus. Er kam um den Wagen und hielt ihr mit eisiger Miene die Tür auf. Als sie neben ihm stand, fasste er ihre Hand. „Wenn du mir Ärger machst, wirst du es bereuen!"

Um die Türsteher nicht misstrauisch zu machen, legte er ihr den Arm um die Taille und führte sie so in den Garten. An der Bar neben dem Pool saß Asher, und sein mit Strass besetzter Zahn funkelte ihnen entgegen. „Na endlich!", rief er und stand auf. „Was hat denn da so lange gedauert?" Sein stechender Blick musterte Joshs Finger an Annies Hüfte. „Reißt du dir jetzt schon Troys Mädchen unter den Nagel?", fragte er und kniff die Lippen zusammen.

„Troy soll sich eine andere buchen", antwortete Josh gelangweilt und suchte die Poollandschaft nach dem Blonden ab. Er hatte nicht vor, Annie aus den Augen zu lassen.

Asher zog die Lippe missbilligend nach oben. „Phoenix wird nicht gefallen, dass ihr euch um ein Mädchen streitet."

„Lass das meine Sorge sein", überging Josh seine Warnung und setzte die Sonnenbrille auf. Er fürchtete, Asher könnte ihm sonst seine flatternden Nerven ansehen. Er nahm an der Bar Platz, wie er es immer tat, und zog sich Annie entschieden auf den Schoß. Er spürte, wie sie sich versteifte, hatte aber nicht vor, darauf Rücksicht zu nehmen. Wenn er verhindern wollte, dass sie mit Troy in dessen Schlafzimmer verschwand, musste er selbst Ansprüche auf sie erheben. Dabei konnte ihn genau das in Teufels Küche bringen, wenn dennoch herauskam, was sie war. Dann könnte es so aussehen, als stecke er mit ihr unter einer Decke. Er küsste Annies Hals, um den Fluch zu ersticken, der ihm auf der Zunge lag. Sie lächelte ihn an, und nur weil er ihr so nahe war, sah er das ängstliche Schimmern in ihren Augen.

„Was gibt es denn?", wechselte er das Thema, ehe ihre Augen ihn noch mehr verwirren konnten. „Warum mussten wir so eilig herkommen?"

Asher nahm einen Garnelenspieß von einer Servierplatte an der Bar und knabberte die erste Garnele herunter. „Einer unserer Transporter ist in eine Polizeikontrolle geraten", erklärte er mit vollem Mund.

„Was war denn geladen?", fragte Josh und schlang seine Arme fester um Annie. Sie auf seinem Schoß zu haben, lenkte ihn gehörig ab. Sie war leichter als gedacht, und er spürte ihre Brüste sanft durch sein Shirt.

„Weitere Ware der Chinesen."

Waffen also, übersetzte Josh sich Ashers Worte. „Und was ist dann passiert?"

Asher puhlte sich etwas zwischen den Zähnen hervor, das er dann auf seiner Fingerspitze betrachtete, ehe er es sich zurück in den Mund schob. „Burch hat das für uns in Ordnung gebracht. Aber wie immer will er umgehend bezahlt werden."

Josh nickte. Er hatte nichts dagegen, den Auftrag anzunehmen, denn das bedeutete zumindest für diesen Abend, sich nicht hier in der Villa mit Annie und ihrer wahren Identität beschäftigen zu müssen.

Er hob Annie von seinem Schoß und tätschelte ihren Hintern. „Dann wollen wir mal", gab er sich lässig und nahm ebenfalls einen Garnelenspieß. Er deutete damit auf das Cabrio. „Lass das Geld einladen. Wir machen uns gleich auf den Weg."

„Du willst sie mitnehmen?", fragte Asher nicht gerade erfreut.

„Das will ich. Sag Burch, wir fahren zum Strand."

„Es wird Phoenix nicht gefallen, dass du eine Außenseiterin …"

„Phoenix wird nichts einzuwenden haben. Zuletzt hat es ihm nicht gefallen, wie seine Schwester mich ansieht. Er wird froh sein, dass ich nicht mit ihr fahre."

Das brachte Asher zum Lachen. „Da ist die Kleine ja fast so was wie deine Lebensversicherung", kicherte er, und Josh schlug ihm leicht auf die Schulter.

„Ich sehe, du verstehst."

Kapitel 16

„Wer ist Burch?", fragte Annie, kaum dass sie die Villa wieder verlassen hatten. Der Wind riss an ihren Haaren, und die untergehende Sonne blendete sie. Trotzdem sah sie, dass Josh schmunzelte. Sein schlimmster Ärger schien verraucht, auch wenn sie besser nicht den Fehler machte, sich schon in Sicherheit zu wähnen.

„Du denkst doch nicht, dass ich dir irgendwas sage?"

„Was hast du denn dann mit mir vor? Warum hast du mich nicht auffliegen lassen?"

Sie konnte seinen knappen Blick nicht deuten. „Weil ich noch nicht sicher bin, was ich mit dir anstelle", gab er schließlich schulterzuckend zu. „Da sind noch Fragen, auf die ich eine Antwort möchte."

„Was für Fragen?"

„Hinter wem bist du her?" Diesmal fuhr er langsam, fädelte sich gemächlich in den abendlichen Verkehr ein, und Annie lehnte sich etwas entspannter im Sitz zurück. Sie durchquerten ganz L. A. in Richtung Torrance. Zum Pier ging es hier jedenfalls nicht. Immer wieder sah er zu ihr herüber, als wollte er abschätzen, inwieweit sie die Wahrheit sprach. Dabei kam sie nicht umhin, seine Augen zu bewundern. Das tief stehende Licht verlieh seinem Blick noch mehr Tiefe.

„Ist das nicht offensichtlich?"

„Phoenix?" Er schien wenig überzeugt. „Du wirst diesem Mann nie eine Beteiligung an irgendetwas nachweisen können. Das ist dir klar, oder?"

„Und was ist mit dir?" Sie glaubte zu wissen, was ihr Ziel war, als Josh in Richtung Malaga Cove abbog. Die Klippen hier und der tiefer gelegene Strand waren einzigartig. Die Straße führte hoch erhoben an der Küste entlang, und breite Parkbuchten nahmen tagsüber Surfer auf. Jetzt, wo die Sonne unterging, leerten sich die Straßen, und nur noch wenige Autos kamen ihnen entgegen.

Josh runzelte die Stirn. „Was meinst du?"

Annie zuckte die Schultern. „Du hast doch Einblick. Du … gehörst zu ihnen, richtig?"

Josh lachte. „Du musst den Verstand verloren haben! Fragst du mich gerade wirklich, ob ich dir helfe?"

„Warum nicht? Du könntest sicher Beweise finden, die Phoenix mit den Geschäften des Kartells in Verbindung bringen. Du gehörst zu seinen engsten Vertrauten, oder nicht?"

„Phoenix vertraut niemandem! Und warum sollte ich dir helfen? Das wäre Selbstmord!"

Ehe Annie etwas erwidern konnte, ertönte hinter ihnen eine Polizeisirene. Ein Streifenwagen kam näher.

Josh kniff die Lippen zusammen und schaute in den Rückspiegel.

„Weil du dabei auch dir helfen würdest", sagte sie und drehte den Kopf, um nach dem Polizeifahrzeug zu sehen.

„Mir würde es helfen, wenn du jetzt keinen Mucks von dir gibst!", warnte Josh, zog sein Shirt über den Griff der Glock, die aus seinem Hosenbund schaute, und hielt am

Seitenstreifen an. Das rotblaue Licht des Streifenwagens blitzte im Rückspiegel auf, während der Polizist mit der Hand an der Waffe auf ihr Cabrio zukam.

„Warum werden wir angehalten? Du bist nicht zu schnell gefahren, oder?" Annie schielte zwischen den Sitzen nach hinten, und Josh stöhnte.

„Hier!", murrte er und reichte ihr seine Sonnenbrille. „Setz die auf und hör auf, zu glotzen!" Er schob ihr die Brille auf die Nase und zupfte ihr die Strähnen wieder in die Stirn. „Mach keinen Ärger, Annie, verstanden?", warnte er leise. Dann war der Cop auf Fahrerhöhe angekommen und stellte sich breitbeinig neben den Wagen.

„Guten Abend", grüßte er und musterte zuerst Josh eindringlich, dann wanderte sein Blick weiter zu Annie. Josh biss die Zähne zusammen.

„Bitte, steigen Sie aus dem Fahrzeug!", forderte der Officer Josh auf.

Annie fragte sich, was das sollte. Ihre Gedanken überschlugen sich. Warum die Fahrzeugkontrolle? Sie waren nicht zu schnell unterwegs, dem Wagen fehlte offenbar nichts, und der Streifenbeamte hatte nicht einmal die Papiere kontrolliert. Es gab keinen Grund für Beanstandungen, und … und das machte sie nervös. Was, wenn Josh nun dachte, sie hätte damit etwas zu tun?

Er schien nicht gerade erfreut über die Kontrolle, allerdings wirkte er auch nicht besonders überrascht. Er stieg wie geheißen aus, und Annie betete, der Cop möge die Waffe nicht entdecken, die in seinem Hosenbund steckte.

„Kommen Sie um den Wagen, Sir", hörte sie den Officer sagen. Dumm nur, dass sie ihn nicht richtig sehen konnte. Die tief stehende Sonne stand genau in seinem Rücken, und er war nicht mehr als eine schwarze Silhouette im goldenen Gegenlicht. Er war groß, stämmig, und obwohl das Licht ihn umgab, wirkte er düster. Als er mit Josh zum Heck des Wagens ging, verstand sie nicht mehr, was die beiden sprachen, und sie verschwanden vollends aus ihrem Blickfeld. Kurzerhand nahm Annie die verspiegelte Sonnenbrille ab und versuchte so, etwas von dem zu sehen, was sich hinter ihr abspielte. Der Cop nickte mit dem Kopf, so, als wiese er Josh irgendwie an. Der öffnete daraufhin den Kofferraum und bückte sich hinein. Als er ihn wieder schloss, sah Annie einen prall gefüllten Umschlag in Joshs Hand. Er reichte ihn dem Beamten, der mit einem schnellen Blick den Inhalt checkte. Annie erkannte nun, dass der Mann einen dunklen Schnauzbart trug. Er hatte eine Halbglatze, eine ziemlich dicke Nase, die aussah, als würde sie sich auf dem Schnäuzer ausruhen. Hellwach dagegen waren die stechenden Augen, die neben der großen Nase knopfartig klein wirkten.

Der Umschlag fand seinen Weg in die Jackentasche des Polizisten, und nun wurde seine Miene milder. Er klopfte Josh auf die Schulter, der sich dabei aber sichtlich unwohl zu fühlen schien. Er erwiderte etwas, und obwohl Annie es nicht verstand, war unschwer zu erkennen, dass es ein Schimpfwort gewesen war. Der Officer stutzte kurz. Dann brach er in lautes Lachen aus und klopfte sich gut gelaunt auf die Tasche.

„Was treiben die da?", flüsterte sie und drehte die Sonnenbrille etwas, um besser sehen zu können. Beide kamen wieder nach vorne. Schnell setzte Annie die Brille wieder auf. Gerade rechtzeitig, denn schon spürte sie den Blick des Officers auf sich. Er wartete, bis Josh wieder hinter dem Steuer Platz genommen hatte. Dann tippte er sich an die Stirn und verzog die Lippen zu einem Lächeln. Der Schnauzbart zuckte dabei. „Gute Fahrt noch", wünschte er, als Josh den Motor startete. Eine Gänsehaut überlief Annie, als sie beim Anfahren noch immer den bohrenden Blick des Kerls in ihrem Nacken spürte.

„Wer war das?", fragte sie, sobald Josh wieder der Küstenstraße folgte. Sie drehte sich noch einmal um, aber der Streifenwagen war verschwunden.

„Niemand", beschied ihr Josh und fuhr unbeirrt weiter.

„Warum hat er uns angehalten?", bohrte Annie, denn Joshs ewiges Schweigen war wirklich nicht auszuhalten. „Kennst du den? Du hast ihm einen Umschlag gegeben. Was war da drin? Geld? Bestecht ihr einen Polizisten?"

Josh lenkte den Wagen in eine Parklücke und stellte den Motor ab. „Verdammt, Annie! Kannst du nicht mal die Klappe halten?", fuhr er sie an und stieg aus. Er schlenderte vom Wagen weg, ohne sich darum zu kümmern, ob sie mit ihm kam.

„Dieser Sturkopf!", fluchte Annie und folgte ihm den schmalen, ausgetretenen Pfad zwischen den Dünen entlang bis an die Kante der steil abfallenden Klippen. „Warte auf mich!", rief sie und beeilte sich, ihm hinterherzukommen. „Jetzt warte doch mal, Josh!"

Erleichtert registrierte sie, dass er sich auf einen der Felsen setzte. Er starrte in die Ferne und fuhr sich durchs Haar, als wäre er aufgebracht.

„Können wir nicht offen miteinander reden?", fragte sie und trat näher. „Du hast gesagt, du warst beim Militär. Du hast einmal auf der richtigen Seite des Gesetzes gestanden", versuchte sie, zu ihm durchzudringen. „Was ist passiert, dass du jetzt …"

„Dass ich jetzt auf der falschen Seite stehe?", fragte er bitter. „Weißt du, Annie, manchmal dreht sich die Welt einfach unter deinen Füßen, und das, worauf du gestanden hast, ist einfach nicht mehr dasselbe wie am Tag zuvor. Es ist, als würdest du einfach auf der falschen Seite aufwachen, ohne je bewusst dorthin gegangen zu sein."

Annie kniete sich in den Sand vor ihn und sah ihn an. „Aber kannst du nicht einfach zurück? Den Weg in die richtige Richtung einfach wieder einschlagen?"

Sein Lachen klang gepresst, und die untergehende Sonne malte lange Schatten auf sein Gesicht. „Dem Kartell entkommt man nicht."

Annie fasste nach seiner Hand. „Ich kann dir einen Ausweg anbieten, Josh. Wenn du mit den Bundesbehörden zusammenarbeiten würdest, dann würde dir die Staatsanwaltschaft einen Deal anbieten. Du hast selbst gesagt, du hast niemanden ermordet." Sie umschloss seine Finger. „Ich glaube dir, Josh. Du bist nicht wie die anderen. Sonst hättest du mich längst verraten! Du bist keiner von den Bösen!"

„Du hast keine Ahnung, wer ich bin!"

„Dann sag es mir. Sprich mit mir. Wir könnten

zusammenarbeiten, und …“

„Du kannst echt von Glück reden, dass du Troy diesen Unsinn nicht vorschlägst“, regte Josh sich auf. „Mein Gott, Annie! Jeder andere von Phoenix’ Männern würde dich dafür umbringen. Ist dir das eigentlich klar?“

„Ja! Das ist mir klar. Darum mache ich diesen Vorschlag keinem anderen. Aber du bist anders als diese Kerle. Das kannst du einfach nicht leugnen. Ich spüre doch, dass du nicht …“

Sie legte die Hand an sein Herz und sah ihn so eindringlich an, dass Josh ihrem Blick nicht standhalten konnte.

„Du täuschst dich, Annie. Nur weil ich noch nicht weiß, was ich mit dir mache, bin ich keiner von den Guten.“ Er stand auf und umfasste ihr Gesicht. Die fröhlichen Sommersprossen wirkten so fehl am Platz zwischen ihren angespannten Zügen. „Ich habe meine Gründe, mich der Firma angeschlossen zu haben. Gründe, die dich verdammt noch mal nicht das Geringste angehen. Ich bin vielleicht kein kaltblütiger Mörder wie Asher. Dennoch habe ich mich für das Kartell entschieden. Ich stecke bis zum Hals mit drin. Einen Weg hinaus … gibt es für mich nicht.“ Er lächelte sie traurig an, und das Herz wurde ihm dabei schwer. Ihre grünen Augen ließen ihn wünschen, ein anderer Mann zu sein. In einem Leben, das einfacher wäre. In einem Leben, in dem eine Frau wie Annie nicht der Feind wäre.

„Ich kann nicht aussteigen, nur weil du mich so ansiehst.“ Er zog sie näher an sich. Sein Blick heftete sich auf ihre einladenden Lippen. „Ich werde dich nicht töten,

Annie. Dich nicht verraten, aber ich kann dich nicht tun lassen, weshalb du hier bist."

„Wenn du mich nicht tötest, wirst du mich nicht davon abhalten, Phoenix zu Fall zu bringen", flüsterte sie, als er ihrem Gesicht immer näher kam.

„Das werden wir ja sehen", murmelte er. Dann schlang er seine Arme um ihre Taille und senkte seine Lippen auf ihre. Er nutzte ihr erschrockenes Einatmen, um seine Zunge in ihren Mund gleiten zu lassen. Ihre Hitze umfing ihn wie Honig, und er brauchte mehr. Seine Hände wanderten unter ihr Shirt und umfassten ihre Brüste, während sein Kuss immer leidenschaftlicher wurde. Ihre Entschlossenheit, Phoenix auffliegen zu lassen, war so dumm – und so sexy. Das Feuer in ihren Augen loderte und schürte damit nur sein Verlangen. Diese Frau war sein Untergang, das spürte er mit jeder Faser seines Seins, doch zugleich konnte er nicht von ihr ablassen. Er wollte sie küssen, bis sie vergaß, dass es da einen Polizisten gab, der ein Foto von ihr über dem Bett hängen hatte. Bis sie ihre Mission vergessen und zu ihm kommen würde.

Annie hob ihre Hände in Joshs Nacken und kam ihm auf Zehenspitzen entgegen. Er setzte sie derart in Brand, dass es beinahe unbedeutend schien, wer er war. Für einen Moment war es unwichtig, dass er ein Krimineller war. Dass er ein Mitglied des Kartells war. Es war unwichtig, denn dieser Kuss und seine Berührungen fühlten sich einfach so richtig an. Sie drängte sich an ihn, wohl wissend, dass sie einen Fehler machte. Dass dieser Moment der Schwäche ihr noch leidtun würde.

Dennoch genoss sie die weichen Strähnen in seinem Nacken unter ihren Fingern und gab sich seinem Kuss hin, der so verzweifelt nach mehr verlangte. Ihr Körper reagierte auf seine Berührung, als sein Daumen über ihre Brust strich.

„Josh", flüsterte sie gegen seine Lippen, unsicher, ob sie damit um mehr bat oder ihn zum Aufhören bewegen wollte. Sie klammerte sich an seine starken Oberarme, fühlte seine Muskeln und die Hitze seiner Haut, während ihr die untergehende Sonne mit ihren letzten Strahlen warm zwischen die Schulterblätter schien.

„Sie werden dich töten, Annie", raunte Josh und legte seine Stirn gegen ihre. Er sah ihr in die Augen und hauchte nur noch kleine Küsse auf ihre geöffneten Lippen. „Ich werde dich nicht schützen können."

„Würdest du mich denn schützen *wollen*?" Ihre Stimme zitterte ebenso wie ihre Knie. Sie hatte keine Ahnung, was sie hoffte, von ihm zu hören. Wusste nur, dass da etwas in ihr war, das mehr brauchte. Mehr von Josh.

Zärtlich strich er ihr die Haare aus dem Gesicht und umfasste ihre Wange. „Was ich *will* ... hat seit Jahren keine Bedeutung, Annie. Ich bin dazu verdammt, zu tun, was andere wollen." Seine Stimme war so voll Traurigkeit, dass sie Annie direkt ins Herz traf.

„Dann ..." Sie schluckte. „... dann würdest du mich töten, wenn ... andere das wollten?"

Sein Kopfschütteln war so leicht, als würde sie es sich einbilden. „Glaub mir, Annie, dich zu töten ... ist nicht Teil des Plans." Wieder küsste er sie sanft. „Aber wenn du wirklich mit deinen Ermittlungen weitermachst ..." Er gab sie frei und rieb sich den Nacken. Plötzlich ohne seine Berührung, fühlte sich die Luft viel kälter an, spürte sie den Wind, der an ihren Haaren riss, wie eine Warnung.

Die Sprenkel in Joshs Augen wirkten schwarz, als er sie wieder ansah. „Wenn du weitermachst, dann ohne mich. Ich kämpfe hier nicht *für* Phoenix. Aber ganz sicher auch nicht gegen ihn." Er knackte mit den Fingerknöcheln. „Du hast meinen Bruder erwähnt. Ich bin hier nur seinetwegen." Er lächelte bedauernd. „Und auch wenn es sich wirklich unfassbar gut anfühlt, eine FBI-Agentin zu küssen, muss ich Prioritäten setzen."

„Was bedeutet das?" Annie verstand nicht, worauf er hinauswollte. Sie konnte nicht klar denken, denn ihre Lippen kribbelten noch immer von seinem Kuss, und alles in ihr sehnte sich danach, noch einmal seine Arme um sich zu spüren.

„Das bedeutet, dass sich unsere Wege jetzt hier trennen, Agent Turner. Und wie schon einmal warne ich dich, mir oder dem Kartell besser nicht noch einmal unter die Augen zu kommen. Geh zurück zu deinem Polizistenfreund und verlagere dich darauf, Verkehrssünder zu schnappen."

Als er sich umdrehte und den Weg zurück zum Wagen ging, sah Annie ihm verdutzt nach. Was meinte er?

„Josh?", rief sie ihm nach und folgte ihm. „Josh!"

Er stieg in den Wagen und startete den Motor.

Was? Das würde er nicht machen! Sie sprintete das letzte Stück bis zur Straße und rief seinen Namen, aber nur das rote Leuchten seiner Rücklichter antwortete ihr.

„Du Arsch!", brüllte sie und warf die Arme in die Luft. Sie stand mitten auf der Fahrbahn und drehte sich einmal um die eigene Achse. „Verdammt!" Ihr Handy lag zusammen mit den umgekippten Einkaufstüten noch im Flur ihres Apartmenthauses, und das nächste Haus war gut eine Meile von hier entfernt. „Das kann doch nicht wahr sein!", fluchte sie und schlang die Arme um sich. Ohne die Sonne bestimmte hier an den Klippen der Wind die Temperatur. Und die sank gefühlt minütlich.

Kapitel 17

Der schwarze Transporter hielt am Straßenrand, und die Schiebetür wurde aufgestoßen. „Steig ein!" Chris reichte Annie die Hand. Der Wagen verschluckte sie, und schon im nächsten Moment fuhren sie an. Das Geräusch der zugleitenden Tür war irgendwie endgültig, und Annie sank matt auf einen der ledernen Sitze. Da die Bewohner des Hauses am Straßenrand sie nicht kannten und auch in keinem Zusammenhang mit dem Kartell standen, hatte Annie es gewagt und ihre Einheit angerufen. Der Van war mit Abhörtechnik ausgestattet, und Monitore an den Wänden konnten Bilder liefern. Im Moment waren sie ausgeschaltet, und nur schwaches Licht beleuchtete den Innenraum.

„Was ist passiert?" Chris drückte ihr einen dampfenden Becher Kaffee in die Hand. „Wie kommst du hierher? Und warum …?" Sein Funkgerät knackte, aber er beachtete es nicht.

„Chris!" Annie funkelte ihn warnend an. „Gib mir einen Moment, ja? Mir schwirrt der Kopf, und …" Sie zuckte mit den Schultern. „… und ich muss erst mal überlegen, wie es jetzt weitergeht."

„Das überlegen wir zusammen, wenn ich weiß, was los ist. Du hast seit Tagen keinen Statusbericht abgegeben. Wir haben schon befürchtet …"

„Ich bin aufgeflogen!", platzte es aus Annie heraus. „Liam ist bei mir aufgetaucht – und hat mich auffliegen lassen."

Chris donnerte die Faust auf die Lehne seines Sitzes. „Ich wusste es! Ich habe auf der Überwachungskamera gesehen, dass er dich besucht hat. Dieser Idiot!"

„Er war in Sorge, aber …", versuchte Annie, ihren Verlobten zu verteidigen, wobei ihre eigene Wut über sein Verhalten dem von Chris in nichts nachstand.

„Er ist aktuell beurlaubt", erklärte Chris und massierte sich nachdenklich den Nasenrücken. „So was darf nicht passieren." Dann sah er Annie wieder an. „Sprich. Was war los?"

Annie atmete tief durch. Sie wusste nicht, wo sie anfangen sollte. Im Grunde war sie schon am ersten Tag aufgeflogen. Seit sie Josh Caplan bei Ramírez begegnet war. Trotzdem hatte Liams Besuch sie erst in die Krise gestürzt. Eine Krise, von der sie nicht wusste, wie sie sie abwenden sollte. Sie konnte die Mission nicht aufgeben. Nicht, ohne einen Beweis für das Treiben des Kartells. Ohne einen Beweis für Ramírez' Beteiligung.

„Der Mann, über den ihr mir Informationen besorgt habt …", setzte sie an, und Chris nickte.

„ … Josh Caplan, dreißig Jahre alt, ehemaliger Marine", fasste Chris die Daten zusammen. „Was ist mit ihm?"

Annie hasste es, wie Chris ihr immer wieder ins Wort fiel. Ihm ging es nie schnell genug.

„Er ist Liam gefolgt. Er weiß, dass ich fürs FBI arbeite und hinter Phoenix her bin."

„Dann bist du verbrannt. Wir ziehen dich ab. Die Mission ist vorbei."

Es überraschte Annie, welche Panik bei dem Gedanken in ihr aufkam, dass alles, wofür sie die letzten Jahre gearbeitet hatte, mit einem Mal vorüber sein sollte. Welche Panik sie empfand, wenn sie daran dachte, Josh nie wiederzusehen.

„Nein!", rief sie und sprang auf. Kaffee schwappte aus ihrem Becher und rann ihr heiß über die Finger. „Au!" Sie wischte sich die Hand an der Jeans ab und biss sich nachdenklich auf die Lippe. „Wir machen weiter!"

„Bist du verrückt? Du hast gerade gesagt, dass du aufgeflogen bist."

„Ja, ja, aber dieser Josh … er …" Sie wusste nicht, wie sie erklären sollte, dass sie ihm vertraute. Dass sie glaubte, dieser Kriminelle könnte … Sie nahm einen Schluck Kaffee. Er war bitter, und Annie vermisste Zucker. „Er wird mich nicht verraten, Chris. Ich glaube nicht, dass er Phoenix sagen wird, was er weiß. Er war bei dem Überfall auf *Harolds Market* vor fünf Jahren dabei. Er war es, der mich verschont hat."

Der skeptische Blick ihres Vorgesetzten veranlasste sie dazu, schnell weiterzureden. „Er ist kein schlechter Kerl. Ist irgendwie – ich weiß noch nicht wie, aber ich finde es heraus – in diese Kartell-Sache hineingeraten. Ich nehme an, sein Bruder Cody hat damit zu tun." Sie schwenkte den Kaffeebecher in der Hoffnung, vielleicht am Boden Zucker zu finden, der sich auflösen würde. „Jedenfalls bin ich überzeugt, dass ich weitermachen kann, solange kein anderer meine Identität kennt. Und vielleicht kann ich Josh umdrehen. Vielleicht kann er uns helfen."

Chris schien wenig überzeugt.

„Was ist mit Castello? Ich dachte, er wäre unsere

Zielperson."

Annie schüttelte den Kopf. „Troy Castello gehört nicht zum inneren Kreis. Es ist ganz offensichtlich, dass Phoenix ihm noch nicht wieder vertraut. Er kann mich nicht nahe genug an die nötigen Informationen heranbringen."

„Verdammt!" Chris hatte noch immer die Hände zu Fäusten geballt. „Mir gefällt das alles nicht."

„Was schlägst du vor?", fragte Annie und schlürfte erneut vom Becher. Der Kaffee blieb bitter.

„Abbruch."

„Nein. Wirklich, Chris. Es ist zu früh, die Mission abzubrechen. Ich weiß, dass ich …" Sie runzelte nachdenklich die Stirn. Es musste doch eine Möglichkeit geben, wie sie trotz Joshs Warnung weitermachen konnte.

„Wir könnten diesen Josh festsetzen, ehe er dich auffliegen lässt", überlegte Chris laut. „Ihn festnehmen. Wenn er hinter Gittern sitzt, kann er dich nicht verraten."

Annie wurde bei dem Gedanken ganz schlecht. „Das Kartell hat auch im Knast seine Leute, Chris", erinnerte sie ihren Boss und schüttelte den Kopf. „Und wir würden ihn damit verärgern. Das wäre bestimmt nicht gerade hilfreich."

„Hast du eine bessere Idee?"

Annie überlegte. Dabei zwang sie sich, den Kaffee zu trinken, der ihr wie Galle die Kehle zu verätzen schien. „Was, wenn wir ihm zeigen, dass wir auf seiner Seite sind?", schlug sie zögernd vor, weil sie wusste, Chris würde ihre Idee nicht gefallen.

„Wie sind *nicht* auf der Seite eines Kartellmitglieds!",

erinnerte er sie mit strengem Blick.

„Natürlich nicht!" Annie rollte mit den Augen. „Aber wenn wir Codys Haftprüfungsanhörung nutzen, um Josh auf unsere Seite zu ziehen, dann ..."

„Gott, Annie! Haben die dir das Gehirn gewaschen? Wir werden unter keinen Umständen die Entlassung eines weiteren Kartellmitglieds befürworten!"

„Hör doch mal zu!", rief Annie genervt und drückte den leeren Becher in ihrer Faust zusammen. „Cody wird ohnehin freikommen. Wie du weißt, ist das Kartell im Besitz von Material, das Erik Wheeler, den Sohn des Gouverneurs ... in ein ungutes Licht rückt. Ich bin sicher, der Gouverneur wird verhindern wollen, dass dieses Material an die Öffentlichkeit gelangt und sich demnach für die Freilassung von Cody aussprechen. Wir verlieren also nichts, wenn wir der Sache zuvorkommen."

Chris schüttelte noch immer den Kopf. Seine Lippen waren unnachgiebig zusammengepresst. „Das ist nicht das Vorgehen, das wir anstreben."

„Wir streben an, das Kartell hochgehen zu lassen, oder nicht?", keifte Annie ihn an. „Und ich weiß, wie! Ich gehe zurück in Ramírez' Villa und rede mit Josh. Ich garantiere ihm die Freilassung seines Bruders im Gegenzug für seine Kooperation."

„Warum sollte er sich darauf einlassen? Wie du sagst, hat das Kartell die Freilassung so gut wie abgewickelt."

„Weil ich Josh kenne. Er wird lieber mir etwas schuldig sein als Phoenix Ramírez."

Chris schwieg. Er musterte sie, als überlege er, ob sie den Verstand verloren hätte. Währenddessen brachte sie der Van zurück in die Stadt. Da sich das Schweigen ausdehnte, lehnte Annie ihren Kopf zurück und schloss die Augen. Sie war müde und erschöpft, und nur das bittere Koffein in ihrem Magen hielt sie davon ab, an Ort und Stelle einzuschlafen.

„Ich bespreche das mit Sergeant Howard. Bis dahin hältst du die Füße still, ist das klar?"

Annie nickte, ohne die Augen zu öffnen. „Und was mache ich bis dahin?"

„Du schläfst dich aus." Chris' Funkgerät knackte wieder, und Annie hörte, wie er es in die Hand nahm. „Öffnet das Tor. Wir rücken ein", gab er durch. Wenig später rollte der Van aus, und die Tür glitt auf. „Wir sind da, Annie. Geh rein und hau dich aufs Ohr."

Nur mit Mühe konnte Annie die schweren Lider heben. Sie blinzelte in die mit Neonröhren ausgeleuchtete Tiefgarage des Safehouses.

„Na komm!" Chris reichte ihr die Hand und half ihr auf. „Soll ich Liam herbringen lassen?", fragte er, auch wenn sein Gesichtsausdruck deutlich zeigte, dass er das ungern tun würde.

Annie schüttelte den Kopf. Sie war erschöpft und durcheinander. Und sie spürte noch immer Joshs Kuss auf den Lippen. Das Letzte, was sie jetzt gebrauchen konnte, war Liams Eifersucht. „Besser nicht", lehnte sie möglichst unauffällig ab. „Ich bin hundemüde. Außerdem hast du gesagt, er ist vom Fall abgezogen."

„Er hat sich nicht im Griff", stimmte Chris zu. „Wenn du nicht auf ihn bestehst, ist es mir lieber, wir halten ihn vorerst raus. Solange er beurlaubt ist, dürftest du ihm ohnehin keine Einzelheiten erzählen."

Er klopfte Annie zum Abschied auf den Rücken und deutete auf die Treppe, die aus der Tiefgarage ins Haus führte. „Zweiter Stock, dritte Tür links. Ruh dich aus. Wir sehen uns morgen."

Kapitel 18

„Ich dachte, ich hätte mich klar ausgedrückt!", schnauzte Phoenix Josh an, ohne seinen Blick vom riesigen Fernseher zu nehmen, auf dem gerade ein Baseballspiel übertragen wurde. „Du solltest sie herbringen!"

„Sie war hier. Aber sie würde nur für Ärger sorgen, wenn sie weiterhin hier auftaucht", verteidigte sich Josh.

„Er steht auf sie", warf Layla vom weißen Ledersofa aus süffisant ein und schnalzte mit der Zunge. „Hab ich recht?" Sie lag in verführerischer Pose in den Kissen, und ihr Haar ergoss sich wie ein schwarzer Vorhang über die Lehne.

Josh tat so, als höre er sie auf seinem Platz an der Bar nicht. Er kreiste seinen Scotch im Glas, denn es war schon sein viertes, und die Hitze des Alkohols breitete sich längst in seinem Magen aus. Er musste langsam machen. „Asher hat gesagt, die Kleine führt zum Streit. Also hab ich sie abserviert. *Grand Five* hat genug andere Mädchen."

„Ja, aber ich war mit ihr noch nicht fertig!", jammerte Troy wie ein Baby. „Ich hatte mit ihr noch so einiges vor!" Er zuckte, als im Fernseher der Batter den Ball mit dem Schläger weit ins Outfield katapultierte.

„Sie ist keine Hure! Such dir doch einfach eine andere!", regte sich Josh auf. Er konnte sich nur zu gut vorstellen, an was Troy dachte. Und es regte ihn mehr auf, als er zugeben wollte, dass Troy Annie überhaupt schon so nahe gekommen war.

Auch Phoenix verzog das Gesicht, sodass die Narbe unter seinem Auge zuckte. „Aber keine andere hat sich hier eine Kugel eingefangen", gab er zu bedenken und strich sich über die gegelten Haare. Da der Fänger den Ball gefangen hatte, verlor er für einen Moment das Interesse am Spiel und wandte sich zu Josh um. „Ich bestehe darauf, dass wir sie im Auge behalten. Und das geht am besten, wenn sie hier ist."

Josh schnaubte. Es konnte doch unmöglich wahr sein, dass Phoenix Ramírez darauf bestand, eine FBI-Agentin in sein Haus zu holen! Doch, ohne Annie auffliegen zu lassen, konnte er Phoenix wohl nicht umstimmen.

„Genau!", lachte Troy und rieb sich schon die Hände.

„Ich traue ihr nicht!", setzte Josh erneut an.

Phoenix wurde hellhörig. „Ach ja?" Er stand auf und schlenderte zur Bar. Layla folgte ihm mit dem Blick.

„Traust du ihr nicht oder den Gefühlen, die sie in dir weckt?", stichelte sie. „Weißt du, Josh, ich habe mich schon gefragt, ob mit dir was nicht stimmt." Sie zwinkerte. „Aber ich hab dich mit ihr gesehen. Du findest sie scharf."

Josh ersparte es sich, das zu leugnen. Layla war so spitzfindig wie ihr Bruder. Ihr entging nur selten etwas. „Troy auch. Und ich will hier keine Unruhe wegen einer Frau."

„Sehe ich auch so!", warf Asher von seinem Platz vor dem Fernseher aus ein.

Phoenix rieb sich die Schläfen. „Ich nicht. Wenn Josh glaubt, ihr nicht vertrauen zu können, dann ist er der beste

Mann dafür, sie im Auge zu behalten."

„Hey!", regte Troy sich auf und warf einen zornigen Blick zu ihnen herüber. „Ich kann sie genauso im Auge behalten. Wenn ich sie nicht aus meinem Bett lasse, dann macht sie schon keine Dummheiten", lachte er und fasste sich in den Schritt.

Layla rollte mit den Augen. „Du?" Sie lachte. „Seit du draußen bist, denkst du nur mit dem Schwanz."

Phoenix murmelte etwas Unverständliches vor sich hin. Dann nickte er in Joshs Richtung. „Du holst sie her. Und entweder hast du dann ein Auge auf sie, oder wir legen sie Troy ins Bett. Verstanden?"

„Phoenix, ich …" Josh wollte protestieren, als die Männer vor dem Fernseher wie im Chor „Strike!", riefen. Der Chef des Kartells wandte Josh den Rücken zu, als wäre das Gespräch beendet. Nur Layla grinste ihn noch immer über die Lehne des Sofas hinweg an.

„Ich finde, sie passt gut zu dir", meinte sie schmunzelnd.

„Wenn ich verkuppelt werden will, bewerbe ich mich für den Bachelor!", murrte Josh und kippte den Inhalt seines Glases hinunter, als könnte er damit Laylas Lachen fortspülen.

„Ich nehm dir die Kleine gerne ab!", kam ihm Troy entgegen.

„Du lässt deine Finger von ihr!", blaffte Josh den Blonden an.

„Das wird lustig!", stellte Layla fest und rollte mit den Augen.

Josh knallte das Glas auf den Tresen und stand auf.

„Das ist kein bisschen lustig!", verbesserte er sie und funkelte Troy warnend an. Dann wandte er sich an Asher. „Sorg du dafür, dass unser Ex-Knasti sich woanders die Hörner abstößt und sich von Annie fernhält."

Asher grinste, und sein Zahn blitzte auf. „Apropos Ex-Knasti …" Er rieb sich das Kinn und zwinkerte Josh verschwörerisch zu. „Gouverneur Wheeler hat heute ein Video zugestellt bekommen." Er hob seine Bierflasche und prostete in Joshs Richtung. „Trinken wir also auf Cody. Und darauf, dass wir hier bald zwei Ex-Knastis sitzen haben."

Phoenix kniff verärgert die Augen zusammen. „Der Gouverneur weiß noch nicht, worum es geht. Wir wollten ihm ein paar Tage Zeit geben, die Notwendigkeit seiner Zusammenarbeit zu erkennen", erklärte er tonlos, ehe er sich wieder dem Spiel zuwandte. „Und nun Schluss mit dem Gerede!", befahl er. „Lasst uns das zweite Inning ansehen!"

Asher nickte, und auch Troy starrte wieder auf den Bildschirm. Nur Josh stand der Sinn nicht nach Baseball. Er verließ die Villa und umrundete den Pool. Sein Blick glitt über die Stadt, und er fragte sich, wo Annie wohl gerade war. Er rieb sich das Kinn, spürte die Bartstoppeln rau an seinen Fingern, und langsam ließ er seinen Kopf zur Seite sinken, bis sein Nacken knackte.

Er hatte gedacht, das Kapitel Annie schließen zu können. Hatte gehofft, die grünen Augen und die Sommersprossen hinter sich lassen zu können. Hatte geglaubt, ihr rotes Haar würde in seiner Erinnerung verblassen, wenn er ihr nicht mehr begegnen musste.

Er atmete tief durch und ging weiter in das Gästehaus, das Phoenix ihm zur Verfügung stellte. Normalerweise genoss er es, sich hierher zurückzuziehen. In die Einsamkeit. Weg von den anderen Männern, die für Phoenix Ramírez arbeiteten, denn obwohl er seit sechs Jahren Teil der Firma war, hatte er noch nie das Gefühl gehabt, zu ihnen zu gehören. Und das wollte er auch nicht. Er gehörte nur zu seinem Bruder. Doch warum drängte sich dann immer wieder Annies Gesicht vor sein inneres Auge? Warum ließ ihn der Gedanke nicht los, was wäre, wenn ... wenn er ihr helfen würde?

Josh fuhr sich verzweifelt durchs Haar und zog sich das Shirt über den Kopf. Er berührte die Narben an seiner Seite, und es kam ihm vor, als spürte er ihre Finger auf seiner Haut. „Du warst ein Marine? Du warst auf der richtigen Seite des Gesetzes", hörte er ihre Stimme in seinem Kopf.

„Das ist lange her", murmelte er und öffnete die Knöpfe seiner Jeans. „Das war in einem ganz anderen Leben", redete er mit sich selbst, als er schließlich nackt unter die Dusche stieg und das Wasser aufdrehte. Kalt perlte es auf seine Haut und klärte seine vom Scotch unruhigen Gedanken. Dieses Leben, von dem er sprach. Es war schon lange vorbei. Es lag hinter ihm, weit außerhalb jeder Reichweite. Es war besser, sich dies vor Augen zu führen, als ständig an die grünäugige Sirene zu denken. An die Gefühle, die sie in ihm weckte und die er nie für möglich gehalten hatte. Er würde Phoenix' Befehl folgen und sie hierher zurückbringen. Doch auf sie einlassen würde er sich nicht. Sie war ein Cop. Was immer sie ihm sagen würde, er durfte nicht vergessen, dass sie versuchen würde, ihn zu benutzen, um ihre Mission zu erfüllen. Und wenn er verhindern wollte, dass das ihr, ihm oder gar ihnen beiden das Leben kosten würde, musste er seine Gefühle zurückdrängen und Annie als das sehen, was sie war: eine Gefahr. Eine Komplikation. Und die Frau eines anderen!

Annie drehte das Wasser ab und schlang sich das Handtuch um den Körper. Sie drückte ihr Haar aus und stieg aus der Dusche. Der Duft nach frischen Hörnchen und Kaffee stieg ihr in die Nase, und sie beeilte sich, sich fertig zu machen und in die Kaffeeküche des Safehouses zu kommen. Sie hatte gut geschlafen, ohne die Angst vor dem Kartell im Nacken und ohne die Lügen ihrer falschen Identität. Für einen Moment war sie nur Agent Annie Turner, die inmitten ihrer Einsatzgruppe frühstücken wollte. Aus ihrem noch nassen Haar rannen Tropfen zwischen ihren Schultern hinab, bis das Shirt sie aufsog. Sie grüßte die Kollegen und griff sich ein noch warmes Hörnchen vom Blech. Ohne sich zu setzen, lehnte sie sich an den Tisch und biss ab. Weich und blättrig zerfiel ihr das Gebäck auf der Zunge, und sie schloss genießerisch die Augen. Diese Normalität war wunderbar.

„Wann kommt Chris zurück?", fragte sie die Kollegin, die ihr gegenüber saß.

„Müsste bald zurück sein. Er holt sich von oben die Order, wie es nun weitergeht."

Annie nickte. „Ich muss zurück in die Wohnung",

erklärte sie und wischte sich die Krümel zwischen den Handflächen ab. Dann schenkte sie sich Kaffee ein und gab drei Würfel Zucker dazu. So süß nahm sie ihren Kaffee normal nicht, aber heute war ihr danach.

„Erst, wenn du das *Go* hast, dass es weitergeht", stellte die Agentin klar.

„Es muss einfach weitergehen. Phoenix Ramírez muss gestoppt werden", sagte Annie. „Die kriminellen Geschäfte reichen von Waffenhandel über Geldwäsche bis zu Erpressung und Korruption. Ich habe erst gestern gesehen, wie ein Cop Schmiergeld oder was Ähnliches angenommen hat."

„Davon steht nichts im Bericht", wunderte sich die Kollegin, und Annie rollte mit den Augen.

„Ach nicht?", gab sie spitz zurück. „Denkt ihr eigentlich, dass man undercover jeden Abend Zeit hat, fein säuberlich einen Bericht zu verfassen?"

Die Augen der Agentin wurden groß, als fühle sie sich persönlich angegriffen. Sie verschränkte die Arme vor der Brust und sah Annie vorwurfsvoll an. „Es wurden eine Vielzahl an Möglichkeiten der Kontaktaufnahme geschaffen", empörte sie sich. „Ohne Statusbericht können wir nicht …"

„Oh, Verzeihung!", rief Annie und war froh um den Zucker im Kaffee, denn dieses Gespräch stieß ihr schon bitter auf. „Mein Fehler!" Die Ironie in ihrer Stimme war kaum zu überhören. „Wie dumm von mir, keinen Bericht zu schreiben, während ich unter permanenter Beobachtung des Kartells stehe! Während ich zu verhindern versuche, irgendwie aufzufallen, obwohl man mich angeschossen hat und mich kurzerhand nach Arizona entführt hat, wo ich mich vermutlich an einer Erpressung mitschuldig gemacht habe!" Annie knallte die Tasse auf den Tisch, sodass die Hälfte ihres Kaffees auf die Platte schwappte. „Kommt nicht wieder vor!"

„Was kommt nicht wieder vor?", fragte Chris, der gerade zur Tür hereinkam. Er trug eine graue Polizeiakte unter dem Arm und forderte Annie durch ein Nicken auf, ihm ins Besprechungszimmer zu folgen.

Annie brummte, warf der Kollegin einen letzten bösen Blick zu und ging dann hinter Chris den Flur entlang. „Also? Was kommt nicht wieder vor?"

„Nichts! Vergiss es."

Er ließ die Akte auf den Besprechungstisch fallen und bot Annie einen Stuhl an, der vom Design her aus den frühen Siebzigern zu stammen schien. Die kahlen Betonwände des Raums erinnerten an ein Verhörzimmer im Präsidium, und irgendwie fühlte sich Annie auch so, als Chris die Tür hinter ihnen schloss.

„Wie hast du geschlafen?", begann er das Gespräch und setzte sich selbst. Er streckte die Beine von sich und musterte sie.

„Gut. Aber lassen wir das Blabla. Wie geht es weiter?"

„Es ist kein Blabla, Annie, wenn ich versuche, herauszufinden, in welcher Verfassung meine Agentin ist."

„Mir geht es gut, Chris. Ich bin nur sauer, weil Liam bei mir aufgetaucht ist. Ich bin frustriert, weil …"

„Wir kümmern uns um Liam."

Annie schüttelte den Kopf. „Genau das ist es doch", stöhnte sie. „Einerseits möchte ich ja, dass er glücklich ist.

Ich weiß, wie schwer das für ihn sein muss. Andererseits kann ich die Mission jetzt nicht aufgeben. Ich bin überzeugt, dass Josh mich nicht ans Messer liefert." Annie neigte leicht den Kopf. „Zumindest hoffe ich es. Aber ich will das Risiko eingehen, denn ich glaube wirklich, ich könnte ihn dazu bringen …"

„Tu, was nötig ist, um ihn umzudrehen", wies Chris sie an und schlug die Akte auf. Joshs Foto war obenauf mit einer Büroklammer befestigt. „Er hat ein kleines Haus am Strand, wusstest du das?"

„Nein." Annie zog die Akte näher heran. Josh sah gut aus auf dem Bild. Jung, unbeschwert und braun gebrannt, als hätte er viel Zeit am Strand verbracht. Sie fragte sich, woher das Foto stammte. „Soweit ich weiß, wohnt er in einem der Gästehäuser bei Phoenix."

Chris tippte mit dem Finger auf eine Anschrift. „Das hier ist jedenfalls auf ihn eingetragen. Wir werden es verkabeln, für alle Fälle."

Annie biss sich auf die Lippe. Das alles ging in die falsche Richtung. „Josh ist aber nicht unser Mann. Er braucht einen Deal, wenn er uns wirklich hilft."

Chris' Miene verdüsterte sich. „Das kann ich dir nicht zusagen. Erst mal muss er seinen Wert für uns unter Beweis stellen. Wir holen seinen Bruder raus, damit du an ihn herankommst. Dann muss er liefern, andernfalls …"

„Andernfalls?" Annie sah auf.

Chris zuckte mit den Schultern. „Wenn wir haben, was wir brauchen, setzen wir ihn fest. Wir nehmen ihn fest und sehen dann, was der Staatsanwalt ihm anbietet. Wenn er jedoch nicht kooperiert, dann wandert er für unbestimmte

Zeit in den Bau. Immerhin können wir ihm dank deiner Aussage gestern eine Beteiligung am Überfall auf *Harolds Market* nachweisen. Wenn er erst einfährt, packt er schon aus."

„Er hat mir damals das Leben gerettet, Chris!", rief sie. Das alles war nicht das, was sie sich vorgestellt hatte.

„Er hat einen Supermarkt ausgeraubt, Annie! Dass dabei nicht noch mehr Menschen umkamen, ist wirklich kein Verdienst!"

Annie rieb sich die Schläfen. Chris hatte natürlich recht. Aber je näher sie Josh kam, umso schwerer fiel es ihr, nur schwarz und weiß zuzulassen. Nur gut und böse. Nur gesetzestreu und kriminell. Josh war beides. Er stand irgendwo dazwischen, und sie hatte keine Ahnung, wie sie damit umgehen sollte.

„Dieser Kerl ist unwichtig, Annie. Versteif dich nicht darauf, was aus ihm wird. Sieh nur zu, dass wir diese Mission nicht sofort im Klo runterspülen müssen, okay?"

„Sicher", murmelte sie und schloss mit einem letzten Blick auf die glücklich sprühenden Funkelaugen die Akte. „Dann nehme ich jetzt mal besser den Bus in die Stadt. Wir wollen ja schließlich vermeiden, dass uns – abgesehen von Josh – noch jemand auf die Schliche kommt."

Kapitel 19

Josh hatte vergeblich an ihre Wohnungstür geklopft. Niemand öffnete. Und da die Tüten vom Einkauf am Vortag noch immer unberührt im Flur standen, war Annie offenbar nicht nach Hause gekommen.

„Wo steckt sie?", murmelte er, und unweigerlich flammte Sorge um ihre Sicherheit auf. Er hatte sie in der Dunkelheit einfach an der Küste zurückgelassen. War einfach weggefahren, weil er sicher war, eine FBI-Agentin würde schon irgendwie über die Runden kommen.

„Verdammt!", raunte er und bückte sich nach der Packung Toastbrot, die aus der Papiertüte gerutscht war und nun direkt vor der Tür lag. Er überlegte, ob er losfahren und sie suchen sollte. Bestimmt war sie längst nicht mehr dort, doch wo sollte er sonst mit der Suche beginnen? Er drehte den Toast nachdenklich zwischen den Händen.

„Wo steckst du, Annie?", flüsterte er.

„Redest du immer mit dem Toast?"

Er fuhr herum. Annie lehnte am Geländer und hatte die Arme vor der Brust verschränkt.

„Wo warst du?", fragte er und ließ die Toastpackung zurück in die Tüte fallen. „Kommst du jetzt erst nach Hause?" Er konnte nicht sagen, ob er Wut oder Erleichterung darüber empfand.

Annie schmunzelte. Vermutlich, weil er klang wie ein eifersüchtiger Ehemann. Sie stieß sich vom Geländer ab und kam auf ihn zu. Dicht vor ihm blieb sie stehen und bückte sich nach den Tüten. Sie hob eine an, und dahinter kam ihre Handtasche zum Vorschein. Sie kramte nach dem Schlüssel, ohne ein Wort zu sagen. Erst, als sie die Tür öffnete, sah sie ihn wieder an.

„Willst du mit reinkommen?", fragte sie und nahm ihre Einkäufe auf. „Und mir erklären, was du hier noch willst, nachdem du mir gestern doch so deutlich zu verstehen gegeben hast, dass du mich nicht mehr wiedersehen willst?"

Josh folgte ihr wortlos und schloss die Tür. Er sah ihr zu, wie sie anfing, die Einkäufe zu verstauen. Sie wusch die Äpfel und gab sie in eine Schale, stapelte die Joghurts in den Kühlschrank und legte das Toastbrot auf den Tisch neben den Toaster.

„Annie!", versuchte er, sie dazu zu bringen, ihn anzusehen. Wie konnte sie nur in Seelenruhe so tun, als wäre alles ganz normal? Nur am Zittern ihrer Hände erkannte er, dass sie ebenfalls nervös war.

„Bist du hier, um mich umzubringen?", fragte sie geradeheraus und nahm sich einen der Äpfel. Sie polierte die Schale an ihrem Shirt. „Musst du Zeugen und Beweise verschwinden lassen, so, wie es das Kartell immer macht?"

„Ich bringe dich nicht um, Annie!" Josh schüttelte frustriert den Kopf. „Wäre schön, wenn wir nicht immer wieder bei null anfangen müssten."

„Was dann? Was willst du hier? Hier, bei einem Cop? Willst du dich stellen? Hast du dir mein Angebot durch den Kopf gehen lassen?" Die Hoffnung in ihrer Stimme entging ihm nicht.

„Ich habe dir gesagt, dass ich Phoenix nicht in den Rücken fallen kann."

„Und warum dann dein Besuch?" Sie biss in den Apfel, und ihre Lippe glänzte saftig.

Josh knackte mit den Fingern. Sie sah zauberhaft aus. Ihr schweres Haar war in den Tiefen noch feucht, und er fragte sich, wo sie die Nacht verbracht hatte. Bei diesem Cop, der noch bei seiner Mutter wohnte?

„Du musst mit mir mitkommen. Phoenix will dich im Auge behalten."

„Weiß er von …"

„Nein. Wüsste er es, hätte er Asher geschickt."

„Asher erledigt die Drecksarbeit?", fragte Annie und schluckte. Er hatte den Eindruck, als würde ihr der Apfel im Hals stecken bleiben.

„Asher beseitigt Probleme", antwortete er ehrlich.

„Du hast gesagt, du beseitigst mich, wenn ich dem Kartell noch mal zu nahe komme", erinnerte sie ihn unsicher.

Josh stöhnte. „Du bist eine FBI-Agentin, Annie! Und wenn Phoenix erfährt, dass ich dich schon bei *Harolds* verschont habe, dann kümmert sich Asher um uns beide! Ich könnte mich schützen und deinen schönen Hals liefern. Oder du kommst mit, beweist ihm, dass du so harmlos bist wie ein Schlückchen Wasser, und diese ganze Nummer endet für uns alle glimpflich."

Kurz herrschte Schweigen. Dann biss Annie erneut in den Apfel. Erst als sie hinuntergeschluckt hatte, antwortete sie.

„Keiner muss erfahren, dass ich in *Harolds Market* war. Keiner muss wissen, dass ich fürs FBI arbeite. Und niemand müsste erfahren, dass du mir hilfst, Josh. Du könntest das Richtige tun und mich dabei unterstürzen, Beweise …"

„Warum sollte ich das tun?" Er ging auf sie zu und hob ihr Gesicht an. „Würde es dir eine Beförderung bringen, Agent Turner? Wäre dein … Freund … stolz auf dich?" Er griff sich eine ihrer roten Strähnen und wickelte sie um seine Hand. Er hatte sich nicht getäuscht. Sie war noch feucht. „Warst du heute Nacht bei ihm?"

Josh biss die Zähne zusammen. Warum fragte er das? Es interessierte ihn nicht, wo sie die Nacht verbracht hatte! Es war unwichtig! Und doch spürte er eine Wut in sich aufsteigen, wenn er nur an diesen anderen Mann dachte.

„Nein! War ich nicht!", fauchte Annie und versuchte, ihre Haare zu befreien, aber Josh machte eine Faust.

„Ach nein?"

„Nein!" Sie funkelte ihn böse an. „Auch wenn es dich nicht die Bohne angeht: Er hasst, was ich hier tue!", fauchte sie. „Er hasst, dass ich mich mit Kriminellen wie dir abgebe!"

„Dann ist er ja klüger als gedacht." Josh grinste, auch wenn ihre Worte ihm deutlich machten, dass eine Frau wie Annie außerhalb seiner Reichweite lag.

„Vielleicht ist er das", stimmte sie ihm zu und gab auf, gegen seinen Griff anzukämpfen. Ihre Schultern sackten nach vorne, und sie sah ihn traurig an. Ihr Kampfgeist, so schnell er aufgekommen war, schien erloschen. „Ich opfere alles für diese Mission, Josh", flüsterte sie kaum hörbar. „Meine Beziehung, mein Leben …" Sie deutete auf die Wohnung. „Meine Existenz."

„Wofür?"

„Für das Gefühl, das Richtige zu tun." Sie sah ihn an, als suche sie in seinen Augen nach Verständnis. „Damals in *Harolds Market*, bei dem Überfall …" Sie legte ihre Hände an seine Brust. „Wer war da dabei? Asher? War er es, der geschossen hat? Du hast damals jedenfalls das Richtige getan. Tu es heute wieder", bat sie, und kurz glitt ihr Blick hinüber zum Blumenstock.

Josh ahnte, was sie vorhatte. Sie wollte eine Aussage von ihm aufzeichnen. Sein Kiefer zuckte angespannt. „Sind hier in der Wohnung Kameras versteckt?", fragte er und fasste ihre Strähne fester, sodass sie ihn ansehen musste. Das Grün ihrer Augen war wie ein Funke, der ihn in Brand setzte. „Werden wir gerade beobachtet?"

„Ja", gestand sie, ohne seinem Blick auszuweichen.

Ihre Ehrlichkeit überraschte ihn, und er beugte seinen Kopf über sie. „Asher denkt nicht lange nach", erklärte er leise, und seine Lippen strichen über ihre. „Hätte er dich damals gesehen, könnte ich das jetzt nicht tun." Er verschloss ihren Mund mit seinem und zog sie fest in seine Arme. Er gab ihr Haar frei, nur, um stattdessen ihre Taille zu umfassen. Er hob sie hoch, setzte sie vor sich auf die Tischplatte und trat zwischen ihre gespreizten Beine. Kurz fragte er sich, was er hier tat, doch im Grunde überraschte es ihn nicht. Seit Tagen rang er mit seinen Gefühlen für diese Frau. Sie war so mutig, so kühn, so leichtsinnig und waghalsig, dass er nicht anders konnte, als sie zu bewundern. Dabei war sie so schön und verführerisch, als wäre sie seinen ganz geheimen Sehnsüchten entsprungen. Seinen Träumen von einem Leben, das ihm verwehrt bleiben würde.

Er wusste, sie hatte einen Freund, der viel besser zu ihr passte, aber die Art, wie sie zaghaft seinen Kuss erwiderte, wie ihr Atem sich beschleunigte, als er seine Hände von ihrer Taille aus höher wandern ließ, ließen ihn das vergessen.

Annie war vollkommen überrumpelt von den Gefühlen, die der Kuss in ihr weckte. Sie konnte sich einreden, dass sie den Kuss erwiderte, um Josh auf ihre Seite zu ziehen, doch in Wahrheit öffnete sie ihre Lippen, weil sie das drängende Bedürfnis verspürte, mehr von diesem Mann zu bekommen. Es war verrückt, und zugleich war es irgendwie logisch. Seit Jahren verfolgten sie diese Augen in ihren Träumen. Seit Langem bestimmte dieser Mann ihr Leben. Und nun herauszufinden, dass er so viel mehr war als ein einfacher Räuber, nämlich ein Mann mit Gewissen, mit Fürsorge für andere und einem im Grunde guten Herzen, riss sie in einen wahren Strudel der Gefühle. Sie vertiefte den Kuss und bäumte sich seinen Händen entgegen, als er diese unter ihr Shirt wandern ließ. Er umfasste ihre Brüste, und sie grub ihm stöhnend die Hände in den Nacken. Sie wollte mehr, ihn spüren, ihn ebenfalls berühren, auch wenn sie wusste, dass es dumm war. Getrieben von Lust schlang sie ihm die Beine um die Hüften, um ihn näher an sich heranzuziehen. Sein

Verlangen war deutlich durch die Jeans zu spüren. Sie drängte sich an ihn, als wäre er die Luft zum Atmen, und genauso kam es ihr auch vor. Sie hatte Angst, er könnte sich ihr entziehen. Hatte Angst, er würde nicht beenden, was hier gerade begann, und zugleich fürchtete sie, er würde es tun. Als er ihr das Shirt auszog und seine Küsse über ihren Hals, ihr Schlüsselbein bis zu der zarten Spitze ihres BHs wandern ließ, wölbte sie sich ihm hingebungsvoll entgegen und grub die Hände in sein Haar. Sie fühlte sich wie ein gespannter Bogen, als er sie näher an die Tischkante zog und ihre Jeans öffnete.

Sein Atem auf ihrer Haut war wie Feuer, und seine Zunge die Glut, die sich durch sie hindurchbrannte. Sie konnte kaum erwarten, dass er ihr den BH abstreifte, und als er es tat, reckten sich ihm ihre Knospen schon hart entgegen. Sie krallte sich in seinen Rücken, als er ihre Spitze in seinen Mund saugte und seine Zunge um die rosige Härte kreisen ließ.

„Josh!", keuchte sie rau und riss an seinem Shirt. Sie wollte seine Haut fühlen, ihm noch näher kommen, aber sie durfte es nicht. Sie musste einen klaren Kopf bewahren!

Seinen Namen so leidenschaftlich aus ihrem Mund zu hören, war berauschend. Ihre Haut duftete nach Duschgel, und die Sommersprossen, die tatsächlich bis auf die Hügel ihrer Brüste reichten, brachten ihn fast um den Verstand. Er begehrte sie, wie er nie zuvor eine Frau begehrt hatte. Trotzdem schrillten ihm im Hinterkopf sämtliche Alarmglocken, als er seine Hand in ihre Jeans schob.

Sie bäumte sich unter seinen Fingern auf, hob ihm ihre Hitze entgegen und keuchte erneut seinen Namen.

Langsam spreizte er ihre Beine und näherte sich ihrer feuchten Mitte. Ihr schneller Atem peitschte ihn weiter, und er rückte ein Stück von ihr ab, um seiner wachsenden Erregung Platz zu machen. Es war unfassbar, wie schön sie war. Sie lag auf dem Tisch, hob sich jeder seiner Berührungen entgegen. Ihre Lippen waren leicht geöffnet, und ihre grünen Augen hielten ihn gefangen. Die Angst, die er so oft in diesen Augen gesehen hatte, war verschwunden, und an ihrer Stelle loderte dort ein Feuer, das so gefährlich schien, dass Josh glaubte, darin zu verglühen.

„Wir müssen aufhören!", keuchte Annie und schloss die Beine um seine Hand, als wollte sie gar nicht, dass er tat, worum sie ihn bat.

„Aufhören? Jetzt?" Josh fragte sich wirklich, wie er dazu rein körperlich in der Lage sein sollte. Alles in ihm drängte danach, sich in ihre Hitze zu versenken. Er wollte sie lieben, bis sie beide vergessen würden, dass Welten zwischen ihnen standen.

„Josh!" Sie sah ihn an und streckte die Hände nach ihm aus. „Wir können nicht …"

Seufzend beugte er sich über sie und küsst sie sanft. Er musste ihren Körper mit seinem bedecken, um sich selbst den Anblick ihrer wunderschönen Brüste zu verwehren. Alles in ihm schrie danach, sie hier und jetzt zu nehmen und sich einmal nicht um die Folgen seines Handelns zu scheren. Er wollte ihre Zweifel fortküssen, und doch hatte sie recht. Sie mussten aufhören. Weiterzumachen wäre

Wahnsinn, denn bereits jetzt war er drauf und dran, sich in diese Frau zu verlieben.

Er stöhnte bedauernd und ließ seine Zunge ein weiteres Mal in ihren Mund gleiten. Die Spitzen ihrer Brüste rieben an seinem T-Shirt, und ihm war nie etwas so schwergefallen, wie sich jetzt von ihr zu lösen.

„Wir könnten schon", flüsterte er und zwinkerte ihr liebevoll zu. „Aber du hast recht. Wir sollten ..." Er blickte zum Blumenstock und hatte das Gefühl, direkt durch die Kameralinse hindurch sehen zu können. „... wir sollten das besser sein lassen", presste er heraus und fuhr sich durch die Haare, weil er sich nicht von ihrem Anblick losreißen   konnte.

Annie nickte noch ganz benommen. Eine Spirale der Lust kreiste in ihrer Mitte und pulsierte zwischen ihren Beinen. Ihre Brüste prickelten von seinen Küssen, und sie brauchte mehr. Sie streckte die Hände nach ihm aus und zog ihn wieder zu sich heran. „Josh", murmelte sie und griff in sein Haar. Er wirkte unsicher, und das übertrug sich auf sie. Er küsste sie sanft, aber sie spürte, wie er dabei den Kopf über sich selbst schüttelte. Und im Grunde sollte sie das auch tun. Sie rief sich in Erinnerung, wer der Mann war, der ihren Körper derart in Brand gesetzt hatte. Der sie nun ansah mit diesem bedauernden, traurigen Blick voller Gefühl. „Es tut mir leid, ich ... weiß nicht, wie es so weit kommen konnte."

Josh lächelte sanft. „In *Harolds Market* habe ich nur daran gedacht, genau das mit dir zu tun", flüsterte er heiser. „Aber ich wusste auch, dass das nicht geht." Er reichte ihr

ihr Oberteil und trat einen Schritt zurück. „Und es ist immer noch keine gute Idee, richtig?"

Annies Wangen färbten sich rot, und er bedauerte, der Grund zu sein, dass sie sich schlecht fühlte. Er wartete, bis sie sich wieder angezogen hatte, ehe er sie wieder ansah.

„Wohl nicht", stimmte sie halbherzig zu und rutschte von der Tischplatte. Sie wirkte verletzlich, wie sie dastand und ihre Handflächen an der Jeans abrieb.

„Ich … wollte nicht über dich herfallen", gestand Josh ebenfalls verlegen. „Sorry, aber du … du machst irgendwas mit mir, das …"

Annie lächelte schwach. „Vergiss es. Das war … vermutlich nur der … Stress." Sie knabberte an einem ihrer Fingernägel und sah ihn scheu von unten herauf an. „Wir stehen beide gerade etwas unter Stress." Ihm entging nicht, wie schuldbewusst sie zu dem Blumenstock hinsah. Es war vermutlich ungleich komplizierter, wenn einem beim Beinahe-Sex die ganze Einheit über die Schulter sah.

„Nur der Stress …", stotterte sie.

Josh musste schmunzeln. Sie irrte sich. Sein Verlangen nach ihr hatte nichts mit Stress zu tun, aber wenn es ihr das leichter machte, dann würde er sie in dem Glauben lassen. „Hör zu, Annie. Ich muss dich zurück zu Phoenix bringen. Aber ich warne dich, dich dort irgendwie verdächtig aufzuführen. Du musst deine Ermittlungen aufgeben."

„Ich habe mit meinen Vorgesetzten gesprochen", setzte Annie kopfschüttelnd an. „Nächste Woche ist dein Bruder ein freier Mann." Sie sah ihm in die Augen, als erwarte sie eine Reaktion. „Er kommt ganz ohne die Erpressung des Gouverneurs frei. Hörst du? Und alles, was ich dafür von dir erwarte, ist etwas Entgegenkommen."

Wieder fuhr Josh sich durch die Haare. Es war schwer, zu sagen, was er bei ihren Worten empfand. Cody sollte freikommen? Einfach so? Der Gedanke hätte ihn jubeln lassen, wenn er nicht fürchten würde, dass die Sache einen Haken hatte. „Was genau meinst du mit Entgegenkommen?", fragte er vorsichtig.

„Lass mich nicht auffliegen, Josh", bat sie. „Lass mich … sehen, wohin mich meine Arbeit führt."

„Das ist verrückt, Annie! Ich kann keinen Cop in Phoenix' Haus bringen. Das musst du doch verstehen?"

„Ich bin für die doch nur ein Escortgirl. Wo ist das Problem, wenn dabei auch noch dein Bruder freikommt? Ich erwarte erst mal nicht, dass du mehr tust, als mich … zu decken."

Josh wünschte, er könnte ihr trauen. Andererseits hatte er doch überhaupt keine andere Wahl, als sie wieder dorthin mitzunehmen. Schließlich hatte Phoenix genau das von ihm verlangt.

„Warum tust du das?", fragte Josh und musterte sie genau. Er hatte immer geglaubt, ein gutes Gespür zu haben. Für Menschen – und ihre Lügen. Aber bei Annie war er sich über gar nichts sicher. Sie war wie ein Rätsel, das er nicht verstand. Wie ein See, dessen Grund er nicht einmal erahnen konnte. Sie reizte seine Sinne, kam ihm nahe und stieß ihn dann wieder weg. Und mit jedem Mal, mit jedem Kuss fürchtete er, ihr irgendwann vollends zu erliegen. Sie würde sie beide in Schwierigkeiten bringen, das stand fest.

„Ich will das Kartell zerschlagen", gab sie zu, aber Josh schüttelte den Kopf.

„Das meine ich nicht. Ich will wissen, warum du Cody hilfst. Du weißt, dass wir ihn dank des Materials aus Arizona freibekommen würden."

„Ja, aber zu welchem Preis?" Sie fasste nach seiner Hand. „Ich weiß nicht, warum du für diesen Mann arbeitest, Josh. Aber ich vermute, du tust es nicht ganz freiwillig. Und wenn ich es verhindern kann, dass du Phoenix Ramírez etwas schuldest, dann tue ich das."

„Warum kümmert dich, was mit mir ist?"

Annie hob seine Hand und verschränkte ihre Finger mit seinen. Es fühlte sich gut an. Perfekt, als gehörten ihre Hände ineinander verschlungen. Dann lächelte sie. „Du hast gesagt, ich mache irgendwas mit dir." Sie suchte seinen Blick.

„Und?"

„Vielleicht … vielleicht spüre ich das auch."

Kapitel 20

Als Annie neben Josh auf Phoenix' Villa zuging, legte er ihr den Arm um die Taille und zwinkerte ihr zu. „Ich habe meine Ansprüche auf dich vor den Männern deutlich gemacht", erklärte er mit einem schelmischen Grinsen. „Sie denken bestimmt, ich bin ein liebestrunkener Tölpel, also ..." Seine Hand wanderte auf ihren Po, und sein Grinsen wurde breiter. „... also spiel schön mit, sonst kommt Troy auf die Idee, dich mir auszuspannen." Ein Schatten huschte über sein Gesicht. „Du hast ihn ordentlich beeindruckt in der Nacht nach seiner Freilassung."

Ohne sie zu kontrollieren, gaben die beiden Wachmänner an der Tür den Weg für sie frei, und Josh führte sie in die große Halle. Der riesige Fernseher lief, drei Männer saßen an der Bar, während einige Girls von *Grand Five* sich quietschend im Pool vergnügten. Troy und Asher leisteten den Damen dabei Gesellschaft, während Layla mit Guilly ein Autorennspiel auf der Konsole zockte.

„Der verlorene Sohn kehrt heim", witzelte Layla und hob zum Gruß nur kurz den Controller an. „Und hat die verlorene Tochter dabei!" Sie überholte Guillys Monstertruck und stieß einen Jubelschrei aus. Der Junge fluchte.

„Wenn du die roten Benzinfässer rammst, dann

kommen die Wagen hinter dir ins Schleudern", gab Annie dem Jungen einen Tipp und beugte sich über die Lehne des überdimensionalen Ledersofas, um Guilly zu zeigen, was sie meinte.

„Hey, danke, Annie! Das ist ja geil!" Sofort begann er, den Truck über die Fässer zu lenken.

„Sich von mir Klamotten borgen, aber dann dem Knirps helfen", murrte Layla theatralisch. „Also echt. In was für einer Welt leben wir denn?"

Annie lachte. Es fiel ihr nicht leicht, hierher zurückzukehren, jetzt, wo Josh die Wahrheit kannte. Ihm zu vertrauen, konnte ein schwerwiegender Fehler sein. Und doch war seine Nähe irgendwie beruhigend. Abgesehen von seiner Hand, die besitzergreifend auf ihrer Kehrseite ruhte. Die war alles andere als beruhigend. Wie in Wellen sandte seine Berührung wohlige Schauder durch ihren Körper, und sie musste sich zwingen, möglichst nicht darauf zu reagieren. Stattdessen gab sie Guilly weitere Tipps, denn sie kannte das Spiel von Liam. Und durch das Geplänkel mit Guilly und Layla glaubte sie fast, sie könnte diese Mission doch noch zu einem erfolgreichen Ende bringen. Doch jedes Mal, wenn sie zu Josh blickte, war sie sich da nicht mehr so sicher. Dann stolperte ihr Herzschlag, und ihr Mund wurde unerklärlich trocken. Die Sprenkel in seinen Augen waren wie Sternschnuppen, und bei jedem einzelnen wünschte sie sich etwas. Nur waren diese Wünsche so gar nicht mit ihrer Mission oder mit der Tatsache vereinbar, dass sie verlobt war.

Auch nachdem Josh zur Bar geschlendert war und dort mit den Männern sprach, spürte sie seinen Blick auf ihrem

Körper. Es war, als zöge er sie Stück für Stück aus.

„Ich gebe auf!", lachte Layla und reichte Annie den Controller. „Hier, versuch du dein Glück." Sie klopfte auf die Couch und stand auf, damit Annie sich neben Guilly setzen konnte.

Da Josh in ein Gespräch vertieft war, nahm sie die Herausforderung an. Sie wählte gerade die Farbe ihres Fahrzeugs, als sie Phoenix Ramírez' dunkle Gestalt die Treppe herunterkommen sah. Sie hätte gerne gewusst, was der Kartellchef zu sagen hatte, doch Guilly startete schon das Rennen und sie gab Gas. Sie fuhr schlecht, das merkte sie selbst, denn ihre halbe Aufmerksamkeit galt der Versammlung an der Bar. Layla war ebenfalls dorthin geschlendert und fuhr gerade Josh durch die Haare. Der warf ihr einen warnenden Blick zu, der Layla zum Lachen brachte. Phoenix schien das nicht lustig zu finden. Er blickte ernst drein, und hätte Annie wetten müssen, hätte sie gesagt, etwas stimmte nicht.

Sofort beschleunigte sich ihr Puls. War sie aufgeflogen? Wusste abgesehen von Josh noch jemand, wer sie wirklich war? Möglichst unauffällig suchte sie die Wasseroberfläche nach Asher ab, denn vor ihm fürchtete sie sich am meisten.

„Du musst schon etwas Gas geben!", beschwerte sich Guilly und stieß Annie in die Seite. „Ich mach dich sonst schon in der ersten Runde platt!"

„Na, das muss ich verhindern", antwortete sie und konzentrierte sich wieder auf den Bildschirm.

„Verschoben?" Josh glaubte, sich verhört zu haben. „Auf

wann denn?"

Phoenix zuckte mit den Schultern. „Offenbar ist der Haftprüfungstermin schon morgen. Wir können so spontan nicht mit der Unterstützung des Gouverneurs rechnen. Wir haben ihm ja noch nicht mal unsere Forderungen übermittelt."

Josh trommelte nervös mit den Fingern auf dem Tresen. „So ein Mist! Was geschieht mit Cody, wenn sie die Entlassung ablehnen? Wann könnte man frühestens eine erneute Haftprüfung beantragen?"

„Unser Anwalt sagt, er würde sofort Widerspruch einlegen, aber eine erneute Haftprüfung kann dann erst in sechs Monaten erfolgen."

„Shit!" Josh schlug mit der Faust auf den Tresen und rieb sich dann unruhig den Nacken. „Und was jetzt?" Er starrte Phoenix an. „Espinozas Männer haben Cody schon einmal angegriffen. Ich will nicht, dass er aus der Krankenstation wieder zurück in den normalen Vollzug muss. Die bringen ihn doch um!"

Phoenix legte ihm beruhigend die Hand auf die Schulter, doch das machte Josh nur wütender.

„Lass mich!", fauchte er und stieß die Hand des Chefs weg.

Sofort veränderte sich die Stimmung, und ihm war klar, dass dessen Männer bereit waren, zur Not zu den Waffen zu greifen.

„Beruhig dich, Josh!", flüsterte Layla und trat hinter ihn. Sie massierte seine Schultern. „Nicht nur Espinoza hat Männer hinter Gittern. Wir wissen jetzt, dass wir ihn verärgert haben. Ein Übergriff auf unsere Leute wird nicht noch einmal passieren."

„Das will ich hoffen!", knurrte er, und unter Laylas kreisenden Bewegungen löste sich tatsächlich etwas von der Anspannung, die ihn gerade ergriffen hatte. „Wir müssen Cody rausholen, egal wie!" Kurz fragte er sich, ob das FBI etwas damit zu tun hatte. Annie hatte ihm gesagt, sie würden Cody herausholen. Doch war es möglich, dass sie dies schon morgen vorhatten? Immerhin hatte er eine Zusammenarbeit mit dem FBI abgelehnt. Er knackte mit den Fingerknöcheln, als könnte er damit seine Gedanken irgendwie in logische Bahnen lenken.

„Ich versuche, über Burch herauszufinden, wer dafür verantwortlich ist, dass der Termin vorgezogen wurde. Vielleicht lässt sich mit Geld noch …. Einfluss auf die Prüfung nehmen", schlug Phoenix vor.

Josh nickte geistesabwesend. Wenn nun wirklich das FBI hinter dem Ganzen steckte, dann wäre es nicht hilfreich, würde Phoenix dies herausfinden. Er musste mit Annie reden. Vielleicht wusste sie mehr.

Guillys triumphaler Siegesschrei hallte zu ihnen herüber und unterbrach ihr Gespräch.

„Mein Sohn ist ein Gewinner", stellte Phoenix mit einem seltenen Lächeln fest. Er klopfte Josh auf die Schulter und schlenderte dann zur Couch. Josh ließ ihn nicht aus den Augen, als er sich neben Annie setzte.

„Sie kennt ein paar super Tricks!", freute sich der Kleine, und Phoenix nickte anerkennend. „Eine Frau, die man brauchen kann", stellte er mit einem merkwürdigen Unterton fest. Josh biss die Zähne zusammen. Besser, er ging dazwischen.

„Wie geht es der Schusswunde?", erkundigte sich Phoenix gerade, als Josh dazukam. Er stellte sich hinter die frei in der Halle stehende Couch und legte Annie die Hände auf die Schultern.

„Die Wunde heilt gut", antwortete er für sie und ließ seine Hände über ihre Arme gleiten. „Und wenn ihr uns jetzt entschuldigt, dann werde ich mich gleich noch mal davon überzeugen, dass es dieser Monstertruckfahrerin auch sonst an nichts fehlt." Er beugte sich über ihren Hals und küsste sie hinters Ohr.

„Mir fehlt auch hier nichts", gab Annie frech zurück und grinste Guilly an. „Nichts, außer der Möglichkeit für eine Revanche!"

„Die verschieben wir auf morgen", mischte sich Phoenix ein und nahm Guilly den Controller ab. „Für dich ist jetzt Bettzeit. Und ich glaube, Josh … schwebt Ähnliches vor." Er wartete, bis der Junge aufgestanden war, dann wandte er sich zu Josh um. „Morgen ist die Spendengala. Ich möchte, dass ihr mitgeht. Jorge Afiuni, der Außenminister von Venezuela, wird auch da sein, und ich brauche ein paar Leute vor Ort, die dafür sorgen, dass wir nicht gestört werden."

„Falls Cody morgen freikommt, dann …", wollte Josh widersprechen, aber Phoenix' gnadenloser Blick warnte ihn, fortzufahren.

„*Falls* er freikommt …" Phoenix rollte vielsagend mit den Augen. „… wirst du mir beweisen müssen, dass du noch an Bord bist", stellte er klar. „Ich bitte dich nicht um deine Anwesenheit auf dem Ball. Ich setze sie voraus! Und *falls* Cody rauskommt, … wird auch er uns begleiten."

Josh biss die Zähne zusammen. „Ich will, dass du Cody in Ruhe lässt."

Phoenix lachte kopfschüttelnd. „Ach, Josh! Hat mich jemals interessiert, was irgendjemand will?" Sein Blick wurde kalt, und Annie versteifte sich unter Joshs Berührung. „Wenn mich das interessieren würde, dann würde jetzt Troy deine Kleine hier bumsen." Er lächelte Annie an, als hätte er nicht gerade abfällig über sie gesprochen.

Die Worte des Kartellchefs hallten noch in Annies Ohr, als sie hinter Josh in das Gästehaus trat, das er bewohnte.

„Was war denn da los?", fragte sie und rieb sich die Arme. Es war kühl hier drinnen, und sie fröstelte.

„Codys Haftentlassungsprüfung wurde auf morgen verschoben. Hast du was damit zu tun?"

„Ich habe dir doch gesagt, dass wir ihn rausholen", erinnerte sie ihn.

Josh wirkte misstrauisch. Er kam auf sie zu und blickte ihr tief in die Augen. „Dann geht da morgen alles glatt? Das ist kein Spielchen, um mich zu manipulieren? Um mich unter Druck zu setzen, dir bei deiner bescheuerten Ermittlung zu helfen?"

Er war ihr sehr nahe gekommen und seine Stimme kaum mehr als ein Flüstern.

„Ich will dich nicht unter Druck setzen. Vielmehr ist es so, dass ich gehofft habe, du würdest einsehen, was richtig ist, wenn du erkennst, dass ich nicht gegen dich arbeite, sondern dir helfen will."

„Dann willst du mich kaufen, Agent Turner?" Er fasste ihre Oberarme und zwang sie, ihn anzusehen.

Annie schüttelte den Kopf. „Ich will ..." Sie leckte sich die Lippen. Mit einem Mal war ziemlich klar, was sie wollte. Sanft kam sie ihm auf Zehenspitzen entgegen. „... diesen Kampf nicht allein kämpfen", bekannte sie und grub ihre Zähne in seine Lippe. Er keuchte und presste sie fest an sich.

„Annie, das ..." Er hob sie hoch und trug sie zum Bett. „... das wird nie gut gehen!", prophezeite er heiser, dann sank er mit ihr auf die Matratze und versiegelte ihre Lippen mit einem hungrigen Kuss. Sein Körper drückte sie in die Kissen, und sie schlang ihm die Arme um den Rücken. Diesmal ließ sie sich nicht davon abhalten, ihm hektisch das Shirt über den Kopf zu ziehen. Sie wollte endlich mehr von ihm. Wie ein Fieber wütete das Verlangen in ihr, jeden Zoll dieses Mannes zu erkunden. Sie fuhr mit den Fingern über seine Schultern, zog ihre Nägel über seine Muskeln und atmete tief seinen männlichen Duft ein. Seine Bartstoppeln kratzten sie, während seine Zunge verführerisch sanft in sie hineintauchte. Ohne den Kuss zu unterbrechen, schob er ihr das Top über den Bauch nach oben, umfasste ihre Brüste und drängte sein Knie zwischen ihre Beine.

„Gott, Annie, was tun wir nur?", murmelte er, und seine Zunge zog eine heiße Spur ihre Kehle hinab.

„Ich weiß es nicht", keuchte sie, stemmte sich gegen ihn und wischte sich atemlos die Strähnen aus dem Gesicht. „Warte!", rief sie, als er sie zurück in die Kissen drücken wollte. „Warte kurz."

„Das ist nicht dein Ernst?" Er seufzte. „Ist dir klar, was du mir antust?"

Der gequälte Ton in seiner Stimme brachte sie zum Lachen. Annie streckte die Hände nach ihm aus und umfasste sein Gesicht. „Du sollst doch nicht aufhören", murmelte sie leise glucksend. „Ich will nur …" Sie küsste ihn kurz und zog sich dann das Top aus. „… ich will nur diese Sachen loswerden."

Ein Gefühl, das Josh am ehesten als Glück bezeichnet hätte, durchströmte ihn. Er stimmte in ihr Lachen ein, auch wenn er schnell nach ihren Händen griff, um sie davon abzuhalten, ihren BH zu öffnen. „Du ahnst nicht, wie froh ich bin, das zu hören", gestand er und rückte näher an sie heran. Er hob ihr Haar an und strich es ihr sanft hinter den Rücken. „Aber das hier …" Er folgte der Spitze ihres BHs vom sanften Tal zwischen ihren Brüsten über die vollen Hügel bis zu den Trägern über den Schultern. „… das übernehme ich." Er öffnete die Haken an ihrem Rücken und streifte ihr langsam die Träger von den Armen. Dabei ruhte sein Blick auf ihren Brüsten und ihrem immer schneller werdenden Herzschlag. Ganz langsam berührte er sie, bewunderte, wie sie sich in seine Hände schmiegten, als wären sie genau dafür gemacht. Annies Seufzen ließ ihm das Blut in die Lenden schießen. Er zitterte vor Verlangen, als er sich hinabbeugte, um erst die eine Brust, dann die andere mit Küssen zu überhäufen. Seine Zunge umkreiste ihre harten Knospen, und, um Selbstbeherrschung ringend, grub er seine Zähne in ihr

Fleisch.

Ihre Antwort kam prompt, denn sie zog ihm fest die Fingernägel über den Rücken. Josh stöhnte und kam über sie. Ihre Hände wanderten auf seinen Po, packten ihn, um ihn näher an sich zu ziehen. Mehr Einladung brauchte Josh nicht. Er kniete über ihr und ermöglichte es so ihren Fingern, seine Hose zu öffnen.

„Bist du dir sicher?", fragte er und sah auf sie hinab. Ihr Haar ergoss sich wie Bronze übers Kissen und umschmeichelte ihre geröteten Wangen. Er hatte keine Ahnung, was er tun würde, sollte sie jetzt aufhören wollen.

Annie lächelte. „Ich bin mir bei fast nichts mehr sicher, Josh", flüsterte sie und umkreiste seine Brustwarze mit dem Fingernagel. „Ich bin undercover in einem Kartell, zwischen Männern, die mich töten würden, sollten sie herausfinden, was ich tue. Ich habe Angst, fühle mich allein." Sie suchte seinen Blick, während sie Knopf für Knopf seine Jeans öffnete. „Und nur du bist für mich wie ein Fels in der Brandung." Sie schüttelte leicht den Kopf und zupfte am Saum seiner Boxershorts. „Das hier ist sicher falsch. Aber wenn wir morgen sterben sollten, dann …"

„Ich habe nicht vor, morgen zu sterben", raunte Josh und küsste ihre rosige Brustwarze. „Und ich werde nicht zulassen, dass du stirbst." Wie ein Versprechen hauchte er diese Worte auf ihre andere Brust. „Aber wenn das hier ein Fehler sein sollte, dann …" Seine Zunge schlug gegen ihre harte Knospe, und Annie zitterte. Das brachte ihn fast an den Rand seiner Beherrschung. „… dann wird es der beste Fehler meines Lebens sein."

Annies Lachen vermischte sich mit ihrem Zittern, aber sie sah ihn ohne Furcht an, als sie seinen harten Schaft aus seiner Hose befreite. „Manche Fehler müssen gemacht werden", stimmte sie zu und umschloss ihn mit ihren Fingern.

Er war verrückt. Annie hielt die Augen geschlossen und gab sich voll und ganz dem Fühlen hin. Ihr Atem hatte sich wieder etwas beruhigt, und auch Joshs Atem flog gleichmäßig über ihren Körper. Er kraulte ihren Nacken und hauchte ihr kleine Küsse auf den Hals. Der ekstatische Höhepunkt ihrer Vereinigung ebbte mit sanften Wellen ab, und vermutlich wäre das der perfekte Zeitpunkt für Reue gewesen. Doch Annie bereute nichts. Im Gegenteil, Joshs Atem auf ihrer Haut war so wunderbar, dass sie sich fragte, wie sie je würde darauf verzichten können. Seine Hand lag träge und schwer auf ihrer Hüfte, und es fühlte sich an, als gehöre sie genau dorthin.

Annie blinzelte. Sie schob die Decke weg, um im blassen Mondlicht zu sehen, wie seine Beine mit ihren verschlungen waren.

„Ist alles okay?", flüsterte er mit samtig warmer Stimme und kam neben ihr auf den Ellbogen. Seine Fingerspitze malte kleine Kreise auf ihre Hüfte und sanfte Wellen, die immer höher schwappten.

Annie hielt den Atem an, als er ihre Brust erreichte. Er blies seinen Atem auf ihre Haut, und sogleich richtete sich ihre Knospe auf und die gezeichnete Welle schwappte darüber. „Du bringst mich um", keuchte sie, hielt aber still, als er sich nun auch die andere Brust vornahm.

Josh lachte. „Ich versuch, es zu vermeiden, denn du bist der heißeste FBI-Agent, der mir je begegnet ist."

Annie musste lachen. „Da hab ich ja Glück."

„Mhm", stimmte Josh zu und drehte sie auf den Rücken. Er fuhr den Schwung ihrer Wange nach und strich sanft über ihre Lippe, ehe er einen Kuss folgen ließ. „Großes Glück, Agent Turner!"

Kapitel 21

Der Morgen dämmerte, aber geschlafen hatte Annie kaum. Sie lag in Joshs Armbeuge und hatte den Kopf auf seine Schulter gelegt. Sie streichelte seinen flachen Bauch und berührte zaghaft die silbrig schimmernden Narben an seiner Seite. „Erzähl mir vom Militär", bat sie. „Wie bist du dazu gekommen?"

Josh hatte die Augen geschlossen, und für einen Moment glaubte Annie, er wäre eingeschlafen, weil er sich mit der Antwort so viel Zeit ließ.

„Weißt du …" Er verzog den Mund und atmete tief durch. Dann sah er sie an. „… ich … ich war etwas ziellos nach dem Tod meiner Eltern", gestand er. Er fing an, eine Strähne ihres Haars um seinen Finger zu wickeln. „Ein Autounfall. Cody war siebzehn, ich neunzehn. Wir waren alt genug, um … auf eigenen Beinen zu stehen. Nur … hatten wir keine Ahnung, wie."

„Darum hast du dich entschieden, zum Militär zu gehen?"

Josh lachte leise. „Nein. Ich habe mich entschieden, während des Spring Breaks zu viel zu trinken, zu viel … bedeutungslosen Sex zu haben, und …"

„Oh Gott, will ich wissen, was noch alles?"

Er grinste. „Als ich wieder nüchtern war, hatten sie mich bereits rekrutiert", stellte er mit einem knappen

Schulterzucken fest.

Annie rückte näher an ihn heran und sah ihm ins Gesicht. Sie hatte davon gehört, dass bei Massenveranstaltungen, wo viel Alkohol floss, gerne junge Männer rekrutiert und fürs Militär verpflichtet wurden. „Aber diese Party-Rekrutierungen sind umstritten. Man kann sie vor Gericht anfechten. Es gibt Hunderte Urteile dazu, denn …“

„Mir war egal, ob ich mich eingeschrieben hatte. Vielleicht habe ich sogar gehofft, dadurch wieder Struktur in mein Leben zu bekommen. Ich absolvierte die Grundausbildung, und weil ich wohl so was wie ein Talent fürs Schießen habe, erhielt ich eine Sniper-Zusatzausbildung. Ich war gut“, erzählte er mit einer Spur Stolz in der Stimme. „Es gibt kein Ziel, das ich nicht treffen kann.“

„Und deine Verletzung, der Hinterhalt, von dem du mir erzählt hast, … er hat deine Laufbahn beendet?“

Josh blinzelte. „Ich war … traumatisiert.“

Annie schluckte. Sie spürte, wie er sich versteifte. Es fiel ihm sichtlich schwer, darüber zu sprechen, und sie wünschte, sie könnte ihm irgendwie den Schmerz der Erinnerung nehmen.

„Es ist selten, dass man das erkennt“, flüsterte sie und legte ihre Hand auf sein Herz. „Dass man traumatisiert ist, meine ich.“

„Ich habe versucht, mich wieder in die Gesellschaft zu integrieren“, fuhr er fort. „Cody hat mich durchgefüttert. Er stand kurz vor seinem Abschluss, war ein echter Profi am Computer. Um uns über Wasser zu halten, jobbte er als Fahrradkurier und war ständig auf der Straße. Ich hatte keine Ahnung, was er alles tat."

„Er ist auf die schiefe Bahn geraten?", schlussfolgerte Annie.

„Reden wir nicht mehr darüber", bat Josh und fasste nach ihrer Hand. Er verschränkte seine Finger mit ihren und lächelte sie an. „Ich fürchte, dass alles, was ich dir sage, vor Gericht gegen mich verwendet werden wird."

Obwohl er es wie einen Scherz gesagt hatte, erstarrte Annie. Sie setzte sich auf und sah ihn an. „Denkst du das echt?"

Josh schwieg. Er musterte sie, aber er antwortete nicht. Stattdessen schlug er die Bettdecke zurück, stand auf und öffnete die Vorhänge. Die Wachmänner, die im Garten patrouillierten, schauten kurz zu ihm herüber. Durch die große Glasfront konnte ihnen nicht verborgen bleiben, dass Josh nackt war.

Instinktiv zog sich Annie das Laken bis unters Kinn.

„Josh?", wiederholte sie. „Du denkst das doch nicht wirklich, oder?"

Ohne Scham durchquerte er den Raum, verschwand ins Bad und drehte den Wasserhahn der Dusche auf.

Annie fluchte. Sie raffte das Laken um sich, kämpfte sich aus dem Bett und zog die Vorhänge wieder zu. Ihr entging das Grinsen des Wachmanns nicht. Es war nun wirklich offensichtlich, zu welchem Zweck sie angeblich hier war. Der Gedanke, dass all diese Kerle sie für Joshs Betthäschen hielten, trieb ihr das Blut in die Wangen. Natürlich war es gut so, denn das bot ihr ausreichend Grund, hier zu sein und ihre Ermittlungen fortzusetzen.

Trotzdem war es irgendwie erniedrigend. Sie hatte eine jahrelange Ausbildung absolviert, um jetzt für ein Flittchen gehalten zu werden! Das war doch irgendwie absurd.

Und doch hatte sie heute Nacht mehrfach mit einem Mann geschlafen, der nicht ihr Verlobter war.

Annie seufzte und setzte sich matt auf die Bettkante. Die Erkenntnis, dass es sich einfach wundervoll angefühlt hatte, in Joshs Armen zu liegen und mit ihm zu schlafen, war schwer zu verdauen. Verdammt, dieser Mann war der geborene Verführer. Wie er sie berührt hatte, wie er sie geküsst hatte, wie er sie gehalten hatte, als die Welle der Lust über ihr zusammengebrochen war …

„Ich verliere den Verstand!", murmelte sie und ließ das Laken los. Ebenso nackt wie Josh folgte sie ihm ins Badezimmer. Sie betrachtete den Mann unter dem Wasserstrahl. Er hatte ihr den Rücken zugewandt, und seine Narben trafen Annie mitten ins Herz. Sie öffnete die Glastür und trat zu ihm unter den Strahl.

„Du hast mich vor fünf Jahren nicht verraten", sagte sie und schlang die Arme um ihn. „Nichts, was du sagst, werde ich je gegen dich verwenden. Ich werde dich nicht verraten, Josh. Das schwöre ich."

Josh trommelte nervös mit den Fingern aufs Lenkrad des schwarzen SUVs. Er behielt die Tür des Männergefängnisses im Auge, denn noch immer kam es ihm unwirklich vor, dass sein kleiner Bruder an diesem Nachmittag hier herausspazieren sollte.

„Und wenn etwas schiefgeht?", fragte er sichtlich

nervös. „Wenn bei der Entlassung irgendwas passiert?"

Asher neben ihm bleckte den Funkelzahn. „Phoenix' Anwalt, der heute Morgen bei der Anhörung dabei war, hat gesagt, er kommt raus. Dann kommt er auch raus."

Josh beruhigte das nicht. Er konnte Ash ja nicht sagen, dass offenbar das FBI die Entlassung eingefädelt hatte. Und da er selbst dem FBI nicht traute, hegte er noch immer Zweifel an dem dubiosen Deal. Und das würde wohl so lange so sein, bis Cody durch die Tür kommen würde.

„Wie spät ist es?", fragte er zum dritten Mal und zückte kurz sein Handy. „Wo bleibt er denn?"

Wohl zur Beruhigung legte Annie ihm vom Rücksitz aus die Hand auf die Schulter. „Manchmal dauert das länger."

Asher drehte sich zu ihr um. „Woher bist du denn so eine Expertin auf dem Gebiet?", fragte er und kniff misstrauisch die Augen zusammen.

„Ich … äh … eine Kollegin bei *Grand Five* wurde auch mal festgehalten, und … und da hat das auch ewig gedauert", stammelte sie.

„Eine Kollegin." Es war keine Frage, sondern eher eine deutlich zweifelnde Aussage. „Warum wurde sie denn …"

„Prostitution", antwortete Annie schnell. „Man kann leicht falsch verstehen, wenn wir uns … gut mit … unseren Kunden verstehen."

Ashers Grinsen erinnerte an das Zähnefletschen eines Kampfhundes. Sein süffisanter Blick wanderte über ihr tief ausgeschnittenes Tanktop weiter zu Josh. „Das glaub ich gern", lachte er und stieß Josh den Ellbogen in die Rippen. „Also pass schön auf, dass deine Kleine nicht eingebuchtet wird", frotzelte er.

Josh warf Asher einen knappen Blick zu. Dann konzentrierte er sich wieder auf die Tür. „Seit wann so besorgt um andere?"

Asher lachte laut. „Kennst mich doch. Bin ein Menschenfreund."

Ehe Josh darauf etwas erwidern konnte, ging die Gefängnistür auf und sein Bruder trat, auf Krücken gestützt, auf den Vorplatz.

„Da ist er", stellte er unnötigerweise fest und stieg aus.

Er spürte Annies Blick im Rücken, als er auf Cody zuging. Die Kehle wurde ihm mit jedem Schritt, den er ihm näher kam, enger. Ein geschwollenes Auge verunstaltete das normalerweise spitzbubenhafte Gesicht seines Bruders. Ein weißes Pflaster bedeckte die Stiche, mit der dort eine Platzwunde genäht worden war, und die Krücken, auf die er sich beim Gehen stützte, verursachten Josh beinahe Übelkeit.

„Gott, Cody, was …?" Ihm fehlten die Worte. Er hatte von dem Übergriff gehört. Wusste, dass sein Bruder dabei schwer verletzt worden war, doch dies nun mit eigenen Augen zu sehen, war unfassbar. Eine unglaubliche Wut auf Phoenix drohte ihn zu überwältigen. Phoenix, für dessen krumme Geschäfte Cody inhaftiert worden war, der ihn selbst in seine Machenschaften hineingepresst hatte, indem er ihm Schutz für Cody hinter Gittern zugesichert hatte.

Von diesem Schutz konnte er beim Anblick seines Bruders nicht viel erkennen. Er wagte es kaum, seine Arme um den geschundenen Körper zu legen, als er ihm schließlich gegenüberstand.

„Josh!", keuchte Cody und hob den Arm samt Krücke, um ihn zu umarmen. „Ich habs geschafft!", jubelte er unter Tränen. „Ich bin echt wieder draußen!"

Codys krampfhaftes Weinen schnürte Josh die Kehle zu. Er rieb ihm den Rücken und küsste die tränennasse Wange seines Bruders. „Ich bring sie alle um, für das, was sie dir angetan haben", versprach Josh, denn er ertastete auch unter dem Shirt seines Bruders noch einen dicken Verband. „Diese Schweine!"

Cody lachte. „Vergiss es einfach. Am Ende war es wohl ganz gut so. Der Vorsitzende der Anhörung meinte, der Übergriff auf mich hätte die Haftprüfung zu meinen Gunsten beeinflusst", freute sich Cody und blinzelte unter seinem geschwollenen Auge hervor.

Josh verkniff sich einen Kommentar. Wenn stimmte, was Annie gesagt hatte, dann hatte allein sie für Codys Entlassung gesorgt. Der Vorfall diente schlicht als Vorwand, um dem Ganzen einen plausiblen Rahmen zu verschaffen. „Lass uns hier verschwinden", schlug er stattdessen vor und nahm Cody die schlichte braune Papiertüte ab, die die wenigen Gegenstände enthielt, die er bei seiner Verhaftung vor sechs Jahren bei sich gehabt hatte. Es versetzte ihm einen Stich, dass sein Bruder sechs ganze Jahre verbüßt hatte. Sechs Jahre eines Lebens, das doch gerade erst achtundzwanzig Jahre andauerte. Sechs Jahre, in denen er selbst jeden Tag auf Cody hatte verzichten müssen. Er ballte die Fäuste und zwang sich zu einem Lächeln, denn er wollte Cody die Freilassung nicht verderben.

„Gute Idee", stimmte sein Bruder zu und humpelte zum SUV hinüber. Als er Asher erblickte, stutzte er kurz. „Ich dachte, es geht nach Hause", murmelte er. Dann hob er zum Gruß die Krücke und stieg neben Asher ein. „Aber wenns nicht nach Hause geht, dann halten wir zumindest an einem Burgerladen, okay?"

Josh begnügte sich mit dem Platz auf dem Rücksitz neben Annie. Er bedeutete Asher, endlich loszufahren, als Cody sich zu ihnen umdrehte.

„Hey, Bruder, sag nicht, diese Schönheit gehört zu dir?"

Es tat Josh beinahe weh, wie sich Codys geschwollenes Gesicht beim Grinsen verzog.

„Ich bin Annie", kam sie ihm mit der Vorstellung zuvor. „Ich arbeite bei *Grand Five.*" Sie legte Josh die Hand auf den Oberschenkel und zwinkerte. „Und mit ihm hier sind die Überstunden gar nicht mal so schlecht."

Asher lachte laut. „Ich glaube, Phoenix hat die Kleine für den Rest vom Jahr gebucht, denn sie hat unserem Guilly das Leben gerettet."

„Ach echt?" Cody rieb sich die Schläfe. Die ganze Diskussion schien ihm etwas zu viel, und er lächelte etwas verloren über seine Schulter. „Das ist ja … cool."

Josh fluchte leise. Dann neigte er sich nach vorne und klopfte Asher auf die Schulter. „Komm schon", bat er und deutete geradeaus. „Fahr uns nach Hause. Setz uns ab und schick einen Wagen für heute Abend. Du siehst doch, dass der Kleine eine Pause braucht. Wie soll er die Spendengala überstehen, in seinem Zustand?"

Asher schüttelte den Kopf. „Keine Chance. Phoenix hat sich klar ausgedrückt. Er will ihn sehen. Besprich mit ihm, wie es weitergeht. Nicht mit mir."

„Verflucht, Ash!"

„Schon okay, Josh", versuchte Cody, die Situation zu entschärfen. „Besuchen wir Phoenix. Das macht mir nichts."

Der im Auto verspeiste Hamburger lag Annie schwer im Magen, als sie bei Phoenix in den Garten kamen. Die Sonne stand hoch am Himmel, und dem Wasser entstieg ein leichter Chlorgeruch. Josh hielt ihre Hand etwas zu fest, was sie seiner Anspannung zuschrieb. Seit Codys Entlassung schien ein Orkan in ihm zu toben. Er wirkte fahrig, und immer wieder blitzte sein unterdrückter Zorn auf. So wie jetzt, als er einen im Weg liegenden Wasserball mit voller Wucht über den Pool kickte. Seine ansonsten so weichen Lippen waren zu einer blassen Linie verkniffen, und eine steile Falte hatte sich über seiner Nasenwurzel eingegraben.

Cody hingegen wirkte regelrecht glücklich. Nicht, dass Annie ihm das verdenken konnte. Er hatte gierig den Burger verdrückt, die Coke fast in einem Zug ausgetrunken und dann beinahe während der gesamten Rückfahrt den Kopf aus dem Fenster gehalten.

Gerade klatschte er ein paar von Phoenix' Männern ab und nahm lachend einen Caipirinha in Empfang, den Troy ihm reichte. „Freiheit!", rief Troy und klopfte dem hinkenden Cody dabei euphorisch auf die Schultern.

Obwohl der gequält das Gesicht verzog, hob er lachend das Glas und nahm einen ordentlichen Schluck.

„Cody!", warnte Josh und drückte dabei unabsichtlich Annies Hand fester. Sie streichelte seinen Handrücken und sah ihn beschwichtigend an. „Reg dich nicht auf", flüsterte sie. „Er muss das mal für einen Moment rauslassen."

Joshs sorgenvoller Blick streifte sie, und sie wusste, dass es ihm widerstrebte. „Komm schon", flüsterte sie ihm ins Ohr und zog ihn weiter zu einer freien Poolliege. „Setz dich und lass ihn mal ankommen."

Zwar gehorchte Josh, doch seine Miene blieb nach wie vor verschlossen. „Ich will nicht, dass er hier ankommt!", raunte er leise. „Er hat wirklich genug für Phoenix getan. Ich will nicht, dass er weiterhin hier …"

Annie küsste ihn flüchtig auf die Lippen, denn Asher schlenderte an ihnen vorbei. Sie schmiegte sich an Josh, um ihre Rolle glaubhaft zu spielen. Dabei wollte sie im Moment nur hören, was Phoenix mit Cody besprechen wollte.

„Was glaubst du, was Phoenix mit ihm vorhat?", fragte sie und sah Josh in die gesprenkelten Augen. Selten hatte sie darin so eine Anspannung gesehen.

„Cody hat für ihn Geld gewaschen", offenbarte Josh ihr und legte seine Hand auf ihre Taille. Wie von selbst fanden seine Finger den Weg unter ihr Shirt und streichelten ihren Bauch.

Annie hielt den Atem an. Natürlich spielte auch er nur seine Rolle, aber selbst diese unschuldige Berührung ließ ihr Herz schneller schlagen. Seine Nähe zusammen mit seiner Offenheit … das war mehr, als sie je zu hoffen gewagt hatte. Endlich nahm ihre Ermittlung Fahrt auf. Cody war wegen Verschleierung verurteilt worden, hatte aber nie irgendeine Aussage gemacht. Er hatte nicht einen Hintermann benannt oder irgendwelche Zusammenhänge erklärt. Darum hatte er so eine lange Haftstrafe aufgebrummt bekommen. Er hatte sich unkooperativ verhalten. Aber vermutlich war er nur deshalb noch am Leben, denn, wie Annie wusste, kontrollierten die Gangs, Clubs und Kartelle die Gefängnishöfe – nicht die Wärter.

„Wie?"

Sie merkte, dass Josh noch immer jede Bewegung seines Bruders beobachtete. Cody hob gerade sein Shirt, um den dicken Verband um seinen Oberkörper zu präsentieren. Dabei machte er eine Bewegung, als würde ihm jemand ein Messer in den Bauch stechen. Josh stöhnte und schloss die Augen.

„Hey", sie streichelte seine Wange. „Ihm ist nichts passiert, okay?"

Josh nickte. „Er hat immer gedacht, ihm würde nichts passieren. Er ist wie so ein tollpatschiger Welpe, der einem Ball hinterher auf die Straße läuft und dabei den Truck übersieht, der auf ihn zukommt", erklärte Josh und schüttelte den Kopf, als Cody schon den zweiten Caipi in Angriff nahm. „Er war Fahrradkurier. Hat sich damals um mich gekümmert. Ich war nach dem Vorfall im Ausland wie erstarrt. Nicht in der Lage, sofort wieder Fuß zu fassen." Josh knackte mit dem Nacken. „Ich glaube, ich habe geahnt, dass er irgendeinen Unsinn macht, als er mit viel zu viel Geld nach Hause kam."

„Wo hatte er es her?", fragte Annie, und auch ihr Blick glitt über die Männer am Pool. Allesamt waren sie in kriminelle Machenschaften verwickelt. Niemand hier hatte eine weiße Weste. Nicht einmal der Mann, dessen zarte Berührung ihr in diesem Moment einen wohligen Schauer über den Rücken jagte.

„Cody hat damals viele Dokumente von Banken transportiert. Fahrradkuriere sind wahnsinnig schnell. Und er war täglich in Dutzenden Filialen unterwegs. Eines Abends kam er heim und hatte ein Bündel Scheine in der Hand. Ein Mann hatte ihn angesprochen. Ihn gebeten, eine Tasche voll Geld auf sein Konto einzuzahlen und einen Großteil davon auf ein Konto zu überweisen, das er ihm nannte. Der Rest … war für ihn."

„Ihm muss doch klar gewesen sein, dass da was faul ist?", überlegte Annie leise.

„Das Geld hat ihn gelockt. Wie gesagt, ich … ich lag ihm auf der Tasche."

„Fühlst du dich deshalb für ihn verantwortlich?" Annie stützte sich auf den Ellbogen und sah Josh ins Gesicht. „Ich spüre, dass du dich schuldig fühlst."

Josh schnaubte. „Natürlich bin ich verantwortlich. Anstatt in meinem Elend zu vergehen, hätte ich mich um ihn kümmern sollen. Er ist der Jüngere."

„Das ist doch Unsinn!", widersprach Annie. „Jeder von uns trifft seine eigenen Entscheidungen. Macht seine eigenen Fehler. Und wenn er dieses Geld überwiesen hat, dann muss ihm klar gewesen sein, dass er gerade etwas tut, das …"

„Diese eine Überweisung war es ja nicht. Nach diesem ersten Mal hat Asher ihn … gewissermaßen rekrutiert."

„Wie denn?"

Joshs Kiefermuskeln zuckten. „Sie haben ihn mit der

Überweisung unter Druck gesetzt. Er hatte kein Interesse an irgendwelchen krummen Geschäften, aber sie haben gesagt, er hätte ja unwissentlich schon Hunderte Male Geld von ihnen transportiert. Die Umschläge von den Banken waren gefüllt gewesen mit dem Geld des Kartells. Auf jedem Überwachungsvideo hätte man ihn mit den Umschlägen voll Geld in Verbindung bringen können."

„Sie haben ihn erpresst", stellte Annie das Offensichtliche fest.

„Sie haben ihm versichert, alles sei okay, solange er weiterhin für sie Geld überweise. Und jedes Mal bekam er einen nicht gerade kleinen Batzen davon ab."

Josh schüttelte ungläubig den Kopf. „Das alles geschah vor meinen Augen, aber ich … ich habe es nicht gemerkt." Er neigte den Kopf in Richtung Cody, und ein gequälter Zug erschien um seinen Mund. „Und jetzt passiert es wieder, und ich kann nichts dagegen tun. Sie werden ihn nicht gehen lassen."

„Josh, ich …" Annie ertrug es nicht, wie er sich quälte. Seine Selbstvorwürfe türmten sich zu einem wahnsinnigen Gewicht, das ihm den Atem zu nehmen schien. Sie umfasste sein Gesicht mit beiden Händen und zwang ihn, sie anzusehen. Sie musste zu ihm durchdringen. „Es ist nicht deine Schuld, hörst du?", versicherte sie ihm eindringlich. „Du hast nichts falsch gemacht."

„Ich war schwach", widersprach er. „Einfach nur schwach!"

Es zerriss Annie das Herz, ihn so leiden zu sehen. „Niemand kann immer stark sein", flüsterte sie und küsste ihn. Sie wollte ihm Trost spenden. Wollte an seinem

Schmerz teilhaben und das Leuchten in seine unvergleichlichen Augen zurückbringen.

Josh fühlte sich zerrissen. Noch nie hatte er mit jemandem über seine Gefühle gesprochen. Noch nie offen seine Schuld an alldem bekannt. Und nie hätte er mit dieser Art von Vergebung gerechnet, wie Annie sie ihm gerade zuteilwerden ließ. Ihr Kuss war wie ein Glas Wasser, das zum Löschen auf einen Waldbrand gegossen wurde. Ohne Effekt und doch ein Anfang. Mit einem Knurren, das all seine Verzweiflung zeigte, riss er sie in seine Arme. Er hob sie hoch und trug sie mit großen Schritten zu seinem Gästehaus. Dort trat er achtlos die Tür hinter ihnen ins Schloss, und noch ehe ihre Beine den Boden berührten, hatte er ihr schon die Jeans heruntergezogen.

Beinahe erwartete er Widerstand. Widerstand, der ihn vielleicht zur Besinnung gebracht hätte, doch der kam nicht. Annie krallte ihre Finger in sein Haar, und ihre Zunge rieb sich fest an seiner. Leidenschaftlich drängte sie sich ihm entgegen, als er sie nur wenige Sekunden später mit einem kraftvollen Stoß in Besitz nahm. Ihr Keuchen trieb ihn an, und er umfasste ihre Pobacken, um sie noch tiefer ausfüllen zu können. Immer schneller fanden sie zueinander, in einem harten und wilden Rhythmus, der seiner Verzweiflung entsprang.

Es war nicht fair, Annie für seine angestaute Wut zu benutzen, aber zugleich wusste er nicht, was ihn sonst hätte retten können.

„Josh!" Annie keuchte seinen Namen und umschlang

seinen Hals. Sie kam seinen Stößen entgegen, als wäre sie willig, seine Wut aufzunehmen. Sie warf den Kopf in den Nacken und stöhnte laut, jedes Mal, wenn er in sie drang. Der Schweiß rann ihm den Rücken hinab, und sein eigener Atem kam gepresst. Ihre Hitze war wie Medizin, und obwohl er dem Gipfel der Lust immer näher kam, sein Verlangen ihn immer mehr antrieb, überkam ihn mit einem Mal eine Zärtlichkeit, die er nie für möglich gehalten hätte. Ihre Hingabe berührte etwas in ihm, das so viel befriedigender war als die pure Ekstase, auf die er zustrebte.

Joshs harte Stöße füllten Annie zur Gänze aus. Mitgerissen von seiner Begierde, hatte sie das Gefühl, als würde sie nicht mit seinem Körper schlafen, sondern mit seiner Seele. Jede Bewegung zeigte deutlich seine Not, und er offenbarte ihr eine Verletzlichkeit, die unter der Kraft verborgen schien, mit der er sie nahm. Es war vollkommen unmöglich, in diesem Moment etwas voreinander zu verbergen. Sie schienen nackt bis auf den Grund ihrer Seele, und das trieb ihr die Tränen in die Augen.

Jede Faser ihres Körpers war auf Josh ausgerichtet, und sie fieberte dem Höhepunkt entgegen, als sich die Art veränderte, wie er sie liebte. Sein Tempo veränderte sich, und an die Stelle der wilden, beinahe schmerzhaften Vereinigung trat eine große Vorsicht. Sein Kuss wurde sanfter, seine Lippen weicher, und seine Hände streichelten ihren Körper, dort, wo er eben noch so stürmisch zugepackt hatte.

„Verzeih mir", raunte er, und diesmal drang er ganz langsam in sie ein. „Ich wollte dir nicht wehtun." Er fing eine Träne mit dem Zeigefinger auf und wischte ihr sanft über die Wange.

„Du tust mir nicht weh", versicherte sie ihm und passte sich seinen veränderten Bewegungen an. Sie verlor sich in seinen Augen, froh, dort nicht mehr diese grenzenlose Verzweiflung zu sehen.

Joshs sanftes Lachen vibrierte in ihr wider, und als er ihre Taille umfasste und sie so rückwärts zum Bett dirigierte, glaubte sie, etwas anderes in seinen Augen zu erkennen.

„Ich wollte dich nicht benutzen", entschuldigte er sich weiter und zog sich sanft aus ihr zurück. Er küsste ihren Hals, ihren Bauch und wanderte tiefer. Dann lächelte er sie an und gab ihr einen Stups, der sie aufs Bett sinken ließ.

„Josh, wirklich, es ist ..."

„Es ist nicht okay", flüsterte er und spreizte ihre Beine. „Du hast es nicht verdient, dass ich mich wie ein Wilder ..." Seine Zunge glitt über ihren Oberschenkel, und Annie schnappte nach Luft. Er würde doch nicht ...?

„... Ich weiß nicht, was du mit mir machst, Annie, aber für dich ..." Sein Atem an ihrer empfindlichsten Stelle ließ sie das Becken heben. Sie krallte ihre Finger in die Matratze und wölbte sich ihm lustvoll entgegen. „... möchte ich ein besserer Mann sein, als ich bin."

Seine Zunge teilte ihre Mitte und fand zielstrebig ihre pulsierende Perle.

Annie stöhnte hart auf. Sie konnte nicht verhindern, dass sie seinen Liebkosungen entgegenzuckte, dass sie seinen Namen rief und ihre Hände in sein Haar grub, um seine Lippen noch näher an sich zu ziehen, während die Welle der Lust sie mit sich fortriss. Sie glaubte, ihn lachen zu spüren, seine Zunge noch immer an ihrer Knospe, noch immer leicht wie ein Windhauch darüberstreichend, sodass sie zu keinem klaren Gedanken mehr fähig war. Sie wusste nur eines: So schlecht, wie er glaubte, war dieser Mann nicht.

Kapitel 22

Josh stand am Fuß der Treppe neben Phoenix und wartete auf seine Begleiterin. Er sah auf die Uhr, dabei hatten sie es nicht wirklich eilig. Sein Boss kam gerne zu spät. Zwar wartete die gemietete weiße Stretchlimousine bereits in der Einfahrt, doch Phoenix selbst war auch eben erst heruntergekommen. In seinem hellblauen Anzug wirkte der Chef des Kartells beinahe harmlos. Die weiße Krawatte unterstrich diese Wirkung, und nur die Narbe an Phoenix' Auge störte das Bild des vornehmen Geschäftsmannes.

„Du hast dich also entschieden, Cody doch eine Pause zu gönnen?", fragte Josh und zupfte seine Hemdsärmel unter dem Sakko zurecht.

„Er hat sich selbst eine Pause verordnet", gab Phoenix tonlos zurück. „Wir wollen einen guten Eindruck machen. Mit seinen Prellungen und Platzwunden im Gesicht ist er nicht vorzeigbar. Außerdem hat er dem Alkohol so zugesprochen, dass er nun oben im Südflügel liegt." Er sah Josh vorwurfsvoll an. „Du hättest ihn besser im Auge behalten."

Josh rieb sich verlegen das frisch rasierte Kinn, denn das hatte er sich selbst schon vorgeworfen, nachdem er Cody betrunken am Pool angetroffen hatte.

„Du warst ziemlich beschäftigt mit der Kleinen von

266

Grand Five", bohrte Phoenix nach.

Josh kniff die Lippen zusammen. Darauf würde er nicht antworten. Was zwischen ihm und Annie lief, ging wirklich niemanden etwas an.

„Seit wann interessiert dich …", wollte er gerade ausweichend antworten, als eine Bewegung am oberen Ende der Treppe ihn unterbrach.

Annie und Layla, beide in bodenlangen schimmernden Kleidern und mit vornehm aufgestecktem Haar, traten in ihr Sichtfeld.

Ein seltenes Lächeln zeichnete sich auf Phoenix' Gesicht ab, und Josh blieb der Atem weg.

„So hatte ich mir das gedacht", lobte Phoenix und reichte seiner Schwester galant die Hand. „*Mi corazon*, du siehst bezaubernd aus."

Josh hörte ihre Erwiderung nicht, denn all seine Sinne waren nur auf die rothaarige Schönheit gerichtet, die eben die letzte Stufe herunterkam und auf ihn zutrat. Er hatte nie eine schönere Frau gesehen. Das champagnerfarbene, trägerlose Kleid umschmeichelte ihre Figur wie eine zweite Haut, ehe es sich unterhalb der Taille in weichen Bahnen um ihre Beine ergoss. Das tiefe Dekolleté und ein hoher Beinschlitz ließen wenig Raum für Fantasie. Die Absätze ihrer Stilettos verlängerten ihre Beine gefühlt bis in den Himmel.

„Wow, Annie …", hörte er sich selbst atemlos stammeln. Die goldenen Armreifen an ihrem Handgelenk klimperten, als sie sich bei ihm einhakte. „Du siehst …"

Ihr begeistertes Grinsen brachte ihn zum Lachen, denn es passte so gar nicht zu den katzenartig dunkel

geschminkten Augen. „Ich weiß. Ich seh fantastisch aus!",
kam sie ihm zuvor. Dann musterte sie ihn und nickte
anerkennend. „Aber du kannst dich auch sehen lassen."

Josh fühlte sich wie ein Teenager, denn ihr Lob brachte
ihn wirklich in Verlegenheit. Ehe er aber viel sagen konnte,
drängte Phoenix zum Aufbruch.

Mit möglichst viel Haltung und um sich möglichst
wenig zum Affen zu machen, weil Annies Anblick in derart
aus der Fassung brachte, legte er ihr den Arm um die Taille
und führte sie zum Wagen. Dabei kribbelten seine Finger,
wann immer er nur den Stoff ihres Kleides berührte.
Verdammt, seine Lust auf die Gala sank gegen null. Viel
lieber würde er Annie die Haarnadeln aus der Frisur ziehen
und ihr dieses verführerische Kleid bis über die Hüften
hinaufschieben, während er …

„Dein Bruder ist niedlich", unterbrach Layla seine
Tagträume und grinste ihn an. „Wenn erst die furchtbaren
Schwellungen verschwunden sind, wird er richtig gut
aussehen." Sie zwinkerte Annie zu. „Die beiden haben
gute Gene, oder nicht?"

Josh schnaubte und wandte sich an Phoenix. „Kannst
du deine Schwester nicht mit irgendwem verheiraten?",
fragte er und warf Layla einen warnenden Blick zu. „Mit
jemandem, der nicht mit mir verwandt ist?"

Layla, die in der Limousine gegenüber von ihm saß, trat
nach ihm.

„Nur, weil du nicht interessiert bist, muss das doch
nicht für deinen Bruder gelten", scherzte sie.

„*Mi corazon*", bat Phoenix. „Hör schon auf, Josh zu
reizen. Wir sind nicht zum Spaß unterwegs."

„Warum sind wir denn hier?", nutzte Annie die Gelegenheit und beugte sich etwas in Phoenix' Richtung. Der starrte ihr ungeniert in den Ausschnitt und lächelte, aber es war nur dieses emotionslose Heben der Mundwinkel, das keinerlei Bedeutung hatte.

„Du bist hier, weil ich dich dafür bezahle", stellte er knallhart fest. „Weil ich es dir sage." Er wandte sich an Josh, und das Lächeln erreichte so nach und nach seine Augen. „Ist es nicht immer so, Josh?", hakte er nach und streckte die Hand aus, als wollte er Annies Schulter berühren. „Tun nicht alle, was ich von ihnen verlange?" Seine Fingerspitze erreichte gerade ihr Schlüsselbein, da ging Josh dazwischen. Er schob Phoenix' Hand weg und funkelte ihn warnend an.

„Sie tun es", bestätigte er mit einer Stimme, die vor unterdrückter Wut zitterte. „Aber jeder hat eine Grenze, wie weit er das mitmacht."

Phoenix lachte laut. Die Tür wurde geöffnet, denn sie hatten ihr Ziel erreicht. Er erhob sich vom Sitz, aber ehe er ausstieg, wandte er sich noch einmal zu Josh um. „Ich frage mich immer, ob es Mut oder Dummheit ist, die aus dir spricht, Josh", überlegte er laut und strich sich das gegelte Haar zurück. „Aber die Grenze, von der du sprichst. Die Grenze, über die du nicht bereit bist, für mich zu gehen …" Er sah Annie an. „Verschiebt sie sich nicht in dem Moment, wo ich …" Er stieg aus und reichte Annie höflich die Hand zum Aussteigen. „… wo ich über die Menschen verfügen kann, die dir wichtig sind?" Er küsste Annies Handrücken, ehe er sie losließ. „Menschen wie Cody oder …"

Es war Layla, die seinen Satz unterbrach. Mit einem Schnauben schob sie sich an ihrem Bruder vorbei aus der Limousine und strich sich das Kleid glatt. „Dass ihr Männer immer eure Schwanzvergleiche austragen müsst!", schimpfte sie und schlug Phoenix theatralisch mit der Clutch auf den Arm. „Bring mich jetzt rein, ich muss meinen Lippenstift nachziehen!", forderte sie und führte ihn die mit rotem Teppich ausgelegten Stufen hinauf.

Rot vor unterdrückter Wut stieg Josh als Letzter aus dem Wagen.

„Irgendwann bring ich ihn um", murrte er und sah dem Kartellchef mit einem mordlustigen Funkeln in den Augen hinterher.

„Oder du hilfst mir, ihn hinter Gitter zu bringen", schlug Annie vor und reichte ihm ihre Hand.

„Umbringen wäre besser."

Annie lachte. „Schon, aber vielleicht sollte das jemand anderes übernehmen."

„Niemand ist so dumm, sich gegen Phoenix zu stellen", widersprach er, während sie dem Teppich in den Saal der Spendengala folgten. Alles, was Rang und Namen hatte, war hier vertreten, und die Presse kämpfte darum, die besten Bilder von Hollywoods spendenfreudigen Geschäftsleuten zu machen.

Auch Phoenix und Layla posierten für die Kameras.

„Wie kann ein Mann wie Phoenix Ramírez die Dreistigkeit besitzen und sich hier vor all den Kameras als Gutmensch aufspielen?", murmelte Annie kopfschüttelnd, während sie den unauffälligeren hinteren Eingang nahmen. „Als Retter der Bedürftigen?"

Josh zuckte mit den Schultern. „In Hollywood ist doch alles nur Schein. Nichts ist echt." Er sah sie an, und sein Finger strich über ihre Schulter, ihren Arm hinab bis zum goldenen Armreif. „Ist es nicht so, Agent Turner?"

Annie stellte sich seinem Blick. „Wenn das stimmt, Josh, ... wer bist dann du? Der maskierte Räuber aus *Harolds Market*, der ausgebildete Scharfschütze oder der große Bruder, der nur versucht, seine Familie zu schützen?" Sie stand nah bei ihm, und ihre Worte waren so leise, dass sie nur wie ein Hauch an sein Ohr drangen. Trotzdem bereiteten sie ihm eine Gänsehaut. Er sah sich um, ob sie beobachtet wurden. Dann zog er sie in seine Arme und umfasste besitzergreifend ihren Po. „Wenn ich bei dir bin, Annie, dann bin ich all dies und zugleich nichts davon. Dann will ich nur der Mann sein, der dich dazu bringt, seinen Namen zu keuchen, während er dich liebt."

„Du spinnst doch!" Annies Wangen glühten, und sie schlug nach ihm, aber er gab sie nicht frei.

„Wollen wir nicht, dass Phoenix das denkt?", fragte Josh mit einem verführerischen Grinsen und senkte seinen Kopf, um ihre Halsbeuge zu küssen. „Ist das nicht der Schein, den wir vor ihm aufrechterhalten wollen?"

Annie schob ihn von sich. „Ich habe dich nicht danach gefragt, welchen Schein wir aufrechterhalten wollen. Ich habe dich gefragt, wer du bist."

Josh knackte mit den Knöcheln. „Ich schätze, ich bin ein Verräter und ein Narr", gab er knapp zurück und fasste nach ihrer Hand, um sie zwischen die Menschen zu führen, die in Gruppen beisammenstanden und winzige Häppchen mit Champagner hinunterspülten. „Ich müsste dich auffliegen lassen, Agent Turner." Er reichte ihr einen Sektkelch und nahm sich auch selbst einen. „Aber aus einem unerfindlichen Grund kann ich das nicht."

Den ganzen Abend über gingen Annie Joshs Worte nicht aus dem Kopf. Dabei war doch vollkommen unwichtig, was er damit sagen wollte. Es war egal, denn sie war verlobt und dieser Mann nur Teil ihrer Mission. Trotzdem ertappte sie sich immer wieder dabei, wie sie sich in seinem Anblick verlor. Er sah jünger aus mit rasierten Wangen und ordentlich gekämmtem Haar. Der Anzug schmeichelte ihm, und wann immer er sie zufällig berührte, durchfuhr es sie wie ein Blitz. Sie hatten ihre Plätze an den runden Tischen eingenommen, die vor der Bühne aufgestellt waren, auf der Redner über die Verwendung und Notwendigkeit der an diesem Abend gesammelten Spenden berichteten. Immer wieder wurde Phoenix von namhaften Persönlichkeiten aus Politik und Wirtschaft begrüßt. Selbst die Vertreter der Polizeigewerkschaft, die ebenfalls um Spenden warben, schüttelten ihm die Hand. Er war ein angesehener Gast. Und das frustrierte Annie gewaltig. Natürlich würde Phoenix an diesem Abend eine Spende tätigen. Doch von seiner Schuld reinwaschen konnte er sich damit nicht. Zumindest nicht, wenn es nach ihr ging. Und der Ausdruck in Joshs Gesicht ließ sie vermuten, dass er da ähnlich dachte.

„Die Polizei ist auch hier", raunte Josh ihr leise über die

vor ihm stehenden Gläser zu. „Denkst du, dass dich jemand erkennen könnte?"

Möglichst unauffällig ließ Annie ihren Blick durch den Saal wandern. Der Polizeichef hatte ihr den Rücken zugewandt, und die Vertreter der Gewerkschaft musste sie nicht fürchten. Denen war sie noch nie begegnet. Aber sie wusste, dass jedes Jahr einige Karten für den Ball an die Belegschaft verlost wurden, und da konnte es durchaus sein, dass …

„Shit!" Annie zuckte zusammen, und alle Augen am Tisch richteten sich auf sie. Wein schwappte auf ihr Kleid, und sie fluchte gleich noch mal.

„Alles okay?", fragte Layla überrascht.

„Ja", japste Annie und vermied es, noch einmal in Richtung des Polizeitisches zu blicken. „Ich … habe mir Wein aufs Kleid geschüttet", stammelte sie und tupfte hektisch über den Fleck. Sie wollte unbedingt vermeiden, dass Josh …

Doch dessen Blick schien ihrem gefolgt zu sein. Er biss die Zähne zusammen, sodass sie seine Kiefermuskeln zucken sah. Dann griff er nach ihrer Hand und schob seinen Stuhl zurück. „Wir sollten das auswaschen", schlug er vor und deutete in Richtung der Toiletten.

„Ja, das … das sollte ich", stotterte sie noch immer vollkommen perplex. Selbst ihre Beine zitterten, als sie aufstand und sich von Josh aus dem Saal führen ließ.

„Was macht dein Macker hier?", fuhr er sie an, kaum dass sie außerhalb der Hörweite der Gäste waren. Der Griff um ihren Arm war grob und sein Blick nicht gerade freundlich.

„Weiß ich nicht! Ich hatte keine Ahnung, dass Liam …"

„Liam, ja?" Josh kniff die Augen zusammen. „Er bringt uns alle in Gefahr, wenn er sich nicht unter Kontrolle hat, das ist dir klar, oder?"

Er klopfte an die Tür der Damentoilette, und als keine Antwort kam, schob er Annie vor sich hinein. Dann lehnte er sich mit dem Rücken gegen die Tür und bedeutete ihr, in den einzelnen Kabinen zu prüfen, ob sie allein waren.

Annie drückte hastig jede einzelne Tür kurz auf und nickte dann. Sie rang den Impuls nieder, sich durch die Haare zu fahren, denn das hätte ihre Frisur ruiniert, und trat stattdessen ans Waschbecken.

„Ich habe keine Ahnung, was er hier verloren hat", erklärte sie, riss Papiertücher aus dem Spender und fing an, den Weinfleck feucht abzutupfen. „Er ist eigentlich beurlaubt." Sie rieb über den Fleck. „Aber wenn sie die Karten schon vor ein paar Tagen vergeben haben, dann …" Sie warf Josh durch den Spiegel einen knappen Blick zu. „Oder er ist wieder an Bord. Das weiß ich nicht."

„Hältst du es für einen Zufall, dass er hier ist?", fragte der schroff und hielt die Tür zu, als jemand versuchte, reinzukommen. „Besetzt!", rief er und trat gegen die Tür.

Annie drehte das Wasser ab und knüllte das Papier in den Händen zusammen. Sie gab es auf, den Fleck zu bearbeiten, und lehnte sich stattdessen matt gegen das Waschbecken.

„Ich denke schon. Ich wüsste nicht, dass … dass dies Teil des Einsatzes ist. Eigentlich gibt es ein striktes Kontaktverbot."

Josh verzog das Gesicht, und Annie warf genervt die

274

Hände in die Luft. „Ich weiß!", murrte sie. „Du brauchst nichts zu sagen."

„Denkst du, er hat dich gesehen?"

Annie zuckte mit den Schultern. „Bestimmt. Ich meine … Phoenix' Tisch ist ziemlich mittig vor der Bühne. Ich schätze mal, dass uns jeder gesehen hat."

Josh brummte etwas Unverständliches. Dann schaute er sie eindringlich an. „Ich gehe zurück in den Saal. Sollte er dich bemerkt haben, kommt er vielleicht hierher. Mach ihm klar, dass er sich fernhalten soll."

Er war verschwunden, noch ehe Annie etwas erwidern konnte, und die plötzliche Stille im Waschraum machte sie ganz unruhig. Der Gedanke, womöglich gleich auf Liam zu treffen, trieb ihr den Schweiß aus den Poren. Sie fühlte sich nicht in der Lage, ihm gegenüberzutreten. Fühlte sich furchtbar, weil sie beinahe vergessen hatte, dass es ihn überhaupt gab.

„Reiß dich zusammen!", ermahnte sie sich selbst und atmete tief durch. Sie checkte mit einem letzten Blick in den Spiegel ihre Aufmachung und war froh, dass der Fleck auf dem Kleid kaum auszumachen war. Dann verließ sie den Waschraum.

„Annie!", ertönte prompt Liams Stimme hinter ihr, und ihr Herzschlag stolperte. Das Blut stieg ihr in die Wangen, als sie sich umdrehte.

Oh Gott, er würde ihr bestimmt ansehen, dass sie mit Josh geschlafen hatte!

Sie folgte ihm hinter eine Ecke und damit aus dem Blickfeld der Gäste im Saal. Als er jedoch nach ihren Händen greifen wollte, trat sie ein ganzes Stück zurück und verschränkte die Arme vor der Brust. Es war verrückt, ihm gegenüberzustehen. Vor ein paar Wochen hatte sie die Vorstellung kaum ertragen, von ihm getrennt zu sein. Hatte sich nach ihm gesehnt in ihren ersten Tagen undercover. Und nun verspürte sie nur Wut, weil er sie so leichtfertig in Gefahr brachte. Weil er es wirklich wagte, sie hier in der Öffentlichkeit einfach anzusprechen!

„Geht das jetzt immer so weiter?", fauchte sie ihn leise an und hob die Hand, um ihm zu bedeuten, dass er ihr besser nicht zu nahe kam. „Muss ich jetzt ständig damit rechnen, dass du mich auffliegen lässt?"

„Hey, Schatz, das …" Das Strahlen aus seinen Augen verschwand, und er kniff beleidigt die Lippen zusammen. „Das ist ja eine schöne Begrüßung!", beschwerte er sich.

Annie rollte mit den Augen. „Das ist kein Ort für Begrüßungen!", erinnerte sie ihn frustriert. „Ich bin im Dienst! Und du bist beurlaubt!" Sie deutete hinter sich in den Saal. „Und dort drinnen sitzt Phoenix Ramírez und fragt sich, wo ich bleibe!"

„Ich bin wieder im Dienst. Chris gibt mir noch eine Chance. Und dass ich seit Wochen auf dich warte, ist dir wohl egal?"

Annie raufte sich nun doch die Haare. „Gott, Liam!", stöhnte sie. „Verstehst du das nicht? Hier geht es gerade überhaupt nicht um uns!" Sie schüttelte den Kopf und trat noch einen Schritt zurück. „Ich habe keine Zeit, dir das jetzt alles von vorne zu erklären. Phoenix kann jeden Moment mit dem venezolanischen Außenminister irgendein Geschäft abwickeln, und ich verpasse es, weil du mal kurz *Hallo* sagen willst!"

„Schatz, ich …"

„Du gefährdest meine Mission, Liam", unterbrach sie ihn. „Also halt dich von mir fern!"

„Ist das dein Ernst?" Er griff nach ihrem Arm und suchte ihren Blick.

Sie wich ihm nicht aus, zog aber ihren Arm zurück. „Ich habe nie etwas ernster gemeint."

„Warte!" Er griff in seine Anzugtasche und reichte ihr einen Lippenstift. „Ich wollte ja nur … ach, vergiss es!" Er drückte ihr den Lippenstift in die Hand und stapfte beleidigt davon.

Annie atmete zitternd aus und schloss schnell die Faust. Natürlich war dies kein einfacher Lippenstift, sondern ein mit einem Abhörgerät ausgestatteter Kosmetikstift. Wenn sie den in Phoenix' Nähe positionieren könnte, konnte ihr Team dessen Gespräch mithören. Schnell packte sie den Lippenstift ein und ging auf wackeligen Beinen zurück in den Saal. Sie kam gerade rechtzeitig, denn als der Redner auf der Bühne seine Ausführungen beendete, trat ein Mann zu Phoenix an den Tisch. Annie hatte ihn noch nie zuvor gesehen, aber an seiner Aussprache erkannte sie sofort, dass er kein Amerikaner war. Hinter ihm hatten sich breitbeinig zwei weitere Männer aufgebaut. Sie gehörten ganz klar zu dessen Sicherheitsteam.

Phoenix begrüßte den Mann herzlich, und mit einem Nicken in Joshs Richtung erhob er sich und deutete auf einen Seiteneingang zum Saal.

„Was ist los?", fragte Annie, aber Josh beachtete sie nicht. Er zog Layla hilfsbereit den Stuhl heraus, als die beiden Herren schon auf die Seitentür zugingen.

„Komm schon!", fuhr er Annie hektisch an und folgte dem Kartellchef, die beiden Bulldoggen des Venezolaners im Rücken.

Auch Annie beeilte sich. Sie drückte die Handtasche an die Brust und vergewisserte sich mit einem knappen Blick über die Schulter, dass Liam ihnen nicht folgte. Das Letzte, was sie jetzt gebrauchen konnte, waren Komplikationen. An der Seitentür warteten die beiden vornehm gekleideten Männer auf Josh, der ihnen vorangehen und für ihre Sicherheit sorgen sollten. Er trat durch die Tür, und seine Hand fuhr unter sein Sakko. Annies Augen wurden groß. Sie hatte nicht bemerkt, dass er bewaffnet war. Zwar zog er die Waffe nicht, während er den angrenzenden Raum überprüfte, aber er wirkte dennoch bereit, anzugreifen.

„Sauber!", erklärte er und winkte sie alle herein.

Der Venezolaner lächelte freundlich und zog sich sogleich an dem länglichen Besprechungstisch einen Stuhl heraus.

„Bitte, Mister Ramírez, setzen Sie sich."

Phoenix bedeutete Josh, sich vor die Tür zu stellen. Dann strich er sich das gegelte Haar zurück und leistete der Aufforderung Folge.

„Mister Afiuni", begann Phoenix das Gespräch. „Unsere letzte Zusammenarbeit liegt ja schon eine ganze Weile zurück."

Der Venezolaner nickte. „Fünf Jahre. Fünf …" Er machte ein zufriedenes Gesicht. „… sehr ertragreiche Jahre, si?"

„Da haben Sie recht." Es war Layla, die an Phoenix' Stelle antwortete. Mit wiegenden Hüften umrundete sie

278

den Stuhl, auf dem der Minister Platz genommen hatte, und ließ ihre Fingerspitze leicht über Afiunis Schulter gleiten. Das Leuchten in seinen Augen zeigte Annie, dass ihm das durchaus gefiel.

Layla setzte sich auf die Armlehne des Stuhls des Venezolaners, und ohne weitere Ermunterung legte er ihr den Arm um die Taille.

„Beim letzten Mal war Ihre Schwester noch nicht Teil des Deals."

Phoenix' Lippe zuckte knapp. „Meine Schwester können Sie sich nicht leisten", gab er zurück und streckte nun seinerseits seine Hand nach Annie aus. Er tätschelte ihren Hintern und zog sie so wie Layla auf seinen Stuhl. „Aber das Geschäft macht mehr Freude, wenn man ..." Sein Blick glitt über Annies langes schlankes Bein, das aus dem Schlitz ihres Kleides ragte. „... etwas Nettes fürs Auge hat."

Afiuni lachte und ließ seinen Blick über Laylas üppige Oberweite wandern. „Si, das stimmt", bestätigte er, und seine Hand wanderte kühn an Laylas Oberschenkel. „Ich habe allerdings den Eindruck, dass mich das ablenken soll, von einem Deal, der ..." Er neigte abwägend den Kopf. „... sagen wir ... zu meinen Ungunsten ausfallen könnte."

Annie fühlte sich furchtbar. Phoenix Ramírez' Hand an ihrem Körper vermittelte den gleichen Ekel, als würde ihr eine riesige Spinne den Rücken hinaufkrabbeln. Sie bemühte sich um Gelassenheit und legte möglichst beiläufig ihre Handtasche auf den Tisch.

„Unsinn", versicherte Phoenix seinem Gegenüber. „Der neue Deal wird so gut wie der alte. Und dank eines neuen Mannes in meinem Team bin ich in der Lage, nicht nur die Druckdaten der Banknoten zu besorgen, sondern auch in den Bitcoin-Markt einzusteigen. Was sagen Sie dazu?"

Josh traute seinen Ohren nicht. Er musste sich zusammenreißen, um nicht hier vor den Bulldoggen des Venezolaners nach seiner Waffe zu greifen.

Als spürte Phoenix seine Wut, lächelte der ihn kurz an, ehe er weitersprach. „Ich wollte den neuen Mann heute mitbringen, aber er … er ist erst aus dem Gefängnis entlassen worden."

Joshs Finger zuckten. Phoenix spielte auch noch mit ihm. Der Kartellchef wusste genau, dass er ihm hier nichts anhaben konnte. Er demonstrierte ihm seine Macht auf seine typische selbstgefällige Art und ließ dabei noch extra seine Hand über Annies Hintern wandern.

Wütend biss Josh die Zähne zusammen. Er wollte Phoenix eine Kugel in den Kopf jagen! Wie konnte dieser Bastard es wagen, seinen Bruder in seine Geschäfte mit hineinzuziehen? Denn dass er von Cody sprach, war vollkommen offensichtlich. Er wollte sich dessen Computerfähigkeiten für irgendwelche Hacks zunutze machen. Nur deshalb hatte er ihn heute mit hierhernehmen wollen! Um seinen neuen Mann zu präsentieren!

„Das klingt fantastisch!" Der Venezolaner schien von Joshs Gefühlschaos nichts mitzubekommen. Er hatte schon die Dollarzeichen in den Augen und rieb sich die

Hände. Die Aussicht auf Reichtum war wohl verlockender als Laylas Rundungen. „Nachdem wir vor fünf Jahren von Ihnen den Koffer mit den Druckdaten für die Banknoten erhalten haben, gab es keine Probleme mehr. Die Blüten sind so astrein, dass …"

Mit jeder Sekunde steigerte sich Joshs Wut. Er machte einen Schritt nach vorne und räusperte sich vernehmlich. „Phoenix?", setzte er an. „Ich störe ungern, aber wir müssen reden!"

„Gibt es ein Problem?", hakte Afiuni nach, und sofort hatten seine Bulldoggen die Hände an den Waffen.

Phoenix' Lippen hoben sich zu einem künstlichen Lächeln. „Aber nein." Er schob Annie von seiner Stuhllehne, und sein eiskalter Blick richtete sich auf Josh. „Mein Mann … ist stets nur um die Sicherheit besorgt." Er stand auf und trat hinter Annie. Wie beiläufig hob er seine Hände an ihre Schultern, massierte sie sanft, ehe er beinahe zärtlich ihre Kehle umfasste. „Ist es nicht so, Josh?"

„Phoenix!", warnte Josh ihn, nicht in der Lage, seinen Blick von den behaarten Händen zu nehmen, die Annies Hals umspannten. Eine Gänsehaut überzog seinen ganzen Körper, und er hatte noch nie so einen Hass verspürt.

„Mein Mann sähe es nicht gerne, wenn der Dame hier etwas geschehen sollte." Es sah aus, als spräche Phoenix mit Afiuni, aber jedes Wort war an Josh gerichtet. „Er hat einen ausgeprägten Beschützerinstinkt. Doch er hat dummerweise keine Ahnung vom Geschäft."

Afiuni lachte, und Phoenix sprach weiter, seinen Daumen hart auf Annies Kehle, so hart, dass sie unwillkürlich den Kopf in den Nacken legte. „Er erkennt das Geschäft gar nicht, das ich ihm gerade anbiete."

Josh schluckte hart. Die Augen der Bulldoggen waren auf ihn gerichtet. Sie würden sicher nicht zögern, ihn abzuknallen, sollte sich die Notwendigkeit ergeben.

Mit einem lauten Seufzen entwand sich Layla dem Venezolaner und trat an die Seite ihres Bruders. Sie strich ihm beschwichtigend über den Arm und lächelte Josh an. „Na komm, Phoenix", säuselte sie. „Wir sind hier, um ein Geschäft abzuwickeln, nicht, um Josh zu ärgern."

Die Narbe an Phoenix' Auge zuckte, doch er rührte sich nicht.

„Lass ihn die Kleine nach draußen bringen, dann ..." Sie sah Josh eindringlich an. „... dann wird er uns nicht weiter stören, richtig?"

Joshs Kiefer knackte, so fest biss er die Zähne zusammen. Diese beiden Teufel spielten ein höllisches Spiel mit ihm. Und wie so oft schon in Phoenix' Nähe wusste er, wie verflucht hilflos er war. Es gab so wenig, was er tun konnte ... abgesehen davon, einfach abzudrücken.

„Ich will, dass du Cody in Ruhe lässt!", knurrte er und fasste nun wirklich nach dem Griff seiner Glock, auch wenn dies zur Folge hatte, dass Phoenix' Finger sich fester um Annies Hals schlossen.

„Man bekommt nie alles, was man will, Josh", blieb Phoenix gelassen und streichelte Annies Hals diesmal ohne jede Grobheit. „Aber du bekommst immerhin eine von zwei Dingen, die du willst. Das ist doch ein guter Schnitt."

Er stieß Annie in seine Richtung und drehte sich dann

um, als würde ihn die Waffe in Joshs Hand nicht im Geringsten beeindrucken. „Ich denke, den Rest unseres Deals wickeln wir ohne Josh ab", erklärte er, während Annie in Joshs Arme stolperte.

„Alles okay?", fragte er und betrachtete ihren Hals, doch viel Zeit blieb ihm nicht, denn Afiunis Männer reagierten sofort. Sie bauten sich wie eine Wand vor Josh auf und dirigierte ihn und Annie hinaus in den Flur.

„Verdammt!", knurrte Josh, als sie ihnen einfach die Tür vor der Nase zuschlugen. Er fuhr sich durchs Haar, ohne zu merken, dass er noch immer die Waffe in der Hand hatte.

Annie reagierte schnell. Obwohl ihr das Herz noch immer bis zu den Ohren schlug, registrierte sie die Glock und drängte sich an Joshs Brust, um die Waffe vor neugierigen Blicken zu verbergen.

„Steck die weg!", fauchte sie und räusperte sich, denn ihre Kehle war von Phoenix' grobem Griff ganz gereizt. „Oder willst du, dass die jemand sieht?"

Geistesabwesend ließ Josh die Waffe zurück in das Halfter unter seinem Sakko gleiten. Er war blass, und seine Hände waren vor Wut zu Fäusten geballt.

„Irgendwann bring ich ihn um!", schwor er und warf der Tür hinter Annie einen giftigen Blick zu.

„Oder …", flüsterte Annie ihm ins Ohr, indem sie sich auf Zehenspitzen stellte. „… oder wir arbeiten zusammen und buchten ihn ein."

„Phoenix ist vorsichtig. Er lässt keine Zeugen zurück,

Annie, und erst recht keine Beweise." Er deutete auf die verschlossene Tür. „Diese Deals, was immer er auch für Geschäfte macht, er macht sie hinter geschlossenen Türen. Man wird ihm nie etwas nachweisen können", gab er zerknirscht zu bedenken und strich Annie eine losgelöste Strähne zurück hinters Ohr. Dabei streichelte er beinahe zärtlich ihre Kehle.

Annie schluckte. Sie sah in seinen Augen, dass er nicht wusste, wie es weitergehen sollte. Sie lächelte ihn an und neigte leicht den Kopf, weil seine Berührung sich so schön anfühlte. Sie wollte ihn trösten, ihm die Sorge um seinen Bruder nehmen, und zugleich wünschte sie sich, er möge sie vergessen lassen, zu was Phoenix Ramírez fähig war.

Sie umfasste sein Gesicht. „Und wenn wir ihm doch etwas nachweisen können?" Sie konnte nicht verhindern, dass sich ein Lächeln auf ihren Lippen ausbreitete. „Wenn ich ... womöglich ... eine Wanze in meiner Handtasche habe?"

Die Überraschung auf Joshs Zügen brachte sie zum Lachen. „Du hast was?", fragte er ungläubig.

„Ich habe eine Wanze in meiner Handtasche. Und die liegt dort drinnen auf dem Tisch."

Kapitel 23

Es herrschte eisiges Schweigen, als sie den Rückweg antraten. Phoenix hatte einen dicken Scheck für die Bedürftigen ausgestellt, als wäre er ein Wohltäter und Gönner der Stadt. Doch sobald die Tür der Limousine hinter ihm zufiel, legte er die Maske ab und zeigte sein wahres Gesicht.

„Ich mag dich, Josh" setzte er an und nickte in Laylas Richtung. „Und sie mag dich auch. Doch solltest du es noch einmal wagen, meine Geschäfte zu stören, dann ..."

„Denkst du, deine Drohung schüchtert mich noch ein, Phoenix?", schrie Josh ihn an. „Ich höre mir diesen Mist seit sechs Jahren an! Seit du mir dein Wort gegeben hast, für Codys Sicherheit zu sorgen, wenn ich mich dir anschließe!"

„Habe ich nicht für seine Sicherheit gesorgt?"

Josh lachte bitter. „Hast du ihn dir heute einmal angeschaut? Ist das die Sicherheit, von der du gesprochen hast?"

„Du rebellierst gegen mich! Das werde ich nicht dulden!"

„Ich rebelliere nicht gegen dich! Ich fordere schlicht, dass du dein Wort hältst!"

„Mein Wort? Ich halte meinen Teil der Abmachung, wenn du dich an deinen erinnerst." Er grinste gefährlich, und es hob sogar die Narbe an seinem Auge. „Du gehörst mir, mit Haut und Haaren. Du tust, was ich sage."

„Wenn du Cody in Ruhe lässt!", erinnerte Josh ihn laut. „Das war der Deal!"

Phoenix nickte. „Okay. Cody kann gehen, wohin er will. Er hat nichts zu befürchten, wenn er dem Kartell den Rücken kehrt", gab er sich großmütig. „Aber du wirst bleiben."

Josh biss die Zähne zusammen und schluckte den Hass hinunter. Er wagte es nicht, Annie anzusehen, aus Angst vor der dummen Schwäche, die sie in ihm weckte. Er konnte nicht stark sein, wenn er sich auch noch um ihre Sicherheit sorgte. „Ich bleibe."

Phoenix grinste siegessicher. „Schön, aber wenn Cody ebenfalls bleiben will, dann werde ich ihn nicht daran hindern. Und du auch nicht."

Josh traute der Sache nicht. Cody war nicht dumm. Er hatte gerade sechs Jahre für das Kartell abgesessen, und es war anzunehmen, dass er nicht scharf darauf war, das zu wiederholen. Trotzdem gefiel ihm dieser Deal nicht.

Layla lächelte ihn an. „Komm schon, Josh. Um des lieben Friedens willen, reg dich ab. Cody ist erwachsen. Er kann seine eigenen Entscheidungen treffen."

Phoenix reckte ihm die Hand entgegen, und obwohl Josh die Bilder nicht aus dem Kopf gehen wollten, wie sich diese Hand um Annies Hals geschlossen hatte, schlug er ein. Im Moment blieb ihm keine andere Wahl, aber wenn Annies Handtaschenwanze irgendwelches belastende Material zutage fördern würde, dann brauchte Phoenix nicht mit seiner Treue rechnen.

„Na also", lachte Layla und klatschte in die Hände. „Wir sind doch eine Familie!"

„So ist es, *mi corazon*", stimmte Phoenix milde zu. „Und um zu unserem alten Verhältnis zurückzukommen, wird Josh …" Er riss Annie die Clutch aus dem Arm und stieß sie auf den Boden der Limousine. Er packte ihr Haar und bog ihr den Kopf in den Nacken. „… seinen Gehorsam demonstrieren." Er ließ sie los, richtete aber seine Waffe auf ihre Schläfe.

„Lass sie!" Josh wollte dazwischengehen, aber Layla hielt ihn am Arm zurück.

„Tu, was er sagt!", forderte sie leise und beugte sich nach vorne, um Annies Tränen abzutupfen. Sie streichelte Annies Wange und lächelte zuversichtlich. „Wer dazugehören will, musste sich schon immer beweisen."

„Sie hat Wein auf das Kleid meiner Schwester geschüttet", ergänzte Phoenix schulterzuckend. „Entweder du schlägst sie, oder ich tue es." Er hielt beide Hände wie eine Waagschale. „Nur, wenn ich es tue, gebe ich sie danach Troy. Wenn du es tust … sollst du sie haben. Du hast die Wahl."

„Ich schlage doch keine Frau!", empörte sich Josh, als die Limousine in Phoenix' Anwesen einbog. Der Motor wurde abgestellt, und durch die verdunkelten Scheiben waren die bewaffneten Türsteher zu sehen.

„Das wird Troy sicher freuen", gab Phoenix gelassen zurück und holte zum Schlag aus. Annie riss die Arme nach oben, und ihr Schrei traf Josh mitten ins Herz. Er warf sich in Phoenix' brutalen Hieb und stieß den Kartellchef zur Seite.

„Hör auf!", verlangte er. „Sie ist doch vollkommen unbeteiligt!"

Layla schüttelte den Kopf. „Ist sie nicht. Sie weiß schon jetzt zu viel, und wenn du nicht willst, dass …" Sie zuckte mit den Schultern. „… wir hinter dir aufräumen, dann trag Sorge dafür, dass sie funktioniert."

Josh atmete ein paarmal tief durch. Die Türsteher draußen schauten schon fragend zu ihnen herüber. Er streifte Annies Blick, und ihre bebende Lippe war mehr, als er verkraften konnte. Dann holte er aus und schlug ihr ins Gesicht.

Seine Hand brannte unter dem Schlag, und Annies Kopf flog hart zur Seite. Sie kauerte keuchend am Boden der Limousine, und Josh wollte nur eines – sie von dem allem hier weit fortzuschaffen. Er riss Phoenix ihre Handtasche vom Schoß und warf sie Annie wütend vor die Füße. „Sie wird funktionieren", gab er kalt an Phoenix zurück. „Ich weiß nicht, was ihr euch da für einen Mist einbildet. Sie ist nur ein Scheiß-*Grand-Five*-Mädchen. Ich ficke sie nur!" Er stieß die Tür auf und stieg aus, ohne seine Wut zu verbergen. „Und jetzt lass sie gehen, damit ich genau das mit ihr tun kann, denn das war verdammt noch mal ein richtiger Scheißtag!"

Er streckte Annie die Hand entgegen, und sobald sie zitternd danach griff, riss er sie aus dem Wagen. „Komm schon, und hör auf zu flennen!", brummte er und führte sie an den Türstehern vorbei durch den Garten in seine Unterkunft. Phoenix' Lachen folgte ihnen, bis er die Tür schloss.

„Es tut mir leid!", brach es aus ihm heraus, und er sank

mit ihr auf die Knie. „Annie! Hörst du? Ich … ich … oh mein Gott, es tut mir so furchtbar leid. Ich wollte das nicht."

Annie zitterte am ganzen Leib. Ihre Wange pulsierte, und hinter ihrer Schläfe hämmerte es schmerzhaft. Die Tränen trübten ihre Sicht, als Josh behutsam mit den Händen ihr Gesicht umfasste. „Ich wollte das nicht", murmelte er immer wieder und küsste ihre Stirn.

Schniefend lehnte Annie sich gegen ihn und ließ ihren Tränen freien Lauf. Natürlich hatte er das nicht gewollt. Sie wusste, dass er keine Wahl gehabt hatte. Dennoch saß der Schock tief, dass der Mann, für den sie in den letzten Wochen solch intensive Gefühle entwickelt hatte, ihr wehgetan hatte.

„Annie?", flüsterte er kaum hörbar. „Bitte, sag doch was." Er hob sie hoch wie ein Kind und trug sie, dicht an seine Brust geschmiegt, zum Bett. Die Sprenkel in seinen Augen glühten vor Scham, und sein sonst so sinnlicher Mund war zu einer blassen Linie verkniffen. Die tröstlichen Worte, die er ihr ins Ohr murmelte, waren wie Balsam auf ihrer wunden Seele, und sie kuschelte sich noch näher an ihn. Der warme Duft seiner Haut wirkte beruhigend auf sie, und seine Hände versprachen ihr eine Sicherheit, die sie so sehr vermisste.

„Du weißt, dass ich dir nicht wehtun wollte, oder?", fragte er, und die Unsicherheit in seiner Stimme ließ Zärtlichkeit in Annie aufwallen.

„Natürlich", zwang sie sich, zu antworten, auch wenn

jede Bewegung an ihrem Kiefer schmerzte. „Mir …" Sie rieb sich das Kinn und tastete zaghaft ihr Jochbein ab. „… mir geht es gut." Sie sah zu ihm auf und versuchte, zu lächeln, was ordentlich misslang. „Aber du hast einen ganz schönen Schlag", beschwerte sie sich zerknirscht.

„Ich weiß, es … tut mir leid. Aber Phoenix hätte dir Schlimmeres angetan, hätte er mir die Ohrfeige nicht abgenommen", verteidigte er sich reumütig und tupfte ihr behutsam die Tränen von der Wange.

„Zumindest haben wir meine Tasche zurück", wechselte Annie das Thema und setzte sich langsam etwas auf. Mit der einen Hand hielt sie noch immer krampfhaft die Clutch umklammert, und erst, als Josh sie ihr abnahm, löste sich auch ihre Anspannung. „Gott, Josh", presste sie erleichtert heraus. „Vielleicht habe ich endlich einen Beweis gefunden!"

„Hoffentlich hast du damit nicht unser Todesurteil unterschrieben", gab Josh viel weniger euphorisch zurück. Er hob die Matratze an und schob die Handtasche darunter. „Wie kannst du erfahren, was die Wanze übertragen hat?", fragte er und rückte etwas von ihr ab. Er war blass, und sie sah ihm an, dass ihm die letzten Stunden zugesetzt hatten.

„Im Moment gar nicht", gestand sie und nahm seine Hand auf. Sie breitete seine Finger aus und strich nachdenklich darüber. „Ich muss mit meiner Einheit Kontakt aufnehmen."

Josh nickte. Er schloss seine Finger um ihre und küsste ihren Handrücken. „Das mit der Handtasche hätte schiefgehen können", gab er zu bedenken und beugte sich über sie. Wieder zeichnete er die Schwellung ihrer Wange zärtlich nach. „Du … hast heute einiges riskiert." Er fuhr mit den Lippen zärtlich über ihren Mund. „Ich hatte Angst um dich."

Als er sie küsste, spürte sie, dass er die Wahrheit sagte „Ich hatte keine Angst", gestand sie und legte ihm die Arme um den Hals. Sie sah ihm in die Augen, und trotz ihrer Schmerzen lächelte sie. „Denn du warst ja da."

Sie zog ihn zu einem tiefen Kuss über sich und schlang ihre Beine um ihn. Ihre Hände wanderten unter sein Jackett, und sie streifte es ihm hastig ab, während er den Pistolengürtel von seiner Schulter schob. Er nahm die Glock heraus und legte sie griffbereit auf das Nachttischchen, ehe er sich zwischen ihre Beine setzte und ihr Millimeter für Millimeter das Kleid nach oben schob. „Mach nicht den Fehler, Annie, dich bei mir sicher zu fühlen", raunte er. „Du hast Phoenix gehört. Ich gehöre ihm." Seine Hände wanderten über ihre Schenkel nach oben, und ihr Slip war kein Hindernis für ihn. „Und wenn ich dich liebe, so wie jetzt …" Er streifte ihr die schwarze Spitzenunterwäsche ab und neigte sich nach vorne. Seine Zunge fand ihre Knospe. „… dann stehle ich mir etwas, das mir nie gehören wird."

Annie stöhnte unter seinem heißen Atem auf und zog ihn an den Haaren höher. Sie riss sein Hemd auf und ließ ihre Hände daruntergleiten, um seine Haut, seine Wärme zu spüren. „Wenn ich es dir schenke, ist es nicht stehlen", wisperte sie und öffnete seine Hose.

Am nächsten Morgen schillerte Annies Wange so blau wie

die Wasseroberfläche des Pools, an dem sie saßen. Sie hatte erfolglos versucht, das zu überschminken. Josh hasste sich selbst dafür, der Grund für diese Blessuren zu sein, auch wenn Annie ihm wohl vergeben hatte. Sie lächelte ihn über den Pool hinweg an. Ein Lächeln, das er seiner Meinung nach nicht verdient hatte. Er fühlte sich wie ein Versager. Warum hatte er Phoenix nicht einfach erschossen? Warum ließ er diesem Bastard das alles durchgehen? Er würde der Welt einen Dienst erweisen, wenn er Phoenix ausschalten würde. Und doch waren ihm die Hände gebunden. Phoenix' Fänge reichten weiter, als man ahnte. Wenn man sich mit dem Ramírez-Kartell anlegte, dann würde man nirgendwo auf der Welt mehr Frieden finden. Sie würden einen jagen, weit über Phoenix' Tod hinaus.

„Verflucht noch mal!", murmelte er und trank die Tasse mit dem bitteren Kaffee aus, die vor ihm stand.

Sein leise gemurmelter Fluch ließ Cody neben ihm den Kopf aus seinen Händen heben. Auch vor ihm stand ein Kaffee, den er jedoch noch nicht angerührt hatte. Codys Verletzungen im Gesicht klangen allmählich ab, aber der übermäßige Alkoholgenuss vom Vortag hatte seine Spuren hinterlassen. Codys Augen waren blutunterlaufen, und obwohl er gerade aus der Dusche kam, standen ihm die Haare wirr vom Kopf ab. Ein Schluck Kaffee konnte womöglich Wunder bewirken. Zu der Erkenntnis kam er vermutlich gerade selbst, denn er streckte die Hand nach der Tasse aus, und sein Blick folgte Joshs über den Pool hinüber zu Annie. Er verzog den Mund zu einem Grinsen. „Layla sagt, du bist richtig scharf auf die Kleine?"

Joshs Miene verfinsterte sich. „Du solltest nichts auf das geben, was Layla sagt. Ich will, dass du hier so schnell wie möglich verschwindest. Phoenix sagt, du kannst gehen. Du bist raus aus der Firma."

Cody winkte ab und rieb sich leicht verlegen den Nacken. „Ich weiß. Layla hat mir schon davon erzählt."

Josh wurde hellhörig. „Wie kann sie dir schon davon erzählt haben? Ich konnte dieses Zugeständnis Phoenix erst gestern Nacht abringen."

Cody nickte und betrachtete mit einem Mal die Tasse in seinen Händen recht eingehend. „Ja, das war so … also … "

Er brauchte nicht weiterreden, denn in diesem Moment kam Layla in einem Bikini, der ihre üppigen Kurven kaum zu bändigen vermochte, aus dem Haus und direkt auf Cody und Josh zu. Sie strich Cody über den Rücken, ehe sie sich von hinten an ihn presste und sich dabei lasziv an ihm rieb.

„*Buenos dias, mi amor*", raunte sie sinnlich in sein Ohr, ehe sie ihm über den Hals leckte. „Du warst ja schon weg, als ich aufgewacht bin."

„Ist das euer Ernst?", brauste Josh auf und riss Layla von seinem Bruder weg. „Hast du den Verstand verloren?", fuhr er Cody an. „Willst du, dass Phoenix dir das Hirn wegpustet?"

Layla ging beschwichtigend dazwischen, nicht, ohne ihre Hand an Codys Oberschenkel hinaufgleiten zu lassen. „Das ist Unsinn, Josh. Das zwischen deinem Bruder und mir … " Sie neigte sich zu Cody hinüber und nahm sich die Zeit für einen langen, leidenschaftlichen Kuss, ehe sie sich wieder an Josh wandte. „… das ist etwas Besonderes. Phoenix versteht das."

Josh fluchte. Dann packte er Layla am Oberarm und zerrte sie mit sich von der Bar weg, hinaus in den Garten. Grob stieß er sie vor sich her, sodass schon die Wachen nach ihren Waffen griffen. Layla hob beschwichtigend die Hand und stemmte die Hände in die Hüften. „Hör schon auf, Josh!", fauchte sie ihn an. „Was geht es dich an, mit wem ich ins Bett steige?"

Er knurrte beinahe, so wütend war er, und es juckte ihn in den Fingern, ihr den Hals umzudrehen. „Es geht mich etwas an, wenn derjenige mein Bruder ist!", stellte er klar.

„Bist du eifersüchtig?" Layla reckte die Brust raus. „Ich habe mich dir oft genug angeboten, Josh. Du wolltest ja nicht."

Fassungslos fuhr Josh sich durch die Haare. „Wie viele Kerle hat Phoenix kaltgemacht, weil sie mit dir im Bett waren?", verlangte er zu erfahren. „Zehn in den letzten sechs Jahren? Oder waren es mehr?"

„Layla?", fragte Asher mit gezückter Waffe. Sein Zahn blitzte im Sonnenlicht. „Brauchst du Hilfe?"

Sie winkte ab. „Danke, Ash. Aber Josh und ich … wir sind uns schon fast einig."

„Wir sind uns kein bisschen einig!", widersprach Josh durch zusammengebissene Zähne hindurch. „Du lässt deine Finger von meinem Bruder!"

Layla lachte. „Du gönnst ihm aber auch gar nichts. Er war jetzt sechs Jahre im Knast. Denkst du nicht, er hat sich etwas Spaß verdient?"

„Den kann er haben, aber nicht mit dir!" Er stieß Layla

den Zeigefinger auf die Brust. „Ich weiß genau, was du vorhast. Du willst ihn an dich binden, damit er diesen Bitcoin-Deal für euch dreht!"

Laylas Lächeln verschwand, und sie wurde ernst. „Hör zu, Josh. Phoenix hat dir doch gestern gesagt, wie das hier läuft. Dein Bruder entscheidet selbst, ob er dem Kartell diesen Dienst erweisen will oder nicht. Und du hältst dich da raus, weil Phoenix langsam, aber sicher keine Lust mehr hat, Männer um sich zu haben, die an ihm zweifeln."

„Du manipulierst Cody, indem du mit ihm …"

„Er ist ein wunderbarer Liebhaber, Josh, und ich werde nicht deinetwegen auf den Spaß verzichten, den wir beide miteinander haben", erklärte sie entschieden und wandte sich ab. Sie strich sich das dunkle Haar auf den Rücken und winkte Cody zu, ehe sie mit einem Kopfsprung in den Pool abtauchte.

Josh ballte die Fäuste. Hier auf diesem Anwesen war alles vergiftet. Jeder Satz, der gesagt wurde, triefte vor Falschheit und Bosheit, und jeder Mann, der hier verkehrte, war ein Mörder oder ein Krimineller. Genau wie er selbst, und doch hielt er sich tief in seinem Innersten für besser als diese Kerle. Sein Blick fiel auf Cody, der sich soeben das Shirt über den Kopf zog und auf einem Bein hüpfend aus seiner Shorts schlüpfte. Nur in Unterhosen hechtete er Layla hinterher ins verlockende Nass.

Er wirkte glücklich – und das war wohl das Schlimmste daran. Josh würde es nicht gelingen, zu Cody durchzudringen, solange Layla seinem Bruder einredete, dass er vorhatte, ihn seines Glückes zu berauben. Vielleicht musste er Cody ein paar Tage Zeit geben, sich auszutoben,

ehe er ihn mit vernünftigen Argumenten davor bewahren
konnte, erneut Dummheiten zu machen.

Kapitel 24

Obwohl Annie auf der gegenüberliegenden Seite der Poolanlage auf einem Liegestuhl darauf wartete, dass sie mit Josh das Anwesen verlassen konnte, um sich mit ihrem Einsatzteam abzustimmen, entging ihr nicht, was vor sich ging. Sie sah Josh die Verzweiflung an, in die ihn sein Bruder und dessen offensichtliche Liebelei mit Layla stürzte. Sie verstand nicht, warum Cody so blind war, erneut auf das Kartell hereinzufallen. Vermutlich hatte Phoenix' Schwester ihm mit Lügen und falschen Versprechungen ganz den Kopf verdreht. Annie wusste, dass Häftlinge in den ersten Tagen und Wochen nach ihrer Entlassung leicht zu beeinflussen waren. Hier entschied sich oftmals deren weiterer Lebensweg. Und Cody bog gerade vollkommen falsch ab.

Säße der junge Mann im Präsidium vor ihr, würde sie ihn davor warnen, falschen Freunden zu vertrauen, aber hier … hier musste sie aufhören, sich um all diese gestrandeten Kreaturen zu sorgen, und hoffen, selbst mit heiler Haut herauszukommen. Unbewusst berührte sie die Prellung von Joshs Schlag an ihrer Wange. Die war etwas abgeschwollen, schimmerte aber trotz des Make-ups, das sie großzügig aufgetragen hatte, bläulich heraus.

„Hey, Süße, wenn Josh zu grob im Bett ist, dann komm doch wieder in meines. Mir gefällt eh nicht, dass du jetzt mit ihm abhängst." Troys Schatten fiel auf ihr Gesicht, ehe er sich unaufgefordert zu ihr auf die Liege setzte. Wie selbstverständlich wanderte seine Hand an ihren Oberschenkel.

„Das war ein Versehen", tat Annie den Bluterguss ab und rückte etwas beiseite.

Troy lachte. „Ja, das kenn ich." Er zwinkerte ihr verschwörerisch zu, und die Unruhe in seinen Augen ließ Annie vermuten, dass er irgendwelche Drogen konsumiert hatte. Seine Hände waren unangenehm feucht, und er wippte ununterbrochen mit dem Kopf. Dazu huschten seine Pupillen wie Murmeln von links nach rechts, als fiele es ihm schwer, sich zu konzentrieren. „Ash hat auch mal versehentlich bei einem Fick zu hart zugepackt", flüsterte er ihr vertraulich zu, dabei war seine Stimme nicht wirklich gesenkt. „Sie endete in einem Fass!"

In einem Fass? Annie rang die Gänsehaut nieder, die diese Worte ihr verursachten, und zwang sich, cool zu bleiben. Die Ermittlerin in Annie blendete aus, dass er ihr schon fast in den Schritt fasste. Denn das, was er da gerade sagte, konnte dem FBI womöglich etwas liefern, das das Kartell mit einem Verbrechen in Verbindung brachte. Sie konnte nicht verhindern, dass ihr Blick hinüber zu Asher wanderte, der das Gespräch zwischen Josh und Layla kritisch verfolgte.

„Das glaube ich nicht", versuchte sie, Troy dazu zu bringen, mehr preiszugeben. „Du willst mir doch nur Angst machen." Widerwillig kuschelte Annie sich in seine Armbeuge, um sein Vertrauen zu gewinnen. „Damit ich mich bei dir sicher fühle, oder?"

Troy ließ sich das gerne gefallen. Er legte ihr den Arm um die Schultern und bettete seine Hand dabei selbstgefällig auf Annies Brust. „Bei mir kann man sich sicher fühlen, Süße." Er kniff ihr in die Brust und grinste. „Ein bisschen Schmerz ist ja okay, aber wenn die Kleine unter dir abkratzt … find ich das nicht so prickelnd."

Annie versteifte sich. Wie konnte er nur so emotionslos über ein totes Mädchen sprechen und sich dabei auch noch an ihr aufgeilen? Am liebsten hätte sie seine Hand weggeschlagen, aber sie musste zuerst noch mehr erfahren. „Ein Mädchen ist beim Sex mit Ash gestorben?", hakte sie deshalb noch mal ganz direkt nach.

„Irgendwelche Fesselspiele", bestätigte er und zupfte sich unruhig im Schritt herum. Annie spürte seine Erektion, aber sie wollte lieber nicht wissen, was diese hervorrief. Sein Getatsche an ihrer Brust oder das Gespräch über das tote Mädchen. „Sie ist erstickt, und er hat sie trotzdem gefickt. Ich muss es wissen, denn ich hab ihm geholfen, sie in das Fass zu stopfen."

Die Gänsehaut ließ sich nun nicht länger zurückhalten. Sie wollte aufstehen, weglaufen und diese kranken Wichser nie wiedersehen. Doch das wäre feige. Sie würde zulassen, dass womöglich noch mehr Mädchen in Fässern landeten. Dass diese Kerle weiterhin ungestraft tun konnten, was immer sie wollten. Und das konnte sie nicht. Also schluckte sie ihren Ekel hinunter und drehte sich etwas zu Troy um. Sein unsteter Blick heftete sich auf ihre Brüste, und er schien kurz aus dem Konzept zu kommen.

„Man kann doch kein Fass mit einer Leiche darin einfach so irgendwo entsorgen", gab sich Annie zweifelnd und schüttelte den Kopf, sodass ihre rote Mähne sich verführerisch über seinen Arm ergoss. „Das glaub ich einfach nicht."

„Denkst du, ich lüge?", wurde er wütend und packte ihr Haar. „Denkst du echt, ich habs nötig, so ne kleine Schlampe wie dich anzulügen?"

Annie zuckte mit den Schultern und ließ sich von ihm näher auf seinen Schoß ziehen. „Ich sag nur, dass ich mir nicht vorstellen kann, wo man so ein Fass unbemerkt entsorgt. Das ist schon alles, Troy." Sie legte die Hände an sein bunt gemustertes Hemd und sah ihm in die Augen.

Er nickte und gab ihr Haar frei. Dafür umfasste er nun ihren Hintern und zog sie näher an sein geschwollenes Glied. Aus dem Augenwinkel sah Annie Josh hinter Guilly in die Villa verschwinden, und eisige Panik stieg in ihr auf. Warum half er ihr denn nicht? Sah er nicht, in welcher Lage sie sich befand? Troys Nähe war mit einem Mal zu viel für ihre Nerven. Sie rang die Tränen nieder, die ihr plötzlich in die Augen schossen, und versuchte, Troys Zunge an ihrem Ohr auszublenden.

„Im Coldwater Canyon bei Hidden Springs liegen Fässer …" Er leckte ihren Hals und führte ihre Hand an seinen Schwanz. „Da geht einem echt einer ab, wenn man darüber nachdenkt."

Josh hatte wirklich geglaubt, seine Laune könnte nach Laylas Abgang kaum noch tiefer sinken, aber da hatte er sich wohl getäuscht. Der Anblick von Troy und Annie setzten dem Ganzen noch die Krone auf. Es missfiel ihm gewaltig, Troys dreckige Hände an seiner … seiner …

Frustriert raufte Josh sich die Haare. Seiner was? Annie war nicht seine Freundin. Sie war nicht mit ihm zusammen. Er wusste das ganz genau, denn er hatte ihren Verlobten gesehen. Die Sache zwischen ihnen hatte nichts mit Gefühlen zu tun. Der Sex bedeutete nicht, dass Annie ihn mochte. Einzig ihre merkwürdige Verbindung und die Tatsache, dass sie ein Geheimnis teilten, hatten sie zusammengeführt. Diese körperliche Anziehung, aus reiner Einsamkeit, hatte sie in die Arme des anderen getrieben. Er hatte sie küssen, ja, mit ihr schlafen wollen, weil sie seit so langer Zeit die erste Frau war, der er keine Lügen auftischen musste, weil sie ihn ganz genau als das sah, was er war. Und dass es ihr da ähnlich ging, lag auf der Hand. Sie war undercover in einem Kartell, abgeschnitten von ihrer Einheit, ihren Freunden und ihrer Familie, umgeben vom übelsten Abschaum der Menschheit. Dass sie sich auf ihn einließ, den Einzigen, der wusste, wer sie wirklich war, hatte nichts zu bedeuten.

Und trotzdem verspürte er diesen Stich der Eifersucht in seiner Brust, wenn er sie wie jetzt mit einem anderen sah.

„Du sollst mal kommen", wurde er aus seinen Gedanken gerissen. Er sah auf Guilly hinab, der mit Kopfhörern auf den Ohren neben ihm stand und in Richtung Villa deutete. „Paps braucht dich."

Josh verkniff sich einen weiteren Fluch. Er zögerte. Annie bei Troy zu lassen, schien ihm keine gute Idee, aber sie erneut in Phoenix' Nähe zu bringen, war noch gefährlicher.

„Ich habe ihr gesagt, sie soll sich fernhalten", murmelte er tonlos und beeilte sich, Guillermo zu folgen. Es war besser, was immer es war, schnell hinter sich zu bringen. Besonders, da Troy Annie mit jeder Minute weiter auf die Pelle rückte.

„Was willst du?", kam er deshalb direkt zur Sache, als er Phoenix' großzügiges Büro betrat. Die weiten Fenster offenbarten eine fantastische Aussicht über L. A., aber auch über den Pool unter ihnen. Annies Hand bewegte sich in Troys Shorts auf und ab. Es war recht klar, was sie da tat. Josh biss die Zähne zusammen und wandte sich wütend ab. Er konnte nicht ertragen, das zu sehen.

„Keine großen Umschweife. So mag ich das", stellte Phoenix zufrieden fest und verschränkte die Arme vor der Brust. „Wir haben ein Problem, um das du dich kümmern musst", verzichtete auch er auf lange Reden. „Eine Schiffsladung aus dem Ostblock trifft heute ein. Asher meint, einer der Hafenmitarbeiter könnte für die Polizei arbeiten. Wir können den Container also nicht entleeren, ohne jemanden, der …" Phoenix lehnte sich in seinem Stuhl weit zurück und streckte die Beine unter dem Tisch aus. „… der aus der Ferne ein Auge auf alles hat."

Josh musste sich beherrschen, seine Gefühle zu unterdrücken und sich aufs Geschäft zu konzentrieren. Er versuchte, zu ergründen, was Phoenix genau von ihm wollte. Bis jetzt erschloss sich ihm der Auftrag noch nicht ganz, aber er hielt sich mit Fragen zurück. Phoenix ließ sich nicht gerne unterbrechen. „… jemanden, der … der eingreifen kann."

„Und da hast du an mich gedacht?", hakte er nach und

verbot sich, noch einmal aus dem Fenster zu sehen.

Phoenix nickte. „Du positionierst dich auf dem Dach des *Harbour Inn*. Das sind dreihundert Meter Luftlinie zur Verladestelle des Containerhafens mit uneingeschränkter Sicht auf die Abfertigung. Und nimm ein Gewehr mit. Ich erwarte, dass du dafür sorgst, dass uns keine unliebsamen Überraschungen blühen."

Josh verstand. Es war nicht das erste Mal, dass Phoenix seine Fähigkeiten als Sniper für sich beanspruchte. Allerdings hatte keiner der Einsätze je mit einem Abschuss geendet. Phoenix hielt seine Geschäfte gerne sauber. Wenn dies allerdings nicht möglich war, dann …

„Wann geht es los?", hakte Josh nach, und nun sah er doch durchs Fenster. Troy war inzwischen nicht mehr zu sehen, und Annie saß ziemlich versteinert auf der Liege.

„Sofort. Der Container wird in drei Stunden entladen."

Josh nickte. „Wer kümmert sich ums Verladen?"

„Asher, Troy und Cody."

„Cody nicht!", widersprach Josh entschieden.

Phoenix sah ihn stirnrunzelnd an. Es herrschte eine greifbare Anspannung.

„Er wird sich nicht auch noch des Waffenhandels für euch schuldig machen!", verlangte Josh, als sich das Schweigen immer weiter ausdehnte.

Dann neigte das Oberhaupt des Kartells den Kopf. „Na schön. Er bleibt hier. Nehmt stattdessen einen der Mexikaner mit. Die sind … ersetzbar, falls doch etwas schiefläuft."

Damit konnte Josh leben. Auch wenn er sich nur zu gut vorstellen konnte, in wessen Bett Cody sich die Zeit vertreiben würde, bis dieser Job erledigt sein würde.

„Noch was", beeilte Josh sich, zu sagen. „Annie ist mein Mädchen. Ich mache Troy das noch einmal unmissverständlich klar, aber während ich nicht da bin, will ich sie hier nicht haben. Deine Männer haben keinen Respekt, und ich bin nicht bereit, sie zu teilen."

„Dann fahr sie nach Hause. Aber ich habe dich gewarnt, funktioniert sie nicht oder macht sie Ärger ..." Phoenix machte eine Geste, als würde er eine Kehle durchschneiden. „... dann kümmert sich Asher um die Kleine."

Schon als Josh Annie zum Auto brachte, spürte er, dass etwas nicht stimmte. Aber er war zu wütend auf sie, um sich darum zu sorgen. Sie schritt wortlos und mit gesenktem Kopf neben ihm her und sah auch nicht auf, als er ihr die Tür zum Einsteigen aufhielt.

Er war furchtbar sauer auf sie, weil sie durch ihren verdammten Undercovereinsatz so ein Gefühlschaos in ihm heraufbeschworen hatte. Es sollte ihm egal sein, mit wem sie es trieb. Wem sie einen runterholte. Aber das war es nicht!

„Wohin fahren wir?", fragte Annie, als er den SUV die gewundene Straße durch die Hügel von Bel Air entlang hinunter zum Sunset Boulevard fuhr.

„Ich bring dich in deine Wohnung." Er sah sie kurz an, ehe er wieder auf die Straße schaute. „Du solltest ... die Infos von den Aufnahmen mit deinem Team absprechen." Er merkte selbst, dass er grob klang.

Annie nickte. Dann schlug sie sich auf den Oberschenkel und drehte sich im Sitz, sodass sie Josh böse anfunkeln konnte. „Das sollte ich!", rief sie, und Tränen traten ihr in die Augen. „Und weißt du, was ich noch besprechen sollte?" Sie kreischte beinahe, und Josh war froh, kein Cabrio genommen zu haben.

„Du wirst es mir sagen, nehme ich an."

Annies Schlag gegen seine Schulter kam nicht wirklich überraschend.

„Da liegst du absolut richtig, Josh!", rief sie und schnappte nach Luft. „Wusstest du von den Fässern im Coldwater Canyon?" Sie atmete heftig, so, als wäre sie gerannt. „Wusstest du, dass dort etliche Leichen in Fässern irgendwo abgeladen wurden?"

„Woher weißt du davon?"

Annie keuchte. „Dann ist es wahr? Und du …" Wieder schlug sie ihm zornig gegen die Schulter. „… du weißt davon!"

„Ich weiß nicht, wo im Canyon!", verteidigte er sich und rieb sich die Schulter. „Verdammt, Annie, was willst du denn von mir hören?" Er war ihre Vorwürfe leid. „Du kannst nicht halbherzig in einem Kartell wie dem Ramírez-Kartell überleben! Du bist entweder drinnen oder nicht! Und ich stecke verdammt noch mal bis zum Hals in dieser Scheiße mit drinnen." Er warf ihr einen bösen Blick zu, ehe er an der Ampel vom Gas ging. „Ich bin vielleicht kein eiskalter Mörder. Und mir gefällt vielleicht nicht, was aus mir geworden ist. Aber mach nicht den Fehler, mich für etwas zu halten, das ich nicht bin." Er senkte die Stimme wieder und wartete auf Grün. „Ich weiß von dem Canyon.

Und von den Fässern. Aber ich war nie dort."

Annies Schweigen überraschte ihn nicht. Es tat ihm weh, sie derart zu ernüchtern, aber er musste jetzt ganz dringend anfangen, die Gefühle, die sie in ihm weckte, zu bekämpfen.

Er durfte sich nicht in eine Frau verlieben, die, um an Informationen zu kommen, einem Verbrecher wie Troy in die Hose fasste! Die Ampel schaltete um, und er presste wütend den Fuß aufs Gaspedal. Kurz stellte er sich vor, Troy stünde vor dem Wagen …

„Hat Troy dir davon erzählt?", fragte er bitter und ordnete sich langsam in den zäh fließenden Stadtverkehr ein. Er brachte es nicht über sich, Annie anzusehen. Die Vorstellung von ihr und Troy war zu präsent.

Dass sie nickte, nahm er nur wegen des Wippens ihrer Haarpracht wahr.

Ganze zwei Blocks herrschte drückendes Schweigen zwischen ihnen, und erst, als Josh den Blinker setzte, um vor ihrem Apartment in zweiter Reihe zu parken, hörte er, dass sie schluchzte.

„Warum …?" Sie löste den Sicherheitsgurt und öffnete die Tür. „Warum hast du mich mit ihm allein gelassen?", fragte sie mit bebender Lippe. Ihre grünen Augen liefen über vor Tränen.

„Verdammt, Annie!" Josh sprang aus dem Wagen und ging zu ihr. Er war wütend. Wütend auf sie, auf sich selbst, auf Phoenix und ganz besonders auf Troy. Und doch überwog das Mitgefühl, und es kam ihm vor, als würden sich ihre Seelenqualen wie mit einem glühenden Eisen in seine Haut brennen.

Der Wind, der durch die Häuserschlucht fegte, wehte ihr die Haare in die Augen, und Josh zog sie an sich und strich ihr die Strähnen aus dem Gesicht. Er lehnte seine Stirn gegen ihre, während ihre Tränen seine Fingerspitzen benetzten.

„Er …", schluchzte sie und klammerte sich an Josh fest. „… er kam einfach her!"

„Ich weiß." Josh kniff die Augen zusammen, denn er konnte ihren Schmerz nicht ertragen. Seine Hände krampften sich um ihre Schultern, und er schüttelte sie leicht. „Verdammt, Annie, genau aus diesem Grund wollte ich nicht, dass du …" Er biss die Zähne zusammen. „… du bist dort einfach nicht sicher."

Ihr Nicken begleitete ein ängstliches Zittern, und Josh schloss sie fest in seine Arme. „Das ist Wahnsinn, Annie. Wenn Phoenix erfährt, was Troy dir gesagt hat, dann …"

„Ich weiß nicht, ob er sich überhaupt bewusst war, mir etwas verraten zu haben. Ich glaube, dass er auf irgendwelchen Drogen war."

Josh streichelte weiter ihre Wange, während er versuchte, das alles zu verstehen. „Phoenix erlaubt keine Drogen. Da ist er recht unentspannt. Bist du dir sicher?"

Annie nickte. „Es hat ihn angemacht, mir von dem toten Mädchen zu erzählen", gestand sie schaudernd. „Er hat mich dann gedrängt …"

„Sei still!", bat Josh und versiegelte ihre Lippen mit einem langen Kuss. „Ich will das nicht hören, Annie", raunte er und packte ihren Nacken. Er bog ihren Kopf, sodass er sie noch tiefer küssen konnte. „Es tut mir leid, dass ich nicht da war, aber ich verspreche dir, er wird dir nicht noch einmal zu nahe kommen."

Annie kam ihm auf Zehenspitzen entgegen und schlang die Arme um seinen Hals. Sie zog ihn sanft zu sich herunter und forderte einen weiteren Kuss. „Ich habe Angst vor ihm", gestand sie leise.

„Du solltest Angst vor jedem dieser Kerle haben."

„Auch vor dir?" Ihr Atem strich heiß wie ein Tropensturm über sein Gesicht.

„Gott, Annie, besonders vor mir!", murrte er und presste sie so fest an sich, dass sie keuchte. „Denn dich mit ihm zu sehen, das ... das hat mir ganz und gar nicht gefallen." Er küsste ihren Hals und wickelte sich ihre schweren Haare um die Faust. „Ich hasse, dass du ein FBI-Agent bist und es da einen Mann gibt, zu dem du gehörst." Er sah ihr in die Augen und küsste sie. Seine Zähne gruben sich in ihre Lippe, und er wusste, er tat ihr weh, aber irgendwie musste er sie für das bestrafen, was sie in ihm anrichtete. „Und am meisten hasse ich, wie sehr ich dich trotz allem will!"

Kapitel 25

Annie stand noch eine ganze Weile atemlos vor dem Haus, nachdem Josh gefahren war. Ihre Gedanken wirbelten wie wild durcheinander, von ihren Gefühlen ganz zu schweigen. Es kam ihr vor, als wäre sie unter einer gläsernen Kuppel gefangen, die sie von der Wirklichkeit abschnitt, und nur dieses Kribbeln auf ihrer Haut und Joshs warmer Duft hatten noch Bedeutung. Sie hörte die Autos nicht, die an ihr vorbeifuhren, nahm die Passanten nur als einen bunten Strom wahr, der an ihr vorbeizog, und erst das Bellen eines Hundes auf der gegenüberliegenden Straßenseite drang so allmählich zu ihr durch.

Sie hob langsam den Kopf, denn dieses Bellen, es war so ... vertraut.

„Summer?", flüsterte sie ungläubig, und ihre Glaskuppel barst mit einem Paukenschlag. Die struppige Hündin zog hart an der Leine und wedelte freudig mit dem Schwanz, während der Mann, der die Leine hielt, stocksteif dastand. „Liam."

Annie fühlte sich, als würde ihr jemand in den Bauch boxen. Ihr Magen krampfte sich zusammen, und sie bekam keine Luft.

Der Ausdruck in Liams Gesicht war es, der sie derart fertigmachte. Er sah nicht wütend aus. Nicht zornig, wenn man bedachte, was er vermutlich gerade mitangesehen hatte. Stattdessen hatte Annie das Gefühl, als würde er sagen: „Ich wusste es!"

Zögernd hob sie ganz leicht die Hand, führte die Fingerspitze an ihr Herz, als könnte sie ihm so sagen, was sie empfand, doch sie spürte selbst, wie wenig Wahrheit noch in dieser Bewegung lag. Und Liam erkannte es auch.

Sie wollte hinübergehen, irgendetwas sagen, sich in Summers borstiges Fell vergraben und sich der tröstlichen treuen Liebe ihrer Hündin überlassen. Doch sie bewegte sich keinen Millimeter. Sie wusste nicht, ob Phoenix jemanden geschickt hatte, ihr zu folgen. Sie wusste nicht, ob allein ihr Verhalten jetzt Liam nicht sogar in Gefahr bringen würde. Und tief in ihrem Herzen wusste sie auch nicht, wie sie ihrem Verlobten hätte erklären können, dass die Zuneigung, die sie für ihn empfand und die sie so lange für Liebe gehalten hatte, neben der brennenden Sehnsucht, die sie in Joshs Nähe verspürte, keinen Bestand hatte.

Wieder blähte ihr der Wind die Haare vor den Augen und trug Summers Bellen in eine andere Richtung davon. Sie blinzelte. Dann wandte sie sich um und ging ins Haus, ohne sich noch einmal nach Liam umzusehen. Als sie den obersten Treppenabsatz erreicht hatte, liefen ihr die Tränen in Sturzbächen die Wangen hinunter, und sie wischte sich die Nase an ihrem Ärmel ab, denn der Verlust dessen, was einst ihr Leben gewesen war, riss eine qualvolle Wunde in ihr Herz, fast so schlimm wie der Gedanke, dass der Mann, den sie liebte, sie niemals würde glücklich machen können.

Kraftlos ließ sie sich mit dem Rücken an der Wand des

Treppenhauses hinabgleiten und schlang die Arme um die Beine. Sie konnte nicht in ihre Wohnung gehen. Nicht vor die Kameras treten, die für ihre Sicherheit eingebaut worden waren. Eine Sicherheit, von der sie nicht eine Sekunde etwas gespürt hatte und die nicht hatte verhindern können, dass sie ihr Herz an einen Mann verloren hatte, den sie eigentlich hinter Gitter bringen sollte.

Mit dem Waffenkoffer in der Hand trat Josh auf das Flachdach des vierstöckigen Motels. Hier in Hafennähe blies ihm der Wind kalt entgegen, aber das war ihm gerade recht. Er brauchte dringend etwas, das seine Gedanken klärte.

Er trat an die kniehohe Brüstung und suchte den Containerhafen nach Phoenix' Männern ab. Im Hafen lagen mehrere Frachter vertäut. Die Kräne luden im Minutentakt die rostroten, gelben und dunkelblauen Container ab und türmten sie zu einem wahren Labyrinth aus Stahl auf.

Die rote Corvette, mit der Asher gerade durch die mit Schranken versehene Einfahrt bog, war nicht schwer auszumachen, und so war es keine Herausforderung, sich hinter der Brüstung des Moteldaches zu positionieren, um so alles im Blick zu haben. Zügig baute Josh das Gewehr auf, vermaß die Windstärke und berechnete anhand des Entfernungsmessers die Einstellungen am Gewehr. Unter der Sturmhaube, die er schon auf dem Kopf hatte, bereit, sie sich jederzeit übers Gesicht zu ziehen, sammelte sich der Schweiß und lief ihm in den Nacken. Als er durch das Zielfernrohr blickte, kam es ihm vor, als stünde er neben Asher. Phoenix' geiergesichtige rechte Hand wirkte wie immer gelassen, so, als könnte ihm niemand etwas anhaben. Niemand außer Josh, der gerade das russische Scharfschützengewehr auf Ashers Hinterkopf ausrichtete.

Dann veränderte er leicht die Position, und ein blonder Schopf erschien vor seinem Fadenkreuz.

„Du Bastard!", murmelte Josh, und für einen Moment zuckte sein Finger am Abzug. Es wäre so leicht, Troy aus dem Weg zu räumen. So leicht und so … verlockend.

Josh blinzelte. Die Sonne stand tief und blendete ihn etwas. Doch noch bedenklicher war, dass ein aufmerksamer Betrachter die Reflexionen seiner Waffe auf dem Dach würde ausmachen können. Darum prüfte Josh zudem das Magazin seiner Glock und legte sie griffbereit neben sich.

Die Sirene eines Streifenwagens in der Nähe ließ ihn sich etwas aufrichten, und er fragte sich, ob Annie schon mit ihrer Einsatzleitung gesprochen hatte. Er hatte keine Ahnung, wie sie mit ihrem Kontaktmann in Verbindung trat. Und er wollte es auch gar nicht wissen. Dennoch fragte er sich unweigerlich, was sie dem FBI über ihn berichten würde. Würde sie zugeben, mit ihm geschlafen zu haben? Nicht nur einmal, sondern mehrmals? Würde sie behaupten, das getan zu haben, um an ihn heranzukommen?

Das Polizeiauto bog ab und entfernte sich vom Hafen. Josh spuckte auf das gesandete Bitumendach und fokussierte sich wieder auf das, was sich vor seinem

Zielfernrohr abspielte. Ein dunkel lackierter Sattelschlepper war inzwischen angekommen und stand bereit, Phoenix' Container aufzunehmen. Einige Mexikaner, die Josh nur vom Sehen her kannte und die vermutlich den Sattelschlepper gefahren hatten, lungerten lachend bei Asher und Troy herum. Josh verrückte das Gewehr, denn die Sonne machte es unmöglich, zu erkennen, was links von Phoenix' Männern geschah. Dann musste er den Wind neu vermessen, und einige geringe Änderungen an den Gewehreinstellungen vornehmen. Sein Puls hätte eigentlich rasen müssen bei dem Gedanken daran, dass er diese Einstellungen vornahm, um einen tödlichen Schuss abzugeben. Doch wie er es beim Militär gelernt hatte, atmete er flach und gleichmäßig, während er auf dem Bauch hinter seinem Gewehr lag. Dies beruhigte auch den Puls, was wichtig war, damit der Finger am Abzug nicht zittern würde.

So langsam kam bei den Containern Leben ins Spiel. Der Hafenmitarbeiter mit den Frachtpapieren in der Hand näherte sich, und sein Blick glitt unruhig über die rote Corvette. Überhaupt wirkte er nervös. Alle paar Sekunden sah er über seine Schulter. Josh folgte mit dem Zielfernrohr dessen Blick, aber er konnte nichts erkennen. Was nicht bedeutete, dass dort niemand war, denn die meterhoch getürmten Frachtcontainer boten nicht nur Phoenix' Männern Schutz vor neugierigen Augen. Hier konnte sich ein ganzes Baseballteam unbemerkt aufhalten. Das machte die Sache kompliziert.

„Leck mich doch …!", entfuhr es Josh, als er den schwarzen Porsche sah, der sich durch die Containerreihen schlängelte. „Dieser Vollidiot! Was hat der denn hier verloren?", murrte er in Richtung seines Bruders, der den Wagen unter Joshs wachsamem Blick neben Ashers Corvette parkte. Cody stieg aus und schlenderte zu Phoenix' Männern hinüber, als würde er unten am Strand einige Freunde auf ein Bier treffen.

Nur mühsam widerstand Josh dem Drang, aufzustehen und hinüberzugehen, um Cody die Hölle heißzumachen.

Dabei ärgerte er sich doch am meisten über sich selbst. Wann hatte er angefangen, Phoenix' Wort zu glauben? Er hatte doch schon immer gewusst, dass man ihm nicht vertrauen konnte!

Wütend lenkte er das Zielfernrohr wieder in Troys Richtung, um zu sehen, was dort unten vorging. Der unterzeichnete gerade die Frachtpapiere des Hafenmeisters, während der Kran einen silbernen Container in Millimeterarbeit direkt auf den Aufleger des Sattelschleppers absetzte. Josh kniff die Lippen zu einer schmalen Linie, als er daran dachte, wie viele Waffen sich im Inneren dieses metallenen Ungetüms befanden. Eine ganze Ladung Tod und Verdammnis. Er mochte sich nicht ausmalen, wofür diese Waffen verwendet oder wie viele Leben damit beendet werden würden. Die Nachfrage nach illegalen Waffen, nach Militärwaffen und Sprengstoff war riesig. Zerstörung war ein einträchtiges Geschäft. Besonders für Phoenix Ramírez. Wieder spuckte Josh aus. Ihm war schlecht, und die Sonne, die ihm gnadenlos auf den Kopf brannte, verursachte ihm Kopfschmerzen.

Durch das Fernrohr verfolgte er, wie die beiden Mexikaner in den Truck stiegen. Beinahe glaubte er schon, der Job wäre ohne Probleme über die Bühne gegangen, da bemerkte er, dass der Hafenmitarbeiter, kaum außerhalb von Ashers Sichtweite, zu rennen anfing. Er huschte hinter den nächstbesten Container.

„Fuck!", murrte Josh und kniff konzentriert die Augen zu schmalen Schlitzen. Von der Schranke zum Hafengelände her rauschte ein gepanzerter Transporter der Bundespolizei heran, und als er anhielt, verteilten sich die Männer des Sondereinsatzkommandos mit ihren Waffen im Anschlag über den Frachthafen.

„So eine Scheiße!", fauchte Josh und suchte sofort nach Cody. Der lehnte lässig an Ashers Corvette, während der Geier sich eine Zigarette ansteckte. „Verpisst euch endlich!", fauchte Josh und legte den Finger an den Abzug. Ein Schuss ertönte, aber er kam nicht aus Joshs Gewehr. Der Truck, der bereits auf dem Weg zur Schranke war, kam schlitternd zum Stehen, und ehe Josh sichs versah, sprang der zweite Mexikaner mit einem MG bewaffnet aus der Beifahrerseite und eröffnete das Gegenfeuer.

Josh schoss einem der Polizisten von hinten in die Wade. Durch die schusssicheren Westen boten sie wenig Angriffsfläche, und er hatte nicht vor, jemanden zu töten. Doch Phoenix würde *ihn* kaltmachen, wenn er nichts unternahm.

Er suchte in dem Chaos nach Cody, der gerade in den Porsche hechtete, während Asher mit der Kippe im Mundwinkel hinter der Corvette in Deckung gegangen war und immer wieder über die Motorhaube hinweg Schüsse abfeuerte. Troy hatte sich wohl hinter einem der Container in Sicherheit gebracht, denn abgesehen vom

315

gelegentlichen Aufleuchten des Mündungsfeuers an einer Ecke war von ihm nichts zu sehen.

Josh kam Asher zu Hilfe, indem er mehrere Polizisten durch Schüsse vor die Füße zurück in die Deckung der Containerreihen zwang. Doch anstatt den Moment der Ruhe zur Flucht zu nutzen, rannte Asher dem Einsatztrupp hinterher. Er duckte sich mit dem Rücken gegen den Container, hinter dem der Hafenmitarbeiter verschwunden war, und schoss um die Ecke, ehe er selbst den Stahlkoloss umrundete. Kurz verschwand er aus Joshs Blickfeld, doch als er zurückkam, hielt er den Hafenmitarbeiter vor sich wie ein Schutzschild. Er schleppte ihn, einen Arm um dessen Kehle, zwischen den Containerreihen hindurch in Richtung Truck.

„Idiot!", fauchte Josh, denn er ahnte, dass Asher den Truck noch nicht aufgeben wollte. Asher öffnete die Fahrertür, und der Mexikaner fiel ihm leblos entgegen. Ein Einschuss genau in die Stirn hatte seine Fahrt beendet.

Von hinten näherten sich zwei Bewaffnete, und Josh zwang auch diese mit einem Schuss in die Beine zu Boden. Sein Puls raste, und es kam ihm vor, als spüre er selbst die Kugeln, die die Waden der Cops durchschlugen. Kurz wischte er sich den Schweiß von der Stirn und atmete zitternd durch.

Dann schwenkte er mit dem Zielfernrohr um, um nach Cody zu sehen. Der hatte inzwischen den Porsche wieder verlassen und rannte geduckt über den Hof. „Was treibst du da?", entfuhr es Josh erschrocken, bis er erkannte, dass sein Bruder offenbar die Autoschlüssel auf dem sandigen Verladeplatz suchte, während nur wenige Meter weiter der zweite Mexikaner von Polizisten überwältigt wurde. „Herrgott noch mal!"

Josh gab seine Position auf, griff die Glock und rannte zur Feuerleiter des Motels. Das metallische Knirschen, als diese sich ausfuhr, begleitete ihn auf seinem beinahe ungebremsten Sprung in die Tiefe. Er hing an der Leiter, und ein harter Ruck ging ihm durch die Knochen, als sie zwei Meter über dem Boden einrastete. Josh ließ sich fallen, zog sich die Sturmhaube übers Gesicht und rannte über die Straße in Richtung Hafen. Er schoss einem Cop in die Schulter und rannte geduckt weiter, durch einen Tunnel aus Containern. Schwer atmend schlug er den Weg abseits des Trucks in Richtung Verladeplatz ein, denn die meisten Beamten fokussierten sich auf Ashers Fluchtversuch. Darum kam er unbehelligt weiter, auch wenn er nicht so dumm war, seine Deckung aufzugeben. Er spähte um die Ecke, als Cody, hektisch über den Sand schlitternd, sich nach dem verlorenen Schlüssel bückte.

Josh rannte zu ihm und riss ihn auf die Beine zurück. „Komm schon!", fuhr er ihn an und checkte die Umgebung. Er stieß seinen Bruder regelrecht zum Auto, denn zwei Bewaffnete stürmten gerade hinter einem Container hervor auf sie zu. Schüsse knallten, und Josh duckte sich hinter das Heck. Er zielte und traf – genau in den Bauch. Mitten hinein in die schusssichere Weste. Der Cop wurde zur Seite gerissen und ging zu Boden. Josh wusste, er würde nur einige Minuten brauchen, um wieder auf die Beine zu kommen.

„Josh?", fragte Cody perplex, dabei hatte er ihn doch an der Stimme erkannt. „Bist du das?"

„Wer sonst? Fahr schon endlich los!", rief er Cody zu und schlug hinten auf die Karosserie. „Und duck dich verdammt noch mal, wenn du da vorne vorbeikommst!"

„Was ist mit dir?", fragte Cody, und Josh sah, wie ihm der Angstschweiß auf der Stirn stand.

Neben ihnen preschte Troy mit der Corvette über den sandigen Verladeplatz. Er feuerte ziellos um sich, während er ungebremst die Schranke niederfuhr. Das Holz splitterte, und die rot-weiß-gestreifte Einfahrtsbeschränkung regnete krachend über den Hof.

„Troy haut ab!", stellte Cody unnötigerweise fest. „Das sollten wir auch tun."

„Ich komme nach! Ash braucht mich!", rief Josh, dabei war ihm der Geier so was von egal. Er drängte den Gedanken zurück, dass er insgeheim sogar hoffte, ein Cop würde diesen Teufel zurück in die Hölle schicken. Er wollte vielmehr verhindern, dass Asher ein ganzes Schlachtfeld an getöteten Cops hinterlassen würde. Darum hastete er jetzt geduckt weiter, mitten hinein in das Heer der schwerbewaffneten Einsatztruppe.

Kapitel 26

In ihrem gelb geblümten luftigen Sommerkleid kam sich Annie heute irgendwie verkleidet vor. Dabei war es eines ihrer Lieblingskleider. Sie hatte es während eines Urlaubs mit Liam auf Aruba gekauft. Es hatte etwas Unbeschwertes und Verspieltes an sich. Jemand, der nichts zu verbergen hatte, der einzig den Moment genoss, konnte so ein Kleid tragen. Doch jetzt kam es ihr extrem unpassend vor. Dabei hatte sie gehofft, in das Kleid zu schlüpfen, würde ihr helfen, zurück zu Liam zu finden. Zurück zu dem Gefühl der Verliebtheit, die sie auf Aruba gespürt hatten.

Doch das Gefühl kam nicht wieder. Stattdessen verkrampften sich ihre Finger um die sportliche Strandtasche, die sie dabeihatte. Sie enthielt die Berichte zu den Informationen, die sie gesammelt hatte. An der Fußgängerampel blieb Annie stehen und wartete auf Grün. Dabei schob sie sich die Sonnenbrille ins Haar und sah sich unauffällig um. Sie glaubte nicht, dass sie verfolgt wurde. Sie war darauf trainiert, Verfolger zu erkennen, hatte den extralangen Weg zum Park gewählt, um wirklich sicherzugehen. Aber ihr war nichts Ungewöhnliches aufgefallen.

„Also los", murmelte sie und überquerte die Straße. Sie schlenderte zum Zeitungskiosk, nahm ihren Geldbeutel aus der Tasche und blätterte durch die Auslage. Sie entschied sich für eine Zeitschrift über Fernreisen, eine über Promiklatsch und ein Magazin über Inneneinrichtung. Dann bezahlte sie, wobei sie die Tasche abstellte, um ihr Wechselgeld zu verstauen. Nach einem kurzen Plausch mit dem Verkäufer über das wundervolle Foto auf dem Cover der Reisezeitung klemmte sie sich die Magazine unter den Arm und spazierte weiter in den Park.

Ihr Herz hämmerte wild, als sie sich auf eine nahe gelegene Parkbank niederließ und die erstbeste Zeitung aufschlug. Sie war sich sicher, dass der zu ihrer Einheit gehörende Zeitungsverkäufer die Tasche inzwischen in seine Bude geholt hatte und sich die Berichte ansah. Dann würde er weitere Anweisungen in die Tasche stecken, ehe ihr einfallen würde, dass sie diese vergessen hatte und sie zurückgehen würde, um sie abzuholen. Sie würde dem Verkäufer für die Weitsicht danken, die Tasche aufbewahrt zu haben, und sich erleichtert auf den Nachhauseweg machen.

So zumindest der Plan. Doch warum kam dann der Zeitungsverkäufer schon jetzt mit ihrer Tasche in der Hand um die Ecke? Sein Blick erhellte sich, als er Annie entdeckte, und er hob den Arm, um sie heranzuwinken.

„Was soll denn das?", flüsterte sie unruhig und schaute sich noch einmal um, ehe sie dem ihr unbekannten Beamten entgegenging.

Noch immer fühlte sie sich unbeobachtet.

„Sie haben Ihre Tasche bei mir am Kiosk stehen lassen!", erklärte der Verkäufer und reichte sie ihr.

Annie zögerte. „Ja, aber ... haben Sie nicht ...?"

Der Mann beugte sich etwas näher zu ihr und senkte die Stimme. „Normalerweise hätte ich gewartet, ob Sie sie abholen kommen, aber ..."

Annie verstand. Etwas am Plan hatte sich geändert. Sie nahm die Tasche wieder an sich und spürte sofort, dass der Mann die Berichte herausgenommen hatte.. „Sehr nett. mir nachzugehen", sagte sie und lächelte eine Passantin an. die gerade an ihnen vorbeikam. „Mir wäre vermutlich erst aufgefallen, dass sie weg ist, wenn ich vor der verschlossenen Wohnungstür gestanden wäre." Sie schlug sich leicht gegen die Stirn und schüttelte über sich selbst den Kopf.

„Dann hätte ich nicht mehr viel für Sie tun können", antwortete der Verkäufer und rieb sich die Stirn. Er sah aus, als konzentrierte er sich. „Ich mache für heute Schluss. Am Frachthafen ist irgendwas los. Eine Schießerei. Meine Frau arbeitet dort in der Nähe, und ich will sehen, ob es ihr gut geht", erklärte er, als hätte er es auswendig gelernt.

„Eine Schießerei?" Die Worte pressten Adrenalin in ihre Adern.

Der Mann nickte. „Bestimmt wieder so eine Kartellnummer."

„Ach wirklich?" Annie quetschte die Tasche, als sie sie fest an ihre Brust drückte. Sie sah dem Verkäufer nach und fragte sich, was Chris ihr damit sagen wollte. Gedankenversunken ging sie zurück zur Parkbank und steckte die Zeitschriften in ihre Tasche. Dabei entdeckte sie im Innenfutter eine Schusswaffe.

„Shit!", entfuhr es ihr, und sie schloss erschrocken die Tasche. War Chris übergeschnappt? Warum ließ er ihr eine

Waffe zukommen? War sie in Gefahr? Wusste er etwas, das sie nicht wusste? Wieder blickte sie unauffällig über ihre Schulter. Dieser Job verursachte einem doch Verfolgungswahn! Sie stand auf, klemmte sich die Tasche fest unter den Arm und hastete im Stechschritt zurück zur Straße. Sie hatte Glück. Ein Taxi kam gerade vorbei, und sie hob den Arm, um es anzuhalten.

„Wohin?", fragte der Fahrer, und Annie schnaufte noch einmal tief durch.

„Bel Air", presste sie heraus, wohl wissend, dass es ein Risiko war, eine Waffe in Phoenix Ramírez' Haus zu schmuggeln. Aber sie musste herausfinden, was am Hafen vor sich ging. Und noch viel dringender wollte sie wissen, ob Josh wohlauf war. Seit das Wort Schusswechsel gefallen war, krampfte sich ihr Herz vor Sorge um ihn zu einem harten Knoten zusammen.

„Vergiss die Ladung!", brüllte Josh durch das zerschossene Seitenfenster, als er sich an die Beifahrertür des Trucks schwang. Es kostete ihn alle Kraft, sich mit einer Hand an der Karosserie festzuklammern, während Asher ungebremst weiterfuhr. Einsteigen war ein Ding der Unmöglichkeit. „Wir müssen hier weg!"

„Das sind zwanzig Millionen Dollar!", widersprach Asher, der den Truck einhändig durch den Kugelhagel über dem Verladeplatz steuerte, während er mit der Pistole in der anderen Hand den Hafenmitarbeiter neben sich unter Kontrolle hielt. Er stieß dem Mann die Waffe an die Seite und grinste, sodass der Zahn aufblinkte. „Unser guter

Harry hier hat leider keine zwanzig Millionen, um wiedergutzumachen, was uns durch die Lappen geht, wenn wir den Truck zurücklassen", erklärte er bissig. „Ist es nicht so, Harry?"

Anstatt zu antworten, brach der Mann schluchzend zusammen.

Josh fluchte und schoss einem Cop vor die Füße, der gerade auf sie zielte. Er deutete nach links, und Asher folgte seiner Weisung. „Da lang! Troy hat die Schranke schon für uns geöffnet", schrie er über den Lärm hinweg und hielt sich an der Trucktür fest, als das Gespann um die Kurve bog.

Asher steuerte den Truck schlingernd um den gepanzerten Einsatzwagen der Polizei herum und bog ohne Rücksicht auf Verluste oder andere Verkehrsteilnehmer in die Hafenstraße ein. Beinahe hätte er einen Kinderwagen umgefahren, und Josh hielt die Luft an, denn der ausbrechende Aufleger hinten riss ein Straßenschild um. Kaum stand der Truck gerade, drückte Asher aufs Gas. Josh fluchte und klammerte sich noch fester an die Tür. Er musste nicht zurückblicken, um zu erkennen, dass ihnen eine ganze Armada an Polizeifahrzeugen mit Blaulicht und Sirene folgte.

„Ash!", mahnte er. „Das ist Wahnsinn! Die haben im Umkreis jede Straße gesperrt!"

Asher verzog die Lippe. „Wir bräuchten Burch. Der wüsste, wo wir noch durchkommen!"

„Wir kommen verdammt noch mal nirgends durch!", rief Josh. „Mach die Augen auf! Die sind direkt hinter uns!"

Asher spuckte aus dem Fenster. „Verdammt!", knurrte er, und sein Blick wurde noch finsterer. „Phoenix wird ausflippen!"

„Phoenix wird noch viel mehr ausflippen, wenn die uns schnappen! Mitsamt dieser Tonne an Waffen im Gepäck!"

Die Sirenen kamen näher. Joshs Arme zitterten schon vor Anstrengung. Er würde sich nicht mehr lange halten können. „Halt dort vorne an, dann …", rief er, als von rechts aus der Seitenstraße der Porsche geschossen kam. Cody drückte auf die Hupe und lenkte den Wagen dicht an den Truck, sodass Josh es mit einem kräftigen Satz in den Wagen geschafft hätte. Er brauchte nur abzuspringen, dann …

Doch der Blick auf den Hafenmitarbeiter, der den Tod schon vor Augen zu haben schien, ließ ihn zögern. Es war nicht abwegig, dass Asher dem Mann eine Kugel verpassen würde, ehe er aus dem Truck steigen würde. Asher räumte immer hinter sich auf. Das wusste Josh.

„Komm schon, Ash!", versuchte er es noch einmal. „Vergiss die Ladung. Viel wichtiger ist es jetzt, herauszufinden, woher die von den Waffen im Container wissen!" Er deutete auf Harry. „Phoenix wird ihm einige Fragen stellen wollen!" Zwar war nicht gesagt, dass der arme Tropf das überleben würde, aber zumindest würde er die nächsten Minuten überleben.

Wieder fluchte Asher. Schließlich nickte er und blinzelte Josh zu. „Dann halt dich mal besser fest!", warnte er und stieg hart auf die Bremse. Noch ehe der Truck stand, stieß er die Tür auf und warf den verdatterten Harry über sich hinweg auf die Straße. Ohne zu zögern sprang er hinterher und riss den Hafenmitarbeiter auf die Beine. Er nutzte ihn wie ein Schild, während er sich zu Cody in den Porsche schwang. Mit der Waffe am Kopf stieg Harry ebenfalls ein, und auch Josh hechtete ins Auto. „Fahr, fahr, fahr!", schrie er, noch während Cody mit durchdrehenden Reifen lospreschte.

Gerade fuhr das Taxi am Hang vor Phoenix' Villa ab, da röhrte ein Motor so laut auf, dass Annie erschrocken in der Einfahrt stehen blieb. Mit quietschenden Reifen raste Troy die Auffahrt hoch, und die Corvette kam nur wenige Zentimeter vor den Eingangsstufen zum Stehen. Phoenix' Wachmänner zogen die Waffen und rückten einsatzbereit zusammen.

Annies Herz hämmerte wie wild, als sie die Tasche an sich presste und auf Troy zu rannte. Die Einschusslöcher in der Karosserie des Sportwagens ließen vermuten, dass er vom Hafen kam.

„Gott, Troy!", rief sie. „Was ist denn passiert?"

Er drehte sich einmal um die eigene Achse, als wäre er nicht sicher, woher die Stimme kam, die ihn ansprach. Dann weiteten sich seine Pupillen, und er fuhr sich zitternd durch die blonden Strähnen. „Was los ist? Echte Scheiße ist los!", schrie er und blickte sich wild um. „Echt üble Scheiße!"

Die Unruhe im Hof war auch den Bewohnern der Villa nicht verborgen geblieben, und sowohl Phoenix als auch Layla eilten heraus.

„Troy!", bellte Phoenix harsch und winkte seinen Mann zu

sich. „Was machst du hier? Was ist passiert?"

Troy zuckte mit den Schultern und warf dabei ratlos die Arme in die Luft. „Da ging … plötzlich … plötzlich die Hölle ab!", stammelte er.

„Wo sind die anderen? Wo meine Waffen?"

Wieder die gleiche Geste. „Die sind noch dort. Ich … musste weg. Die … haben doch wie blöd auf uns geschossen!"

Annie hielt den Atem an. Obwohl ihr niemand Beachtung schenkte, verspürte sie eine nie gekannte Angst. Sie reckte den Hals und spähte in den Garten. Sie musste wissen, wo Josh war. Es musste ihm gut gehen! Es musste einfach!

„Ach so …, natürlich!" Phoenix nickte verständnisvoll. Er ging zu Troy und legte ihm den Arm um die Schultern. „Verstehe schon. Du musstest dich schließlich retten."

„Genau. Echt, Phoenix. Da sind die Kugeln nur so durch die Luft …"

Ein harter Schlag in den Magen trieb Troy die Luft aus den Lungen, und er ging japsend zu Boden. Der Tritt gegen die Brust und in den Bauch, der darauf folgte, verhinderte weitere Erklärungen. Annie schlug sich erschrocken die Hand vor den Mund. Immer wieder setzte Phoenix nach und prügelte auf den blonden Hünen ein. „Du elender Bastard!", rief er und legte seine ganze Kraft in die Schläge. „Feigling!"

Troys Keuchen wurde zu einem ängstlichen Quieken, als ein Tritt gegen den Kopf ihm die Nase brach. Blut quoll ihm über den Mund, und er krümmte sich zusammen, um sich zu schützen.

„Stopp!", ging Layla dazwischen und stieß ihren Bruder zur Seite. „Du bringst ihn ja um!"

„Genau das hab ich vor!"

„Versteh ich ja, aber lass ihn erst mal erzählen, was da genau los …"

Noch ehe Layla ihren Satz beenden konnte, kam der Porsche mit vollem Tempo in die Einfahrt geschlittert.

„Schließt das Tor!", gab Phoenix die Anweisung, und sofort schoben sich die Stahltore zusammen. Achtlos stieg er über Troy hinweg und ging auf den Porsche zu.

„Ash!", brüllte er. „Was zum Teufel soll das?", verlangte er, zu erfahren. Kurz musterte er Cody und Josh, danach den Hafenmitarbeiter, der nur mehr ein Häuflein Elend war. Dann baute er sich vor Asher auf und stemmte die Hände in die Seiten. „Pack schon aus! Muss ich damit rechnen, dass hier gleich die Bullen aufschlagen?"

Asher nickte. „Die Wagen müssen weg." Er deutete auf Cody. „Der Kleine hat uns den Arsch gerettet, aber die Waffen sind verloren!"

„Fuck!" Phoenix ballte die Fäuste. Er winkte den Wachmännern und deutete auf die Sportwagen. „Räumt hier auf! Und zwar ein bisschen zackig!" Dann drehte er sich um und fokussierte den Hafenmitarbeiter mit mörderischem Blick. „Und wer ist das?" Er trat Harry in die Kniekehlen, sodass der jaulend vor ihm zu Boden sank. „Schleppen wir hier jetzt jeden Pisser in mein Haus?"

Harry wurde kreideweiß. Er sah aus, als würde er vor Angst jeden Moment sterben. Er murmelte ununterbrochen „Bitte nicht, bitte nicht" vor sich hin und hatte die Hände wie zum Gebet gefaltet.

„Der Hund hat uns verraten", erklärte Asher. „Aber ich will gerne wissen, woher er von unserem Container wusste. Warum … die Polizei? Irgendjemand hat diesen Idioten doch auf uns aufmerksam gemacht."

Phoenix runzelte die Stirn. Er nickte. „Schafft unseren Gast in den Weinkeller. Und Troy ebenfalls." Er klatschte in die Hände, damit Bewegung aufkam. „Los, los! Wir wollen doch Ordnung haben, wenn wir Besuch von unseren Freunden des LAPD bekommen."

„Um dich kümmern wir uns später!", drohte Asher dem Hafenmitarbeiter und riss ihn auf die Beine. Er stieß den Hinkenden vor sich her und verschwand mit ihm im Haus. Ein Wachmann schleppte Troy ebenfalls aus der Auffahrt, und Layla rümpfte angeekelt die Nase, als sie Troys blutige Visage sah. Sie ging zu der Stelle, an der Troy eben noch gelegen hatte und starrte verärgert auf die Blutspritzer auf dem Kies. Dann schob sie mit der Schuhspitze etwas sauberen Kies darüber und trat es fest.

Annie schauderte, mit welcher Gleichgültigkeit Layla das tat, ehe sie sich an Cody anschmiegte. Sie sah, dass Josh die Zähne zusammenbiss und kurz zuckte, als wollte er dazwischengehen.

„Wir brauchen Burch!", warf Josh ein und trat vor, um zu verhindern, dass für Phoenix damit schon alles erledigt war. „Weder Troy noch Ash noch Cody haben eine Maske getragen. Die Verkehrskameras werden zum Problem werden."

Phoenix rieb sich das Kinn. „Ich kümmere mich darum. Burch wird das für uns aus der Welt schaffen." Dann verengten sich seine Augen, und er tippte sich nachdenklich gegen den Oberschenkel. „Und ihr verschwindet hier", murmelte er. „Ich will Cody hier nicht haben, wenn die Bullen aufkreuzen."

„Weil du ihn für den Deal mit Venezuela brauchst?", hakte Josh wütend nach. „Ich dachte, wir wären uns da einig gewesen!"

Phoenix' Lippen zuckten. „Wir waren uns einig, dass Cody tun kann, was er mag. Er ist mir herzlich willkommen. Schließlich habe ich die letzten sechs Jahre bei ihm wiedergutzumachen."

„Es ist nicht der richtige Moment, um darüber zu diskutieren", mischte sich Layla ein und ließ ihre Hand auf Codys Hintern gleiten. Dann lächelte sie Josh an. „Schaff den Knackarsch deines Bruders ein paar Tage lang in Deckung, bis sich die Lage beruhigt hat. Es wäre doch bedauerlich, wenn ..."

„Halt die Klappe!", fuhr Josh sie an und zog Cody von ihr weg. „Komm schon! Wir verschwinden!"

„Lass mich!" Cody riss sich los. „Ich brauch keinen Scheißaufpasser! Ich hab euch immerhin den Arsch gerettet!"

Joshs Kiefer zuckte, als er sich wortlos umwandte, Annie am Arm packte und sie mit sich zog. „Er rennt blindlings in sein Verderben!", fauchte er und stieg in den SUV. Annie kletterte auf den Beifahrersitz.

„Lässt du ihn hier?", fragte sie, da Josh sogleich den Motor startete.

„Er bleibt nicht hier. Phoenix will ihn in Sicherheit wissen, weil er ihn noch braucht", murrte Josh, und wie er vorhergesagt hatte, dirigierte Layla Cody, begleitet von einigen heißen Küssen, zu ihnen herüber. „Bis dann, Süßer!", verabschiedete sie sich, als er endlich einstieg.

Josh wartete nicht, sondern fuhr an, noch ehe die Tür sich ganz hinter Cody geschlossen hatte.

„Du bist ein Idiot!", fuhr er seinen kleinen Bruder an, sobald sie die Straße hinabfuhren. „Kaum raus aus dem Knast und schon mitten drin in der nächsten Scheiße. Lernst du es denn nie?"

Cody fuhr sich durchs Haar, was er beinahe genauso machte wie sein Bruder. „Du hast leicht reden. Der ganze Luxus hängt dir vielleicht nach sechs Jahren ja schon zum Hals raus. Ich finde aber, ich hab mir nach dem ganzen Arschgeficke im Knast auch mal ein bisschen davon verdient."

„Die wickeln dich ein, Cody!"

„Mir egal. Ich hab bis jetzt nichts gemacht, was ich nicht wollte! Phoenix ist voll großzügig! Und Layla …"

„Du denkst mit dem Schwanz!"

Cody lachte. „Möglich. Aber mein Schwanz hatte ja auch lange genug Auszeit. Im Gegensatz zu deinem." Er deutete auf Annie, die sich bis dahin still im Hintergrund gehalten hatte.

Der Streit der Brüder war ihr herzlich egal. Sie musste wissen, was da am Hafen los gewesen war. Sie wusste aber auch, dass Josh vor seinem Bruder wohl kaum offen mit ihr reden würde. Der durfte nicht erfahren, dass sie ein Undercoveragent war.

„Lass Annie aus dem Spiel", forderte Josh und warf ihr einen warnenden Blick zu. Offenbar machte er sich die gleichen Gedanken wie sie selbst.

„Wie du meinst, Bruder, ganz, wie du meinst. Aber ich sag dir eines … wenn ich die Wahl habe, Layla und zudem noch diesen ganzen Luxus zu bekommen oder wieder zehn Stunden am Tag mit dem Fahrrad irgendwelche Post auszufahren, dann wähle ich Ersteres."

Josh schüttelte den Kopf und bog wortlos von der Straße in einen sandigen Strandweg ab. Die Dünen waren hier hoch und mit Gräsern überwuchert. Eine sich stark neigende Palme hing flach über den Weg, sodass Josh nur im Schritttempo geradeso mit dem SUV darunter hindurch kam. Dahinter brachen einige großblättrige Sträucher den direkten Blick auf das Haus. Von der weißen Holzverschalung, die ringsherum angebracht war, blätterte stellenweise die Farbe, und es stand auf erhöhten Pfählen. Zwei breite Stufen führten auf eine umlaufende Veranda, die mit Fliegengitter versehen war. Ein bemoostes Surfbrett lehnte vergessen an einer Hausecke und machte den Eindruck, als wäre es seit Jahren nicht mehr benutzt worden.

Kaum stoppte Josh den Motor vor einem kleineren Schuppen, riss Cody die Tür auf und sprang aus dem Wagen. Er folgte einem schmalen, mit Holzpflöcken begrenzten Weg über die Dünen hinunter zum Strand.

„Gib ihm etwas Zeit", flüsterte Annie und legte Josh die Hand auf den Oberschenkel. „Für ihn ist das doch gerade eine ganz schöne Umstellung."

Josh brummte etwas Unverständliches. Dann deutete er aufs Haus. „Ist etwas unordentlich. Wir waren lange nicht mehr hier", erklärte er einige rostige Teile, die neben dem Schuppen den grasbewachsenen Weg zum Haus säumten.

Die Fenster waren trüb von der salzigen Meeresbrise, die in der Luft lag. Annie wusste sofort, wo sie waren. Bei dem Haus, das Josh und seinem Bruder gehörte. Es war das Haus, von dem Chris gesprochen hatte.

Kapitel 27

Josh stieg aus und ging zu Annie. Sie stand neben dem Wagen und sah sich um. Insgeheim war er froh, dass sie hier bei ihm war, so musste er sich nicht auch noch um sie Sorgen machen. Und obwohl er wusste, dass sie nicht seine Freundin war, war er merkwürdig angespannt, als er sie in sein Zuhause führte. In ihrem gelben Sommerkleid passte sie ausgesprochen gut hierher, wie er fand.

„Dein Rückzugsort?", hakte Annie nach und lächelte ihn scheu an.

Josh nickte. „In den letzten Jahren gab es kaum die Möglichkeit, hierherzukommen. Phoenix hat mir nie vertraut, weil er wusste, dass ich mich ihm nie angeschlossen hätte, wenn er mir dafür nicht Codys Sicherheit im Gefängnis garantiert hätte." Er zuckte mit den Schultern. „Und wem Phoenix nicht vertraut, den hat er lieber im Auge. Und so … du kennst ja mein kleines Reich in seinem Gästehaus. Luxuriös – und doch auf seine Art ebenfalls ein Gefängnis."

Annie folgte ihm über die staubigen Dielen der Veranda zur Haustür. Auf dem Weg dorthin wischte er einige Spinnweben mit der Hand fort und malte mit der Fingerspitze einen Strich in die Staubschicht eines leicht angerosteten Campingtischs.

„Hier braucht es die Hand einer Frau, wie mir scheint",

versuchte Annie, die Situation zu entspannen. Josh wusste, sie war nicht halb so gelassen, wie sie sich gab, denn sie knetete unbewusst permanent ihre Hände.

Er schloss die Tür auf und wartete, bis Annie an seine Seite gekommen war. Dann fasste er ihre Hand und hob sie an seine Lippen. Der Moment war nicht gerade gemacht für Zärtlichkeiten. Er wusste, sie hatte tausend Fragen, und auch er selbst musste wissen, wie es weitergehen würde. Dennoch überkam ihn bei ihrem Anblick vor seinem Haus eine Sehnsucht, die stärker war als all die Probleme, die sie beide mit sich herumtrugen.

„Ich fürchte, mein ganzes Leben bräuchte die Hand einer Frau", flüsterte er und zwinkerte ihr neckend zu. „Dort drinnen ist es nicht halb so chaotisch wie in meinem Innersten."

Annie lachte, denn schon im schwachen Licht, das durch die zugezogenen Vorhänge fiel, war die Unordnung nicht zu übersehen. „Gott, Josh!", stöhnte sie und stieß ihm in die Seite. „Wir *Grand-Five*-Mädchen sind wirklich keine Putzfrauen."

Er trat schmunzelnd ein und zog die staubigen Vorhänge auseinander. Im Licht tanzte der Staub wie goldene Flocken, und Annie musste niesen.

Grinsend drehte Josh sich zu ihr um, nachdem er einmal ringsherum das Licht hereingelassen und zwei Fenster geöffnet hatte. Langsam trat er auf sie zu und zog sie an sich. „Ihr *Grand-Five*-Mädchen … ihr geht nicht oft mit euren Kunden nach Hause, habe ich gehört."

Annie nickte. Er sah ihren Puls fliegen, und sein Blick brannte sich in ihre grünen Augen. „Und wenn ihr es doch tut, dann … dann, weil ihr es wollt. Das hast du gesagt, richtig?"

„Du weißt, was ich bin", erinnerte Annie ihn und legte den Kopf in den Nacken. Sie benetzte ihre Lippe, als würde sie nur auf seinen Kuss warten.

Das war mehr, als er ertragen konnte. Josh umfasste ihr Gesicht und glitt mit den Händen in ihr Haar. „Du bist mein Untergang", murmelte er. Dann nahm er sich den Kuss, den er so dringend ersehnte.

Annie wollte ihm widerstehen. Sie wollte professionell sein, ihren Job machen und herausfinden, was das Kartell am Hafen gemacht hatte, doch Joshs Lippen auf ihrem Mund waren so verführerisch, dass er damit jeden vernünftigen Gedanken fortwischte. Seine Zunge, die ihre so gekonnt neckte, seine Hände, die dabei ihren Körper zum Leben erweckten, und seine Hitze, die sie beinahe versengte, waren so mächtig, dass sie willenlos in seine Arme sank. Sie hatte solche Angst um ihn gehabt!

Sie schob ihre Hände unter sein Shirt und genoss die straffen Muskeln unter ihren Fingerspitzen. „Was war am Hafen los? Was geschieht mit dem Hafenmitarbeiter? Oder mit Troy? Bringt Phoenix sie um?", murmelte sie zwischen zwei Küssen und bog sich ihm entgegen, als er ihre Taille umfasste und höher wanderte.

„Kann ich dir nicht sagen!" Er berührte ihre Brüste und schob sie weiter in den Raum, bis an den Küchentisch.

„Du meinst, du willst es mir nicht sagen", verbesserte sie ihn und zog ihm das T-Shirt über den Kopf.

Josh lachte leise. Dann umfasste er ihren Po und hob

sie auf die Tischplatte.

Ein Keuchen entrang sich Annie, als das kalte Holz ihre Haut berührte.

„Du weißt schon zu viel." Josh schob ihr das Kleid bis auf die Hüften nach oben und lächelte, als er die Reihe an kleinen gelben Knöpfen betrachtete, die zwischen ihren Brüsten hinabliefen.

Annie fasste nach seinen Händen, als er sich dem ersten Knopf widmen wollte. Sie leckte sich die Lippe und sah ihn eindringlich an. „Hast du ... jemanden getötet?"

Der erste Knopf gab seinen Bemühungen nach, und er schenkte ihr ein Lächeln. „Nein."

Erleichtert und von Zärtlichkeit überflutet, legte Annie ihm die Arme um den Nacken und zog ihn näher zu sich heran. Sie hielt den Atem an, als er sich dem zweiten Knopf widmete.

„Um was ging es dann?", hakte sie atemlos nach, als er wie zufällig ihre Brustwarzen streifte.

Josh lächelte. „Ich mache hier was falsch, wenn du nicht aufhören kannst, an deine Arbeit zu denken." Er schob den Stoff ihres Kleides auseinander und umfasste ihre Brüste. Dann senkte er den Kopf und malte mit der Zunge zarte Kreise um ihre rosigen Spitzen.

„Du machst das schon ganz gut", widersprach Annie stöhnend und krallte die Finger in sein Haar. „Wirklich gar nicht schlecht."

Josh lachte und saugte die Knospe in seinen Mund. Seine Zähne marterten sie, und Annie hielt den Atem an. Dieser Mann brachte sie um den Verstand. Während er ihre Brüste abwechselnd liebkoste, wanderten seine Hände unter ihr Kleid. Er streifte ihr den Slip ab und zog sie näher an die Tischkante. Er fuhr über ihren Venushügel und streichelte ihre heiße Mitte.

„Josh!", keuchte sie und drängte sich ihm entgegen, als seine Finger in sie hineinglitten.

„Hattest du Kontakt mit deiner Einheit?", murmelte nun Josh, ohne sein Zungenspiel an ihren Brüsten zu unterbrechen. Annie biss sich vor Lust auf die Lippe. Es fiel ihr schwer, sich überhaupt an ihre Einheit zu erinnern, wenn er diese Dinge mit ihr tat. Immer schneller drehte sich die Spirale der Lust in ihr. Sie wollte mehr und schlang ihm die Beine um die Hüften. „Ich habe noch keinen Befehl erhalten", stöhnte sie und griff nach den Knöpfen seiner Jeans.

Josh rückte etwas von ihr ab und sah auf sie herunter. Er küsste sie kurz, dann hob er ihre Hände über ihren Kopf und drückte sie auf die Tischplatte zurück. Die grauen Sprenkel in seinen Augen wirkten gefährlich, und die Haare, die ihm wild in die Stirn hingen, verstärkten noch diesen Eindruck. „Ist das hier …" Er klang plötzlich ernst. „… das hier zwischen uns … Teil deines Befehls?", fragte er und spreizte ihr die Beine.

Annies Herz hämmerte hart in ihrer Brust. Sie fühlte sich verletzlich, und zugleich wollte sie nur eines – dass Josh beendete, was er angefangen hatte.

Joshs Schwanz war hart wie Stahl, und es kostete ihn alle Willenskraft, jetzt nicht einfach weiterzumachen, aber er brauchte diese Antwort noch viel mehr, als er je für möglich gehalten hatte. Aus irgendeinem unerfindlichen

Grund reichte es ihm nicht länger, einfach nur mit ihr zu schlafen. Weil es vielleicht ihr Auftrag war oder weil sie hoffte, damit Informationen zu erhalten. Er wollte mit ihr schlafen, weil er nie eine Frau mehr begehrt hatte. Und er wollte, dass es irgendeine Bedeutung hatte.

Sie bog den Rücken durch und rieb ihre Brüste an ihm, während sie sich voll Verlangen unter ihm wand. Er wusste, sie war dem Höhepunkt schon sehr nahe und konnte nicht widerstehen, seinen Daumen zart über ihre feuchte Knospe streichen zu lassen.

Der raue Laut der Lust, der ihrer Kehle entwich, machte ihn ganz schwach. Er küsste sie, und seine Zunge glitt in ihren Mund. Annie rekelte sich unter ihm, versuchte, ihre Hände zu befreien, doch er hatte nicht vor, sie freizugeben. Mit der freien Hand öffnete er seine Hose. Er stöhnte, als ihre Hitze ihn umfing, und er immer tiefer in sie tauchte.

„Warum schläfst du mit mir, Agent Turner?", fragte er und hob ihr Becken an, um sie noch tiefer ausfüllen zu können.

„Ich …" Annie schlang die Beine um ihn und kam jedem seiner Stöße entgegen. „Josh, ich …"

„Ja?"

Der Höhepunkt riss sie mit, und wie eine Welle bäumte sie sich auf. Sie schloss die Augen und biss sich auf die Lippe, während ihr Schoß sich zuckend um seine Härte schloss.

Die pure Ekstase vor Augen, brauchte Josh nicht mehr als zwei weitere Stöße, um selbst den Höhepunkt zu erreichen. Er sank auf Annie zusammen und genoss das seidige Gefühl ihrer Haut unter seiner Wange. Er hatte ihre harte Brustwarze vor Augen und ihre Beine noch immer um seine Hüften. Ihr Herzschlag an seinem Ohr wurde langsamer, und er gab bedauernd ihre Hände frei. „Du hast einen Freund", murmelte er. „Also warum …?"

Annies Finger strichen zärtlich über seinen Kopf. Sie kraulte sein Haar und seinen Nacken. „Nichts ist mehr, wie es war", flüsterte sie. „Du … du bist …"

„Gut im Bett?", neckte er sie und stützte sich auf den Ellbogen, um sie anzusehen. Die Sommersprossen auf ihrer Nase waren so niedlich, und ihre bronzefarbenen Wimpern warfen lange Schatten auf ihre Wangen. Sie streckte ihm die Zunge raus.

„Ja, genau, Josh. Das ist es." Sie schob ihn lächelnd von sich und setzte sich auf, während er seine Hose wieder zuknöpfte. „Aber im Ernst, Josh", fühlte sie sich genötigt, hinzuzufügen. „… *du* bist nicht Teil meines Jobs — es sei denn, du hast deine Meinung geändert und willst doch mit dem FBI zusammenarbeiten, aber wenn nicht …"

Er grinste. „Wenn nicht?"

„Dann werde ich dich irgendwann in Handschellen abführen."

„Handschellen?" Josh hob sie vom Tisch und strich ihr ganz brav das Kleid wieder glatt. Dann zwinkerte er ihr zu. „Ich bin doch längst gefesselt von dir."

„Ich meine es ernst, Josh." Annie richtete sich die Haare und glättete dann auch ihm die Strähnen. „Sollte das FBI die Fässer im Coldwater Canyon finden, von denen Troy gesprochen hat, dann … dann werden sie hoffentlich genug Beweise vorliegen haben, die Phoenix mit den Leichen darin in Verbindung bringen. Dann geht der ganze

Mist wie ein Pulverfass hoch."

Josh schmunzelte. Konnte es sein, dass sie sich wirklich um ihn sorgte? Verstand sie nicht, dass sie sich in viel größerer Gefahr befand als er? Es ging ihm ans Herz, dass diese kleine Person sich für so mutig hielt, einem Mann wie ihm Schutz anbieten zu müssen. Er zog sie noch einmal von hinten in seine Arme und küsste ihren Nacken. „Ich gehe gerne mit hoch, wenn dabei nur dir und Cody nichts passiert."

Annie drehte sich leicht und blickte ihm in die Augen. „Aber du bist ein … ein guter Kerl, Josh. Du … solltest nicht für die Sünden von Phoenix Ramírez bezahlen."

Josh schloss sie noch fester in seine Arme. „Einen guten Kerl hat mich noch niemand genannt."

„Vielleicht hat dich dann noch nie jemand richtig gekannt."

Beim Abendessen herrschte eine merkwürdige Stimmung zwischen ihnen. Cody schwieg sich aus, und Josh warf ihr immer wieder so einen fragenden Blick zu. Seit einer von Phoenix' Mexikanern ihnen eine ganze Kiste mit Lebensmitteln, Kleidung, Wegwerfhandys und anderem Zeug gebracht hatte, hatte kaum noch jemand ein Wort gesagt.

Annie fühlte sich wie das dritte Rad am Wagen, denn sie spürte genau, dass viel Unausgesprochenes zwischen den Brüdern in der Luft hing. Mit dem letzten Stück Weißbrot wischte sie die Chilireste aus ihrem Teller und spülte alles mit einem Schluck Weißwein hinunter. Dann stand sie auf und ging in die Küche, um ihren Teller abzuwaschen.

„Ich will nur das Beste für dich", hörte sie Josh leise mit Cody reden. „Ich halte es nicht noch einmal aus, nicht zu wissen, ob es dir gut geht. Verstehst du das nicht?"

„Klar verstehe ich das!", antwortete Cody gedämpft. „Denkst du, ich will zurück in den Knast? Ich habe sechs Jahre lang keine Nacht ruhig geschlafen. Ständig musst du damit rechnen, dass dich einer aus den Gangs kaltmachen will, weil Phoenix draußen irgendwas dreht, von dem du drinnen noch nicht mal nen Schimmer hast."

„Ich bin gestorben vor Angst, als die mich angerufen und gesagt haben, Espinozas Männer hätten dich aufgemischt", gestand Josh. „Ich war so sauer, denn Phoenix hat mir sein Wort darauf gegeben, für deine Sicherheit zu sorgen. Nur deshalb bin ich doch heute hier!" Er schüttelte den Kopf und legte den Löffel beiseite. „Wir müssen diese Scheiße hinter uns lassen, Bruder. Sonst enden wir mit einer Kugel im Kopf. Willst du das?"

„Niemand will das! Aber du hast leicht reden. Glaubst du, einem Knasti wie mir gibt draußen auf dem Arbeitsmarkt einer ne Chance? Ich muss doch froh sein, dass Phoenix durch mein Schweigen in den letzten Jahren gesehen hat, dass er mir vertrauen kann. Layla sagt, ich könnte es leicht in den inneren Kreis schaffen."

Josh schnaubte. „Man kann den Ramírez-Geschwistern nicht vertrauen. Layla ist eine Hexe, die ihre Reize …"

„Halt die Klappe!" Cody stand auf und schob mit sehr viel Schwung den Stuhl krachend unter den Tisch. „Ich habe deine Warnung gehört. Du willst mich nicht in der Firma haben. Das verstehe ich sogar. Aber draußen gibt es für mich keinen Platz!"

„Verdammt, Cody!" Auch Josh war aufgesprungen. Er stützte sich auf den Tisch und funkelte seinen kleinen Bruder wütend an. „Wenn du diesen Bitcoin-Hack für Afiuni machst …" Kurz sah er zu Annie herüber, die schnell den Blick senkte. „… und es geht etwas schief, dann …"

Cody fuhr kerzengerade in die Höhe. „Warum sollte etwas schiefgehen? Denkst du, ich kann das nicht?"

„Das ist es nicht …"

„Hast du was gehört? Ist der Deal eine Falle?"

Josh schwieg einen Moment. Zu lange, wie Annie fand, doch sie wollte nicht noch einmal aufblicken. Sie wollte nicht sehen, wie er ihr die Schuld gab.

„Nein. Aber es kann immer etwas schiefgehen."

„Layla sagt, es hat etwas Verbindendes, den Deal mit mir zu machen, weil du doch damals auch dabei warst, als ihr die Datenträger mit den Banknoten-Druckdaten für Afiuni übernommen habt. Damals ist doch auch nichts schiefgegangen."

Josh schnaubte. „Ach nein? Ash hat zwei Menschen abgeknallt, als wir bei *Harolds Market* den Koffer übernommen haben." Wieder spürte Annie seinen Blick. „Es hätten leicht mehr sein können."

Später am Abend, als Cody sich zurückgezogen hatte, saß Josh neben Annie auf der Veranda. Eine sanfte Meeresbrise wehte zu ihnen herüber und ließ das Kerzenlicht vor ihnen auf dem Campingtisch flackern.

„Dann war Geldfälschung der Grund für den Überfall auf den Supermarkt?", griff Annie das Gehörte wieder auf. Sie zog die Füße auf den Sitz und steckte die losen Enden ihres Kleides fest. Ihr war kalt, aber sie wollte nicht allein zurück ins Haus gehen. Sie fühlte sich so zu Josh hingezogen, dass sie jeden Moment mit ihm auskosten wollte, denn insgeheim wusste sie, dass das Ende nahte. Irgendwann würde das FBI genug Hinweise für einen hinreichenden Verdacht gegen Phoenix vorliegen haben. Und dann würde ihr Einsatz enden. Im besten Fall würde sie dann Josh nie wiedersehen. Im schlechtesten Fall …

Joshs gesprenkelte Augen ruhten auf ihr. Hier am Strand wirkte er weniger unruhig als bei Phoenix in der Villa. Der harte Zug um seinen Mund war verschwunden, und das Kerzenlicht zeichnete seine Lippen weich. „Ich dachte, dass du deswegen dort warst? Wegen der Druckdaten."

„Ich war nicht im Einsatz in dieser Nacht. Dass das Kartell für den Überfall verantwortlich war, weiß ich erst, seit du es mir gesagt hast", erzählte Annie und wickelte sich dabei ihre Locken um den Finger. „Ich hatte Todesangst, als ihr in den Laden gestürmt seid. Ich habe in diesem Moment alles vergessen, was ich während meiner Ausbildung gelernt hatte."

Josh schmunzelte. „Du warst joggen", erinnerte er sich. „Du hast … so eine verdammt kurze Shorts angehabt, und deine Haut war feucht vom Schweiß." Er wirkte verlegen. Dann zog er die Kerze etwas weiter zu sich heran und drückte den weichen Wachsrand mit der Fingerspitze nach unten. Einige Tropfen flüssigen Paraffins liefen außen an der Kerze hinunter.

„Dass du dich daran noch erinnerst", wunderte sich Annie, und mit einem Mal war es, als fühle sie die Sprite auf ihrer Haut.

„Ich hab dich gesehen, mit deinem roten Haar und deinen riesigen ängstlichen grünen Augen", flüsterte Josh, während er weiter mit der Kerze herumspielte. „Du warst so schön." Er zwinkerte ihr zu. „Unvergesslich schön. Aber hätte Ash dich entdeckt, hätte er dich umgebracht."

„Ich weiß. Warum hast du mich damals nicht verraten?"

Annie beugte sich nach vorne und griff nach seinen Händen, damit er aufhörte, nur die Kerze anzusehen. Sie hatte ihm diese Frage schon einmal gestellt, aber er war ihr die Antwort schuldig geblieben. Mit einem Mal war es, als wäre alles, was sie sich wünschte, von ihm zu hören, bereits ausgesprochen. Als schwebte es zwischen ihnen in der Luft und sie müssten es nur einfangen.

„Ich …" Josh rieb sich über die Bartstoppeln. Dann seufzte er und zog Annie auf seinen Schoß. Sein Stuhl ächzte verdächtig, als er seine Hand unter ihr Kleid schob, bis er die Narbe von damals ertastete. „Dieses Leuchten in deinen Augen …", raunte er und ließ seine Lippen über ihren Hals gleiten, „… ich wollte einfach nicht, dass es erlischt."

Der Sand unter ihren bloßen Füßen war kalt und feucht, ihre Schritte schnell, und ihr Puls hämmerte vor Anstrengung hart in ihren Schläfen. Seit vier Tagen waren Josh, Cody und sie hier am Strand. Vier Tage, in denen sie

344

nichts von Phoenix oder dem Kartell gehört hatte. Oder von ihrer Einheit. Sie wurde langsam unruhig, und ihr Gewissen plagte sie von Tag zu Tag mehr, denn sie wehrte sich nicht länger gegen die übermächtige Anziehung, die Josh auf sie ausübte. Wenn sie sich unterhielten, hatte sie das Gefühl, er würde ihr einen Blick auf den Grund seiner Seele gestatten. Es war wie ein Blick in den Spiegel, denn er und sie hatten die gleichen Werte, die gleichen Hoffnungen und Träume. Er sorgte sich um andere und stellte sich selbst hintan. Das beeindruckte sie. Sie liebte es, mit ihm zu lachen, liebte es, wie er sie ansah, als wäre sie eine kostbare Seltenheit. Sie gab sich seinen Zärtlichkeiten hin und gestand sich ein, dass sie sich bis über beide Ohren in ihn verliebt hatte. Dass das dumm war, wusste sie.

Annie rannte schneller, als könnte sie so dieser Wahrheit davonlaufen, doch im Grunde lief sie so schnell, um früher wieder bei ihm zu sein. Sie blickte in Richtung des kleinen Strandhauses. Der zugehörige Schuppen neigte sich in Richtung des Hauses, als wollte er sich anlehnen, und am Steg davor lag ein altes Motorboot vertäut. Es hob und senkte sich wie eine Nussschale auf den Wellen. Die Gischt der Brandung spritzte Annie bis ans Knie, und sie verdrängte das Gefühl an Joshs Zunge, die in der Nacht zuvor dort ihre Wanderung über ihren Körper aufgenommen hatte.

Das Bellen eines Hundes riss sie aus ihren Erinnerungen, und sie stolperte beinahe, als sie Summer über den Dünenkamm auf sich zu rennen sah. Der zottelige Mischling sprang freudig bellend um sie herum, und Annie konnte nicht anders, als sich zu bücken und das struppige Fell zu streicheln.

„Hey, Summer", flüsterte sie und kraulte dem Hund die Ohren. „Du Hübsche!", redete sie auf den aufgeregt mit dem Schwanz wedelnden Hund ein, während sie sich nach einer Person umsah, die Summer hierhergebracht haben könnte. Liam würde es doch nicht schon wieder wagen …?

Statt ihres Verlobten trat eine Frau an den Dünenkamm. Sie trug einen Windbreaker und Shorts. In ihrer Hand hielt sie die Leine, und durch die dunkle Sonnenbrille beobachtete sie Annie mit dem Hund. Es war eine Agentin, die Annie aus dem Safehouse kannte.

Obwohl Annies Herz vom Laufen schon raste, versetzte ihr die Anwesenheit einer Kontaktperson noch einen zusätzlichen Kick. Kurz fragte sie sich, woher ihr Team wusste, dass sie hier am Strand waren, doch dann erinnerte sie sich mit Schrecken an das letzte Gespräch mit Chris. Hatte er nicht vorgehabt, Joshs Strandhaus zu verkabeln? Waren da womöglich Kameras versteckt? Ihre Knie wurden schwach, und sie ließ sich in den Sand sinken. Hatten ihre Kollegen alles gesehen? Hatten sie Josh und sie …? Warum hatte sie nicht daran gedacht? Wie hatte sie das vergessen können?

Annies Hände zitterten, als sie den kleinen Kunststoffbehälter am Halsband des Hundes öffnete und den Zettel sowie einen kleinen Funksender für ihr Ohr herausnahm. Der Wind riss an ihren Haaren, als sie hektisch das Blatt auseinanderfaltete und die wenigen Worte überflog:

<u>Hafen</u>: Keine verwertbaren Beweise am Container oder den Waffen.

Keine Fingerabdrücke im sichergestellten Truck. Der festgenommene
Fahrer wurde im Gefängnis getötet. Werden hier Ramírez nichts
nachweisen können.
Tonmitschnitt Afiuni: schlechte Tonqualität der Übertragung.
Möglicherweise unbrauchbar.
Coldwater Canyon: 17 Fässer gefunden. Leichen in Pathologie.
Rechnen mit belastendem Material. Zugriff bei Ramírez erfolgt in
Kürze. Halten mit dir Kontakt.

„Verdammt!" Annie steckte sich den Knopf ins Ohr und
zupfte sich die Haare darüber. „Verdammt, verdammt,
verdammt!", murmelte sie und ließ sich dabei von Summer
die Hände abschlecken. Dann ertönte ein Pfiff, und der
Hund hob fragend den Kopf. Annie steckte den Zettel
zurück ins Halsband und gab dem Hund einen Klaps auf
die Flanke.

„Geh schon!", flüsterte sie. „Na los, meine Hübsche.
Geh!"

Zitternd kämpfte Annie sich zurück auf die Beine und
sah Summer nach, die wenig motiviert zu der fremden
Agentin zurücktrottete. Erst, als die beiden hinter dem
Dünenkamm verschwunden waren, kam wieder Leben in
Annie. Sie legte sich die Hand aufs Herz, als könnte sie so
besser hören, was es ihr zu sagen versuchte. Angst
krampfte ihr den Magen zusammen, und sie blickte mit
bangem Gefühl in Richtung von Joshs Haus. Der SUV,
der in den letzten Tagen unter der windschiefen Palme
geparkt gewesen war, war fort. Was hatte das zu bedeuten?

Erschrocken beschleunigte Annie ihre Schritte. Der
Sand war mit einem Mal nicht mehr angenehm, sondern

schien sie festzuhalten. Sie hatte das Gefühl, überhaupt nicht voranzukommen, als sie von regelrechter Panik getrieben zurück zum Haus rannte.

Kapitel 28

„Was ist denn los?", empfing Josh sie verwundert, als sie schnaufend die Insektenschutztür aufstieß. Er legte den Pinsel aus der Hand, mit dem er Rostschutzfarbe auf den Campingtisch auftrug, und wischte sich die Hände an einem Lappen ab. Annie war jeden Morgen am Strand laufen gegangen, aber nie so atemlos zurückgekommen.

„Wo ist dein Bruder?" Sie sah sich suchend um. „Wo ist das Auto?"

Josh deutete auf das Wegwerfhandy, das durch die Tür auf dem Küchentisch zu sehen war. Ihre Aufregung gefiel ihm nicht. „Layla hat angerufen." Er zuckte mit den Schultern. „Ich konnte Cody nicht davon abhalten, zu ihr zu fahren." Er knüllte den Lappen zwischen den Händen zusammen. „Vermutlich geht Phoenix' immerwährende Party wieder weiter. Ist ja nach der Hafensache alles ruhig geblieben."

Annie raufte sich die Haare. „Kannst du ihn erreichen?", fragte sie lauter als nötig. „Sag schon, Josh! Kannst du Cody zurückholen?"

Alarmiert von dem Drängen in ihrer Stimme, warf er den Lappen weg und trat auf sie zu. „Was ist los?"

Annie wich einen Schritt vor ihm zurück. „Ruf ihn an. Er soll sofort wieder herkommen!"

Josh packte ihre Schultern und schüttelte sie. „Was – ist

– los?", verlangte er schroff, zu erfahren.

„Vertrau mir, es ist sehr wichtig, dass du ihn herholst!"

„Das Handy liegt hier!", erinnerte Josh sie misstrauisch. „Ich kann ihn nicht erreichen. Und du sagst mir jetzt auf der Stelle, was hier gespielt wird, oder …" Er biss die Zähne zusammen und funkelte sie enttäuscht an. Es war so offensichtlich, dass sie ihm etwas Wichtiges verschwieg, dass er sich fragte, ob er sich die Gefühle der letzten Tage nur eingebildet hatte. „Vergiss es …!" Er ließ sie los und eilte ins Haus. Er musste Abstand zu ihr gewinnen, sonst würde er ihr den Hals umdrehen. Sie in den Armen zu halten, hatte sich schon fast wie Normalität angefühlt. Sie gehörte zu ihm, das spürte er. Und doch trennten sie Welten. Und genau diese Welten schienen nun zwischen sie zu kommen.

Ihr Verhalten konnte nur eines bedeuten. Das FBI würde seine Schlinge um Phoenix' Hals legen, und Cody war dabei, wieder mitten hinein in den Ärger zu geraten.

Er fischte einen Schlüssel aus einer Schublade und griff seine Glock.

„Was hast du vor?", rief Annie und folgte ihm quer durchs Zimmer. Sie schlüpfte hastig in ihre Schuhe, ohne ihn aus den Augen zu lassen. „Josh!", rief sie verzweifelt. „Rede mit mir!" Sie schnappte sich ihre Tasche, aber Josh beachtete das nicht weiter. Wenn stimmte, was er vermutete, war Cody in großer Gefahr.

Er stürmte die Verandastufen hinunter und hastete zum Schuppen. Das Tor ächzte, als Josh es mit einem kräftigen Stoß aufschlug. Er riss eine Abdeckplane zurück, unter der sein Motorrad zum Vorschein kam. Er hatte es lange nicht gefahren, aber immer dafür gesorgt, dass es in einem guten Zustand auf ihn wartete. Er hoffte nur, es würde anspringen.

„Josh!", hörte er Annie hinter sich, doch dies war kein Moment, in dem man zögerte. Er wusste nicht, was er empfand, als er auf die Maschine stieg und den Motor startete. Sein Blick glitt noch einmal über die Frau am Tor. Annies rotes Haar umschmeichelte ihr Gesicht selbst jetzt, wo der Wind es ihr zerzaust hatte. Sie trug Shorts, die er noch aus seiner Jugend im Schrank gefunden hatte, und ein schlichtes Tanktop. So war sie joggen gegangen. Und so trat sie ihm nun in den Weg.

„Josh!", keuchte sie atemlos und riss eine Waffe aus ihrer Tasche. „Du musst mir sagen, was du vorhast!", verlangte sie, machte einen Schritt auf ihn zu und hob den Lauf an. „Du kannst nicht nach Bel Air! Sie verhaften dich!"

Unbeeindruckt davon drehte Josh den Gashebel auf, und ein lautes Röhren ließ die Schuppenwände zittern. „Geh mir aus dem Weg, Annie!", befahl er und kickte den Motorradständer nach hinten.

„Nein!" Sie richtete den Lauf der Waffe auf seine Brust und stellte sich breitbeinig in den Durchgang. „Ich will nicht, dass …"

Ein Funkspruch knackste in Annies Ohr. *„Das Haus der Caplans ist umstellt. Die Straßen, die vom Strand in die Stadt führen, sind abgeriegelt. Verstärkung für Agent Turner ist unterwegs."*

„Verdammt, Josh!", rief Annie panisch. Ihre Hände an der Waffe zitterten. „Steig ab und hör mir zu! Du musst dich ergeben. Gleich wimmelt es hier nur so von Cops!"

„Hier? Woher wissen sie denn, dass ich hier bin?" Der enttäuschte Ausdruck in seinen unvergleichlichen Augen war mehr, als sie verkraften konnte. Sie wusste, was er dachte. Dass sie ihn verraten hatte. Und so fühlte sie sich auch, dabei hatte sie doch überhaupt keine Wahl. Würde sie ihn gehen lassen, würde er direkt ins Mündungsfeuer ihrer Kollegen laufen. Und die würden nicht zögern, ihn auch mit Gewalt aufzuhalten.

„Seit wann weißt du, dass sie mich hochnehmen wollen?", fragte er bitter und sah sie kalt an. „Seit Tagen? Stunden?" Er schüttelte den Kopf und kniff die Lippen zusammen. „Oder seit unserem letzten Fick, Agent Turner?"

„Hör auf!", schrie Annie und blinzelte die Tränen weg, die ihr die Sicht trübten. „Ich will dir helfen! Ich falle dir nicht in den Rücken!"

Joshs Mundwinkel zuckte, als hätte er etwas Ungenießbares im Mund. „Fühlt sich aber verdammt danach an."

„Du willst mich einfach nicht verstehen, oder?" Annie war verzweifelt. Sie wusste nicht, wie sie sich gegen den Schmerz wappnen sollte, der sie niederzuzwingen drohte. Dass Josh so schlecht von ihr dachte, brachte sie um.

„Ich verstehe, dass du deinen Job machen musst, Annie", sagte er emotionslos. „Das verstehe ich wirklich. Du bist ein Cop. Und ich ein Mitglied des Ramírez-Kartells." Seine Augen hefteten sich auf das Tor, das sie verstellte. In der Ferne kamen Polizeisirenen näher.

„Ich will dir nicht wehtun, also geh mir aus dem Weg."
Kurz sah er ihr ins Gesicht, ehe er erneut warnend den
Gashebel aufdrehte.

„Du wirst nicht entkommen können, Josh!", heulte
Annie und wischte sich fahrig die Tränen aus dem Gesicht.
„Sie werden auf dich schießen, wenn du …"

Josh schmunzelte. „Phoenix Ramírez überlässt nichts
dem Zufall. Es gibt für alles einen Plan. Der innere Kreis
wird immer sicher sein. Die einzige Gefahr für mich bist
du." Er legte bedauernd den Kopf schief. „Ich hätte hinter
mir aufräumen sollen. Denn wenn mich etwas zu Fall
bringt, dann … dann, dass ich mich auf dich eingelassen
habe." Er schnalzte mit der Zunge, und das Motorrad
rollte langsam an. Er fuhr direkt auf Annie zu. „Zwing
mich nicht, das zu bereuen."

*„Zugriff am Caplan-Haus! Ich wiederhole, Zugriff am
Strandhaus!"*, knackte es in Annies Ohr.

„Josh, ich … es tut mir leid", murmelte sie und senkte
die Waffe. Sie trat aus dem Weg, und im nächsten Moment
blähte sich eine Abgaswolke um sie und Josh war weg. Sie
ließ das laute Schluchzen aus ihrer Kehle entweichen und
presste sich die Hand auf ihr viel zu schnell hämmerndes
Herz. Warum tat ihr das so weh? Warum bekam sie kaum
Luft? Und warum fühlte sie sich, als stünde sie auf der
falschen Seite? Sie presste die Hand auf ihr Ohr, als könnte
sie so die Stimme darin zum Schweigen bringen.
„Verdächtiger auf Motorrad gesichtet!", hörte sie Liams
Funkspruch rauschen. *„Ich übernehme!"* Der Hass in seiner
Stimme ließ Annie das Blut in den Adern gefrieren.

„Nein!", keuchte sie und rannte los.

Das Knallen eines Schusses schlug wie ein Donner über ihr zusammen. „Josh!", kreischte sie, während sie den sandigen Weg entlangrannte, der zur Straße führte. „Liam!" Ihre Kehle brannte, so laut schrie sie die Namen der beiden Männer hinaus, die ihr so viel bedeuteten.

Ein weiterer Schuss und das Krachen von Metall ließen Annie die Haare zu Berge stehen. „Josh!", brüllte sie erneut und näherte sich dem Klang der Polizeisirene. Irgendwo dort vorne versperrte ein Streifenwagen die Straße, aber der Schuss war aus einer anderen Richtung gekommen. Annie drehte sich um die eigene Achse, wischte sich die Haare aus dem Gesicht und presste die Hand mit der Waffe auf ihre stechende Seite.

Sie nahm eine Bewegung aus dem Augenwinkel wahr. Ein Mann – ein Cop – schlug sich links von ihr durch das hohe Schilf, das den ganzen Dünenstreifen bis hin zur Straße überwucherte. Annie folgte der Richtung, in die er rannte, auch wenn das scharfkantige Gras ihr bei jedem Schritt in die Waden schnitt. Ihr Atem klang ihr unnatürlich laut in den Ohren, und sie hatte Mühe, an dem Polizisten dranzubleiben. Das Schilf machte sie orientierungslos, sodass sie das Gefühl hatte, sich durch ein Labyrinth zu schlagen.

Gerade als eine Panikattacke sie in die Knie zu zwingen drohte, endete das dichte Ufergewächs so plötzlich, dass Annie taumelte. Sie blinzelte gegen die Sonne, und das Röhren des Motorrads, dessen Motor noch lief, obwohl es am Boden lag, verwirrte sie.

Ein dumpfer Laut, gefolgt von einem Keuchen hinter

einem Holzstoß links von ihr, ließ sie sich umdrehen.

„Liam!", kreischte sie, als sie den blonden Schopf ihres Verlobten ausmachte. Er hob nur kurz den Kopf, ehe er einen weiteren Faustschlag auf den Mann niedergehen ließ, der unter ihm am Boden lag.

„Bist du verrückt?", rief Annie und packte seinen Arm, aber er schleuderte sie zur Seite.

„Dieser Bastard gehört zu Ramírez' Männern!", rechtfertigte Liam sein Tun und schlug noch einmal erbarmungslos zu. Joshs Lippe blutete, und ein Auge war geschwollen. Aus seiner Schulter sickerte Blut.

„Du hast auf ihn geschossen!?", stellte Annie erschrocken fest und wollte wieder dazwischengehen.

„Stimmt genau! Ich bringe dieses Arschloch um!", knurrte Liam und ballte erneut die Faust.

„Hör auf!" Annie packte seine Hand und hielt ihn auf. Liam verdrehte ihr den Arm und schlug ihr die Waffe aus der Hand. „Fickt er dich so gut, dass du ihn verteidigen musst?", spie er. Sein Griff war so hart, dass Annie glaubte, er würde ihr die Finger brechen. „Ich hab euch gesehen! Jedes verdammte Mal, wenn er dich gefickt hat, hab ich euch zugesehen!"

Der Schmerz bohrte sich wie ein Messer in Annies Schulter. „Stopp!", flehte sie und kam ihm entgegen, um den Arm zu entlasten. „Liam, bitte! Hör auf!"

Joshs Mund war mit Blut gefüllt. Blut, das aus seiner Lippe rann. Er hatte kein Gefühl in seinem linken Arm, weil dieser Scheißkerl ihm von hinten in den Rücken geschossen hatte. Daraufhin hatte er kurzzeitig das Bewusstsein verloren, und gerade als er wieder zu Sinnen gekommen war, hatte der Schweinehund ihm die Faust ins Gesicht gedonnert. Selbst jetzt drehte sich noch alles um ihn herum, und nur Annies Stimme riss ihn hart zurück in die Realität. Riss ihn heraus aus der tröstlichen Schwärze, die den Schmerz überdeckt hatte.

Josh spuckte das Blut aus und stemmte sich gegen den Cop, der auf seiner Brust hockte und ihn auf dem Boden hielt, während er Annie …

Josh blinzelte, und auch sein Auge brannte wie Feuer. Der Kerl tat Annie weh. Sie taumelte gegen ihn und stieß dabei mit dem Fuß die Waffe, die Liam ihm abgenommen hatte, wieder in seine Reichweite. Er zögerte nicht, sondern griff zu. Erst jetzt erkannte er, wer der Kerl war, der ihn überwältigt hatte. Es war der Cop, mit dem Annie liiert war.

„Runter, du Pisser!", fluchte er und presste Liam die Waffe in den Schritt. „Sonst schieß ich dir die Eier weg!"

Beinahe wünschte er, der Mistkerl würde sich weigern, doch Annies Freund gab nach und ließ sie sofort los. Er hob die Hände und starrte mit offenem Mund auf die Waffe.

Seine Eier waren ihm offenbar heilig!

Fast hatte Josh mehr Gegenwehr erwartet, doch die kam dafür von Annie. Sie strich sich hektisch die Haare aus dem Gesicht, ehe sie sich an ihn wandte. „Josh!", flehte sie und hob ebenfalls die Hände. Ihr hektischer Blick wanderte suchend über den Boden. „Leg die Waffe weg!"

Josh wusste, dass jeder Cop die Erlaubnis zum Schießen

hatte, wenn er bei einem Verdächtigen eine Waffe sah. Und er ahnte auch, dass nicht nur Annies Verlobter hinter ihm her war. Er hatte den Streifenwagen an der Straße gesehen. Darum hatte er den Weg durchs Schilf eingeschlagen. Er musste hier weg. Und zwar schnell.

„Sag deinem Freund, er soll langsam aufstehen", presste Josh zwischen blutigen Lippen hervor und drückte die Waffe noch fester in Liams Schritt. Er hatte gute Lust, abzudrücken, und sei es nur, weil er den Gedanken verabscheute, dass Annie diesem Mann so nahe gewesen war wie ihm.

„Das ist verrückt, Josh. Du musst dich ergeben."

Er lachte bitter und kämpfte sich hoch, denn Liam folgte seinem Befehl widerstandslos. Der FBI-Agent kniete zwar mit erhobenen Händen vor ihm, aber aus seinem Blick sprach pure Mordlust.

„Ich hab die Knarre in der Hand, Annie. Du bist gerade nicht in der Position, Forderungen zu stellen", keuchte Josh gequält. Er spuckte noch einmal Blut in den Sand und wischte sich mit dem tauben Arm über den Mund. Dann schüttelte er bedauernd den Kopf. „Weißt du, Annie …", murmelte er, ohne Liam aus den Augen zu lassen. „Das mit uns … das hätte so gut werden können. In einem anderen Leben."

„Josh, ich …" Er sah in dem Moment, wo sie den Kopf hob, dass jemand hinter ihm aus dem Gebüsch trat. Das Spiel ihrer Emotionen spiegelte sich in ihren Augen wider. Angst, Erleichterung und dann … Entsetzen.

„Die Verstärkung ist da!", raunte der Streifenpolizist und entsicherte mit einem Klicken seine Dienstwaffe.

Kapitel 29

Josh wusste, dass sein Schicksal in diesem Moment besiegelt war. Er hob die Hand mit der Waffe im selben Augenblick, in der der Cop sein Ziel ins Visier nahm. Annies Schrei gellte ihm in den Ohren, und wie aus Reflex donnerte er dem blonden FBI-Agenten vor sich den harten Griff der Waffe gegen den Schädel, noch ehe der überhaupt aufsah. Josh trat einen Schritt nach vorne und verstellte Burch die Schussbahn, während Liam mit einem grunzenden Laut zusammensackte.

„Liam!", keuchte Annie und sank neben dem reglosen Agenten in den Sand. Sie tastete die blutende Stelle an seinem Kopf ab und weinte schluchzend. „Gott, Liam!", murmelte sie heiser.

„Was ist denn das hier für ein lustiges Klassentreffen?", spottete Officer Burch und senkte die Waffe, mit der er eben noch auf Liam angelegt hatte. „Wollte schon früher dazwischengehen, aber eure Unterhaltung war recht aufschlussreich."

Josh biss die Zähne zusammen, um sich den Fluch zu verkneifen, der ihm auf den Lippen lag. Von allen Cops in L. A. musste ausgerechnet Burch hier auftauchen!

„Deine Kleine hängt ja an diesem Bullenschwein", stellte Burch fest und hieb seine Stiefelspitze brutal in Liams Bauch. „Gehört die zu dem?"

„Nicht!" Annie beugte sich schützend über ihren Freund und warf Josh einen tränengetrübten Blick zu. Sie musste wissen, dass Burch es sich nicht leisten konnte, als korrupter Cop enttarnt zu werden.

Joshs Hand an der Waffe schwitzte. Trotzdem packte er entschieden zu und stellte sich demonstrativ vor Annie. Er legte den Kopf schief, sodass sein Nacken knackte, und warf ihr einen knappen und warnenden Blick zu. „Bin selbst überrascht. Hätte nicht gedacht, dass sie ein Undercoverbulle ist", erklärte er möglichst abfällig. „Sie fickt wie ne Hure, also ..." Er zuckte mit der heilen Schulter, wobei ihm der Schmerz dennoch wie ein Blitz in den Rücken fuhr. Aber das war gut so, denn er brauchte das Adrenalin, um nicht ohnmächtig zu werden. Er spürte, dass er viel Blut verlor.

Wie er erwartet hatte, lachte Burch über seine Worte und wandte seine Aufmerksamkeit von Liam auf Annie. Nicht, dass Josh das besser gefiel, aber zumindest würde er den Agenten nicht sofort töten.

„Sie fickt also gut ...?", sinnierte Burch und rieb sich den Wanst.

„Du kannst dich später mit ihr amüsieren!", warf Josh ein und deutete zurück zum Schuppen. „Wir müssen Phoenix warnen. Das FBI stürmt die Villa. Sie wissen von den Fässern im Coldwater Canyon."

Burchs Enthusiasmus, seinen Geldgeber zu retten, schien gegen die Vorstellung von einem Fick mit Annie zu ringen.

„Wir schaffen sie in den Schuppen", schlug Josh vor und packte Annie am Arm. Er riss sie von Liam weg und stieß sie vor sich her. Sie taumelte noch einmal auf den Boden, ehe sie es auf die Füße schaffte. „Phoenix wird sie vielleicht befragen wollen, wenn alles vorbei ist", gab er zu bedenken.

„Es reicht, wenn er einen befragt", meinte Burch kalt und zielte wieder auf Liam.

„Nicht!", ging Josh dazwischen. „Tote FBI-Agenten bedeuten immer unnötigen Ärger."

„Der Wichser hat mich gesehen. Er muss weg."

„Er hat dich nicht gesehen. Ich hab ihn ausgeknockt, ehe er auch nur kapiert hat, dass da noch jemand ist. Ich garantiere dir, der ist die Kugel nicht wert."

Burch zögerte. Er kratzte sich am Bauch. „Wie du meinst. Aber dieser Einsatz wird Phoenix einiges kosten, das sag ich dir. Risikozulage, oder wie man das nennt!"

Josh nickte. „Ich denke, das ist machbar."

„Will ich auch meinen! Und die Kleine da, die bläst mir einen, noch ehe der Tag rum ist, das garantier ich dir!"

„Wir schaffen sie jetzt erst mal in den Schuppen", wiederholte Josh ungeduldig. „Du bleibst bei ihr, während ich Cody suche und Phoenix warne."

Burch klopfte sich aufs Funkgerät mit dem Polizeifunk. „Die Bitch und ich werden uns die Zeit schon vertreiben, aber du musst dich beeilen. Die nehmen schon Aufstellung. Bel Air ist komplett abgeriegelt. Ein richtiges Großaufgebot, sag ich dir."

Er folgte Josh und Annie auf dem Fuße, und das lüsterne Grinsen in seinem Gesicht verstärkte sich mit jedem Meter, den sie sich dem Schuppen näherten.

Die Härchen in Joshs Nacken kribbelten, und obwohl

sein Arm immer schwerer wurde, gab ihm das Adrenalin neue Kraft. Er hatte schon lange keine Angst mehr um sich. Nur noch um die, die er liebte.

„Setz dich dorthin", verlangte er von Annie und deutete neben ein metallenes Regal auf den Boden. Dann streckte er Burch die Hand hin, damit der ihm seine Handschellen gab.

Er blickte Annie direkt in die grünen Augen, als er sie am Regal festkettete.

Burch stand grinsend neben ihm. „Du hattest schon das Vergnügen", witzelte er. „Jetzt bin erst mal ich dran."

Es war ein seltsames Déjà-vu, als Josh sich erhob und seine Waffe an Annies Schläfe drückte. Die Art, wie sie vor ihm saß, mit diesen vor Angst geweiteten Augen, und zu ihm aufsah, in dem Wissen, dass er ihr Leben in seinen Händen hielt.

Seine Kehle wurde eng, denn seit Burch aufgetaucht war, wusste er, wohin das führen würde. Er wusste, er hatte keine Wahl. Er musste tun, was zu tun war.

„Bitte", flüsterte Annie zitternd und sah ihm direkt in die Augen. Das Grün strahlte, und er wusste nicht, wie er ertragen sollte, dass dieses Strahlen erlöschen würde.

Er fuhr mit dem Lauf der Glock an Annies Schläfe hinunter, über ihr Kinn, ihren Hals bis auf ihre Brust.

„Du vergeudest Zeit!", mahnte Burch ungeduldig und stieß Josh in die Seite. „Wir müssen Phoenix warnen!"

„Habs gleich", gab Josh zurück, ohne den Blick von Annie zu nehmen. „Aber diese Frau hat mich glauben lassen …" Er knackte angespannt mit dem Nacken. „… ich würde ihr etwas bedeuten."

„Verlogene Fotzen!", bestätigte Burch.

„Ich habe ihr tatsächlich vertraut. Und nun sieh uns an."

„Hör doch auf!", fauchte Annie und riss an der Handschelle, die sie an das Regal fesselte. „Was willst du überhaupt? Du gewinnst doch!" Eine Träne rann über ihre Wange. „Du kommst davon. Dein Plan … das war es doch, was du meintest, oder … dieser Plan, mit dem Phoenix Ramírez davonkommen will, … der rettet jetzt auch dir den Arsch, ist es nicht so?"

„Die Kleine weiß zu viel!", maulte Burch und richtete nun auch noch seine Waffe auf sie. „Kennt sie Phoenix' Pläne? Dann mach sie kalt. Kein Fick ist es wert, den Chef zu verärgern! Es ist Zeit, hier aufzuräumen."

Josh verkniff sich einen Fluch. Burch hatte recht. Es war eine Regel, keine Zeugen übrig zu lassen. Niemanden, der etwas wusste. Es war sicherer so. Dass es genau dazu kommen würde, hatte er gewusst. Im Grunde hatte er es seit dem Augenblick gewusst, in dem er Annie unter der Palme am Pool erkannt hatte. Seitdem wusste er, dass der Moment kommen würde.

Josh kniete sich neben sie. Er wischte ihr die Träne fort und hob ihr Kinn mit dem Lauf seiner Waffe an, damit sie ihn ansehen musste. „Um zu überleben, braucht man einen Plan, Annie", verteidigte er sich leise und beugte sich über sie. Ihre Haut roch warm nach Meersalz und frischem Schweiß. Nach purem Leben. Er schloss für einen Moment die Augen, denn auch wenn er längst entschieden hatte, zu tun, was nötig war, fiel es ihm nicht leicht.

„Dich zu töten, war nicht Teil des Plans", raunte Josh bedauernd und presste hart seine Lippen auf ihren Mund.

„Vergiss das nie!" Dann drückte er ab.

Annie spürte den Schuss nicht. Sie fühlte nur die Lippen, die wütend und verzweifelt auf ihren lagen. Da war kein Schmerz, nur der laute Knall, der in ihrem Innersten widerhallte. Zitternd wich ihr der Atem aus der Lunge, und ihr Schluchzen ging in Joshs stürmischem Kuss unter.

„Du bist mein Untergang, Annie", murmelte er, ehe er sich zurücklehnte, die Waffe seinen Fingern entglitt und auf den Boden schlitterte.

Der plötzliche Freiraum, die fehlende Nähe, der Schock … Annie blinzelte. Sie verstand nicht, was los war. Wo blieb der Schmerz? Wo … die Dunkelheit? Wie in Trance beobachtete sie Josh. Er kniete noch immer vor ihr. Taumelte, als wäre er getroffen, und der Gedanke fuhr ihr wie ein Stromschlag durch die Glieder. Sie schnappte nach Luft wie eine Ertrinkende und streckte die Hände nach ihm aus.

Sein Blick war leer, als er den Kopf in Richtung von Burchs leblosem Körper wandte. Der Officer war nur wenige Meter neben ihr zusammengesackt. In seiner Stirn prangte ein Einschussloch, und an der Wand hinter ihm klebte Blut. Er war so schnell gestorben, dass er nicht einmal überrascht wirkte.

„Was …?" Annie schüttelte verwirrt den Kopf. Sie wollte die Hände nach Josh ausstrecken, aber die Handschelle hielt sie auf. Josh wich vor ihr zurück. Er kämpfte sich auf die Beine und wischte sich angeekelt die Hände an der Jeans ab, als könnte er so die Schuld am Tod

363

des korrupten Cops loswerden.

„Josh", flehte Annie, und ihr Herz tat weh vor Schmerz über das, was er durchmachte.

„Sei still, Annie", bat er und wandte sich ab. Er fuhr sich mehrmals durchs Haar, ehe er sie wieder ansah. Dann trat er wankend ans Tor des Schuppens. Er hielt sich die zerschossene Schulter, ohne das Blut zu beachten, das sein Hemd tränkte. „Dich zu töten, war nie Teil des Plans", wiederholte er leise. Er machte wieder einen Schritt auf sie zu. Dann blieb er stehen, als müsste er sich bremsen.

„Du hast Burch erschossen", presste Annie noch immer geschockt hervor.

Josh nickte schwach. „Für die, die ich liebe, ... töte ich auch."

„Du liebst mich?" Annie hob die Hand an ihre Schläfe. Nichts ergab mehr Sinn. Das Blut rauschte ihr so laut in den Ohren, dass sie sich fragte, ob sie gerade richtig gehört hatte. Sie riss an der Handschelle, wollte aufstehen, Josh hinterher, der sich mit jedem Schritt weiter von ihr entfernte.

„Josh!", rief sie verzweifelt. Ihre Hand schmerzte, so fest riss sie an der Kette. „Bleib stehen!"

Sie bückte sich nach Burchs Dienstwaffe und entsicherte sie mit einem leisen Klacken. Sie wusste, Josh hörte es, denn er blieb wie angewurzelt stehen. „Wenn du jetzt gehst, schieße ich!", rief sie und verfluchte die Tränen, die ihr die Wangen hinabliefen. „Ich schwöre, Josh, wenn du noch einen Schritt machst, drücke ich ab!"

Langsam drehte er sich um und sah sie an. Ein trauriges Lächeln erschien auf seinem Gesicht, und er presste sich die Hand an die blutgetränkte Schulter. „Tu, was du tun musst, Agent Turner. Und ich mache das auch. Ich kann und werde Cody nicht wieder ins Gefängnis gehen lassen. Erschieß mich, wenn du mich aufhalten willst."

Er stürmte zu ihr zurück und packte ihr Kinn, ohne die Waffe zu beachten, die sie gegen seine Brust drückte. „Schieß!", forderte er, und die grauen Sprenkel in seinen Augen glommen wie Gold auf. „Tu es, denn wenn nicht, dann gehe ich jetzt!"

„Geh nicht!", flehte sie und kam ihm auf Zehenspitzen entgegen. Sie zog ihn an sich und küsste ihn. „Josh, bitte, … ich kann nicht ohne …"

„Dein Freund liegt dort draußen", erinnerte er sie und ließ seine Zunge in ihren Mund gleiten. „Er lebt. Du gehörst zu ihm."

„Nein!" Annie krallte sich an ihm fest. „Ich liebe ihn nicht. Nicht so wie dich!" Sie schämte sich ihrer Tränen nicht länger, denn sie spürte, dass ihnen die Zeit davonlief. „Bitte, Josh, du hast gesagt, du liebst mich! Wenn das stimmt, dann stell dich. Arbeite mit mir zusammen!"

Er berührte ihre Wange, fuhr ihr zärtlich durchs Haar, ehe er sie sanft wie zum Abschied küsste.

„Es ist egal, ob ich dich liebe, Annie. Das mit uns endet hier. Du bist in Sicherheit, Burch ist tot, und Phoenix weiß nicht, dass du fürs FBI arbeitest. Geh zurück in dein altes Leben." Er sah ihr in die Augen, und tiefe Traurigkeit schlug ihr entgegen. „Vergiss mich. Und das Kartell."

„Und wenn ich das nicht will?"

Josh entwand ihr die Waffe und legte sie ein Stück außerhalb ihrer Reichweite ins Regal. Dann lächelte er und zwinkerte ihr verführerisch zu.

„Fordere mich besser nicht heraus, Agent Turner", raunte er und ging zum Tor. „Denn solltest du mir noch mal unter die Augen kommen, kann ich für nichts mehr garantieren."

„Ist das eine Drohung?"

„Nein, Annie. Das ist ein Versprechen!", sagte er traurig lachend. Dann wandte er sich ab und ging.

Annie hörte das Motorrad losfahren, und obwohl es sich anfühlte wie das Ende, wusste Annie doch, dass diese Sache noch lange nicht vorbei war. „Vergiss mich", hatte Josh gesagt. Dabei würde sie diesen Mann mit den unvergleichlichen Augen niemals vergessen können. Den Mann, den sie liebte und dessen Drohung ihr schon jetzt einen wohligen Schauer über den Rücken jagte.

ENDE

IN MY ENEMY´S HEART: Ein Enemies to Lovers
Liebesroman

Josh hatte Annie gewarnt, ihm nicht noch einmal zu
begegnen. Sie hätte ihn vergessen sollen. Doch als sie nun
so unerwartet vor ihm stand, mit ihren roten Locken und
den Geheimnissen im Blick, da wusste er, dass er sie
nicht noch einmal würde gehen lassen.
Sie war sein größtes Problem – und zugleich seine einzige
Hoffnung.
Und mit jedem Kuss wuchs die Gefahr, nicht nur für sein
Herz, sondern auch für ihr Leben.

„Du hättest nicht zurückkehren sollen", flüsterte Josh
und drängte Annie hart gegen die Wand. Seine Lippen
strichen über ihre und ihr Zittern erregte ihn. „Gib nicht
mir die Schuld an dem, was jetzt geschieht."

Über die Autorin

Emily Bold, Jahrgang 1980, schreibt Romane für Jugendliche und Erwachsene. Ob historisch, zeitgenössisch oder fantastisch: In den Büchern der fränkischen Autorin ist Liebe das bestimmende Thema.

Nach diversen englischen Übersetzungen sind Emilys Romane mittlerweile auch ins Türkische, Ungarische, Russische und Tschechische übersetzt worden, etliche ihrer Bücher gibt es außerdem als Hörbuch.

Wenn sie mal nicht am Schreibtisch an neuen Buchideen feilt, reist Emily am liebsten mit ihrer Familie in der Welt umher, um neue Sehnsuchtsorte zu entdecken.

Mehr Informationen sowie signierte Bücher gibt es unter emilybold.de.